英语文学研究

第十二辑

主编　张剑

外语教学与研究出版社
FOREIGN LANGUAGE TEACHING AND RESEARCH PRESS
北京 BEIJING

图书在版编目 (CIP) 数据

英语文学研究. 第十二辑 / 张剑主编. —— 北京 ：外语教学与研究出版社，
2024.10. —— ISBN 978-7-5213-5796-7

I. I106

中国国家版本馆 CIP 数据核字第 2024Q3N539 号

英语文学研究第十二辑

YINGYU WENXUE YANJIU DI-SHI'ER JI

出 版 人　王　芳
责任编辑　蔡　喆
责任校对　刘相东
封面设计　李　高　颜　航
出版发行　外语教学与研究出版社
社　　址　北京市西三环北路 19 号（100089）
网　　址　https://www.fltrp.com
印　　刷　北京捷迅佳彩印刷有限公司
开　　本　710×1000　1/16
印　　张　14
字　　数　269 千字
版　　次　2024 年 10 月第 1 版
印　　次　2024 年 10 月第 1 次印刷
书　　号　ISBN 978-7-5213-5796-7
定　　价　68.00 元

如有图书采购需求，图书内容或印刷装订等问题，侵权、盗版书籍等线索，请拨打以下电话或关注官方服务号：
客服电话：400 898 7008
官方服务号：微信搜索并关注公众号"外研社官方服务号"
外研社购书网址：https://fltrp.tmall.com

物料号：357960001

记载人类文明
沟通世界文化
www.fltrp.com

目　　录

加拿大文学

Contents

"黑暗生态学"的网格与共存逻辑

陈浩然

内容提要： 美国当代生态批评家蒂莫西·莫顿的"黑暗生态学"是以"新物质批评"为标志的第四波生态批评浪潮的重要构成部分。学界对新物质批评有所关注，但疏于关注莫顿的研究成果，尤其是缺乏对"黑暗生态学"为代表的思想体系的系统研究。"黑暗生态学"强调存在物之间无法彻底了解对方，它认为世界上所有的"陌生者"都存在于一个由既熟悉、又陌生的关系构成的无法逃离的网络，因此"陌生者"会存在忧郁感、离奇感和游戏感。"黑暗生态学"的这种生态解构观为思考包含人类与非人类在内的生物之间的共存逻辑提供了机遇。

关 键 词： 黑暗生态学；陌生者；网格；忧郁；共存

作者简介： 陈浩然，博士，首都师范大学副教授，外国诗歌研究中心研究员，主要从事英国田园诗歌和生态批评理论研究。

项目基金： 本文系河北省哲学社会科学基金一般项目"英国浪漫主义文学中的动物形象书写启示研究"（HB22WW009）阶段性研究成果。

Title: "Dark Ecology": Mesh and Coexistence Logic

Abstract: "Dark Ecology" is a term advocated by contemporary American critic Timothy Morton. It is an important part of "New Material Criticism", which represents the fourth wave of ecocriticism. Current researches on this "New Material Criticism" have not paid enough attention to Morton's researches, especially lacking is a systematic study of his profound discussions on "Dark Ecology", which argues that a sense of strangeness exists inevitably among all beings, since they cannot achieve a complete understanding of one other. "Dark Ecology" proposes that these "strangers" live in familiar yet strange relationships which have formed a mesh and have entangled them with melancholic, uncanny, and playful feelings. "Dark Ecology", which represents a deconstructive view of ecology, provides an opportunity to reflect on the logic of coexistence among strangers, humans and non-humans alike.

Keywords: Dark Ecology; stranger; mesh; melancholy; coexistence

一、引言

提到生态和生态批评，我们常常会想到"绿色"，比如雷蒙·威廉斯（Raymond Williams）曾在《乡村与城市》（*The Country and the City*）中以"绿色语言"为章节，探讨了18世纪英国的田园诗歌。然而，美国莱斯大学教授蒂莫西·莫顿（Timothy Morton）则认为生态不是绿色的，而是"黑色"的。他认为万物都持续停留在一个充满"讽刺""差异"和"不确定性"的生态中，因此描述这个生态的最佳形容词应该是"黑暗"。也就是说，"黑暗生态学"之所以黑暗，是由这个生态的特性决定的。虽然它表面上指代缺乏光线所带来的黑暗，但它的"黑暗"却远远不止表达字面的意义。事实上，作为这个理论的关键词，"黑暗"与离奇有关，是一种不确定性、隐蔽感，也是一种不可言说性。"黑暗生态学"鼓励我们以更加坦诚的态度看待这个世界，抵制人类自命不凡、盲目乐观的姿态。

作为生态批评第四波浪潮的分支，"黑暗生态学"与这波浪潮的关键词"新物质主义"关系密切。韩启群在《物转向》《新物质主义》等文章中主要介绍生态批评范畴内的物研究（韩启群，2017；韩启群，2023）。相应地，"黑暗生态学"已经吸引了国内学者的注意，与此相关的文章正在有规模地增加。王行坤在《来临中的生态思想》一文中详细解析了莫顿生态观中"消解自然"的立场，指出自然从来就没有外在于社会之外，也不是传统观点中社会的对立面（王行坤，2014）。王行坤的观点主要源于莫顿的专著《没有自然的生态学》（*Ecology without Nature*）（Morton，2007），该观点应该说还有完善和拓展的空间，因为在2016年的专著《黑暗生态学》（*Dark Ecology*）中，莫顿的理论才得到了较为系统的呈现。张进在《幽暗生态学与后人文主义生态诗学》和《论幽暗生态学及其美学维度》两篇文章中使用的是"幽暗生态学"（Morton，2018；Morton，2022）。虽然翻译不同，但都在阐释绝对光明和彻底黑暗之间忽明忽暗的状态。

根据黑暗生态学的理论，世界是由"物"组成，其中的"物"存在着彼此既陌生又熟悉的关系，世界在这种关系构成的网格中被牵连在一起。"物"可以有很多称谓，常见的有 Thing、Matter、Actor、Agent 和 Object。比尔·布朗（Bill Brown）的《物的理论》（*Thing Theory*）中专注于诠释作为 Thing 的物（Brown，2001），而简·本内特（Jane Bennet）在专著《活力物质》（*Vibrant Matter*）中强调作为 Matter 的物（Bennet，2010），布鲁诺·拉图尔（Bruno Latour）在《重组社会性》（*Reassembling the Social*）和《人类世时代的能动性》（*Agency at the Time of the Anthropocene*）分别阐释了作为 Actor 和 Agent 的物（Latour，2005；Latour，

2014），而随后以格雷厄姆·哈曼（Graham Harman）和列维·布莱恩特（Levi Bryant）为代表的学者在"基于物的本体论"框架下着力打造作为 Object 的物。以上的"物"跨越了社会学、生态学、哲学等众多领域，各有侧重点，仅凭一文很难厘清细微的区别。即便如此，这些术语的共同特征非常明显，即都属于不被传统主体操控的客体范畴，是具有能动性、革命性的客体。

在这些纷繁复杂的存在物的基础上，莫顿在黑暗生态学中力推作为"陌生者"（stranger）的物，构建了以陌生者为主要特征的黑暗生态学。在介绍黑暗生态学起源和发展的基础上，本文将展示这个理论发展的三个必要阶段，并且进一步反思基于陌生关系的生态个体的存在逻辑。

二、反对深层生态学

"黑暗生态学"与深层生态学有着复杂的渊源。从抵制"人类中心主义"的角度看，它是更深层次的"深层生态学"。深层生态学主张去除人类中心主义思想，进而思考存在物的内在价值。虽然这一点对热爱自然的人士很容易能够接纳，因为这种观点完美地满足了保护自然的目的，然而仅凭这些口号式的宣传，可能仅会对关切环境的小部分人产生影响，从生态保护角度看，可以说收效甚微。劳伦斯·布伊尔（Lawrence Buell）说："这一理路因政治和哲学的双重原因而逐渐式微。"（布伊尔，2013）[94] 从政治原因看，它与马丁·海德格尔式（Martin Heidegger）的纳粹主义污点不无联系，而从哲学角度看，它的式微可能更多体现在对共存以及人类中心主义的看法的可疑上。作为这种生态观的核心概念，人类自我发展将经历"本我—社会自我—生态自我"的三个阶段，然而，这使得它的表面光鲜的高尚情怀逐渐成为人类自我实现的途径，如张进指出："三个阶段是人类逐步扩大自我认同，同时缩小与其他存在物的差距，这实际是将自然'人化'。"（张进，2018）[96]

深层生态学号召人类放弃"人类中心主义"，而在莫顿看来，这种"中心"很可能是一种自我冠名的结果。需要认清的是，"主动放弃中心"和"到底有没有中心"属于两种不同概念，深层生态学过于匆忙地向人类的主体地位发难，使人类持续被拖进的生态的迷圈之中。莫顿断言："在认知物这个问题上，人类没有内在的优势。"（Morton，2016）[17] 将人类看作是中心和主体的想法在认识论上困难重重，究其根源还是在"主体""客体"以及二者关系的理解产生了偏差。"传统上，人类中心主义在深层生态学家看来不仅仅是以人类为中心的意思，而是人类已经习惯于把自己看作是一个优越的物种。"（Jonge，2011）[307] 倘若能绝对透彻地理解这个世界，人类就不会持续遭遇诸多不可推测的意外。也就是说，如果人类主宰世界，那么它就不会有那么多的盲点和意外，世界将遵循"零盲点"和"无意外"的规律，但是事实是世界频繁遭到各种意外的造访：全球变暖、火山喷发、基因突变等事件都在持续冲击这种自傲自大的判断。

除了其人类中心主义的判断引起争议，"深层生态学"所推崇的整体主义，也常常遭到诟病。"整体论构成了民族主义的感觉，这种整体论宣称如果我们彼此相连，力量就大于部分的总和，即个体主义与整体主义之间的斗争缩减为绝对自由和绝对权威之间的选择。虽然有机体系在政治上是重要的，但是很容易为了保全更大的整体而牺牲了部分的利益。"（Morton，2005）[699] 在实践中，为了拒绝承认人类利益的至高合法性，深层生态学甚至掀起政治性极强的"地球第一"和"动物解放阵线"等环境主义运动，这往往与反人类观念纠缠不清。更严重的是，深层生态学的生物平等主义、与海德格尔思想的瓜葛，以及处理人口过剩问题的方法，都有反人类和生态法西斯主义的嫌疑。例如，阿恩·纳斯（Arne Naess）就曾号召"大规模地削减人口，以保证非人生命的繁荣"（Naess，1995）[49]，这种利用规章制度暴力削减人类人口数量的行为再一次挑战了人类道德的底线。正如布伊尔所言："大部分自我认定的生物中心主义者意识到，这些伦理范式只能作为一个追求中的理想状态，而不是在实践中可能被履行的现状。"（布伊尔，2010）[147] 也就是说，"深层生态学"是一种美好的想象，这些口号一旦付诸行动，就会产生问题，往往沦为反人类的行为。

"深层生态学"在人类自我发展、生态中心主义以及行动力三个方面都有待修正和进一步澄清，莫顿在《黑暗生态学》中针对这几个方面都对它进行了批评和超越。他定义了黑暗生态学体系，并以此探索了现实人在生态中合理位置的共存逻辑。

三、意义与内涵

黑暗生态学实质上是对作为客体的物与人类的关系的本质的思考。当代哲学家格雷厄姆·哈曼反对将人类的存在置于非人的存在之上，认为后者独立于人的理解力之外。哈曼认为可以用客体的遮蔽性来总结这个哲学观点的精髓，即"被遮蔽的客体存在于所有的感知和因果关系中"（Harman，2005）[20]。在哈曼的基础上，莫顿进一步探讨了这个词含义。在《现实主义者奇妙的物，本体论和因果性》

（*Realist Magic Objects, Ontology, Causality*）中，莫顿明确定义了具有陌生特征的"物"："物具有中性的存在方式，暗指任何真实的实体，而不涉及客体化、对象化和主客二元对立的范畴。"（Morton，2013）[160] "物"是处于混沌的空间之中的"物自体"。当主体不存在时，客体的从属地位和性质也不存在。这里提及的"物"远不是他所呈现的样子，因为生态中所有"物"并非处于循序渐进、有规律可循的状态中，而是卷入错综复杂的流动和变化中，它们是别具一格的"物自体"。这种物自体抹除了传统科学主义中的"主体/客体"之分，也避免了从现象学探索"主体/主体"的主体间性的弊端，从主体的认识来看，我们永远无法利用科学去彻底发掘对象的本质。

在"物"成为绝对的物自体之后，主体的身份也随之瓦解，传统的"主体—客体"二元对立格局被完全颠覆。原本自认为是主体的人类不再占据世界的中心位置，而是与其他生物同为"物自体"。这种物与物在生态世界中相聚，在自认为已经熟悉的外表背后，隐藏着彼此陌生的本质，因此这种"物间性"组成了黑暗生态学理论下万物之间相互陌生、相互敬畏的共存模式。这种共存格局就是莫顿生态观中的"网格"状态。

"网格"形容一切生物和非生物之间的相互联系，这种关系中包含着无限的联系和无穷小的差异性。从字面意义上讲，"网格"指代开放的空间，其面积是由相邻的节点之间的距离决定的；此处的开放性正是突出了网格没有边界的特征。从引申意义来看，"网格"指代圈套，其中存在着纠缠和缠绕，这是一种无力从圈套中挣脱、且持续和被动地卷入所处环境之中的状态。同时，"网格"也有"逃不掉且解不开地牵涉其中"的意思。在网格状态下，所有生命形式都处于网格之中，逝去的生命形式也包括在内。这种网格没有中心，因此没有任何生命形式凌驾于其他生命形式之上，因此也消除了存在物内部以及外部的界限。

在互存性基础上，所有的存在物都在这个总体的、开放的系统中以否定的差异性相连，使得这些熟悉的实体呈现出含糊不清的状态。莫顿将这些模糊的存在物称作"陌生者"，即无法完全真正理解和标注的存在物。在这个网格之中，即使彼此共存的陌生者也是陌生的，也就是说我们越是懂得一个实体，它就越是显得陌生。

在黑暗的生态中，陌生者的经历具有神话原型式的轨迹。莫顿在《黑暗生态学》中指出，黑暗生态学的思维就是"从黑暗的压抑开始，穿过本体论上的离奇，最终到达酷毙了的黑暗的过程"（Morton，2016）[160]。由于个体之间彼此纠缠且无法逃脱，作为陌生者的存在物普遍拥有一种"忧郁感"。生态中没有所谓的

"自然"，人类像其他物一样，就是陌生者的一员。因此人类发现自己永远无法逃离这个环境，因此只能被动地牵扯其中。我们不是自然，但是我们绝对是生态中的一分子。正如英国玄学派诗人约翰·邓恩（John Donne）在《危急时刻的沉思》（"Meditations on Emergent Occasions·17"）中指出，"没有人是一座孤岛"，人与人类、部分与整体之间存在着不可分割的关系。邓恩笔下揭示的是人与人类的关系，其中"丧钟为谁而鸣"的答案是对人类本身的哀悼，即人和人之间不再是独立的、分割的关系，而是一种被动卷入其中的、彼此联结的关系。我们在持续哀悼失去事物的过程中，却发现这些事物也是我们的组成部分，所以这是一种无法结束的哀悼，此时我们开始感受到一种抑郁，那是一种无法从生态中剥离的状态。

这种忧郁感与现代生活的不断的流动性也有一定的关系。当现代人持续呼吁建设对人类更有利、更干净的世界时，黑暗生态学的哲学探索却走向相反的方向，寻找办法停留在这些粘人的糟粕周围，与丑陋产生认同感。这主要是因为无论我们在网格的什么地方，都无法离开这个生态网格。世间万物皆被动地纠缠在生态网格中，这让人意识到，黑暗生态学打破了传统意义上的地方主义对地方的迷恋，进而在高速流动的现代社会中实现一种合乎现状的、随遇而安的栖居态度。在这种态度影响下，自然这个"在那里"的审美对象，也不再是浪漫化的消费品。

黑暗生态学的第二个阶段是"离奇感"（Uncanny）。"离奇感"即暗恐的心理状态。心理学中，"离奇"使人尤意识地反复回到相同地点，"如迷失在森林或者城市中一样，人被暗恐感吞没，弗洛伊德称之为压抑的复现"（童明，2011）[108]。"离奇"是既熟悉又陌生的混合体。在充斥着陌生者的网格之中，陌生者之间都是陌生的关系，无法完全自信地依据主体性去感知世界。这里的陌生物具有完全陌生的特性，是康德的"物自体"，是海德格尔思想中自我隐匿的"物"，也是德里达所认为的永远无法到达的到达者。生态中存在物之间的关系是陌生者之间的关系，因此物所呈现的表象也总是陌生且无法捉摸的。这个阶段的"黑暗"体现在物的隐匿特征：网格中的物持续以一种深刻的隐匿方式存在，它们无法剥开，且无法完全被任何事物掌握，越是仔细观察这种物，就越发现物的陌生性。

在压抑和陌生背后，掩藏着第三个阶段的游戏感。在这个阶段中，人和非人都包括在内的存在物，呈现出总是穿梭于离场和在场之间的外表，因此也无法从存在物的外表抓住它的本质。莫顿认为在"奇怪"和"仙境"之间存在一条通道："仙境代表一种超自然、带有幻想外表的领域，黑暗生态学就是试图在仙境中找到这种闪烁的黑暗。"（Morton，2016）[110] 也就是说，由于物（任何非人都包括在内）的不确定性，存在物以及存在的环境并非人的认知力所能达到，彼此揣摩、猜测，这就是为什么黑暗生态学具有嬉闹和玩要特征。

在这种共存状态下，作为客体的人类需要接纳陌生的他者，任何一种通过科学的工具去干涉和破坏这种他者性的行为都是一种暴力。这种普遍存在的现象是一种让物适应陌生之物，这种"物的陌生性不会因为顺应而减损"（Morton，2016）⁵。通过重建我们与非人类之间的纽带，莫顿的黑暗生态学的背后是通过游戏可以寻得照亮这种黑暗生态的途径。

四、思想来源

黑暗生态学与文学以及文学理论关系密切。它虽源自美国，但深深扎根于欧陆哲学。黑暗生态学的伦理观与雅克·德里达（Jacques Derrida）的解构主义学说具有很深的渊源，与伊曼努尔·列维纳斯（Immanuel Levinas）的他者理论也存在巧妙的联系。在整个推进过程中，经过与众多生态理论家的正面交锋和侧面摩擦，莫顿将黑暗生态学带入当今生态哲学的前沿阵地，最终在以约瑟夫·米克（Joseph Meeker）、格雷厄姆·哈曼以及列维·布莱恩特为代表的先锋派哲学家共同努力下，揭示了生态中没有自然、没有中心意义的现实真相。

黑暗生态学的思想可以追溯到生态批评的开山之作《生存的喜剧》（"The Comedy of Survival"）①。米克指出：悲剧是古希腊的发明，其根源就是人类总是自以为比自然强大这种思维。在他看来，悲剧是为了完成不可能完成的事情，在试图避免或超越必要条件，而没有这种强烈情感约束的喜剧才是生态的真正特征。在谈到不断流行的动物行为研究时，米克从动物行为学角度十分肯定地认为人类无法彻底认知动物。与将动物行为简化为人类行为的传统偏见不同，米克认为"即使是最简单的生物也遵循极其复杂的行为模式，其中许多行为模式继续违背人类的理解"（Meeker，1972）¹⁵。在米克看来，偏见源于人类长期以来培养起来的中心意识："我们看似已经利用膨胀的大脑找到了一种简单的方式来破坏或忽略竞争，我们寻求团结，恐惧多样性。我们要求人类作为物种到达毫无挑战的主宰位置，尽管无数个物种在我们到达之前已经生活在复杂的平衡中。"（Meeker，1972）¹⁵ 从这段论述中可以清楚看出米克对自以为是主体的这种惯性思维持批判态度。

面对当前悲剧行为造成的环境困境，米克建议人们从喜剧英雄——动物身上

---

① 约瑟夫·米克于 1972 年在期刊《北美评论》中发表了生存的喜剧一文，随后在 1974 年出版了著作《生存的喜剧：文学生态学研究》。本文参考的是最先发表的文章。

了解走出困境的方法。他看似走出，实则走入了困境的核心，直击患处。米克引用意大利中世纪诗人但丁（Dante）的《神曲》（*Divine Comedy*），揭示了一个由充满有毒气体的天空、污染的水源和裸露的森林构成的地狱，由反思人类痛苦和堕落构成的炼狱，这才是喜剧和生态的最高表现。这种与死亡同在、在淤泥中反思的姿态，更是体现出黑暗生态学的核心观点。米克的生存哲学更多的是对人类自我的审视，"人类的生存喜剧取决于人类可以改变自己而不是自然环境，取决于认可人类的局限性而不是诅咒这种局限性"（程虹，2003）[363]。喜剧的核心就是游戏，而玩这种游戏的精髓就是从改变自身做起，因此，与其急切地捍卫自己的中心地位，倒不如从更加客观、明确的角度认识自我在生态中的位置，谨言慎行，这与黑暗生态学的律己观有契合之处。

同大多数从主客体入手的生态学家一样，哈曼与莫顿一起构成了一个从本体论上解构主体—客体关系的联盟。在经典著作《游击的形而上学》（*Guerrilla Metaphysics*）中，哈曼提出基于"物"的本体论学说（Object-Oriented Ontology，简称为"OOO"），即诠释一种基于"物"、而非客体的本体论学说（Harman，2005）。他反对将人类的存在置于非人的存在物之上，认为可以用客体的遮蔽性来总结这个哲学观点的精髓，即后者独立于人的理解力之外。哈曼的著作主要集中在形而上学和本体论上，对于阐释"OOO"的哲学意义具有举足轻重的地位。从本体论层面上看，世间所有实体，无论是作为有机体的人和动物，还是非生命的岩石、河流，都是一种"OOO"意义上的物。哈曼摒弃以人为本的哲学观点，转而采用以物为本的现实主义方法，为莫顿等后续学者带来深刻的启示。

与哈曼处于同一战线的还有生态哲学家列维·布莱恩特，他的"民主的物"与莫顿的"陌生者"非常相似。在《物的民主》（*The Democracy of Objects*）中，布莱恩特指出："这是为自我存在的物，但不是传统上主体对立面式的客体、不再是主体凝视下的对象、表征和文化话语。"（Bryant，2011）[19]此处的"民主"对于布莱恩特来说与政治无关，而是用来描述在本体论上平等地存在但存在于不平等状态中的物。前者指代存在物的独立性，即任何物都不能是其他物建构的产物；后者指代存在物之间的关联，即物对集体或组合的或多或少的参与。由此看来，"民主的物"具有极其彻底的反人类中心主义特征。布莱恩特直白地将这个术语看作是"不具主体的物"（a subjectless object）（Bryant，2011）[19]。这显然不是与人类划清界限，进而将人排除在外，而是卸下人类一贯自以为荣的"主体"帽子，去除自我中心的思想。正如布莱恩特所言："在本体论的框架内，只有一种存在，那就是物。"（Bryant，2011）[20]这样回归"物"身份的人就湮没于世界中，与其他存在物一样，独立且或多或少地彼此联系。

在解构自然、解构主客体二元对立的基础上，黑暗生态学揭示人类无法最终探知存在物的本质。它颂扬陌生者之间那种不可知状态："生态意识是黑暗的，因为它迫使我们意识到组成自身的那种忧伤的创口，粉碎并羞辱了人类统治地球的理性。生态意识是黑暗的，因为它的本质是无法形容的。生态意识是黑暗的，因为启迪会带来更大的圈套。"（Morton，2016）[110]梳理从米克、哈曼再到布莱恩特的发展过程可以看出，"黑暗生态学"具有它的理论渊源。

五、反思与批评

应该说，"黑暗生态学"不无争议，但它在质疑声中逐步走向成熟。与黑暗生态学相对应的，是传统的、以"光明"为特征的生态思想。传统的生态观过于乐观，是因为它自认为可以完全破除万物之间存在的认知隔膜，可以彻底认识微观、宏观，甚至是虚拟的世界。针对这种的思想，司各特·斯拉维克（Scot Slovic）描述道："（我）仿佛走进了一个曙光地带，其中 20 世纪 70 年代以来的生态话语被彻底颠覆。"（Slovic，2012）[241]斯拉维克认为莫顿一直在追求基于物的生态现实，认清这一现实的关键就在于"接受自己与其他客体一样都以物的形式存在"（Slovic，2012）[242]。在斯拉维克看来，莫顿在寻求生态真理的同时，抵制了那些感伤主义者对自然的依恋。

然而，对莫顿的"在物中醒悟"的思想，斯拉维克也表示出忧虑："即使这样的一种唤醒过程能够加强人类的共存感，但在人类引发了气候变化、污染、灭绝、沙漠化和其他大规模现象的情况下，消除关系只会使人们对因果关系的认识复杂化。"（Slovic，2012）[243]他担忧这种近乎疯狂的拆解主体和客体的二元对立的做法，会给人类长期以来确立的逻辑带来影响，造成更大的混乱。艾玛·梅森（Emma Mason）则指责莫顿过于迷恋生态的负面性特征，称他是"施虐狂或准施虐狂"（Mason，2015）[103]。她指责莫顿的科学术语忽视了互联元素中的神性特征，更喜欢生态互联元素中保持一种神圣性。可以说，梅森试图在黑暗中寻求一种宗教上的光明，企图用宗教信仰中的关爱万物去描述现实世界中陌生者之间的关系。

这种"光明生态学"的背后实际上隐藏了一种"人类中心主义"思维模式，即对世界彻底的、无意外、无死角的掌控。它自认为科学已经完全掌握自然（客体），大有利用"科学主义"去掌控一切的态势。在所谓"人类纪"之后，整个世界都显露于科学之下，处处展示出一种破除"黑暗"、走进"光明"的特征。然而，诸多事实却展示出这种期待的对立面。那么，我们不禁思考，那些在光明生态观下获得的引以为豪的认识是否完全靠得住？或者说，我们从所谓主体的角度对所谓客体的占有和利用是否天经地义，更进一步来说，从最根本来讲，我们人类到底是不是整个生态圈中的中心？这些问题无疑将引起我们从"黑暗生态学"这个角度重新去认识主体和客体问题。

与斯拉维克和梅森不同，西蒙·科瓦西（Simon Kövesi）高度评价了黑暗生态学的理论。科瓦西认为："与其集中精力否定人类中心主义的合法性，生态批评更应该研究如何定位那些在意识形态中建构世界和自然的人类。"（Kövesi，2011）[139] 格雷格·杰拉德（Greg Garrard）也肯定了黑暗生态学的贡献，他在《牛津生态批评手册》中称赞"莫顿为生态批评理论注入了急需的活力"（Garrard，2014）[14]。生态批评具有包容性，能够在褒奖声中受到批判，这正说明"黑暗生态学"的发展潜力。丹纳·菲利普斯（Dana Philips）在《生态学的真相》（The Truth of Ecology）中认为我们对自然的认识充满着迷茫："越来越多的生态学家意识到，像利奥波德提倡的像大山一样思考的模式思考自然，远不能实现，如果生态的历史教会我们什么的话，那么它肯定是自然并不是那么容易被认清的。"（Philips，2003）[12] 曾艳兵认为："所谓人类中心主义，或者反人类中心主义、生态中心主义，不过都是以人类为中心。"（曾艳兵，2022）[113]

黑暗生态学与传统生态学的最大区别在于，后者始终将人类看作是"主体"，没有走出将非人存在看作"客体"的迷圈。除非解构这种二元对立的概念，否则生态危机很难不禁锢于深层生态批评的僵局中。为了更加有效地拯救生态，重审"主体"的黑暗生态学进入了生态批评的视野：同深层生态学一样，莫顿也对主客体关系提出质疑，但却与深层生态学的思考方式迥然不同。深层生态学在提出反对"人类中心主义"时，已经默认在"自然"中"主体"和"客体"的存在。也就是说，人类这个"主体"是深层生态学者的臆造。"深层生态学"这种完全去除"人类中心主义"的设想是建立在预先假定人类是"主体"、其他"非人"是"客体"的基础之上的。与此同时，它以"自然"的存在为先决条件，这在"黑暗生态学"看来是极不合理的，因为人类将自己看作是"自然"中的"主体"是一厢情愿的做法。

六、结语

"黑暗生态学"不但指明了当今生态批评中"自然"与"人类"二元对立的

窘境，还批评了深层生态学旨在去除的主体性，实则是预制的、根本就不存在的、披着外衣的"客体"。相比而言，作为生态批评的重要理论，"深层生态学"则持续陷入"生态法西斯""神秘主义""反人类"的指责之中，这些指责正是印证了"深层生态学"在当前生态危机面前的脆弱和天真。在这种局面下，迫切需要一种思维模式，打破"深层生态学"所带来的虚假的"温暖的阳光""整体性""盖亚式的互联"，并引领我们在日益加重的生态危机面前获得真正有效的思维方式。针对"深层生态学"中彰显的"温馨""统一"和"和谐"画面，黑暗生态学及时给予修正、批判，甚至颠覆。利用这种思维模式不仅可以看清深层生态学的困境，还可以从哲学以及生态学角度思考世界合理的共存状态。

黑暗生态学重新规范我们与非人之间的关系。在这种思维中，在我们信誓旦旦地谈论主动保护生态之前，首先最应做到不去主动伤害同为"物"的他者。那是一种敬畏感，因为我们无法看清物的本质，无法确定肆意地干涉行为是否能造成无法预测的灾难，因此"物间"关系体现出一种相互敬畏、彼此尊重的共存逻辑。在征服自然之后，人类意识到自我活动对自然的破坏，并能够及时反省并身体力行去修复自然。主流的英美生态批评经历了从后殖民生态批评到生态女性主义再到酷儿生态理论，甚至中西禅学和东方道教等宗教干涉之后，已经不再是纯净地探索人与自然关系的研究。当今主流生态批评的声音不断被民族、性别、政治以及宗教等力量扩充、变形、转移，在这种局面下生态批评很难在脱离政治约束力和宗教影响力后，在最大限度上、最大范围内从自我意识中有效地，甚至革命性地改变工业革命以来人类的主体意识，往往沦为少部分人践行的奢侈行为。

参考文献【Works Cited】

BRYANT L, 2011. The democracy of objects[M]. London: Open Humanities Press.

GARRARD G, 2014. The Oxford handbook of ecocriticism[M]. Oxford UP.

HARMAN G, 2005. Guerrilla metaphysics, phenomenology and the carpentry of things[M]. Chicago: Open Court Publishing.

JONGE E, 2011. An alternative to anthropocentrism: deep ecology and the metaphorical turn[M]//Anthropocentrism: humans, animals and environment. Ed. Rob Boddice. Boston: BRILL.

MASON E, 2015. Ecology with religion: kinship in John Clare[M]//New essays on John Clare. Eds. Simon Kovësi, Scott McEthron. Cambridge: Cambridge UP.

MEEKER J, 1972. The comedy of survival[J]. The North American review, 257(2): 11-17.

MORTON T, 2005. Environmentalism[M]//Romanticism: an Oxford guide. Ed. Nicholas

Roe. Oxford: Oxford UP.

MORTON T, 2007. Ecology without nature[M]. Cambridge: Harvard UP.

MORTON T, 2013. Realist magic objects, ontology, causality[M]. Michigan: Open Humanities Press.

MORTON T, 2016. Dark ecology: for a logic of future coexistence[M]. New York: Columbia UP.

NAESS A, 1995. Platform principles of the deep ecology movement [M]//The deep ecology movement, an introduction anthology. Eds. Alan Drengson, Yuichi Inoue. Berkeley: North Atlantic Books.

PHILIPS D, 2003. The truth of ecology: nature, culture and literature in America[M]. Oxford: Oxford UP.

SLOVIC S, 2012. Response to Tim Morton, waking up inside an object: the subject of ecology[J]. English language notes, 50(1): 241-246.

布伊尔，2010. 环境批评的未来：环境危机与文学想象 [M]. 刘蓓，译 . 北京：北京大学出版社 .

布伊尔，2013. 生态批评：晚近趋势面面观 [J]. 孙绍谊，译 . 电影艺术，（1）：93-102.

程虹，2003. 美国自然文学三十讲 [M]. 北京：外语教学与研究出版社 .

韩启群，2017. 西方文论关键词：物转向 [J]. 外国文学，（6）：88-99.

韩启群，2023. 新物质主义 [J]. 外国文学，（1）：111-124.

童明，2011. 暗恐 / 非家幻觉 [J]. 外国文学，（4）：106-116.

王行坤，2014. 来临中的生态思想 [J]. 绿叶，（10）：47-52.

曾艳兵，许小燕，2022. 人是一件怎样的"杰作"——被误读的莎士比亚名言 [J]. 文艺争鸣，（10）：109-113.

张进，许栋梁，2018. 幽暗生态学与后人文主义生态诗学 [J]. 中南民族大学学报，（4）：95-99.

张进，2022. 论幽暗生态学及其美学维度 [J]. 社会科学文摘，（8）：45-47.

炼金术与帝国崛起:《炼金术士》中的财富幻想与投资焦虑

陶久胜　徐胜男

内容提要： 在新航路开辟时期，英格兰不断向东开展贸易与殖民掠夺，完成了资本原始积累，推动了资本主义经济迅速发展，形成了新兴资产阶级和新贵族。本·琼森的戏剧《炼金术士》凸显炼金石的质变过程，将炼金术作为财富生产路径的隐喻，强调英格兰通过圈地运动、对外贸易和冒险投资等方式，促使了个人和国家财富的迅速增长。剧中人物玛蒙的奥斯曼帝国式的财富幻想，隐指英格兰的异域财富想象及其东方贸易所带来的巨大利润。同时，琼森将炼金术视为一种骗术，既展现了对早期现代资本主义贸易生产财富的不信任态度，又讽刺了在市场经济环境下对社会等级秩序造成巨大威胁的贪婪。该剧通过对炼金术的隐喻性指涉及矛盾性书写，表达了早期现代英格兰的东方财富幻想与贸易投资焦虑。

关键词：《炼金术士》；东方；帝国；财富幻想；贸易焦虑

作者简介： 陶久胜，博士，浙江财经大学外国语学院教授，国家社科基金重大项目首席专家，主要从事英国文艺复兴文学、文学跨学科研究；徐胜男，宁波大学外国语学院研究生，主要从事英国文艺复兴文学研究。

基金项目： 本文系国家社科基金重大招标项目"英国文学经济思想史"（22&ZD289）和国家社科基金重点项目"新航路开辟时期英国文学的贸易帝国建构研究"（21AWW008）的阶段性研究成果。

Title: Alchemy and the Rise of British Empire: Wealth Fantasy and Investment Anxiety in Ben Jonson's *The Alchemist*

Abstract: During the Opening of New Sea-Route period, England continued to carry out its foreign trade and colonial plunder in the east, completed the primitive accumulation of capital, promoted the rapid development of capitalist economy, and precipitated the formation of new bourgeoisie and new aristocracy. Ben Jonson's play *The Alchemist,* which features the transformation process of alchemical stones, takes alchemy as a metaphor for wealth production, and alludes that England has achieved its rapid growth in individual and national wealth through enclosure movement, foreign trade and venture investment. On the one hand, Mammon's Ottoman-style wealth fantasy implies England's exotic wealth imagination and the huge profits brought by its eastern trade. On the other hand, alchemy is regarded as a kind of deception, which both demonstrates a distrustful attitude toward the production of wealth by means of capitalist trade and a satire against the greed that posed a threat to the social order under the market economy. Through its metaphorical reference to alchemy and its contradictory writing, the play displays an oriental wealth fantasy and trade-investment anxiety in early modern England.

Keywords: *The Alchemist*; the Orient; empire; wealth fantasy; trade anxiety

在本·琼森（Ben Jonson）的戏剧《炼金术士》（*The Alchemist*）中，受骗者玛蒙爵士（Mammon）是一个富有的贵族，他买下炼金石的"冒险投资"（II. II. 101.）[1]，以期获得巨大财富。玛蒙幻想自己获得炼金石后就如同生活在奥斯曼帝国的"宫殿"（II. II. 31）中，"我的菜肴将盛在印度贝壳里，/ 置于玛瑙餐盘之上，餐盘包着金子，镶嵌着 / 翡翠、蓝宝石，青玉和红宝石"（II. II. 72-74）。他对一系列外来商品的描绘展现了对奥斯曼帝国之富足的渴望，暗示英格兰的东方贸易所带来的大量财富。然而，玛蒙的幻想在法斯（Face）、萨特尔（Subtle）和桃儿（Dol）的骗局中"成了泡影"（IV. V. 75），其以信任为基础的"冒险投资"最终破产。学界注意到了该剧涉及外来商品的情节片段。丹尼尔·维特库斯（Daniel Vitkus）在早期现代对外贸易语境中，研究了剧中英格兰人对伊斯兰宫廷、权力和财富的幻想，认为玛蒙所想象的稀有的异国商品代表了当时英格兰商人所渴望的进口奢侈品，同时也是东方贸易中"英格兰投资者的重要利润来源"（Vitkus, 2008）[29]。大卫·霍克斯（David Hawkes）研究了炼金术在物质上和精神上对人产生的影响，表明玛蒙对炼金石的贪婪欲望类似于资本主义带来的商品拜物教，他通过熟练地操纵资本、信贷和债务等来获利（Hawkes, 2001）。然而，上述成果虽从异域商品、炼金石崇拜的角度阐释该剧，却未能解读炼金术的关于财富生产的隐喻内涵，忽视了外来商品带来财富增长和威胁社会秩序的双重性结果，以及东方贸易的焦虑。鉴于此，笔者从早期现代炼金术话语出发，把《炼金术士》置于

---

[1] 后文随文标明剧幕、场及行次，不再另注（Jonson, 1989）[1-143]。译文参考《文艺复兴时期英国戏剧选 III》（博蒙特 等，2021），笔者根据实际情况对译文略有调整。

英格兰对外贸易迅猛发展和新兴资产阶级原始积累的语境中，探讨剧中东方财富想象、贸易投资和炼金术隐喻，揭示早期现代英格兰的东方贸易焦虑。

一、早期现代英国的炼金术话语

在 10 世纪初，炼金术传入欧洲，引起了各个阶层尤其是王公贵族的重视。炼金术（alchemy）一词被认为源自阿拉伯语"al"和希腊语"kimia"，指代"Chemi"或"Cham"，意为"黑土地"，乃是古埃及文化中的一个重要术语。"西方的炼金术传统是在古希腊和埃及的亚历山大发展起来的，它借鉴了新柏拉图主义思想，并在伊斯兰教和犹太教神秘哲学的传统中得到进一步发展。"（Holme，2014）炼金术传入欧洲后，贵族阶层资助炼金术士希望获取更大利益。在英国，对炼金术士的支持至少可以追溯到爱德华四世（Edward IV）时代。爱德华四世资助乔治·里普利（George Ripley）出版了最著名的炼金术小册子，对英格兰炼金术研究的传播做出了巨大贡献。《炼金术士》中，萨特尔为烟草商德鲁格尔（Drugger）在黄金上设计标志："他首先将有一座钟……钟旁边站着迪"（II. VI. 20）。"迪"让人想起伊丽莎白一世时期的宫廷占星家及炼金术士约翰·迪（John Dee）。他得到了女王的资助，铸造占星图表为航海家提供数学指导，推动了炼金术的发展。随后，迪的继任者肯尔姆·迪格比（Kenelm Digby）获得了詹姆士一世（James I）和查理一世（Charles I）的支持（Holmyard，1990）[210]。詹姆士二世（James II）和查理二世（Charles II）不仅资助炼金术士，而且还亲自进行炼金实验，查理二世甚至在卧室下面建造了一个秘密炼金实验室（Holmyard，1990）[15]。17 世纪的伦敦已成为国际化学勘探中心，来自低地国家、法国、意大利、西班牙以及其他地方的从业者纷纷聚集在此。据了解，有 74 位炼金术士曾在伊丽莎白时代的伦敦执业（Woodward，2010）。随着炼金术书籍的陆续出版和印刷量迅速扩大，炼金术在 17 世纪的英格兰蓬勃发展。

近代以前，炼金术的出现常常意味着健康或财富状况的转变。中世纪时期，黄金被认为具有治疗某些疾病的天然属性，因而炼金石在某种程度上成了一种灵丹妙药，以应对黑死病等公共卫生危机。正如剧中提到的"可饮用的金子"（aurum potabile）（III. I. 41），基思·托马斯（Keith Thomas）认为，金属是像植物一样的活的生物体，因此可能对其他生物体有药用价值。而佩戴黄金同样也能达到治疗的效果，譬如，英格兰民众认为佩戴君王制作的戒指可以用来治愈癫痫。不论是作为药物饮用还是作为护身符，黄金被认为可以治疗多种疾病，甚至是一

种长生不老药（Deng，2011）[146]。剧中玛蒙就将炼金石作为"能治所有感染"的
"灵丹妙药"（II. II. 64）和能把"老叟变成稚童"（II. II. 53）的长生不老药。除了
用炼金术改变健康状况，人们还试图通过炼金术将普通金属转化为黄金和白银，
以解决贵金属短缺的问题。当代学者斯蒂芬·邓（Stephen Deng）的研究表明，早
期现代英格兰的铸币过程与炼金术过程相似，都是通过将贱金属与上等金属分离
从而制成贵金属。然而，铸币行为在1351年爱德华三世（Edward III）统治时期
被列为叛国罪："如果一个人伪造了国王的大玺或枢密院印章，或他的钱币……应
该被判定为叛国罪"。（Deng，2011）[105-106] 可见，炼金术意义含混，琼森有理由在
戏剧《炼金术士》中批判炼金术行为，将萨特尔等人从贱金属中获得炼金石视为
狡诈的骗局。

作为提炼黄金的手段，炼金术还促进了信用货币的出现，为社会经济转变做
出巨大贡献。在17世纪，从各种社会改革者的著作以及许多欧洲摄政王赞助炼金
术士的作品中可以看出，人们试图用炼金术来扩大货币存量，从而刺激经济增长。
同时，炼金术也吸引了众多政治经济学家，他们认为货币存量的增加将促进商业
的扩张，从而解决就业不足等问题。作为一名炼金术士兼经济顾问，约翰·贝彻
（Johann Becher）提出，商人是财富创造的催化剂。他将货币视为"国家的灵魂和
神经"，指出货币数量的增加能够进一步扩大支出，从而刺激生产（Magnusson，
1994）。贝彻还建议摄政王应该追求炼金术，以直接增加他们的财富并增加流通中
的货币量（Smith，1994）。经济学家杰拉德·马林斯（Gerard Malynes）认为，黄
金流通量的增加能够扩大贸易，带来更高的收入，从而创造更多的就业机会。他
和贝彻一样，认为炼金术是解决货币短缺问题的可行方案（Malynes，1622）。然
而，由于通过炼金术获得大量金银货币存在困难，人们开始将注意力转向信用货
币，以此替代炼金术用来扩大货币存量。哈特利布圈子（The Hartlib Circle）就是
这种转变的例证，他们开始提倡将土地转化为货币，而非通过炼金术提炼金属货
币，来增加流通货币的数量，建立一个土地银行，形成一个以土地安全为基础的
信贷货币体系。虽然这些想法没有得到实施，但却鼓励了后来的思想家继续探索
和倡导信用货币体系，极大地促进了英格兰的经济发展，推动了英国从弱小的民
族国家向帝国和工业中心转变。

随着资本主义社会的发展，炼金术成为财富生产路径的隐喻，以圈地运动著
称的英格兰成了炼金与化学反应的实验室。如同炼金术将贱金属转化为黄金，早
期英格兰的圈地运动作为资本原始积累的方式之一，促使英格兰由封建社会向资
本主义社会过渡，为资本主义生产方式的形成奠定了基础。在15世纪，随着呢绒

产品的需求不断增加,英格兰新兴的资产阶级和新贵族通过暴力强占农民的土地,限制或取消原有的共同耕地权和畜牧权,将农民的土地圈占起来,变成私有的大牧场和大农场,以此追求高额利润。在 16—17 世纪,英格兰工厂手工业快速发展,对农产品的需求日益增大,圈地运动进一步高涨。大规模的圈地运动使农业商业化,农民失去了共同土地的使用权,离开世代居住的乡村,来到工业城镇成为无产者。此外,因羊毛涨价收益颇丰的个体牧民和一部分经营有方的农民,租赁更多土地圈作牧场或放弃耕种农作物来养羊,最后成了大牧场主。因此,劳动力日渐私有化并以资本主义形式流通,"正如马克思和恩格斯早在《共产党宣言》(*The Communist Manifesto*)中就明确指出的那样,资本主义必须不断扩张,其扩张的前提是剥夺那些在社会秩序中处于弱势地位的人的权利并使他们成为无产者"(Morrow,2009)。圈地运动的快速发展意味着"新的经济和社会秩序的出现"(Yelling,1977),资本的大量积累有如炼金术转化而成的巨大财富。与此同时,圈地运动进一步促进了工业生产和技术改革,让英格兰逐渐走向国际市场。作为炼金转化的实验室,英格兰在圈地运动之"炼金术"作用下快速发展成为资本雄厚的商业帝国。

通过对外贸易获取财富是炼金术的另一隐喻,商人与投资者在贸易公司的"炼金炉"(I. I. 45)反应下,获取了丰厚的利润。正如现当代经济历史学家安德里亚·芬克尔斯坦(Andrea Finkelstein)所说:"只要认真遵守一些规则,贸易就是繁荣王国的炼金石。"(Finkelstein,2000)早在中世纪时期,英格兰就与低地国家发展羊毛贸易,伦敦商人开始作为一个主要群体出现。到 13 世纪末,英格兰的商业和王室的影响力大增,其中英格兰羊毛的出口起到了关键性作用(Sutton,2002)[29]。随着毛纺织业的兴盛,呢绒贸易逐渐取代羊毛贸易。中世纪晚期,为了确保对外贸易的有序性并能让商人在贸易中获取利益,亨利四世(Henry IV)授予在尼德兰经商的商人特许证,规定他们有权组织与管理英国商人的事务,这标志着商人冒险家公司的成立。商人冒险家公司是当时最大的规约公司,由一些富有的商人联合而成,主要从事与荷兰和德国北部的呢绒贸易。据统计,在 16 世纪中叶,该公司呢绒出口的总价值已达到每年 1,000 万英镑(Williams,1979)[143-144]。一部分商人和投资者则通过股份制公司获利。股份制公司通常作为一个整体进行贸易活动,其资金以股东入股投资的方式进行筹集。在 17 世纪,股份制商人团体黎凡特公司(The Levant Company)和东印度公司(The East India Company)崛起,以往出口呢绒的贸易开始转向从西印度、美洲进口烟草和蔗糖,然后再出口到其他国家的贸易方式。公司的商人与投资者以按比例分享利润的方式获得了巨额回报。"据一位威尼斯知情人士透露，到 1604 年，伦敦商人在黎凡特的年营业额超过了每年 25 万克朗。"（Vitkus，2008）[26] 这与剧中法斯等人在炼金术骗局中获得财富高度吻合。可以看出，琼森旨在以剧中的炼金炉影射对外贸易的财富获取路径。

类似于通过炼金术制造炼金石，英格兰王室与贵族统治阶层通过利用特许权，从股份制公司中获取利益。炼金术在某种程度上意味着将投入的"黄铜"或"锡"等贱金属转化为"金子"和"银子"（III. II. 123），也就是用一部分钱财催生出数量更多、价值更大的金银财富。这种质变过程投射出英格兰王室与贵族统治阶层利用王权和议会授予公司的特许权，在股份制贸易公司的"炼金术"作用下，以权力或投资资金获得更大回报。股份制公司如黎凡特公司的成员通常是一群富有而有权势的商人、绅士或贵族及其亲属，因为在 16 世纪 90 年代，该公司收取高达 150 英镑的入会费，这为社会名流和上层阶级提供了更多机会（Vlami，2015）[27-28]。他们为股份制公司带来投资资金，公司的垄断贸易也为他们带来利润回报。吉尔伯特·莫尔伍德爵士（Sir Gilbert Morewood）出身于贵族家庭，他在 17 世纪初加入了东印度公司。莫尔伍德的投资使他生前在该公司获得了 2,234 英镑的收益，并且他还拥有部分海外贸易中船只的股份（Peck，2018）。甚至英格兰王室也以入股投资贸易公司或用权力换取股权的方式获得利益，伊丽莎白一世（Elizabeth I）曾在黎凡特公司投资 4 万英镑（Vlami，2015）[13]。伊丽莎白女王统治末期，她每年从黎凡特公司获取的收益约为 4,000 英镑，这一收益又进一步巩固了女王对特许公司的支持（Vitkus，2008）[26]。这也与琼森在剧中所描绘的玛蒙等人意图利用萨特尔的炼金术获取利益回报相呼应。

与依赖炼金术致富类似，英格兰王国从贸易公司殖民扩张中积累大量财富，完成了从边陲小岛到世界商业帝国的质变。早期现代英格兰的外贸公司推动了商业扩张和地理发现，因此在通过对外贸易积累资本的同时也伴随着殖民扩张，对其后来创建不列颠殖民帝国产生了深远的影响。贸易公司的参股人均为君王、权贵与大商人，公司利益实际上是英国统治阶层的利益，在某种意义上代表英格兰的国家利益。英格兰首先对北美洲等地区展开贸易殖民，随后成立了弗吉尼亚、百慕大、普利茅斯和马萨诸塞湾等公司。其中以弗吉尼亚公司的活动最为典型，该公司组织其成员开办种植园，利用贫困移民和当地劳动力种植烟草，在十几年时间里就获得了丰厚的利润（Tomlins，2010）[160-161]。17 世纪初，伊丽莎白一世授予东印度公司皇家许可状，给予其在印度贸易的特权，从此对印度展开了贸易殖民。东印度公司极大推动了英格兰的资本积累。该公司的董事，也是当时的著名商业资本家托马斯·孟（Thomas Mun）声称，在 1601—1620 年，东印度公司的出口商品价值超过 29 万英镑（Lipson，1948）。到 17 世纪末，至少有 7 家公司代表英格兰在国外的商业利益，分别是商人冒险家公司、伊斯特兰公司、莫斯科公司、黎凡特公司、东印度公司、哈德逊湾公司和非洲公司（Vlami，2015）[16]。这些贸易公司以商业形式展开了英格兰的殖民扩张进程，促使英格兰完成了从边陲小岛到"日不落"帝国的"炼金术"式之转变。

二、东方财富幻想与对外贸易增长

剧中的玛蒙对拥有炼金石后化身为奥斯曼苏丹的幻想隐射了英格兰人对东方财富的渴求。根据奥斯曼帝国旅行者的报道以及贸易所带来的财富，英格兰人认为奥斯曼苏丹是一个奢华的帝国且具有令人羡慕的生活方式，那里有繁荣的商业、宏伟的建筑和惊人的财富。第二幕第二场中，玛蒙幻想自己获得炼金石之后皇帝般的生活。

> 玛蒙：伙计呀，
>
> 　　　我要结束你所有的劳作，
>
> 　　　以后当我的后宫（seraglio）总管。
>
> 法斯：好呀，先生。
>
> 玛蒙：你听到了吗？
>
> 　　　我要把你净身（geld），伙计。（II. II. 31-33）

"seraglio"一词指的是土耳其苏丹的宫殿，也指伊斯兰教教徒妻妾的闺房。琼森在此处运用"seraglio"来表明玛蒙幻想自己成为苏丹，住在奥斯曼华丽的宫殿中，并且拥有妻妾成群的"后宫"。玛蒙还想象自己获得炼金石后，将法斯"净身"并作为他的"后宫总管"，甚至伦敦社会的年轻壮汉们也将被阉割，在他的宫廷里充当"太监"（eunuchs）（II. II. 68）。苏丹的后宫作为"西方想象的一种建构"（Birchwood，2007），展现了英格兰对奥斯曼富足社会的想象和向往。玛蒙对自己的装扮也进行了描述，"我其他衣饰要超过那波斯王"（II. II. 91），"我的用鱼皮和鸟皮做的手套，要洒上伊甸园树胶的香水——"（II. II. 93-94）。其中"波斯王"和位于东方的"伊甸园"皆是东方的象征①，玛蒙的幻想就是对富有东方的想象。对

---

① 《圣经》中伊甸园位于东方。此处波斯王指东方亚述王国最后一个国王萨丹纳帕路斯（Sardanapalus），以奢侈闻名于世。

早期现代英格兰来说，奥斯曼世界充满了令人向往的物品，他们甚至已经成了"全欧洲羡慕的对象"。从 16 世纪中期一直到 17 世纪，"英格兰对奥斯曼文化和社会的了解，以及由此产生的对奥斯曼商品的渴望，通过模仿和商业活动的双重过程，从皇家宫廷和贵族阶层传播到了中产阶级"（Maclean，2007）。

法斯等人占有拉夫维特（Lovewit）的房子作为炼金场所来积累金银，类似英格兰贵族和资产阶级将农民的耕地圈作牧场创造财富利润。炼金术的致富方式在英格兰广泛传播，富足东方的想象使得英格兰人追求财富的欲望愈加强烈。正如剧中烟草商德鲁格尔在向萨特尔请教新店货架的摆放位置时所坦白："我很希望发财，先生。"（I. III. 13）玛蒙在向萨特尔寻求炼金石之前也曾两次说道："发财吧。"（II. I. 7 23）同样，对财富的渴求使法斯、萨特尔和桃儿三人占用拉夫维特的房子，将其作为炼金实验的场地，以便获取更多的利益回报。经过精心设计的骗局，他们三人在该炼金实验室中获得了达珀尔等人的钱财、"首饰""亚麻布""锦缎""烟草"（V. IV. 109-120），这与当时英格兰的圈地运动别无二致。英格兰贵族和资产阶级为开展羊毛贸易，圈占公地、农民耕地以及教会土地，用来作为牧场发展养羊事业。他们雇佣廉价工人，削减成本，并将利润投资于扩大经营，以此获取高额羊毛收益。一部分圈地者来自地主和农民，他们也试图在羊毛市场价格居高不下的情况下快速获利。圈地运动还促进了英国工业的快速发展，在 17—18 世纪，英国靠纺织工业生活的人口占全国的 20%，英国出口总额中纺织品占据三分之一以上的市场份额。此外，圈地运动推进科技进步，一些资本家利用新开发的技术来耕种，提高了作物的产量和利润（Wood，1994）[16-17]。

与该剧互动，因东方财富幻想积极开展对外贸易和殖民的英格兰打开了"新世界"的大门。所以，剧中玛蒙爵士出场时说道："来吧，先生。现在你来到新世界了，/ 这是富裕的秘鲁；/ 在那儿，先生，有金矿，/ 有伟大的所罗门的俄斐……"（II. I. 1-4）玛蒙所谓的"新世界"是指富裕的世界，因为萨特尔的炼金石可以给他们带来无穷的财富。"富裕的秘鲁"暗含英格兰对富有"金矿"的美洲大陆的向往，就像他们渴望《圣经》中盛产黄金和宝石的"俄斐"（Ophir）。对于早期现代英格兰来说，贸易和殖民可以让他们踏上异域的土地，从而展开对"新世界"的探索。美洲大陆是早期冒险家开辟东方航线时的意外发现，在此意义上，玛蒙所说的"新世界"与东方世界毫无差别。1607 年，由商人、地主和冒险家组成的伦敦弗吉尼亚公司得到英王的特许状，在北美大陆组织了一次殖民行动，建立了英国在北美的第一个殖民地，被命名为弗吉尼亚殖民地（Tomlins，2010）[160-161]。英格兰人试图挖掘该殖民地的商业潜能，以满足自己的财富欲望。

该公司计划依靠男性劳动力发展种植园农业，来获得市场畅销的商品，包括沥青、焦油、木材等海军用品，或制作葡萄酒所用的葡萄等（Games，2008）[118]。此外，弗吉尼亚的烟草成为英格兰、弗吉尼亚和马格利布三者之间的贸易中最重要的商品之一（Maclean et al，2011）[207]。公司除了要求殖民地生产一定数量的粮食和商业作物，还尝试殖民地的制铁工业，发展丝绸生产，引进酿酒等（Brenner，2003）。英格兰人以计划在美洲殖民地发展商业贸易的方式开拓"新世界"，满足追求利益的野心。

受到商业需求和财富欲望的驱使，早期现代英格兰与地中海等地开展贸易往来，英格兰财富似乎在炼金术神奇作用下迅速增长。英格兰的长途贸易首先是在地中海建立起来的，西班牙的禁运和法国的内乱导致英格兰与西班牙和法国的贸易衰退，这促使英格兰商人进入地中海以寻找替代市场①。在1571年的勒班陀战役中，西班牙殖民帝国、罗马教廷和威尼斯联盟的海军击败了奥斯曼人，给奥斯曼帝国造成沉重打击（Stanivukovic，2007）。这场战役标志着英格兰进入东地中海的政治和商业舞台，因为对奥斯曼土耳其来说，与英格兰签订贸易协议将有助于其进一步削弱威尼斯等天主教国家的力量，"同时也将为正在进行的战争带来所需的军事物资，如武器、火药、硝石、锡、铅和'钟形金属'等"（Vitkus，2008）[24-25]。而英格兰的爱德华·奥斯本（Edward Osborne）和理查德·斯塔珀（Richard Staper）领导了一群富有的伦敦商人，他们希望在黎凡特建立贸易往来，进口丝绸和香料以获取利润。因此，1578年，英格兰代理人威廉·哈伯恩（William Harborne）被派往君士坦丁堡，与奥斯曼帝国进行商业谈判。随后，安东尼·詹金森（Anthony Jenkinson）被苏丹苏莱曼一世授予了在奥斯曼帝国进行贸易的个人许可证。1580年，苏丹穆拉德三世（Murad III）向整个英格兰颁发了正式的贸易许可证（Maclean et al，2011）[17]。次年9月，土耳其公司（后称黎凡特公司）正式成立，女王授予该公司皇家宪章。地中海、伊斯兰等地贸易的开放促成了丝绸、地毯、橄榄油、葡萄酒、香料、琥珀以及统治阶级和商业阶级渴望的其他奢侈品的进口，极大增加了英格兰的财富积累。

剧中将拥有"点金石"与成为东方贸易中心"国王"等同，东印度公司的对外贸易就如同炼金石一般，具有创造无限财富的能力，展现英格兰对东方贸易的

---

① 西班牙哈布斯堡王朝霸权的崛起对新教英格兰构成了威胁。英格兰和西班牙之间日益紧张的局势首先导致了贸易禁运，最终引起了公开战争和1588年的西班牙入侵。1572年，法国天主教暴徒对国内新教徒胡格诺派进行了长达几个月的恐怖暴行，该事件被称为圣·巴托洛缪大屠杀（Vitkus，2008）[21]。

无限渴求。1600 年，东印度公司的成立为寻求市场和利润的英格兰人提供了在印度贸易的特权，愈加满足了英格兰的东方贸易需求。剧中萨特尔在为德鲁格尔预测新店架子的摆设时说道："有一艘来自霍尔木兹的船舶，/将给他运来货品。"（I. III. 60）"来自霍尔木兹的船舶"暗含了东方贸易话语，是烟草商德鲁格尔拥有财富的象征。霍尔木兹位于波斯湾进入阿拉伯海的狭窄海峡，是葡萄牙控制了一个世纪的利润丰厚的转口港，对波斯以及欧洲贸易有着至关重要的作用，载有"毒品、香料、丝绸、珠宝、地毯和其他东方商品"的商船在此地大量流通及征税（Grogan，2014）[180]。波斯的目光一直投向被葡萄牙统治的霍尔木兹，而此时英格兰与葡萄牙的关系也逐渐恶化。1621 年，东印度公司的船只与从葡萄牙里斯本派来保卫霍尔木兹的船长鲁伊·弗莱尔（Rui Freire）发生冲突，波斯随即拉拢东印度公司加入他的行列，最终弗莱尔被捕，霍尔木兹于 1622 年落入波斯和英格兰军队手中（Grogan，2014）[181-182]。因此，霍尔木兹来的船舶带来东方商品和东方财富，暗示当时英格兰通过东印度公司创造利润财富。第二幕第三场中，法斯引诱玛蒙去见乔装成贵族的桃儿："你拿你的点金石，可以叫她过上女皇的生活，而你就是班呑的国王。"（II. III. 320）其中"班呑"是印度尼西亚爪哇东印度公司经营的一个贸易中心。此处，拥有"点金石"意味着过上东方君王般的生活。

如同剧中炼金术拥有点石成金奇效的炼金石，英格兰对外贸易带来各种东方商品，促进国内市场繁荣及财富增长。在玛蒙看来，获得炼金石后，他的一切装饰都是华丽的，甚至他的食物也"将盛在印度贝壳里，/置于玛瑙餐盘之上，/餐盘包着金子，镶嵌着/翡翠、蓝宝石，青玉和红宝石"（II. II. 72-74）。"印度贝壳"来自东方，而"玛瑙""翡翠""蓝宝石""青玉"和"红宝石"等都是来自伊斯兰国家的商品，因此"镶嵌着翡翠""金子""宝石"的"玛瑙餐盘"象征着东方帝国，它们既意味着奢侈品的消费，也意味着财富的积累（McCabe，2008）[3]。玛蒙所想象的异国商品都是当时英格兰商人从黎凡特市场中进口的奢侈品，包括贵重金属、宝石和香料。丝绸和香料等东方商品从印度、东印度群岛和亚洲其他地区的生产地经由波斯、土耳其（或埃及）到达地中海，最后转移到英格兰等欧洲国家。这些外来商品进入英格兰市场，给商人们带来大量收益。伊丽莎白时期的商人们认为，本土商品的收益远远低于外来商品，因此他们通常选择购买外来商品以寻求高额利润。托马斯·孟指出，互惠是贸易的一条重要准则。促进进口商品的消费将与出口国之间建立良好的关系，以至这些国家也同样乐于进口英国的商品。相反，如果英国禁止外国商品进口，则将失去英国商品出口的机会（Appleby，1978）。也就是说，外来商品的进口促进了本国商品的出口，从而形成了财富增长的良性循环。

外贸公司的兴起不仅使得像剧中的房主拉夫维特般的投资者得到财富增长机会,而且提升了英格兰的国际地位。剧中法斯的主人拉夫维特为了躲避瘟疫,离开了伦敦的房子,却在无意间为法斯、萨特尔和桃儿三人提供了炼金实验的场地。这个用来炼金的房子就如同拉夫维特对他们"事业"的投资,而拉夫维特则是背后成功的投资者,他不仅获得了"一份巨额财产",还与一个富有的"寡妇"(V. V. 148)成婚。拉夫维特的收益进一步提升了他的社会地位和声望,以至受骗者们都愿意相信他,因此在戏剧结尾,他成功摆平了这场骗局。早期现代英格兰的投资者,包括政治家、军事官员、大商人、君王、王公贵族等精英阶层,皆为贸易公司的发展贡献了资本。作为回报,他们以"就业、机遇、威望和利润的形式获得了利益"(Bowen,1996),同时也为英格兰王国带来财富增长,提升了国家的影响力。正如学者艾莉森·盖姆斯(Alison Games)指出,投资贸易公司的个人希望赚得盆满钵满,但他们也将国家的兴盛作为目标,他们的利益与英国的威望和权力密不可分(Games,2008)[8]。例如,莫斯科和东印度公司的主要投资者是伦敦大商人,甚至英格兰在东北航道和西北航道探险的资金也主要依赖于这些商人。他们的投资在对外贸易中得到了回报,英格兰也在扩大市场中受益。虽然莫斯科公司的贸易没有使俄罗斯成为英国商品的主要市场,但"它对英国的海权做出重要贡献"(Andrews,1984)。

然而,"炼金术"是一项机遇与风险共存的投资或投机事业。虽然商业投资带来了财富增长,但也让部分人遭受亏损乃至破产。迈克尔·内利希(Michael Nerlich)研究发现,"adventura/aventure"一词的风险或不确定商业利润的含义早在罗马时代就已经存在,且在英语中沿用至今,如"venture capital"通常用来代表具有风险的投资(Sutton,2002)[27]。在早期现代英格兰,投资市场"变成了一个赌博场所"(Grassby,1995)[10]。有时投资者会因为信任冒险公司而将自己所有的财富赌到一次商业冒险之中。如果冒险成功,投资者则获得巨额财富,但如果冒险失败,常常会导致投资者的破产,投资的回报率取决于不同活动的风险程度(Vaggi et al,2003)。因勘探和殖民而成立的公司如弗吉尼亚公司,其投资风险往往高于其他贸易公司,他们中很少有人能够获得回报(Clay,1984)。因此有些投资者不仅着眼于一家公司,而是分别投资多家公司来规避破产的风险。譬如,"在投资弗吉尼亚公司的商人中,有40%也拥有其他公司的股份。其中最受欢迎的是东印度公司,46%的商人投资了该公司,其次是爱尔兰、黎凡特和西北航道公司。"作为个人投资者,托马斯·斯迈思爵士(Sir Thomas Smythe)也投资了多家公司，包括东印度、弗吉尼亚、黎凡特、马斯科维、法国、西北航道和百慕大公司等（Games, 2008）[118]。那么，琼森将剧中的炼金术定义为极具风险的投资活动，受骗者们的冒险投资全都惨遭失败，是否暗示了琼森对当时英格兰投资贸易之焦虑？

三、清教徒的敛财行为与贸易投资焦虑

剧中的玛蒙等人物买下炼金石以期获得财富的行为类似商人通过冒险投资获取利润。玛蒙向赌徒瑟里（Surly）介绍自己获得点金石的计划："我买下了点金石。/ 我的投资把它给了我。"（II. II. 100-101）他将自己"买下点金石"的行为视为一种"投资"。玛蒙通过投资萨特尔的炼金术，买下炼金石，希望以此获得更多利润回报，并且认为只要拥有了点金石，就能给他带来一切想要的荣华富贵。

> 瑟里：难道你认为你拥有了这一切，便拥有了点金石？
> 玛蒙：不，我拥有了点金石便拥有了这一切。（II. II. 95-96）

玛蒙正如一个商人冒险家或投资者，他提前付款，希望自己的投资可以带来回报。此外，剧中其他角色也为了获得财富进行投资。律师助理达帕尔（Dapper）为了能在赌场赢钱，向萨特尔祈求一个"精灵"（I. II. 80），并向他"投资"了"四个金币"（I. II. 37）甚至更多。烟草商德鲁格尔为了依靠点金术给他的商业带来更多财富，"投资"了"一克朗金币"（I. III. 84）和"一个葡萄牙金币"（I. III. 87）等。早期现代英格兰的商人冒险公司在开展对外贸易的进程中，投资者和商人公司都有机会获得巨额利润（Vitkus, 2008）[20]。对玛蒙来说，知晓炼金术就意味着拥有创造财富的力量，而对投资者来说，熟悉资本主义市场机制将带来利润。英国主要的商业冒险家都知道，由海外市场的股份公司进行的英国出口与外国进口的互利贸易，比海盗的私掠活动更值得投资（Vitkus, 2008）[23]。英格兰的海外扩张是通过各阶层的资本投资来维持的，投资者除了商人以外，还包括乡绅和贵族。各阶层的投资相应地带来了巨额利润，促使英格兰越来越多的人选择以投资的方式获取财富。然而，贸易投资也具有风险，正如投资失败的破产者，玛蒙和达帕尔等人的幻想和期待最终"成了泡影"（IV. V. 75）。

剧中因信任萨特尔，希望通过炼金术致富的人物都惨遭失败，暗示依靠信用关系完成的冒险投资存在风险。剧中的受骗者皆是基于信任萨特尔和法斯，希望以"投资"炼金术的方式获得更多财产。然而，他们的"投资"最终血本无归，

不仅没有获得任何回报,"投资"的资金也进入房主拉夫维特的口袋。因此,这种基于信用关系的投资行为存在一定风险。批评家克雷格·穆德鲁(Craig Muldrew)指出,在这样一个竞争激烈的社会,"信用关系很容易导致严重的财务问题"(Muldrew,2004)。在早期现代英格兰,一些缺乏诚信的股份制公司往往会向外界宣布虚假报告,宣称项目正在顺利实施,然而事实上无法支付已经承诺的股息。这导致了那些因信任他们而提供资金的投资者遭遇亏损甚至破产。到17世纪后半叶,矿业探险公司(The Mine Adventure)向股东们承诺"在6个月内支付6%的利息",然而,由于低估了管理费用和偿还这些费用所需的时间,该公司没有足够的资金支付这些利息[①]。实际上,公司潜在的技术问题无法解决且只能得到微薄的利润,但该公司依旧做出了不诚实的回应,让投资者对从中获得经济回报抱有幻想。虽然建立信任就是为商业成功奠定基础,但依靠信用关系进行投资也意味着需要承担可能遭受背叛和失败的风险(Ward et al,2003)。因此,琼森正是通过描绘剧中受骗者的投资失败来暗示英格兰贸易投资创造财富存在一定风险,可能对国家经济社会造成威胁。

与剧中玛蒙的投资失败类似,英格兰依靠对外贸易增加财富的进出口时常发生失衡并引发经济危机。剧中玛蒙通过从萨特尔手中买下炼金石的行为有如资本主义市场交易,然而玛蒙的交易最后遭遇失败,暗示琼森对通过资本主义贸易生产财富的方式持怀疑态度。英格兰大量的商品进口会导致通货紧缩,引起财政赤字。17世纪上半叶,英格兰的传统进口贸易使得大量货币外流,加剧了本已岌岌可危的财政状况。来自美洲的黄金和白银流量减少,加上中欧银矿产量迅速下降,使得硬币稀缺。当时有经济学家提出,大量进口国外商品导致外来商品和国内商品之间的失衡会耗尽国家的黄金和财富,带来巨大损失(Vitkus,2007)。此外,国内货币数量的减少导致市场物价下降,甚至引发价格的恶性竞争。相反,大量的商品出口所产生的通货膨胀将导致英格兰国内物价上涨。据彭里·威廉斯(Penry Williams)统计,"在1551—1555年,粮食价格比本世纪前五年高出180%;50年后的1601—1605年,又增长了45%,整个世纪的增长率超过300%。"(Williams,1979)[140]物价上涨导致普遍购买力下降,底层民众生活贫困,经济秩序被破坏,甚至导致经济危机。托马斯·孟提出,国内的货币存量过多会使本国商品价格上涨,导致国内商品出口减少,竞争力减弱。因此他主张将多余的货币

---

① 矿业探险公司在1568年由伊丽莎白女王特许成立,是英国工业中最早的合股公司之一(Yamamoto,2018)。

输出国外换回商品，寻找时机再把这些商品以超过购进时更高的价格卖给外国人（孟，1965）。

正如剧中炼金术，东方贸易可以给英格兰带来巨大财富，却无意激发了人们非诚信的贪婪行径。在剧中，从达帕尔到玛蒙，社会中不同角色和不同地位的人都选择违背宗教和道德，而去满足自己的物质欲望。甚至是法斯这样处于社会边缘的角色也试图通过骗术来扰乱社会秩序，以满足自己的私欲。其中埃皮刻尔·玛蒙爵士（Sir Epicure Mammon）的名字就暗含贪婪之意味，"Epicure"指的是享乐主义，而"Mammon"有"财神"的意思，意指财富和金钱。琼森正是通过描写剧中人物对世俗物质的追求讽刺了资本主义早期个人的贪婪行为。在早期现代英格兰，不管是商人、律师、医生等各个行业的人都受贪婪驱动而积累社会财富。一些商人资本家利用"不合理的利润、劣质的商品销售和可疑的商业行为，尤其是使用欺诈性的度量衡"，来满足自己无原则的贪婪（Wood，1994）[180]。他们通常直接或间接参与市场生产，无限度地削减成本以获得最大的利润和最小的损失，并在可能的情况下将利润投资于扩大再生产（Wood，1994）[245]。东方贸易的发展促进羊毛和呢绒出口，使得羊毛的需求不断增长，价格迅速上涨。因而新贵族和新兴资产阶级为发展高利润的呢绒贸易，贪得无厌地进行暴力圈地和侵占农民土地，让越来越多的小农户们失业和无家可归。

琼森批评清教徒的敛财行为，透视他对东方贸易的焦虑。清教徒向来崇尚朴实节俭的生活，注重约束奢侈品消费。他们认为舞蹈和奇异服装等皆是煽动情欲的表现（Sanders et al，1998），剧院的戏剧表演则代表了挥霍和奢靡。作为一个剧作家和演员，琼森反对清教并在其多部戏剧中讽刺清教徒。对清教徒来说，沉溺于情欲和追求虚夸的生活方式都会妨碍他们作为上帝的信徒，信徒们自视为是在尘世受托保管上帝财富之人，因此享用这些财富会受到道德谴责，只有用劳作代替悠闲享乐才能增加上帝的权威（Weber，1992）。然而，剧中清教徒忧患牧师（Tribulation Wholesome）声称将炼金石作为"发展神圣事业的手段"（III. I. 11），但实际上却希望炼金石可以给他们带来利益，使他们成为"世俗的贵族"（III. II. 53），甚至还与萨特尔协商铸造外国货币。萨特尔为了达到骗财之目的，向他们述说炼金石的好处："你们可以用点金石点出的金子收买雇佣军，/把你们的朋友荷兰人从西印度群岛召唤过来，/用他们的舰船为你们效劳。"（III. II. 22-24）甚至可以帮助他们成为"王国举足轻重的力量"（III. II. 26）。清教徒可谓是贪婪索取和肆意挥霍财富，扰乱社会秩序与美德准则。考虑到美洲群岛被发现时被殖民者误以为是东方的印度群岛，清教徒前往西印度群岛可以理解为一种东方冒险行为。琼森正是通过讽刺剧中忧患牧师的敛财行为,体现出他对东方贸易的焦虑。

与剧中清教徒的敛财行径呼应,早期现代英格兰的清教徒进行了一系列海外商业冒险与殖民。第三幕第二场,萨特尔为引诱清教徒忧患牧师和阿那尼阿斯(Ananias)上当,声称当他们拥有炼金石后就可以"支付战场上士兵的军饷,/ 买下法国国王的王国 / 或西班牙国王的西印度群岛"(III. II. 47-49)。"法国"和"西印度群岛"皆是富足的地域,买下这些土地暗含英格兰清教徒希望开发新大陆并在那创造经济利益的殖民欲望。1620 年,102 名清教徒乘"五月花号"到达马萨诸塞州的普利茅斯,成功建立了第一个北美殖民地并在此定居(Tomlins,2010)[174]。英格兰清教徒冒着远渡重洋的危险到达新大陆建立殖民地,除了受到宗教迫害以外,其中一个重要的原因是为了在此进行商业活动,像成千上万跟随他们来到北美的新移民一样,他们也为了追求更多利润来到这里。威廉·品钦(William Pynchon)是埃塞克斯郡的一个乡绅兼清教徒,他卖掉自己的财产,移民到马萨诸塞州。他在马萨诸塞州经营毛皮贸易,成了一个成功的商人并获得大量财富(Grassby,1995)[162]。此后,更多新移民包括清教徒来到了北美大陆,他们在那利用林业资源从事造船业和捕鱼业,并发展对外贸易、农业、畜牧业等,在该殖民地积累了丰厚的财产。

剧中炼金术激发了人们追求财富的欲望,如同东方贸易带来各种奢侈商品,纵容国民的欲望而破坏社会稳定。法语中,奢侈品"luxe"一词来自古老的词根"luxus",意为过度、放纵和放荡。在基督教中,奢侈与贪婪和欲望联系在一起,是七宗罪之一(McCabe,2008)[274]。剧中玛蒙认为拥有了东方的奥斯曼宫殿般的奢侈生活就能够满足自己的性欲,他希望"像所罗门一样 / 坐抱许多嫔妃佳丽"(II. II. 35-36),或"赤身裸体行走于荡妇之间"(II. II. 48)。玛蒙所体现的奢侈既表现为物质追求和感官放纵,又表现为情欲与好色(Scott,2015)[118]。16 世纪英格兰作家托马斯·纳什(Thomas Nashe)反对奢侈品消费,他认为"奢侈"意味着"欲望"和"淫荡",奢侈品就像瘟疫一般,不仅会引起暴乱,还与无节制的肉欲联系在一起。因此日益增长的国外奢侈品贸易会威胁城市的变革和发展(Scott,2015)[89-90]。再者,奢侈品消费成为社会地位象征的观念逐渐深入人心,促使竞争性消费愈演愈烈,使得一种新的商业秩序取代旧的社会等级秩序。犹如玛蒙期望以奢侈消费成为奥斯曼的皇帝,英格兰民众也以购买奢侈品的方式维护个人和社会地位。以爵位继承和家族血统决定社会地位的秩序被打破,极易引起社会暴乱和恶性竞争。琼森在剧中描绘奢侈商品带来的纵欲和潜在的社会混乱,旨在表明对英格兰通过东方贸易积累财富的焦虑。

四、结语

新航路开辟时期，炼金术在英格兰广泛传播。随着资本主义经济迅速发展，炼金术成为一种财富生产路径的隐喻，隐指英格兰通过圈地运动、东方贸易和殖民冒险等方式积累大量资本。在此语境下，琼森的《炼金术士》旨在用炼金术制成炼金石喻指贸易投资带来奢侈商品从而增长财富的过程。如同剧中玛蒙对奥斯曼奢华帝国的渴望，英格兰人异常向往东方的富足社会，并积极展开对外贸易与冒险殖民。东方贸易促进了英格兰的资本积累，促使其从一个边陲小岛变成一个世界商业帝国，但同时也存在隐患，暗含琼森对资本主义市场的怀疑态度。玛蒙为了获得财富买下炼金石就像投资者投资商人的公司以期得到巨额利润回报，然而投资往往伴随风险，可能会导致投资者的破产。同时，在东方贸易进程中，进出口的失衡会引发经济危机；对外贸易的不断发展纵容商人资本家的贪婪；大量引进的外国商品激起国民的欲望，也威胁社会秩序与稳定。琼森在剧中刻画了英格兰难以达到奥斯曼的"帝国主义境界"，却也讽刺了民众被"市场激发的贪婪"（Vitkus，2008）[29]。他在剧中透露对东方财富的渴望与向往，又意图以此剧表现对东方贸易和外来商品的焦虑。然而，琼森常常被视为"第一位资产阶级个人主义作家"（McEvoy，2008），《炼金术士》就是他投入国内市场甚至随东方贸易进入国际市场并期待获得巨大收益的商品。琼森为贵族赞助人和商业剧院写作而获得更多收入，甚至也曾梦想成为"富有的律师、医生或商人"（Donaldson，2011）。或许，正是此种痴迷与焦虑共存才是该剧的魅力所在。

参考文献【Works Cited】

ANDREWS K R, 1984. Trade, plunder and settlement: maritime enterprise and the genesis of the British empire, 1480-1630[M]. Cambridge: Cambridge UP: 18, 76.

APPLEBY J O, 1978. Economic thought and ideology in seventeenth-century England[M]. Princeton: Princeton UP: 118.

BIRCHWOOD M, 2007. Turning to the Turk: collaboration and conversion in William Davenant's *The Siege of Rhodes*[M]//Remapping the Mediterranean world in early modern English writings. Ed. Goran V. Stanivukovic. New York: Palgrave Macmillan: 221.

BOWEN H V, 1996. Elites, enterprise and the making of the British overseas empire 1688-1775[M].London: Macmillan: 48.

BRENNER R, 2003. Merchants and revolution: commercial change, political conflict, and

London's overseas traders, 1550-1653[M].London: Verso: 95.

CLAY C G A, 1984. Economic expansion and social change: England 1500-1700[M]. Vol.2. Cambridge: Cambridge UP: 194.

DENG S, 2011. Coinage and state formation in early modern English literature[M]. New York: Palgrave Macmillan.

DONALDSON I, 2011. Ben Jonson: a life[M].Oxford: Oxford UP: 108.

FINKELSTEIN A, 2000. Harmony and the balance: an intellectual history of seventeenth-century English economic thought[M].Ann Arbor: U of Michigan P: 80.

GAMES A, 2008. The web of empire: English cosmopolitans in an age of expansion 1560-1660[M].Oxford: Oxford UP.

GRASSBY R, 1995. The business community of seventeenth-century England[M]. Cambridge: Cambridge UP.

GROGAN J, 2014. The Persian empire in English renaissance writing, 1549-1622[M]. New York: Palgrave Macmillan.

HAWKES D, 2001. Idols of the marketplace: idolatry and commodity fetishism in English literature, 1580-1680[M].New York: Palgrave Macmillan: 156-159.

HOLME A, 2014. Alchemy, image and text: the waning of alchemy and the decline of visual discourse in the late Renaissance[J]. Journal of illustration, 1(2): 192.

HOLMYARD E J, 1990. Alchemy[M].New York: Dover.

JONSON B, 1989. The Alchemist[M]//The selected plays of Ben Jonson. Volume 2. Ed. Martin Butler. Cambridge: Cambridge UP.

LIPSON E, 1948. The economic history of England: the age of mercantilism[M]. Vol.2. London: Adam and Charles Black: 283.

MACLEAN G, 2007. Looking East: English writing and the Ottoman empire before 1800[M]. New York: Palgrave Macmillan: 44.

MACLEAN G, MATAR N, 2011. Britain and the Islamic world, 1558-1713[M]. Oxford: Oxford UP.

MAGNUSSON L, 1994. Mercantilism: the shaping of an economic language[M]. London: Routledge: 195.

MALYNES G, 1622. Lex Mercatoria: or, the ancient law-merchant[M]. London: Basset: 37.

MCCABE I B, 2008. Orientalism in early modern France: Eurasian trade, exoticism, and the ancien régime[M]. New York: Berg.

MCEVOY S, 2008. Ben Jonson, Renaissance dramatist[M]. Edinburgh: Edinburgh UP: 16.

MORROW D, 2009. Local/Global *Pericles*: international storytelling, domestic social relations, capitalism[M]//A companion to the global Renaissance: English literature and culture in the era of expansion. Ed. Jyotsna G. Singh. Oxford: Blackwell: 363.

MULDREW C, 2004. Class and credit: social identity, wealth and the life course in early modern England[M]//Identity and agency in England, 1500-1800. Eds. Henry French and Jonathan Barry. New York: Palgrave Macmillan: 149.

PECK L L, 2018. Women of fortune: money, marriage, and murder in early modern England[M]. Cambridge: Cambridge UP: 70.

SANDERS J, CHEDGZOY K, WISEMAN S, 1998. Refashioning Ben Jonson: gender, politics and the Jonsonian canon[M]. London: Macmillan: 100.

SCOTT A V, 2015. Literature and the idea of luxury in early modern England[M]. Aldershot: Ashgate.

SMITH P, 1994. The Business of alchemy: science and culture in the holy Roman empire[M]. Princeton: Princeton UP: 190-192.

STANIVUKOVIC G V, 2007. Introduction: beyond the olive trees: remapping the Mediterranean world in early modern English writings[M]// Remapping the Mediterranean world in early modern English writings. Ed. Goran V. Stanivukovic. New York: Palgrave Macmillan: 7.

SUTTON A F, 2002. The merchant adventures of England: their origins and the mercers' company of London[J]. Historical research, (75): 25-46.

TOMLINS C, 2010. Freedom bound: law, labor, and civic identity in colonizing English America, 1580-1865[M]. Cambridge: Cambridge UP.

VAGGI G, GROENEWEGEN P, 2003. A concise history of economic thought: from mercantilism to monetarism[M]. New York: Palgrave Macmillan: 96.

VITKUS D, 2007. Poisoned figs, or "the traveler's religion": travel. trade, and conversion in early modern English culture[M]// Remapping the Mediterranean world in early modern English writings. Ed. Goran V. Stanivukovic. New York: Palgrave Macmillan: 46.

VITKUS D, 2008. "The common market of all the world": English theater, the global system, and the Ottoman empire in the early modern period[M]//Global traffic: discourses and practices of trade in English literature and culture from 1550 to 1700. Eds. Barbara Sebek, Stephen Deng. New York: Palgrave: 19-37.

VLAMI D, 2015. Trading with the Ottomans: the Levant company in the middle east[M]. New York: I. B. Tauris.

WARD A, SMITH J, 2003. Trust and mistrust: radical risk strategies in business relationships[M]. New York: John Wiley & Sons: 1-2.

WEBER M, 1992. The Protestant ethic and the spirit of capitalism[M]. London: Routledge: 104-106.

WILLIAMS P, 1979. The Tudor regime[M]. New York: Oxford UP.

WOOD N, 1994. Foundations of political economy: some early Tudor views on state and society[M]. London: U of California P.

WOODWARD W W, 2010. Prospero's America: John Winthrop, Jr., alchemy, and the creation of new England culture, 1606-1676[M]. Chapel Hill: U of North Carolina P: 23-24.

YAMAMOTO K, 2018. Taming capitalism before its triumph: public service, distrust, and "projecting" in early modern England[M]. Oxford: Oxford UP: 257.

YELLING J A, 1977. Common field and enclosure in England 1450-1850[M]. London: Macmillan: 3.

博蒙特 等，2021. 文艺复兴时期英国戏剧选 III [M]. 朱世达，译，北京：作家出版社：667-883.

孟，1965. 英国得自对外贸易的财富 [M]. 袁南宇，译. 北京：商务印书馆：14.

"可畏的对称":布莱克诗歌中的"协商"政治美学

刘　松

内容提要： 伴随着 20 世纪对英国浪漫主义诗人威廉·布莱克的重新发现，基于政治视角的解读逐步成为布莱克研究的新维度。自该研究视角产生之日起，评论者对布莱克在政治上是激进派还是保守派这一议题就争执不断，且这一立场逐渐成为划分布莱克政治观点研究的分水岭。以前评论家多对布莱克前后期诗歌政治立场的对立性展开评述，殊不知若从布莱克诗歌中关于能量释放的描绘为切入口并对其隐喻进行解读，便可见布莱克前后期诗歌中政治思想上的连贯性和一致性。基于布莱克文本中对平衡感和对称感的强调并对其来源进行阐释，我们便可发现布莱克蕴于诗体中的"协商"政治观即可得到充分的解释，即运用"协商"的手段在秩序与自由之间寻求一种平衡，以实现政体的稳定。

关 键 词： 威廉·布莱克；对称感；协商；欲望；政治美学

作者简介： 刘松，辽宁大学外国语学院副教授，文学博士，主要从事英国浪漫主义文学和西方文论研究。

Title: The Fearful Symmetry: The Aesthetics of "Negotiation" in William Blake's Poetry

Abstract: Alongside the 20th-century rediscovery of William Blake, a consistent perspective in the study of this British romantic poet has been his political view. Since the beginning, the dispute on whether Blake is politically radical or conservative has caused debates among critics and it has become a watershed in the study of Blake's political views. This question, though much debated among scholars, is however answerable from a contrast of Blake's early and late political views. Taking Blake's descriptions of energy release as the starting point, with juxtaposition of Blake's early and late poetry, we will find consistency in his political view. Actually, a study which focuses on symmetry and balance in his poetry and politics, will be able to fully explain and decipher Blake's politics of negotiation, that is to use a means of "negotiation" to seek balance between order and freedom in order to achieve a political system's stability.

Keywords: William Blake; symmetry; negotiation; desire; political aesthetics

　　一般认为，浪漫主义诗人威廉·布莱克（William Blake）的诗风在后期从激进转移到保守，其中很明显的例证就是他描述革命能量释放时的措辞发生了改变。当推翻暴政的革命能量得到释放的时候，布莱克早期诗歌中欢欣鼓舞、激励人心的场景已经被后期充满恐怖、血腥等引起人心理和生理上的极度不适和压抑感的场景所取代。对这一现象的合理解释自然与布莱克所受的美学训练和他所感兴趣的人体解剖学的相关知识不无关系，但完全归因于此，未免有失偏颇。当然，不可否认的是，当时的医学理论和实践以及化学领域的研究对布莱克的诗歌创作有一定的影响，这是毋庸置疑的事实，很多评论家也对此进行了详细阐释。但从政治视角来考虑，布莱克在前后期诗歌中对能量释放方式这种看似冲突与对立的描绘实则反映出布莱克政治思想的连贯性和一致性。诺斯洛普·弗莱（Northrop Frye）曾说过，布莱克的作品就是在已经颠倒的世界里重建一种"可畏的对称"（the fearful symmetry）（Frye，1990）①。很多评论家都注意到布莱克文本中的语言和结构层面的冲突和对立，但弗莱却透过文本语言和结构的表层看到了布莱克哲学思想上的连贯性，那就是对平衡和对称的强调。实际上，这种对平衡与对称的强调同样也是布莱克政治思想的核心。沿此脉络，若将布莱克的早晚期诗歌并置，就会发现在他早期诗歌中对欲望与革命激情的颂扬与晚期长诗中对欲望与激情失控的描写中存在一种内在的统一，即都反映了其对和谐政体构建方式的智性思考。布莱克以幻象的形式呈现能量与激情在不受控制的状态下喷涌而出的后果，他想通过这种危险预警的描述引发人们的思考，以期在自由与秩序之间建立起一种对称和平衡。从这个角度来看，布莱克的对称和平衡就是一种"协商"政治。

　　"协商"（negotiation）就其本意来说是一个应用范围很广泛的词语，这从《牛津英语词典》（*The Oxford English Dictionary*）中对该词的释义中便可看出：个体或整体的双方为达成一致协定而进行的谈判和商讨，这种谈判或商讨可发生在政治、经济等层面，也可见于个人或团体之间。但最初，"协商"经常被用作政治词

---

① 《可畏的对称》是弗莱关于布莱克诗歌研究的专著名称，弗莱认为，布莱克试图在其神话体系中建构一种永恒的、稳定的对称结构，当然弗莱主要是基于神学思想和哲学思想阐释的这一对称结构。

汇，尤指政治团体之间的谈判或商讨，之后逐渐扩展到经济领域的商务谈判。"协商"被用于文学领域则应归功于新历史主义批评家斯蒂芬·格林布拉特（Stephen Greenblatt），他在对莎士比亚时期的社会能量进行研究时运用了"协商"的概念。格林布拉特所说的"协商"是指真正的艺术家与他生存于其中的社会整体的交锋，也就是文学与现实的碰撞。这种对峙与交锋的结果就是艺术家融自己的天赋与智慧于一体，在头脑中勾勒出关于各种权力阶层的图画，从而产生出独特的、极富力量的艺术作品（Greenblatt，1988）²。从文学协商的视角看，作为浪漫主义六大诗人（Big Six）之一，威廉·布莱克的诗歌就可以被看作是一幅用平衡感消融冲突与对立的艺术品。冲突与对立在布莱克文本中间接地表现为对能量释放方式的呈现，而更为直接的则体现为个体与共同体关系的阐释。能量的释放包含欲望的实现和激情的流通两个方面，它们作为间接的隐喻和直接的阐述都是布莱克在冲突中寻求平衡的尝试，共同呈现了布莱克的协商政治观。格林布拉特所谓的文学"协商"就是隐藏于文本中的文化力量、文化观念的交汇，正是这种交汇赋予了伟大的作品以能量。文学作品往往呈现的是"两种或几种不同的社会能量协商权衡的结果"（Greenblatt，1988）⁶。布莱克的政治观实际上也是几组不同社会力量对抗与协商的结果。

一、欲望的诉求与节制

布莱克的晚期长诗相较于前期革命性的《亚美利加预言》（"America: A Prophecy"）、《欧罗巴预言》（"Europe: A Prophecy"）、《法国大革命》（"French Revolution"）等诗歌似乎逐渐走向保守与神秘。他晚期的长诗三部曲《耶路撒冷》（"Jerusalem"）、《四天神》（"The Four Zoes"）、《弥尔顿》（"Milton"）之所以呈现出神秘且晦涩的特点，一方面有充分的理由证明布莱克是出于对当时政治局势的考量而有意转向精神意识书写所致，另一方面也显示出他对正统的理性和普遍教义彻底拒绝的态度，体现了他对早期革命愿景的重新思考。这种似是而非的诗风转移实际上恰恰是布莱克一以贯之的平衡政治思想的呈现方式，他并非放弃了早期的目标，而是要通过更深刻的理解来推进并实现它们。布莱克利用想象通过辩证地呈现社会能量的释放方式来隐晦地呈现其政治观点，主要表现在欲望的实现以及激情的流通两个方面。考虑到欲望以及激情释放可能会导致的后果，他试图构建一种稳定的激情"流通"渠道与安全的欲望释放途径以疏通能量。

布莱克是用审美的方式参与政治想象的，他对欲望的阐释就是其一。一方面布莱克始终强调合理的欲望对有机体或有机社会的健康所具有的重要性，另一方面，他又时时营造出主体被过度的欲望所吞噬的可怖氛围。布莱克所谈论的欲望不仅包括性欲，还包含人类的各种创造欲望。他认为"卑鄙的强迫力量"（Blake，1988）565①及宗教宣扬的禁欲思想不仅控制了性领域，甚至已经蔓延至社会的方方面面。几乎布莱克所有的诗歌中都贯穿着对欲望的合理诉求以及对宗教禁欲思想的批判。在《阿尔比恩女儿们的梦幻》（"Visions of the Daughters of Albion"）一诗中，被玷污后的女主人公奥松（Oothoon）最后化身为解放人类天性的天使，无私又无畏。面对被玷污后的奥松，布莱克如是说，"蛆虫爱吃的果子最甜，悲伤啃噬的灵魂最美，被玷污的灵魂恰恰最为纯洁"（布莱克，2016）359。读者可以将之视作奥松为求得爱人赛奥托蒙（Theotormon）的谅解而进行的自我辩解，但布莱克这里更多是对宗教教义的指摘，他认为宗教教义对女性贞洁的虚伪定义是将女性推向绝望而痛苦境遇的根源，造成这一切的罪魁祸首都是那锁住人心的教义之锁链。对此，奥松用大声的疾呼进行反抗，"她呼唤爱，自由如山风，畅饮如欢喜，一切皆神圣"（布莱克，2016）367。如果说布莱克只是隐约地表露出欲望会产生创造力的观点的话，那么现代作家 D. H. 劳伦斯（David Herbert Lawrence）对于欲望所产生的能动性的阐述可谓更直接，更鞭辟入里，只不过劳伦斯反对的是工业体系所代表的强制力量，而非宗教的强制，但二者都是以冰冷的教条和理性为基础的。

> 要把人类灵魂从工业主义卑鄙的强迫力量下解救出来，就必须恢复"创造性现实、活生生的生存活力"；同样，要恢复这种生存活力，就必须以最直接的方式去理解现实："所有的生命和知识都来源于男人和女人，所有生存的来源就在于男人与女人的交流、汇合与交融。"（Lawrence，1932）

这并非说性经验便是改变教条化思维和感觉方式或者解决工业主义问题的"答案"，劳伦斯只是强调感官体验是充分实现自我完整性的方式之一。劳伦斯的这种描写不难会让人想到布莱克，尽管两个人的措辞完全不同，但强调的重点却一样，那就是感官体验是保全完整自我的一种方式。这在雷蒙·威廉斯（Reymond Williams）的文化理论中可以找到依据。在威廉斯看来，保全"自发的

---

① 出自布莱克诗集《最后审判的幻象》（A Vision of the Last Judgement），此处译文为笔者所译。如无特殊说明，本文所有布莱克的诗歌引文皆出自该诗集，该诗集中的中文部分皆为笔者翻译，不再另行说明。

生命活动"，这是对抗工业体系所着重体现的僵硬范畴和抽象化理念的一种途径，因为活生生的自我只有一个目标，那就是充分实现自我的存在。在成为自我的过程中，人唯一可以信赖的便是他的欲望和冲动（威廉斯，2018）。这种生命的意义不是它有时表现出的蒙昧主义（obscurantism），而是一种特殊的智慧与尊严。这种智慧与尊严不仅否定禁欲这种卑劣的强制力量，而且也反对把人类精神强行划入新的固定范畴中。布莱克所做的就是要用充满活力的欲望去颠覆僵硬的范畴和抽象的理性结构，如他在《阿尔比恩女儿们的梦幻》中借助女主人公奥松之口呼唤的"如山风般的自由之爱"就是用以抗争的工具。

布莱克不仅将欲望视作冲破范畴与理性结构的武器，也对过度的欲望所造成的恶果有所警觉，如他曾发出"对女性之爱就是罪恶"（Blake，1988）[62]的呼喊以强调节制性欲的必要性。同理，革命的欲望也需要节制，这就体现了布莱克在政治上的平衡和对称观。布莱克担心随心所欲的革命激情会带来更大的灾难，这也是普遍存在于浪漫主义诗人中的担忧，从浪漫主义诗人对普罗米修斯这一革命者原型的使用就能看出这一点。在使用普罗米修斯这个原型时，几乎所有浪漫主义作家都能意识到它所代表的欲望所具有的模棱两可的潜力。古代的普罗米修斯（Prometheus）尽管常常被塑造成充满同情心的自由意志的形象，但从其所处的戏剧性情境及其与人类构成的反神联盟来看，他更是一个在精神上受到指摘的形象。在普罗米修斯为人类盗取火种这个神话故事的诸多版本中，他与人类建立的反神联盟看似是欲望的充分实现，但给人类却带来了毁灭性的打击。他带来的所谓自由也无法弥补所造成的人类与天庭相分离的后果。因此，带给人类光明、被比作受难基督的普罗米修斯往往也被视为某种类型的撒旦，即遭到震怒的天庭驱逐的光之子。哈罗德·布鲁姆（Harold Bloom）在《小说与小说家》（*Novel and Novelist*）一书中就阐释了众多浪漫主义诗人笔下的普罗米修斯形象。他认为布莱克笔下叫作奥克（Orc）[①]的神秘革命者就是又一版本的普罗米修斯，他看似同情大众，发动具有创造力的革命与叛乱，但这种不受约束的欲望和激情却最终减损了创造力本身（Bloom，2018）。在对过度欲望的阐释上，珀西·比希·雪莱（Percy Bysshe Shelley）的诗歌表现得更为直白，他认为约翰·弥尔顿（John Milton）的撒旦就是一个不完美的普罗米修斯，也是一个不够格的普罗米修斯，因为在他身上英雄品质和低级品质混合在一起在读者的头脑中形成不利于艺术精神的有害诡

---

① 奥克是一种食人鲸鱼，也指一种陆地上的类人形怪物。在布莱克的神话体系中，奥克是"四天神"之一的罗斯（Los）与其流溢爱尼沙蒙（Enitharmon）之子，奥克代表着革命性的能量，是代表激情的罗法（Luvah）之呈现方式。

辩。但在关于欲望的神话阐释方面，布莱克却是一个比雪莱更成系统的诗人。他在自创的神话体系中创造了欲望的合理形式：流溢（emanation），也相应地创造了欲望的不受节制的形式：幽灵（specter），他神话中的天神都是因幽灵受到错误的诱惑而放逐了自己的流溢，最后造成了悲惨的结局。同布莱克形象化地展示了幽灵所造成的恐怖一样，玛丽·雪莱（Mary Shelly）笔下的科学家和发明者弗兰肯斯坦（Frankenstein）创作的科学"杰作"也具有幽灵般的恐怖："怪物"就是弗兰肯斯坦所谓的创作欲望完全施展的产物，而他却又无法承受欲望施展后的后果，才有了最终的自我献祭。

雪莱的普罗米修斯、玛丽的弗兰肯斯坦和布莱克的幽灵一样，都是不受控制的欲望的象征与隐喻，它们看似值得怜悯与同情，但不受节制的欲望释放却造成了恐怖的场景。在小说《弗兰肯斯坦》（Frankenstein）的结尾有一幕科学家穿越北极荒原依然被怪物穷追不舍的场景。读者在回忆小说这非同寻常的结尾时会发现，布莱克在描写幽灵与流溢冲突的抒情诗中也在类似的象征性情境中使用了相同的意象。

> 我被幽灵所缠绕，日以继夜
> 宛若野兽把我的路途阻截。
> 内心深处的流溢之物
> 不停哭泣，为了我的罪孽。
> 无尽无边的深渊里，
> 我们逡巡漫步，我们放声哭泣；
> 饥渴贪婪的风中
> 我的幽灵将你追逐。
> 他嗅出你雪地中的脚步，
> 不论你前往何处
> 穿过寒冷冰雹和风雨（Blake，1988）[475-476]

人类的创造力和革命的自由意志需要欲望的满足而得以发挥，然而一旦当欲望的影子失去控制时，就成了将人类逼入死地的恐怖幽灵，其结果只能是人类悲哀地献祭于自己的欲望。布莱克一方面指出欲望带给人的活力，另一方面指出不受控制的欲望所带来的灾难，就是要对欲望进行节制，以期找到平衡点从而达到稳定的状态。布莱克的欲望平衡观是其政治平衡的象征隐喻，是对其"协商"政治观的审美参与，同样的政治美学还体现在布莱克对激情与流通的理论阐释上。

二、激情的蔓延与"流通"

欲望的追求必然会造成激情的释放，如果没有及时且正确的疏通渠道，欲望的决堤就会导致激情的爆发，最后往往以革命或战争的形式呈现从而造成社会的动荡，这与一向提倡对称与平衡理念的布莱克的想法是背道而驰的。大卫·厄德曼（David Erdman）就认为布莱克始终是一个反对战争与暴力的预言者，盛赞他为"反帝的先知"（prophet against empire）①。那如何在保持革命激情与避免社会动荡之间寻求一种平衡？这就体现了布莱克"协商"的政治美学。他曾在《耶路撒冷》（"Jerusalem"）中指责"战争就是将生的艺术转化为死的艺术"（Blake, 1988）²¹⁶，可见布莱克对战争所带来窒息深有感触。即使对于革命性的战争，激情蔓延之后也会致使革命失去其最初的意义。布莱克在文本中引入了医学中血液流通的隐喻来探索释放革命激情与能量的合理路径。

相比布莱克早期的预言诗歌，他后期的长诗看似对革命不再抱有热情，这主要表现在布莱克对神话人物奥克的态度转变上。在早期诗歌《亚美利加预言》中，被拴在岩石上的奥克曾代表着革命激情，象征着1776年美国独立战争或1789年法国大革命的人类自由之火，到了长诗《四天神》中却变成一只碾碎暴君头颅的铁手。也就是说奥克虽推翻了暴君，但自己成为另一个暴君。我们不必把这看作是一种宿命论的概括，而是布莱克对激情爆发之后果的敏锐洞察。这种对革命激情的描写的变化实际上恰恰反映了他对于能量释放途径自始至终的思考。据布莱克传记作家所发现的布莱克手稿和日记表明，布莱克在创作早期插图本的时候就已经构思并写作预言长诗《四天神》，只不过后者是经过长期、断断续续且不断修改的过程才完成的。从创作时间可以看出，在一开始，布莱克就在思考一种恰当的激情释放途径以维护社会和谐与稳定。尤其是在法国大革命之后，布莱克寻求平衡与稳定的思想更为迫切。拿破仑发动一系列侵略战争之后，英国也针对拿破仑统治下的法国发动了战争。和所有大规模战争一样，这场战争也产生了广泛的影响，且大多是非常糟糕的负面影响。英国的青年被迫服兵役，他们无论是选择作战还是逃跑都会面临死亡的威胁。布莱克的家就住在泰本绞刑架附近，那里几乎每天都会上演士兵因逃跑而被绞死的场景，到处充斥着强烈的沙文主义和残酷的政治镇压。对布莱克而言，这都是使他深入思考革命激情释放途径的诱因。在

---

① 厄德曼在其专著《布莱克，反抗帝国得先知：一个诗人对于他生活的时代的解读》（*Blake: Prophet Against Empire: A Poet's Interpretation of the History of His Own Times*）中曾称布莱克为"反帝的先知"，其著作为反帝的预言。

早期革命热情的激励下，布莱克和那些在 20 世纪末受到鼓舞的激进分子一样，感到革命迫在眉睫，而且可以说，"只要想象力爆发，革命就会自动发生"（Kovel，2010）。但他也考虑到革命不仅仅是释放能量的过程，而且也是辩证地抑制负面能量释放的过程。他也意识到，突然释放出来的能量会产生巨大的暴力风险，成为造成社会不稳定因素的源泉。正如在浪漫主义诗人笔下，曾经的革命者拿破仑后来都被描绘成弥尔顿笔下撒旦的后裔，成为暴君与独裁者的象征，布莱克笔下的革命者奥克的身份也发生了类似由革命者到撒旦的变化。P. M. S. 道森（P. M. S. Dawson）就曾指出，在布莱克的神话体系中，"革命的奥克就是拿破仑的化身"（Dawson，1993）。由于革命的能量释放得不到控制，最终奥克自己也变成了另一个尤里僧（Urizen）[①]——他曾经反抗的暴君。

为了更形象的阐释激情的释放途径，布莱克在其诗歌书写中嵌入了当时流行的流通与阻碍的医学理论。就像血液流动的畅通与不畅都会对有机体产生影响一样，"流通"和"阻碍"对一个国家的健康而言也是至关重要的议题，无论是从字面意义上看，还是从隐喻意义上看皆是如此。那么如何从布莱克的血液流通论看他的政治立场呢？这就需要结合英国当时的政治现状予以考察。萨里·马克迪斯（Saree Makdisi）指出，18—19 世纪是一个"帝国政治美学流行的时代"（Makdisi，2003）[243]。当时的英国按照政治立场区分，主要分为两派，一派是以埃德蒙·伯克（Edmund Burke）为代表的保守派，另一派是以托马斯·潘恩（Thomas Paine）、玛丽·沃斯通克拉夫特（Mary Wollstonecraft）等为代表的激进派。布莱克的"流通"理论实际上是他的政治立场的一种映射，他不属于任何一派，但同时又吸收了两派中的某些观点，因为看似立场完全对立的两派实际上在对某些个体权利的限制方面是殊途同归的。伯克认为在文明社会中，自由是对个体利益的最高满足，它是无止境的，因此，权利和自由必然受到限制，且这种限制应该是组成人类权利的一部分（伯克，2006）[12]。潘恩所信奉的哲学和经验上的知识体系虽看似更民主，但实际上，它不仅符合特权阶级和特定种族的要求，还帮助定义了英国的特权阶层。基于潘恩所信奉的价值体系所形成的就是我们现在

---

① 尤理僧是布莱克神话体系中的一个重要角色，该词和英文中"Uranus"形近，"Uranus"是天王星、天堂之神的意思，因此尤理僧有统治者之意。另外，其读音和"Your reason"以及希腊语中"Horizon"相类似，因此，布莱克又利用这个双关音的意义赋予其理性对感知的限制这一意义。他是宇宙中的四天神之一，通常以理性之王、暴君的形象出现，但也偶尔有悲剧以及英雄主义色彩。多数情况下的，在布莱克神话体系中他的出现被假定为负面的形象，他既是工业化磨坊里的工厂主，也是粗暴的农夫，还是世俗世界的上帝，更是布莱克笔下的撒旦。

公认的"稳定的西方主体"（受过相当教育的、有准备的、自律的并且文明的人），他们的目标主要是在道德上对他人实施控制。这种自由的激进话语实际隐藏着霸权逻辑，构成了一种"帝国卫道士的话语模式"（Makdisi，2003）[246]。这种话语痴迷于权威和对他者的控制，这些卫道士们用道德力量对那种盲目的激情进行规训，使骚动的灵魂受到抑制。布莱克对激情有着不同于上述双方的理解，他的那种近乎平民化的激情观无论对潘恩还是伯克多少都会感到不适。事实上，尽管布莱克曾认为激情是构成欢愉必不可少的部分："我希望大家都能分享这份激情，因为它是我不朽快乐的源泉"（Blake，1988）[705]，但他还是在"预言书"（Prophetic Books）中更多地呈现了血液流通受阻、激情爆发后所带来的危险，这种危险就是布莱克对限制规则与机制的缺乏所造成后果的一种预言式警告。

简言之，布莱克渴望的流通是有规律的循环与流通，这样才能保持有机体的健康，反映在政治层面上，那就是在自由与规则之间建立一种调节机制。他反对激情蔓延式的"自由"，但是也希望能量在有限的空间内按照规则流动。1793 年布莱克书写《亚美利加预言》的时候，革命的奥克因活力与激情被盛赞。

> 现在曾经萎缩的肌肉又恢复活力了，
> 欢欣鼓舞地蠕动、呼吸、醒来。
> 春天像那被救赎的战俘，当紧闭他们的镣铐和栅栏被打开。
> 让在磨坊里劳作的奴隶们逃离那磨坊，
> 抬头仰望天空，在明亮的空气里放声大笑。
> 让那些解放了的灵魂飞跃，向外看，
> 它的锁链已经松开，地牢之门已被打开。（Blake，1988）[53]

那时的奥克作为"狮子与狼的时代"的终结者，用他革命的激情重新赋予世界以活力。诗中奥克所带来的欢欣鼓舞之情"随着地牢之门打开"到处飞跃。而十年后，当布莱克面临大革命时期的法国已经蜕变为拿破仑的帝国，以及军国主义的伦敦处处都是"黑暗的撒旦磨坊"的时候，他开始对革命激情失控的后果进行了反思。他在长诗《四天神》中所描写的代表革命力量的奥克发起了摧毁暴政的战争，其场景并非令人欢欣鼓舞，而是令人震惊且阴郁。

> 奥克的血液洪水淹没了一切残酷和不公：
> 黑色的奔流倾泻到大地上，
> 不停地注入国王的宫殿，

> 淹没了牧羊人和他们羊群，
>
> 他们的帐篷从山上黑色的暗流中滚落下来，
>
> 城市、村庄、尖塔、城堡，
>
> 人和野兽的堡垒都在浪花里翻滚，
>
> 在冒着泡沫的血液浪花里不停地流动，
>
> 在黑色天空下直到所有的神秘暴政都被消灭，
>
> 没有一个留在这世上。（Blake，1988）[388]

一改往日欢欣明亮的革命场景，取而代之以血腥残酷的画面，"冒着泡沫的血液""黑色的暗流"，在这阴郁的气氛中，尽管暴政被消灭，但革命胜利后的希望也依然渺茫。布莱克已经感到革命的希望随着战争机器以及它所支配的傀儡政府的崛起而逐渐衰微。这种感受进一步革新了他的幻象，他意识到对于能量进行限制与疏通尤为迫切。

布莱克运用血液与能量流通的比喻来映射政治上的稳定与平衡的做法受到了时代的影响，这些影响一方面来自当时社会普遍存在的关于"能量"话题的讨论，另一方面来自医学领域的理论与实践，这些都对布莱克思考政体构建方式起到了启发作用。在18世纪80年代末布莱克刚要开始构思他的彩绘书的时候，"能量"正逐渐成为英国文学写作中的重要主题之一。法国大革命要么被认为是自然能量的释放，要么被视作逃离传统政治权威力量的无政府主义的爆发。乔恩·克朗彻（John Klancher）分析法国大革命的爆发原因时专门就"合理的流通"（legitimate circulation）与"逾矩的散播"（transgressive dissemination）进行了区分。根据克朗彻的定义，流通是知识或能量在一个格式化的空间里，有序地经过社会网络的筛选传播到各个区域；而逾矩的散播则是一种蔓延式的传播方式，知识或能量像洪水般穿了社会网络的缝隙，进入到古老政体的社会裂缝中。他认为"法国大革命的爆发就是逾矩散播的例证，看似规范的流通时时刻刻都受到难以控制的散播的挑战"（Klancher，1987）[29]。克朗彻指出"革命前的法国原有的政治框架体系不仅带来的是封建阻碍，还有知识与能量无序的蔓延和传播"（Klancher，1987）[36]，这必然会导致激进运动的爆发。克朗彻对"合理流通"与"逾矩散播"的区分对阐释布莱克的激情与流通的书写很有帮助。另外，布莱克的这一思想也是受到亚瑟·杨（Arthur Young）出版于1792年的《法国之旅》（*Travels in France*）一书的影响。杨在书中抱怨到法国的知识与能量流通缺乏合理的渠道，在贫困与富有之间形成两个极端，中间没有过渡。可以说，法国的流通是停滞的，这样就会造成所谓的"蔓延式传播"。因为蔓延式传播就发生在没有流通、没有规范的模式和渠道来引导语言和观点的地方。这种填缝式的洪水蔓延会导致多余的部分开始溢出市场，溢出的部分就会混淆或模糊严格刻画的界限和渠道。尤其是法国大革命的爆发已经昭示了这种能量可能溢出的样态，即喷涌成为超越知识领袖所能控制的大规模的政治运动。

除了杨的盈满则溢的观点以外，约翰·布朗（John Brown）医生的"刺激"理论也对布莱克关于能量与激情保持平衡的思想产生了影响。无论是杨还是布朗医生，布莱克应该都是相当熟悉的，因为他都为他们的著作做过插图或注释而且对他们的观点颇为赞同。布朗反对传统的二元论把人体分为物理性和精神性机能两部分的说法，他认为"身体"一词是一个普通的术语，在医学上"身体"的专门术语应该叫作系统，"它既指通常意义上所说的身体机能，也包括与之相关的精神或智力部分，即一种与激情、灵魂、情感有关的部分"（Mee，2006）。布朗甚至认为只要人类能维持一定的兴奋水平，也就是说维持一定的刺激度，血液就会顺畅地流通，机体就会保持健康。杨的盈满则溢或者顺应合理渠道的流通观点以及布朗的刺激产生的兴奋与能量维持机体健康平衡的观点都在布莱克诗歌中得到了体现。"血液"以及各种各样的变通词汇是构成布莱克词库的重要组成部分，布莱克词库里"血液"一词的普遍性反映了一个有趣的历史巧合，那就是人体血液系统健康循环与国家政体健康之间的比喻关系被普遍应用在当时的文学书写中。玛里琳·巴特勒（Marilyn Butler）曾指出布莱克诗歌中血液流通的描述与当时流行的观点，即"自由的状态可以天然地激发一种刺激物能维持国家的健康"（Butler，2000）[24]有惊人的相似之处。当"血液"在布莱克的写作中作为一种生理现象首次出现的时候，他似乎是在隐喻自由复苏的概念，奥克革命的火焰也以血管体系突然复苏的形式呈现。

> 当人类的鲜血从血管中喷涌而出遍撒圆形的天际，
> 在巨大的血液之轮上从大西洋上升起红色的云雾。
> 红色的云雾中又升腾起大西洋上方的奇迹。
> 热烈的！裸体的一个人形的火焰猛烈地燃烧，
> 就如同熔炉中加热的铁楔，他恐怖的四肢上全是火焰，
> 无数的云聚集了黑丝的旗帜，围绕着周围的塔，
> 是热量而不是光穿透了黑暗的空气。（Blake，1988）[53]

奥克的诞生意味着革命激情与能量的释放，布莱克用血管复苏、血液流通的

形式书写奥克的出现，"血液在血管中喷涌"所带来的热情"穿透了黑暗的空气"。这正印证了巴特勒的观点：浪漫主义时期血液流通意象往往是和自由的意象联系在一起的。但奥克的激情之火不仅"穿透了黑暗的空气"，也燃烧了我们自己。布莱克对奥克激情之火比作血液循环的语言描述并没有带给我们酣畅淋漓的愉悦感，相反是令人头晕目眩、热情过度的不适感。这和尤里僧那格式化、冰冷阻塞的空间没有两样。这就迫使读者产生强烈的愿望迫切地想在这冰与火、释放与阻塞之间达到某种协商，也就是说象征自由的奥克所释放的激情能量与象征权力的尤里僧所限定的黑暗的秩序必须达到一个平衡点，才会使能量和权力限定在一定的秩序和渠道内，才会令人感到安全、舒适。在尤里僧那冰冷的格式化空间与奥克激情的火焰之间布莱克确实在尝试建构一种使能量更自由流通的空间，这是一个意志可以"灵活的扩张和收缩"（Blake，1988）[71]的空间。在这个空间里，激情与能量既可以灵活的流通，也受到一定的控制，构造这样的空间对于布莱克构建一个健康的国家有机体即实现永生的政体而言至关重要。

三、个体与共同体的协商

布莱克的政治协商不仅体现在对欲望的节制、能量的流通疏导等隐喻和象征层面，还直接体现在对个体与共同体关系的阐述方面。对社会政治秩序及其变革方式的探讨是人类政治关注的一个永恒主题，到了近代启蒙运动时期，英、法等国的思想家对这一主题做了更为详细的分析。他们集中考虑的是作为共同体的社会或国家与个体的关系，其结果是"在西方思想中形成了一种个人居于优先地位的思想传统"（伯克，2006）[9]。这种思想经由托马斯·霍布斯（Thomas Hobbes）和约翰·洛克（John Locke）的发挥，在成为社会理论的普遍特征后又发展出政治上的个人主义和自由主义，"社会契约论、自然权利和人民主权学说则是它的实际思想成果和显著体现"（伯克，2006）[10]。然而，法国大革命的后果在保守派看来正表明了这些政治学说的不现实性和危险性，难怪巴特勒会说："在18和19世纪之交的英国实际上流行的是一种反革命的思潮。"（Butler，2000）[198]巴特勒所说的这种"反革命"的思潮正是基于对个体权利进行规训和制约的思考，体现了个体与共同体在权利上的协商。

布莱克就是同时受到革命与反革命思潮影响的艺术家之一，他在诗歌中一方面歌颂自由生发的力量，同时也批判了洛克的自然权利和个人主义，显示了政治上的传统立场。就像布莱克在《弥尔顿》（"Milton"）中使带有加尔文教性质的宿命论与带有新教性质的自由意志论和解一样，在社会关系探讨上，他也试图让个体与共同体进行协商，从而达到权利上的平衡。布莱克是通过类宗教的语言来阐释个体与整体的关系的，他认为社会就像上帝一样相较个人而言具有先在性和既定性。他和伯克一样强调人对社会的责任和义务，"如果人人都履行自己的职责，他们就无需恐惧"（Blake，1988）[10]。帝国的政治稳定离不开个体与共同体之间的关系建构，布莱克关于个体与共同体关系的政治美学思想都是基于类宗教关系来喻比的，其一，宗教视域下上帝与人的关系；其二，基于神圣身体论的多元统一的美学理想。这些实际上都帮助诗人创造了一种将"零部件"与"整体"统一起来的政体想象与政治神话。

布莱克关于人与上帝关系的思考蕴含了个体与整体关系的辩证逻辑。他曾写道："人是全部的想象，上帝就是人，存在于我们之中，我们也存在于他之中。"（Blake，1988）[664] 布莱克将上帝等同于人的思想在当时看来或许有激进和自由主义的意味，但拿到今天来看，他关于人与上帝关系的观点与让－雅克·卢梭（Jean-Jacques Rousseau）在《社会契约论》（*Du Contrat Social*）中的观点一样都是把个体包含在整体之中。同样在《耶路撒冷》中，布莱克再次强调人与上帝的统一性："我们应视作一体，作为一体存在于宇宙大家庭中，这个整体，我们称之为基督，他存在于我们，我们也存在于他之中，和谐地生活在伊甸园。"（Blake，1988）[180] 从政治视角来解读布莱克的比喻，这宇宙大家庭就是指整个世界，而布莱克所指的这个整体当然是英帝国这一共同体以及以它为首的整个基督世界。虽然布莱克似乎在人和上帝之间画上等号，但他还是保留了一个区别，即"我们是他的组成部分"（Blake，1988）[273]，正如丹尼尔·施伦贝克（Daniel Schierenbeck）所指出的那样，布莱克在诗歌中探讨了个体与整体之间的关系，即"我们的个体性只有在我们作为'部件'成为神圣身体的一部分时才能实现"（Schierenbeck，2007）。另外，需要注意的是，"零部件"只是圣体的组成部分，并不是圣体本身，因此零部件需在整体的领导下且为了整体的利益而工作，也就是说它们的个体性只有在它们的意志向更大的圣体屈服的时候才能实现。

布莱克的"神圣身体论"简直就是卢梭的"社会契约论"的神学阐释模板，卢梭也认为社会契约保障个体自由的前提是每个结合者及其自身的一切权利全部都转给整个的集体，而且这种权利的转让还必须是毫无保留的。每个人的个人权利结合在一起就构成了个体行动的最高指挥——社会"公意"（general will），"我们每个人都应将其自身及其全部力量共同置于公意的最高指挥下，并且我们在共同体中接纳每一个社会成员作全体之不可分割的一部分"（卢梭，1997）。布莱克

"神圣的身体论"显然受到卢梭用以构成人民主权论的"公意"思想的影响，正如张旭春所言："卢梭的政治理想及其精神气质是任何一个浪漫主义诗人都无法摆脱的。"（张旭春，2004）布莱克指出圣体的各个部分为了整体的利益应放弃它们自身利益，为了让整体正常运转，圣体的所有部分必须在压倒一切的意志指导下在一起和谐地工作。的确，卢梭的道德—情感共同体构筑为布莱克的神圣共同体建构起到了指引作用。用布莱克的话说就是："作为小的零部件，无论多么完美与精致，都必须毫无怜悯地服从于更伟大的整体，牺牲了部分，才拥有了整体。"（Blake，1988）[650] 这种整体正常运转的结果是：个体只是保留了一种欺骗性的自我决定意识和整体意识，他在整体中的成员身份是如此的统一和完整，以至于他在顺从整体的指令、遵循公共意志时，同时相信那就是在遵循自己的意志。共同体成员中的个体性，即组成整体的各个部分也就自愿地完全屈服于这个想象的社会整体——共同体。

在个体向共同体运动的过程中还有更为复杂的含义，个体的失去与救赎存在辩证的悖论关系。在大卫·瓦根克内希特（David Wagenknecht）看来，布莱克的个体救赎与自我失去往往是自相矛盾的，"等个体发现最后自己完全丧失了自我，也就意味着已经为社会牺牲了自我"（Wagenknecht，2002），而这恰恰就是布莱克所认为的个体性获得救赎的过程。对于个人意志与集体意识之间这种奇怪的悖论关系，吉尔伯特·柴丁（Gilbert Chaitin）也认为通过拉康的无意识理论可以看出二者之间的共生性："尽管大多数现代文化理论认为个人主义的价值是与集体规范根本对立的，拉康的无意识理论实际上显示出它们之间存在某种奇怪的共谋"（Chaitin，1996），即个体失去自我之时也是个体实现自我价值之时。然而笔者想指出的是，这种悖论是如何从克服身份分裂和从象征内部来缝合社会的尝试中产生的，那就是布莱克协商手法的运用。布莱克的崇高目标是对抗社会对立，正是社会对立构成了不同的社会观念。布莱克为消解这种对立转而强调个体的神圣性、独特性并将其归属于"上帝"这一圣体的整体形象，这样本来是为突出并实现个性但最后却抹杀了个性，使其属于整体，这也是布莱克的悖论所在。

这种对神圣身体的追求模式确实具有解放个体的潜质，但对想象共同体的推动也悖论性地破坏了这种潜力。对于个体间在共同体内的协作关系，布莱克在其美学思想上体现的较为明确。在18—19世纪那个美学政治流行的时代，文人的政治思想往往以艺术形式呈现或蕴含在其艺术理念中，文化或艺术往往成为其政治观念的合法载体。布莱克在《耶路撒冷》中曾阐发过自己的美学思想，他认为在写作中"每一个词，每一个字母都需要被仔细斟酌，放在应该属于它的位置上，恐怖的那些成分就应放置在恐怖的表述部分中，温和的词汇当然就应用在温和的部分，平凡而乏味的章节就放置在那些较次要的部分，总之一切都应放在对它们来说最合适而且也都是必需的位置，都是为了服务于永恒的角色"（Blake, 1988）[146]。就政治观点的美学体现而言，这里就隐含了布莱克与保罗（Paul, Apostle of Christ）的师承关系。布莱克强调个体的能力与之于整体的关系正是从保罗的宗教观那里借鉴的。保罗基督的神体和布莱克永恒的角色揭示的是同样的道理，每个人都有自己独特的类比，这种类比通过对神体的想象而显现出来。这种个体与神体的类比体现在俗世中也就是通过劳动分工来促进整体的利益而不是提升个人。在耶稣的身体里，个人只有放弃自己的利益，为了整体之善，让身体正常运转。所有的成员必须分工但协调的工作，个体也才能实现其价值。对此，马龙·罗斯（Malon Ross）曾很直接地评价道："在一定程度上，浪漫派都参与了英国的帝国梦想。他们教导英国人如何将自我经验普遍化（to universalize the experience of I）。"（Ross, 1988）这正是布莱克构建帝国政体所构思的。也就是说，布莱克通过幻想一个神圣共同体将浪漫主义普遍推崇的个人主体价值扩充为大英帝国国家主体价值，从而颇为合理地完成了从艺术上的浪漫主义到具有帝国主义倾向的民族沙文主义的转向。

在阐释他的多元统一的美学理想的同时，布莱克也参与了对理想共同体的定义。正如约翰·巴雷尔（John Barrell）指出的那样，这是"18 世纪美学所具备的一个必要的政治功能"（Barrell, 1986）[1]。巴雷尔将美学的这一功能同公众的人文主义重新定义并将二者联系起来。公众人文主义是与以下有关的信念联系在一起的，即在一个复杂的现代商业的社会里，一个社会因劳动分工而被分裂，后因追求共同的财富而统一，那么公共美德施展的机会就会被削弱很多。因此，公共美德就往往转而以关注公民人格完整性为切入点，通过使个人服从大众的利益和社会秩序而实现自身。统治需由"由底层人服从他们的自然统治者而维持"（Barrell, 1986）[241] 这一美学主张在布莱克同时代人的作品里都能得到体现。布莱克的美学，尤其是他对想象力的定义试图为人格的完整性提供可能，但他是通过创造一个社会共同体的神话来实现这一点的。这样一种模型确实可能如激进批评家所说的那样用神圣身体塑造了一个没有深刻分裂的理想社会模型，但其实也反映了意识形态的任务，即以一种强制的政治统一体的方式重塑一个主体。布莱克认为个体不是"独特的"，而是构成了巴雷尔所谓的"它与永恒……与基督以及与其他人一样的永恒统一的基础"（Barrell, 1986）[242]。换言之，个体是超越世俗堕落世界或分裂的世界而构成理想共同体的基础，在资产阶级社会里对个体的强调始终存在着使政治统一体解体的可能性，因此，社会关系必须被重塑以使这个社会中敌对的主体重新回到政治统一体中来。布莱克将崇高的想象定义为理想的美学对象，并将其与耶稣的身体等同起来，这显示了他的美学在社会权利的调节中所发挥的作用。

英国保留着自光荣革命以来的政治传统，即努力在自由与权威之间达成必要的平衡，这后来成为英国各种政治思潮的一个重要源泉。伯克的思想多淘金于此，他总是适时地发出这样的警告：保守秩序，否则就一定会出现你不能控制的疯狂状态。当然，这些政治家们从来没有想到"把社会混乱归咎于殖民主义的最初干涉"（萨义德，2016），而是归结于整体内部权利机制的失衡。布莱克对欲望的节制、激情的疏导以及个体权利的规训就是避免社会陷入混乱的一种想象性的政体建构，其思想和光荣革命一样具有两重性。它既革命，又保守；既反对专制、伸张自由，又维护秩序和权威，它是权利与自由在进行协商的基础上达成的稳定、平衡体。

参考文献【Works Cited】

BARRELL J, 1986. The political theory of painting from Reynolds to Hazlitt: the body of the public[M]. New Haven: Yale UP.

BLAKE W, 1988. The complete poetry and prose of William Blake with commentary by Harold Bloom[M]. Ed. David Erdman. New York: Random House.

BUTLER M, 2000. Blake in his time[M]// William Blake. Eds. Robin Hamlyn, Michael Phillips. London: Tate Publishing:198.

CHAITIN, G, 1996. Rhetoric and culture in Lacan[M]. Cambridge: Cambridge UP: 246.

DAWSON P M S, 1993, Poetry in an age of revolution[M]// The Cambridge companion to British Romanticism. Ed. Stuart Curran. Cambridge: Cambridge UP:63.

ERDMAN D V, 1977. Blake: prophet against empire: a poet's interpretation of the history of his own times[M]. New York: Dover Publications.

FRYE N, 1990. Fearful symmetry: a study of William Blake[M]. New Jersey: Princeton UP: 3.

GREENBLATT S, 1988. Shakespearean negotiations[M]. Berkeley: U of California P.

KLANCHER J, 1987. The making of English reading audiences,1790-1832[M]. Madison, Wis.: U of Wisconsin P.

KOVEL J, 2010. Dark satanic mills: William Blake and the critique of war[J]. Capitalism nature socialism, (21): 10.

LAWRENCE D H, 1932. The letters of D. H. Lawrence[M]. London: William Heinemaan: 196.

MAKDISI S, William Blake and the impossible history of 1790s[M]. Chicago and London: U of Chicago P.

MEE J, 2006. Bloody Blake: nation and circulation[M]// Blake, nation and empire. Eds. Steve Clark and David Worrall. New York: Palgrave Macmillan: 69.

ROSS M, 1988. Romantic quest and conquest[M]// Romanticism and feminism. Ed. Anne K. Mellor. Bloomington, IN and Indianapolis: Indiana UP: 31.

SCHIERENBECK D, 2007. "Sublime labours": aesthetics and political economy in Blake's "Jerusalem"[J]. SIR, (46): 35-36.

WAGENKNECHT D, 2002. Mimicry against mimesis in "Infant Sorrow": seeing through Blake's image with Adorno and Lacan[J]. SIR, (41): 325.

伯克，2006. 埃德蒙·伯克读本 [M]. 陈志瑞，石斌，编. 北京：中央编译出版社.

布莱克，2016. 布莱克诗集 [M]. 张炽恒，译. 上海：上海社会科学出版社.

布鲁姆，2018. 小说家与小说 [M]. 石平萍，刘戈，译. 南京：译林出版社：84.

卢梭，1997. 社会契约论 [M]. 何兆武，译. 北京：商务印书馆：24-25.

萨义德，2016. 文化与帝国主义 [M]. 李琨，译. 北京：生活·读书·新知三联书店：334.

威廉斯，2018. 文化与社会 1780—1950 [M]. 高晓玲，译，北京：商务印书馆：310.

张旭春，2004. 政治的审美化与审美的政治化 [M]. 北京：人民出版社：22.

听见的和听不见的旋律：济慈《夜莺颂》和《希腊古瓮颂》中的声音美学

卢　炜

内容提要： 英国浪漫主义诗人济慈的诗歌以善于利用和调动人的不同感官功能而著称。其中，由诗歌中不同的意象触发人体听觉器官开始工作，进而引起人体其他感觉器官全面参与，这个"听"的过程的声学反应构成了济慈创作诗歌和读者解读其诗歌的重要一环。本文试图从文本细读的角度，分析济慈的《夜莺颂》和《希腊古瓮颂》一开始如何将声音作为第一媒介，触发读者的共鸣，传达出"听见的"声音；后来又如何引导其他感官加入诗歌阅读，发出"听不见"的声音；最后，如何借助想象力的翅膀，把"听见的"和"听不见"的声音结合在一起，共同形成一套完整独特的声音美学系统。

关 键 词： 济慈；声音美学；感性美；通感；感官

作者简介： 卢炜，北京大学外国语学院英语系副教授，文学博士，主要从事英国诗歌、翻译研究。

Title: Heard and Unheard Melodies: Acoustic Aesthetics in John Keats's "Ode to a Nightingale" and "Ode on a Grecian Urn"

Abstract: The famous British Romantic poet, John Keats, is known for his poetry's sensuousness and sensuality and for his ability to employ and coordinate all kinds of human senses. Auditory reactions aroused by various images in his poetry, together with a series of other sensual participation generated by acoustic response, play a very significant role in his constructing and in our interpreting of his poetry. Based on textual analysis, this paper tries to study "Ode to a Nightingale" and "Ode on a Grecian Urn" regarding how sound, as the prime medium, is used by Keats to trigger a resonance between the poet and his readers so that a heard melody is transmitted. Meanwhile, in order to listen to the "unheard melodies", other human senses are mobilised into the appreciation of his poetry. Finally, with the help of imagination, both "heard" and "unheard" melodies are combined to establish a unique sound system which demonstrates Keats's unrivaled acoustic aesthetics.

Keywords: Keats; acoustic aesthetics; sensuousness; synaesthesia; senses

一、引言

"颂"（Ode）一词源于希腊语，意思是"歌唱或者反复吟咏"（Minahan，1992）[140]。所以，英诗中"颂"这种诗歌形式自诞生之时就和音乐结下了不解之缘。英国浪漫主义诗人约翰·济慈（John Keats）以注重感官感受、善于利用和调动人体感官功能进行诗歌创作而著称，而他的颂诗创作更是体现出其独具特色的音乐审美。

济慈著名的《希腊古瓮颂》（"Ode on a Grecian Urn"）中有一精彩绝伦的诗句："Heard melodies are sweet，but those unheard/Are sweeter"（听见的旋律甜美如初，但听不见的 / 更加甘甜）[①]。其中，据当代学者考证，"听不见的旋律"这一短语可能源于古罗马时期历史学家苏维托尼乌斯（Gaius Suetonius Tranquillus）的《古罗马十二帝王传》（*De Vita Caesarum*），济慈通过求学时代研读的伦普里尔（John Lemprière）的《古典名物词典》（*Bibliotheca Classica*）等书籍，首次接触到"潜藏的音乐性"这个概念（Purdon，1989）。这说明济慈在求学时代就已经意识到声音可以不依赖听觉器官而对人产生声学影响。

实际上，济慈的诗歌理念非常重视声音美学，其中，由诗歌中不同的意象触发人体听觉器官开始工作，进而引起人体其他感觉器官全面配合、参与诗歌构建，这构成了济慈诗歌审美中一个重要的环节。济慈诗歌的声音美学本质上是由语音、感觉和想象三个层面的感官互动而形成的一套独特而立体的声音认知和审美体系。那么这套体系是如何构成的？又是如何运转的？通过什么样的形式影响读者对其诗歌的解读呢？《夜莺颂》（"Ode to a Nightingale"）和《希腊古瓮颂》中的声音意象，将向我们全面地展示济慈的声音美学。

二、语音层面的听觉

济慈颂诗中声音美学的基础是其独特的颂诗韵式结构和英语特殊音节与含义

---

① KEATS J, 1982. John Keats: complete poems. Ed. Jack Stillinger. Cambridge, Mass: Belknap-Harvard UP: 282-283. 本论文所有《希腊古瓮颂》原文均由此出，不再注。另，本论文所有关于济慈诗歌的中译文均出自本论文作者，不再注。

组成的文字组合声效。这两种方法是在技术层面利用英诗格律学中抑扬格轻重相间的节奏特点，以及英语语音中一些特殊的语音现象，直接刺激人体听觉系统，促成音效和意义的双重表达。

《夜莺颂》的第一诗节有一种类似于十四行诗的节奏：

> My heart aches, and a drowsy numbness **pains**
> > My sense, as though of hemlock I had <u>drunk</u>,
> Or emptied some dull opiate to the **drains**
> > One minute past, and Lethe-wards had <u>sunk</u>:
> > > (abab)

> 'Tis not through envy of thy happy **lot**,
> > But being too happy in thine happ*iness*, —
> > That thou, light-winged Dryad of the <u>trees</u>
> > > In some melodious **plot**
> Of beechen green, and shadows number*less*,
> > Singest of summer in full-throated <u>ease</u>.[1]
> > > (cde cde)

> 我的心痛着，困倦和麻木令神经无比痛楚
> > 好似斟满的毒芹汁，或是令人麻醉的鸦片，
> 已被我一饮而尽，一滴不剩
> > 片刻之后，我就坠向了无边的忘川：
> 我并非妒忌你好运连连，
> > 你的幸福令我无比欢欣——
> > 而你，林中仙子，张开轻捷的翅膀，
> > > 在悠扬的乐曲中
> > 在葱绿的山毛榉重重影荫之下，
> > > 一展歌喉，纵情把夏天高唱。

---

① KEATS J, 1982. John Keats: complete poems. Ed. Jack Stillinger. Cambridge, Mass.: Belknap-Harvard UP: 279-281. 本论文所有《夜莺颂》原文均由此出，不再标注。

西方学者们指出：济慈的《夜莺颂》和《希腊古瓮颂》等的每一诗节都是由十行诗组成，其中前四行构成一个"莎士比亚式"的四行诗（quatrain），而后六行构成一个"彼特拉克式"的六行诗（sestet）（Bate，1963）[497-498]（Ridley，1933）[205]。这一开创性的组合充分发挥并且放大了两种十四行诗各自的优点，产生了独特的美感（Ridley，1933）[207]。同时，这个形式上的创新还使颂诗在节奏上既避免了意大利式十四行诗节奏上的突兀感，又中和了英式十四行诗的音调上的哀婉（Bate，1963）[498]（Minahan，1992）[143]，而且每一个诗行比斯宾塞体更长，比十四行更有逻辑性，韵律变化比两者都丰富，并可以随着想象力的变迁重复使用（Minahan，1992）[145]。不仅如此，济慈还通过调整音步数和韵式的方式在五音步抑扬格的基础上，给颂诗的整体节奏添加了全新的节拍器。比如，在《夜莺颂》中，济慈在每一诗节的第八行将五音步抑扬格改为三音步抑扬格（Ridley，1933）[205]，这个变化使读者在熟悉甚至对五音步抑扬格的节奏产生依赖之时，通过消减音节数，达到变奏的效果，使读者猛然从单一节奏中惊醒，重新燃起似乎被五音步压抑的对诗歌节奏变化的渴望。

再比如，在《希腊古瓮颂》中，在读者已经习惯了第一诗节"cde dce"的彼特拉克式六行诗的韵脚之时，济慈突然在第二诗节将韵脚变为"cde ced"（Ridley，1933）[206]，这种押韵音节的突变，产生了类似于音步数衰减的效果，同样给沉醉于五音步抑扬格的读者带来了一种异样的听觉效果。济慈通过改进传统英诗不规则颂体这一重要的艺术形式，将诗歌的音效、意义与艺术价值结合，使以《夜莺颂》和《希腊古瓮颂》为代表的新型的颂诗将表音、表义、审美三者统一在一个艺术范式之下，以诗歌的表意和审美为基础和铺垫，突出诗歌的"音乐性"（卢炜，2020）[55]。同时，两种十四行诗独特的声效在同一首颂诗中产生了争鸣和共振，宛如两段异质声音形成一个各自独立又相互依存的复调，时而铿锵有力、时而婉转悠长，最终达成一种含蓄与激荡交相辉映的独特而和谐的声音美。

如果说《夜莺颂》与《希腊古瓮颂》是关于两种声音共存的尝试，宏观上从结构和节奏体现了济慈声音美学中的复调美学，那么，微观上济慈充分利用了英语语音中元音与辅音、长音与短音、鼻音与爆破音等各种声音的特点，将声音修辞运用得淋漓尽致。

以《夜莺颂》第 7、8 诗节为例：

> She stood in tears amid the alien corn,
>
> The same that oft-times hath

Charm'd magic casements, opening on the foam

Of perilous seas, in **faery lands forlorn**.

Forlorn! the very word is like a bell

To toll me back from thee to my sole self!

她伫立在异乡的田间，泪流满面；

这歌声还时常

迷幻了古堡幽人，她凭窗而立

面朝波涛汹涌的大海，似孤独的仙境。

孤独！这一声声呼唤像洪钟

唤醒我离你而去，回归自我！

　　根据詹姆斯·奥鲁克（James O'Rourke）的分析，《夜莺颂》第七诗节最后一个词 "forlorn" 在语音学、韵式、修辞等三个方面具有非常独特的美学效果：语音学角度上，/f/、/l/、/r/、/n/ 四个辅音体现了诗人对诗歌声效的追求，使第八诗节第一行的 "The very word is like a bell" 能够在读者的耳畔形成类似钟鸣的铿锵效果；韵式上，该词与第七诗节第七行的 "corn" 一词形成工整的押韵；修辞上，f、r、l、n 四个辅音字母恰巧依次来自第七节最后一行的 "fairy lands"，构成一个神奇的字母重复（O'Rourke, 1988）[45]。而在《希腊古瓮颂》中，诗人故伎重演，在第一诗节中，"*mad pursuit*" 和 "*pipes timbrels*" 这个两个词里鼻音 /m/ 和爆破音 /p/ 出现的顺序前后出现了颠倒，从而构成圆周状的声音复现（Zeitlin, 1991）[279]。在《希腊古瓮颂》第二诗节的第一行 "H*ear*d melodies are sweet，but those unh*ear*d" 中，济慈又巧妙地将一对反义词置于句子的一头一尾，进而产生声音回旋重复的效果（见斜体），并且 "Heard" 和 "Unheard" 中都包含了 "ear" 这个字母组合，而这个字母组合在第三行 "Not to the sensual *ear*，but，more end*ear*'d" 又押了一对行内韵（见斜体），这样一来 "ear" 在视觉上，"/ɪə(r)/" 在听觉上，从两个维度给读者以独特的感受（Wolfson, 2015）。这种通过闭环式的圆周韵、视觉韵等特殊韵式增强诗歌的表现力和声音效果的方式，是济慈的颂诗在音韵上的一大突破。

　　济慈另一个手段是借用双关带来的一词多义和一词多性营造单词语音上的特效。比如《夜莺颂》中 "leave the world unseen" 与 "what thou among the leaves hast never known"两处"leave"的词性和含义均有不同（Minahan，1992）[173]，但是出现在相邻的第二诗节第九行与第三诗节的第二行，不仅在词形和含义上引起读者的注意和警觉，更是通过声音的重复，激发读者对诗歌深层意义的思考。而《希腊古瓮颂》的第三诗节，同样有这样一对双关，"Your leaves，nor ever bid the spring adieu"和"That leaves a heart high-sorrowful and cloy'd"，这两个"leaves"词形相同，词性相异，词义大相径庭，先后出现在一个诗节里，不仅构成学者所言的，"只有在艺术（诗歌）中，通过我们称为"双关"的语言现象，'leave'这个词才能够达到既代表了一个事物（叶子）又体现了一个动作（离开）"（Fisher，1984），而且，通过重复同一个音，使整个诗节在声音和节奏上有了一个支点，围绕着这个支点，整个诗节则徐徐展开。

此外，济慈还大量借用头韵等形式，传达独特的音效。比如，《希腊古瓮颂》中"men""maidens""mad"等的头韵，强化了整个诗节的音乐性和节奏感（Zeitlin，1991）[279]；既包含头韵又暗含着文字双关的"Attic"和"attitude"（Sallé，1972）[88]，不仅从声音上拉近了读者与诗歌的距离，还引发读者关于典雅艺术与美的联想；而由《希腊古瓮颂》最后一个诗节的"brede"到"bride"再到"breathe"的头韵（Zeitlin，1991）[291]，不仅利用爆破音 /b/ 的张力，提升了整首诗的音高，而且依靠长元音的不断变化，激发了读者在诗歌中看似不相关的内容间寻求联系的兴趣。类似的还有《希腊古瓮颂》中第四诗节"Urn"和"return"、第五诗节的"urn"和"earth"的谐音（O'Rourke，1987），这些都是诗人利用英语里的语音效果，通过头韵、谐音等达到音义并举的伟大尝试。

不仅如此，在修辞上，《希腊古瓮颂》里"nor ever""never""for ever""lover""love""happy"等词在声音上形成一种重复（Phinney，1991）[222]。而济慈在第一诗节同时使用 7 个疑问句（其中 6 个是非主谓句），这种单词、词组和短句的排比用法，在诵读时从气势上为全诗营造出一种层层叠叠、反反复复的节奏效果，但同时为了避免给读者和听众造成麻木感，济慈不断重复"leave"和"leaves"这两个词（不同的词性和意义）（Phinney，1991）[222]，由此，修辞上的语音与语义的重复和文字上的双关语形成一种协作：一方面，短元音的反复出现，类似于机械振动或者有节奏的敲击带来的一种令人昏昏欲睡的沉重感；而另一方面，长元音夹杂在其间，不断提醒读者清醒过来，进入更为深邃的声音世界。总之，济慈借助各种长短音、元辅音、开闭音和唇齿音之间的排列组合，通过熟练地使用声音移位和重组，再借用文字上的双关和修辞上语义的迁延，使读者"感官的耳朵在文本中听到了音乐"（Friedman，1993）。

综上所述，济慈在《夜莺颂》和《希腊古瓮颂》中，宏观上通过创新的手法改良传统不规则颂体，将两种十四行诗的独特音乐性合二为一；微观上利用英语语音和文字的声韵特点，将声音与语义紧密结合，创造出一种个性化的、可以"听见"的诗歌声音美学。

三、阅读层面的听觉

济慈诗歌中声音美学的第二层境界是通过对发声物体及其发声的描写，在读者心中营造出一个声音的世界。这种再造声音世界的方法又分为两个类别，分别是直接描写发出声音的物体和将声音视觉化。

济慈通常会直接描写并歌颂能够发出美妙乐音的物体，而最能体现他这一声音语言的作品就是《夜莺颂》。海伦·范德勒（Helen Vendler）曾说过："这首颂诗（《夜莺颂》）将艺术作为美与感觉的投射物，这一投射物的外化媒介，恰巧是听到的旋律……［济慈］在这个实验里最终把自己当作一只纯粹的耳朵，一个纯粹的听众……这首颂诗从优美和深邃的角度完全体现了济慈对倾听（这个行为）的思考。"（Vendler，1983）可见，整首诗体现的是济慈对听觉的依赖以及由此产生的对声音美的全新的认知。所以，济慈在第一诗节就明确了他歌颂的对象：

> That thou, light-winged Dryad of the trees
> In some melodious plot
> Of beechen green, and shadows numberless,
> Singest of summer in full-throated ease.

> 而你，林中仙子，张开轻捷的翅膀，
> 在悠扬的乐曲中
> 在葱绿的山毛榉重重影荫之下，
> 一展歌喉，纵情把夏天高唱。

通过让夜莺大展歌喉，在绿树丛荫中纵情歌唱，将声音最大限度地输入读者的耳中。而经历了理想与现实世界的两重天之后，重新回到现实的诗人，在最后一个诗节又听到了夜莺熟悉而又陌生的歌声：

> Adieu! adieu! thy plaintive anthem fades
> Past the near meadows, over the still stream,

Up the hill-side; and now 'tis buried deep

In the next valley-glades:

再会了！再会了！你哀伤的歌声渐行渐远

穿过临近的草场，越过寂静的小溪，

爬上了小山坡；现在又被掩埋入

附近幽深的密林山谷：

在一声声"再会了"中，夜莺的歌声穿过草地、越过溪流、翻越小山、没入溪谷，读者也在循声而动时，体验了声音由近及远、从有到无的全过程。济慈通过描写夜莺动听婉转的歌喉，将声音融入诗歌的文字中，在字里行间把声音的抽象概念进行了具象化的处理，使读者的大脑在接收到诗歌文字的声音信号之后，自动将其转化为头脑中的具体的、真实的夜莺所发出的声音和旋律，同时给予读者乐音般的感受。这一过程犹如电话的功能，将一方的声音信号压缩成电信号，最终通过有线或者无线的形式进行远距离传播，最后接收终端通过逆转换，将电信号还原为原始的声音信号。

此外，无论是花木掩映下纵情高歌的夜莺，还是丛林深谷里渐行渐远的夜莺，它们的声音能够在读者心中和脑海里留下印记，另一个重要的原因是，济慈将声音的表达与读者的阅读行为结合在一起。书写的文字是没有声音的，但是阅读行为本身却可以赋予无声的文字以声音的联想。所以，即便我们默读《夜莺颂》，诗人描写的夜莺欢快的吟唱、逐渐消失的啼鸣，也会被转化为耳朵"听不见"但是眼睛能够"看得见"的声音，印入读者的大脑，激发出声音的感知和审美。例如在第七诗节中，

The voice I hear this passing night was heard

In ancient days by emperor and clown:

Perhaps the self-same song that found a path

Through the sad heart of Ruth, when, sick for home,

She stood in tears amid the alien corn;

The same that oft-times hath

Charm'd magic casements, opening on the foam

Of perilous seas, in faery lands forlorn.

今夜我耳中想起的乐音

同样响彻古代国王和小丑的耳边：

也许这同样的歌声曾经弥散至

路得悲伤的心田，思乡时，

她伫立在异乡的田间，泪流满面；

这歌声还时常

迷幻了古堡幽人，她凭窗而立

面朝波涛汹涌的大海，似孤独的仙境。

济慈除了通过"voice""hear""heard"和"song"等与声音相关的词汇来强化这一诗节内容与听觉的联系之外，更是采用了一种类似电影艺术中时空交错的"蒙太奇"（montage）式的手段，逐渐让读者看到路得（Ruth）的影像逐渐淡出画面，蜕变出一个幻象，面向波涛汹涌的大海上，站在遥远的、神话中的土地上（Bromwich，1999）。通过画面感极强的视觉冲击，济慈使他的读者不仅听到了夜莺的鸣叫，更是跨越了时空"看"到了夜莺的声音是如何被人类的听觉系统捕获，并且引起人类情感上剧烈的波动和共鸣，令大卫王的祖先路得潸然泪下。

而这种借助视觉辅助，激发大脑对声音感知的声音审美体系，在《希腊古瓮颂》中体现得更为明显。本质上，《希腊古瓮颂》的形式是欧洲的一种重要的诗歌形式，即所谓的艺格敷词（Ekphrasis），而这一诗歌形式关注的就是声音和视觉的关系（Spitzer，1955）。济慈在第二诗节描绘古瓮上的人物和场景，就充分利用了视觉辅助听觉的方法：

Heard melodies are sweet, but those unheard

Are sweeter; therefore, ye soft pipes, play on;

Not to the sensual ear, but, more endear'd,

Pipe to the spirit ditties of no tone:

听见的旋律甜美如初，但听不见的

更加甘甜；轻柔的风笛啊，请你尽情地吹；

不为感官的耳朵，而是更欢快地，

为灵魂奏响无声的旋律：

作为静态物体的古瓮，本身是无法发出任何可辨声音的，所以多数济慈评论者都认为吹笛人吹出的音乐只有人的灵魂才能领悟（Brown，1992）；尽管古瓮永远不可能发出人类耳朵可以辨识的声音，但是吹笛者让我们读者产生幻觉，引导我们去共同追求古瓮代表的想象的、永恒的艺术殿堂（Wilson，1985）[826-827]；听不到的声音意味着，将耳朵感觉到的可辨音置换为想象力的旋律（Sallé，1972）[82]；日常的、可辨的声音虽然甜美，但是其后蕴藏着灵魂的、幻想的、完美的但却无法获得的声音（Shackford，1955）；是一种"绝对的声音"（Burke，1985）。

这些评论的共性是都将听不见的笛声与想象力和人类的灵魂联系在一起，而忽略了济慈通过生动而详细地描写古瓮上的各个场景，为读者营造出一个视觉上的饕餮盛宴，令《希腊古瓮颂》的读者在不经意间仿佛置身于一个真实的、历史的古希腊场景中。从第一诗节的男女追逐狂欢到第四诗节小镇倾城而出参加祭祀，一个个活灵活现的场景，令读者迷失在现实与历史、真实与想象的二重世界里。此时，济慈最大限度地用视觉手段创造出的虚幻的真实感，使读者在被视觉牵引的同时，不自觉地将其他感觉，特别是听觉感受也调动了起来，所以，在第二诗节里，当古瓮上的吹笛人吹奏着动听但是并不存在的乐曲时，读者恍惚中已经无法辨别竟何为真、何为假，因为，他的听觉感受已经近乎臣服于视觉强烈而持久的刺激和引导①。这种视觉诱导下的、拓展了的听觉感受在第三诗节到达了新的高潮：

> Ah, **happy**, **happy** boughs! that cannot shed
>> Your leaves, nor *ever* bid the Spring adieu;
> And, **happy** melodist, unwearied,
>> For *ever* piping songs for *ever* new;
> More **happy** love! more happy, **happy** love!
>> For *ever* warm and still to be enjoy'd,
>>> For *ever* panting, and for *ever* young;
> All breathing human passion far above,
>> That leaves a heart high-sorrowful and cloy'd,
>>> A burning forehead, and a parching tongue.

啊，快乐的枝条！你永远不会

---

① 济慈诗歌中声音、文字与视觉等其他感觉器官的互动关系还可参见《济慈与中国诗人：基于诗人译者身份的济慈诗歌中译研究》（卢炜，2020）[139-143]。

> 落叶，永远不会向春天作别；
>
> 快乐的乐手，你永远不知道疲倦，
>
> 永远吹奏着永远新鲜的乐曲；
>
> 快乐的爱情！无以复加的爱情！
>
> 永远热情似火、竭力享受生活，
>
> 永远激情澎湃，永远是花样年华；
>
> 超越了一切活生生的人间情欲，
>
> 永远不会令心灵被忧伤和厌倦裹挟，
>
> 永远不会使额头滚烫，唇舌干涸。

特别是济慈不断重复"happy"（5 次）、"ever"（6 次）、"more and all"等单词，像鼓点一样，短时间内复现同一音符，这种快节奏营造出了一种近乎疯狂的情绪。吹笛人吹出的"piping songs"由之前的"ditties of no tone"，激变为"Forever new"的"happy melodies"。此时，吹出的旋律是什么，有没有歌词、有没有音调都已经不再重要了；当古瓮上的人物恣意狂放时，读者似乎也要和古瓮上的人物一同高歌、狂欢、不醉不休，因为在视觉和听觉双重激发下，他们可能已经近乎失去理智。

然而，与此同时，济慈一直在有意无意地暗示读者，古瓮是一个"无声的异类"（silent alien）（Dickstein, 1998）[224]，是一个矛盾的结合体。古瓮上的人物在疯狂地躁动，场景在不断地变化，但是，核心人物之一的吹笛人却是在吹"笛"（soft pipes），似乎真如有的学者所言济慈通过这个意象向读者灌输了一种声音效果，仿佛古瓮上的人真的在吹笛，只是需要我们去认真倾听（Brooks, 1975）。如此一来，那些古瓮上狂欢的人群以及他们求爱的疯狂举动所构成的混乱、喧嚣的场景一瞬间就被"soft"这个词所中和，视觉上的流动带来了听觉上的应接不暇，但纷繁的画面背后却还隐含着平静的倾听。这动与静、注视与聆听、画面与声音的神秘组合恰恰蕴藏着济慈诗歌的真谛：矛盾中孕育着和谐。而达成这种矛盾的统一的方法就是将视觉与听觉紧密结合，某种意义上，济慈这种借用视觉刺激强化听觉效果的尝试，是一种独特的"跨界模仿"，即用一种感官的感受模拟另一种感官感受，以使读者同时受到两个不同感官的有关联的刺激，产生倍数的效果。由是可知，将声音视觉化是济慈声音审美的另一个重要原则。

四、穿越时空的听觉想象

济慈声音美学的极致是跨过人类感官感受的边界与极限，通过纯想象，达到对声音的超验的接受和感知。这种接受与感知在《夜莺颂》与《希腊古瓮颂》中主要体现在三个层面上。

（一）寂静之声

济慈在一首名为《十二月凄冷的夜里》（"In drear nighted December"）的早期作品中，曾经写过一句意义深远的诗行。

The feel of not to feel it,

When there is none to heal it,

Nor numbed sense to steel it,

    Was never said in rhyme. (Keats, 1982)

没有感知的感知，

无法医治的创伤，

麻醉也无法阻止，

    诗歌也无法表达。

"The feel of not to feel it"这一诗行的精华就在于它为人类的感知世界的边界和认知模式做了多元拓展：如果人类可以通过没有感受（not to feel）的方式去感受（feel）整个世界，或者说没有感觉的感觉（the feel of insentience）（Dickstein，1998）[10]也是一种重要的人类情感和认知模式，那么，我们可以把这个等式推而广之，"the voice of not to voice it"应该也是成立的，而寂静作为一种特殊的声音状态也可以发出自己独特的、可以被获知的声音。由此推出，人类可以不依赖生理上的听觉器官，而是通过其他的方式，比如想象力，也可以像耳朵捕获的声音信息一般，获得由特殊途径发出的声音信息。由此，人类可以借助想象力，听到"寂静之声"并非是无稽之谈。

济慈通过颂诗的创作实践，证实了这个感觉通道是畅通的、可行的。比如，在《希腊古瓮颂》中，济慈花了大量笔墨描写了吹笛者吹出悠扬笛声的场景：

Heard melodies are sweet, but those unheard

    Are sweeter; therefore, ye soft pipes, play on;

Not to the sensual ear, but, more endear'd,

　　Pipe to the spirit ditties of no tone:

听见的旋律甜美如初，但听不见的

　　更加甘甜；轻柔的风笛啊，请你尽情地吹；

不为感官的耳朵，而是更欢快地，

　　为灵魂奏响无声的旋律：

又比如，济慈还在下一个诗节，描写了一个古希腊祭祀的场景：

Who are these coming to the sacrifice?

　　To what green altar, O mysterious priest,

Lead'st thou that heifer lowing at the skies,

　　And all her silken flanks with garlands drest?

What little town by river or sea shore,

　　Or mountain-built with peaceful citadel,

　　　Is emptied of this folk, this pious morn?

And, little town, thy streets for evermore

　　Will silent be; and not a soul to tell

　　　Why thou art desolate, can e'er return.

究竟是谁正一路赶来祭祀？

　　这是哪座青翠的祭坛？神秘的祭司，

被你牵着的祭品正在仰天哀鸣，

　　她光滑如丝的腰身，缀满花环。

从哪座河畔或是海边的小镇，

　　从哪个依山而建的城堡

　　　这个神圣的早晨，居民倾巢而出？

小镇啊，你的街头巷陌将永远

　　沉寂无声；没有一个灵魂会透露

　　　你为何被遗弃，永远荒芜。

这两处描写中的吹笛人发出的声音和祭祀用牛的低沉的呼叫声，如前文所述，似乎是诗人借助人类视觉对声觉系统进行辅助和提升；但是，评论界早已指出，尽管济慈的《希腊古瓮颂》可能参照了具体实物（Robinson，1963），也可能是作者参照了具有女性线条（Patterson，1954）的几种不同艺术品的复合体（Colvin，1925），但是《希腊古瓮颂》所依照的蓝本还有另一个猜想，即，济慈并没有参照任何一个具体的实物蓝本，整首诗中古瓮上的人物和形象，完全是存在于叙述人（诗人）的想象中（Wilson，1985）[823]。这也就意味着诗中描绘的古瓮上人物的一切行为、举止、动作和场景，以及由此衍生出的各种声音，可能是济慈想象出来的。但是，他的想象力是如此生动，以至于读者被蕴含其中的声音信号和由此传达出的声音美学所诱导，仿佛济慈诗歌中的每一个人物、每一个动作、每一个场景发出的声音都完全被从文字中释放出来，令读者产生了"声临其境"的幻觉，仿佛用耳朵"目睹"了一次声音的"海市蜃楼"，产生了这一切都是真实存在、真实发生过的错觉。

这种声音感知模式的精髓就是既不倚仗任何人体视觉辅助，又不依赖听觉器官来感受声音的存在：即"不听其声，而觉其音"（"to listen to the voice without hearing the sound"），不用听的方式来聆听通常情况下无法听到的声音。在这种听觉模式下，济慈需要放空自己的内心，关闭视觉和听觉器官，让想象力作为唯一的声音接收器去接近可能的发声体，并且用想象力作为唯一生效的声音传感器和放大器，将这种寂静之声传达给他的读者。而济慈的读者需要重复同样的过程，让自己心无旁骛、纵情驰骋在想象的世界中，去接近和接受济慈借用诗歌发出的寂静之声。这个双向感知过程不禁使我们联想到济慈的"消极能力"（negative capability）（Keats，1958）[193] 和"诗人无自我"（"a poet has no identity"）（Keats，1958）[387] 这两个著名的论断。在这两个论断中，济慈一方面强调放空自我，接纳世间的一切不确定性和非理性的因素，另一方面强调无我的境界，希望以更加开放和包容的状态去看待世间万物。本质上，想象力是这种自我与无我、接纳与融入、向内与向外的转换的最佳媒介，因为，无论是哪种人类感觉，在认识世界和感受世界时都会有力所不逮之处，特别是不同感觉器官在功能切换之时，一定会有遗漏和空白，而济慈的想象力具有"无中生有"般非凡的创造力，可以填补人类感官的空缺。所以，当我们通过没有感受（not to feel）的方式去感受（feel）整个世界，没有声音（not to hear）的方式去倾听（listen to）整个世界的时候，想象力就会降临在我们脑海中，带给我们前所未有的声音盛宴。

（二）死亡之声

除了通过想象力，表达无声的声音之外，济慈的颂诗中还借用想象力跨越阴阳两界，同死神进行对话。以《夜莺颂》著名的第六诗节为例：

> Darkling I listen; and, for many a time
>> I have been half in love with easeful Death,
> Call'd him soft names in many a mused rhyme,
>> To take into the air my quiet breath;
> Now more than ever seems it rich to die,
>> To cease upon the midnight with no pain,
>>> While thou art pouring forth thy soul abroad
>>>> In such an ecstasy!
>>> Still wouldst thou sing, and I have ears in vain —
>>>> To thy high requiem become a sod.

> 黑暗中，我静心聆听；不知多少次
>> 几乎陷入与死亡闲适的爱情，
> 用沉思的韵律轻声呼唤他的名字，
>> 让我寂静的呼吸汇入空灵；
> 曾几何时，死亡成为无上的奢求，
>> 趁着子夜，安详地与世长辞，
>>> 而你，此刻正把灵魂倾泻
>>>> 令人神魂颠倒！
>>> 你依旧大展歌喉，而我却充耳不闻——
>>>> 你的安魂曲变成了我的一抔黄土。

本节一开始，济慈就为读者营造了一个奇妙的声音世界，如评论所言，济慈在第一个分号之前使用了不及物动词"听"（listen），其实是暗示读者此时夜莺是沉默不语的，而诗中的叙事人正在静静地等待夜莺再展歌喉（O'Rourke，1988）[53]。诗人通过一动（听）一静（等）两种状态的对比，既表达了夜莺歌声之婉转，又表现了听者强烈的愿望和急不可耐的状态，从而进一步突出了夜莺歌声的魔力。但与此同时，每一个读者都在理性上认识到，此处"倾听"这一动作的反常和非理性，因为，人不可能听到死亡的歌声，也不可能通过一只鸟儿做灵媒，与死神进行心灵的交流。但是，济慈却通过万能的想象力，给读者营造和勾勒出一幅逼真的场景，通过夜莺的歌声，引导读者去感受并不存在的事物及其发出的似乎不存在、不可知、无形态的声音。这种声音是"缪斯之韵"（"mused rhyme"），它似乎不具备引发声学震动、刺激人类听觉神经的功能，所以，诗中的"我"，似乎也没有准备好一双聆听的耳朵（"I have ears in vain"），因此，所有的声音似乎并未真实存在。但是，"我"确实听到了夜莺传达的死神的号令，抚平了"我"的伤痛，触发了"我"心中的"自我毁灭"（"self-annihilation"）的冲动（Dickstein，1998）[207] 和"死亡冲动"（"death wish"）（Dickstein，1998）[212]，进而带给"我"内心"高潮式的释放"（"a climactic release"）（Perkins，1959），最终，令"我"（包括读者）达到一种融入（"naturalization"）死亡的独特审美的经验（Jackson，2008）。由此，想象力激发的声音幻觉逐步进入读者的内心世界，在听觉和第六感之间游离、飘荡，促使读者产生出超验的体会，将无声化作有声、将不可能变为可能。

在此过程中，作为读者的我们，因为与诗人具有同样的人性和心境，似乎也分享了这个来源独特的声音信号，享受了这种独特的声音美感，可是实际上我们既没有听到，也没有看到，更无法感知进而确信，我们是否真的接触了死亡。这种若即若离、似是而非、若隐若现的情感，本质上就是由想象力引导而激发出的对声音的独特感知，这也是济慈希望我们感受到的人类内心深处敏感而不为人所知的柔软的部分。由此，我们每一位读者在通过想象力倾听了夜莺的歌声之后，都不知不觉地完成了所谓的"对身体的去物质化"（"dematerialization of the physical body"）和"自我与外界的分割"（"the self becomes disassociated from the outside world"）（Tagore，2000）。最后的结果就是我们的听觉系统更加敏锐，我们的神经系统反应更加敏捷，而我们的心灵则通过感官的感受得到了净化和升华。

（三）历史之声

济慈的颂诗中还有一个重要的声音来源，即历史。因为时间的不可逆性，所以，我们对于逝去的时间是无法追溯的；但是另一方面，历史又是相对客观的，历史中的人和事是曾经真实发生过的，在历史中留下过痕迹的，因此，历史上的人曾经发出过的声音也是客观存在的。但是问题在于，我们如何通过语言的形式，以声音为媒介，将这种一过性的、无可回溯的历史的声音加以复原和展示呢？济慈的不二法宝仍旧是想象力，以《夜莺颂》第七诗节为例：

> Thou wast not born for death, immortal Bird!
>> No hungry generations tread thee down;
>> The voice I hear this passing night was heard

In ancient days by emperor and clown:

Perhaps the self-same song that found a path

Through the sad heart of Ruth, when, sick for home,

She stood in tears amid the alien corn;

The same that oft-times hath

Charm'd magic casements, opening on the foam

Of perilous seas, in faery lands forlorn.

长生鸟！你永远不会死去。

饥馑的年代也无法将你驯服；

今夜我耳中想起的乐音

同样响彻古代国王和小丑的耳边：

也许这同样的歌声曾经弥散至

路得悲伤的心田，思乡时，

她伫立在异乡的田间，泪流满面；

这歌声还时常

迷幻了古堡幽人，她凭窗而立

面朝波涛汹涌的大海，似孤独的仙境。

济慈通过复原和回忆历史上真实的声音和声音的传播方式，借助想象力的翅膀，带领读者穿越时空，带入到历史的语境和星空之中，让读者去感受时代的声音。这种声音的感知是具体的，它源自历史上某一个可被记录的时刻，比如路得的故事；它又是抽象的，比如那些来自不知名的《君主与小丑》（"Emperor and Clown"）的声音故事；它是隐晦的，比如，那来自神话世界的海岸黑暗古堡中神秘的哀叹；或者是一种将听觉和视觉结合的"听写"方式（"hearing writing"）（Chase，1986），让读者看到历史中的路得，同时听到《李尔王》（King Lear）中考迪利亚（Cordelia）的"悲伤"（Gradman，1976），在欧洲宗教、历史、文学与神话间引发读者的遐想（O'Rourke，1998）。

而无论当代读者对这种历史的声音有何种理解，都无法改变夜莺歌声可以像魔咒一般让诗人从现实进入历史，成为一种超历史的永恒（"transhistorical permanence"）（Dickstein，1998）[216]。这时夜莺的歌声传递出的超越一切的感受，使诗人（以及他的读者）进入一种整一的状态，"像一个漂浮的灵魂独立于时空之外"（Spens，1952），并且"随着鸟儿歌声的远去，消亡在对人类历史和变迁的感悟之中"（Sperry，1973），成为一种精神象征、一种声音图腾。

五、结语

赫伯特·马歇尔·麦克卢汉（Herbert Marshall McLuhan）曾将济慈颂诗的结构类比为音乐中的赋格（fugue）或者奏鸣曲（sonata）（Macluhan，1943），这个比喻非常具有前瞻性，充分说明了济慈诗歌的音乐性。但是，从另一个角度讲，这个定义并不能完全准确地描述济慈诗歌与音乐的复杂关系。因为除了传统声学意义上的联系之外，济慈诗歌的音乐性更是一种由发声器官引起的、扩展至人类其他感官和想象力的声音审美的复合体。

济慈将物理意义上的声音作为第一媒介，触发读者的共鸣，传达出"听见的"声音；又引导其他感官如视觉加入诗歌阐释，发出"听不见"的声音；最后，又借助想象力的翅膀，把"听见的"和"听不见"的声音结合在一起，用声音与意义构建一个"大脑中的回音室"（"an echo chamber in the mind"）（Parker，1979），共同形成一套完整的声音美学系统，进而升华诗歌的主题。

济慈似乎通过《夜莺颂》和《希腊古瓮颂》独特的声音美学告诫着世人，我们感知的世界是有限的，未知的世界是无限的，人类的精神世界是浩瀚而多元的。

参考文献【Works Cited】

BATE W J, 1963. John Keats[M]. Cambridge, Mass.: Belknap-Harvard UP.

BROMWICH D, 1999. Keats[M]// Hazlitt: the mind of a critic. New Haven: Yale UP: 383.

BROOKS C, 1975. The well wrought urn: studies in the structure of poetry[M]. New York: Harcourt: 157.

BROWN M, 1992. Unheard melodies: the force of form[J]. PMLA, (107): 467.

BURKE K, 1985. Symbolic action in a poem by Keats[M]// John Keats: odes a case book. Ed. G. S. Fraser. London: Macmillan: 105.

CHASE C, 1986. Decomposing figures: rhetorical readings in the Romantic tradition[M]. Baltimore: Johns Hopkins UP: 68.

COLVIN S, 1925. Life of John Keats[M]. New York: Macmillan: 415.

DICKSTEIN M, 1998. Keats and his poetry: a study in development[M]. Ann Arbor, Mich.: UMI.

FISHER P, 1984. A museum with one work inside: Keats and the finality of art[J]. Keats-Shelley journal, (33): 92.

FRIEDMAN G, 1993. The erotics of interpretation in Keats's "Ode on a Grecian Urn": pursuing the feminine[J]. Studies in romanticism, (32): 229.

GRADMAN B, 1976. "King Lear" and the image of Ruth in Keats's "Nightingale" ode [J]. Keats-Shelley journal, (25): 21.

JACKSON N B, 2008. Science and sensation in Romantic poetry[M]. Cambridge: Cambridge UP: 187.

KEATS J, 1958. The letters of John Keats[M]. Vol 1. Ed. Hyder Edward Rollins. London: Cambridge UP.

KEATS J, 1982. John Keats: complete poems[M]. Ed. Jack Stillinger. Cambridge, Mass.: Belknap-Harvard UP: 163.

MCLUHAN H M, 1943. Aesthetic pattern in Keats's odes[J]. University of Toronto quarterly, (12): 168.

MINAHAN J A, 1992. Word like a bell: John Keats, music and the Romantic poet[M]. Kent, Ohio: Kent State UP.

O'ROURKE J, 1987. Persona and voice in the "Ode on a Grecian Urn"[J]. Studies in romanticism, (26): 42, 46.

O'ROURKE J, 1988. Intrinsic criticism and the "Ode to a Nightingale"[J]. Keats-Shelley journal, (37): 45.

O'ROURKE J, 1998. Keats's odes and contemporary criticism[M]. Gainesville, FL: U of Florida P: 29-31.

PARKER P A, 1979. Inescapable romance: studies in the poetics of a mode[M]. Princeton: Princeton UP: 203.

PATTERSON C I, 1954. Passion and permanence in Keats's Ode on a Grecian Urn[J]. ELH, (21): 211.

PERKINS D, 1959. The quest for permanence: the symbolism of Wordsworth, Shelley, and Keats[M]. Cambridge: Harvard UP: 253.

PHINNEY A W, 1991. Keats in the museum: between aesthetics and history[J]. The journal of English and Germanic philology, (90): 208-229.

PURDON L O, 1989. A possible source for Keats's unheard melodies in "Ode on a Grecian Urn"[J]. Keats-Shelley journal, (38): 21-22.

RIDLEY M R, 1933. Keats' craftsmanship: a study in poetic development[M]. Lincoln: U of Nebraska P.

ROBINSON D E, 1963. Ode on a "New Etrurian" urn: a reflection of Wedgwood ware in the poetic imagery of John Keats[J]. Keats-Shelley journal, (12): 11-35.

SALLÉ J-C, 1972. The pious frauds of art: a reading of the "Ode on a Grecian Urn"[J]. Studies in romanticism, (11): 79-93.

SHACKFORD M H, 1955. The "Ode on a Grecian Urn"[J]. Keats-Shelley journal, (4): 10.

SPENS J, 1952. A study of Keats's "Ode to a Nightingale"[J]. The review of English studies, (3): 236.

SPERRY S M, 1973. Keats the poet[M]. Princeton: Princeton UP: 267.

SPITZER L, 1955. The "Ode on a Grecian Urn," or content vs. metagrammar[J]. Comparative literature, (7): 206-07.

TAGORE P, 2000. Keats in an age of consumption: the "Ode to a Nightingale"[J]. Keats-Shelley journal, (49): 76.

VENDLER H, 1983. The odes of John Keats[M]. Cambridge, Mass: Belknap P: 81.

WILSON D B, 1985. Reading the urn: death in Keats's Arcadia[J]. Studies in English literature, 1500-1900, (25): 823-844.

WOLFSON S J, 2015. Reading John Keats[M]. Cambridge: Cambridge UP: 99.

ZEITLIN F I, 1991. On ravishing urns: Keats in his tradition[M]// Rape and representation. Eds. Lynn A. Higgins, Brenda R. Silver. New York: Columbia UP.

卢炜，2020. 济慈与中国诗人：基于诗人译者身份的济慈诗歌中译研究 [M]. 上海：上海外语教育出版社 .

诗学与政治：济慈诗歌中的
李·亨特与自由派思想

王 威

内容提要： 本文以济慈诗歌中的李·亨特和自由派形象为研究对象，主要分析这个形象构建背后的事件指涉、政治立场、历史观念、外在影响和主观倾向等内容。文章以济慈作品中与亨特直接相关的 8 首诗歌为核心，兼采诗歌、书信和批注等表现济慈政治观念之内容，并参考同时代作家的诗歌、书信和回忆录等相关文字，全面梳理济慈所塑造的亨特的自由派形象的内涵和外延，以及这种自由派思想对济慈本人的影响。这一自由派形象的塑造，是济慈早期诗歌作品中的一条主线，是理解他关于诗学思想和政治立场相融合的主要线索之一。

关 键 词： 济慈；李·亨特；自由派；政治；历史化

作者简介： 王威，文学博士，大连外国语大学英语学院副教授，主要从事 19 世纪英国文学研究。

基金项目： 本文系 2021 年辽宁省高等院校基本科研基金项目"英国浪漫主义机体论研究"（项目编号：LJKR0416）的阶段性研究成果。

Title: Poetics and Politics: Leigh Hunt and Liberalism in the Poems of John Keats

Abstract: This article discusses the liberal image of Leigh Hunt in the poems of John Keats, and focuses on the specific references of events, political position, view of history, external influences and personal inclinations which help shape Hunt's figure as a liberal. The article will read 8 poems of Keats in detail which are directly related to the subject, together with other poems which have relevant paragraphs, and assimilate the contents of letters and annotations that embody Keats's political views. This will be supported by poems, letters and memoirs of Keats's contemporaries, in order to achieve a comprehensive understanding of the connotation of Hunt's liberalism and its profound influence on Keats. The imagining of Hunt as a liberal is a main aim in Keats's earlier poetical works, and is an important clue to understanding the fusion of poetics and politics in his thoughts in general.

Keywords: Keats; Leigh Hunt; liberalism; politics; historicization

一、导论

在约翰·济慈（John Keats）的诗歌发展过程中，李·亨特（Leigh Hunt）的作用至关重要。他是济慈诗作的早期评论者之一，很早便对《初读恰普曼译荷马史诗》（"On First Looking into Chapman's Homer"）[①] 等诗纳入批评范围，赋予其文学地位（Hunt，1828）[411-412]（Matthews，1971）[42, 59-63]。此外，他在诗歌创作上对济慈也有帮助。在济慈的《一首诗的序言片段》（"Specimen of an Introduction to a Poem"）和《卡利多》（*Calidore*）最初的抄稿中，便留有他的标记和批注（Stillinger，1978）[548-549]。特别是在《恩弟米安》（*Endymion*）第 1 卷完成之后，他便给出意见（Rollins，1958a）[213-214]。最后，他介绍济慈进入社交圈，结识查尔斯·兰姆（Charles Lamb）、本杰明·罗伯特·海登（Benjamin Robert Haydon）、珀西·比希·雪莱（Percy Bysshe Shelley）、威廉·哈慈利特（William Hazlitt）等人（贝特，2022）[118, 120-121, 171-174, 183]，使他拓宽视野，实现飞跃。可以说，济慈多方受惠于亨特，堪称他的"学徒"（protégé）。

关于两人之间的诗学关联，相关研究最早可追溯到海登。在 1817 年 5 月 8 日致济慈的书信中，他有言："看在上帝的分上，小心那些谬见和矫揉造作……小心你的朋友［亨特］——他会成为自己弱点的受害者，被自己的谬见所愚弄［。］"（Rollins，1958a）[135]（贝特，2022）[211] 虽然"谬见"（delusions）[②] 和"矫揉造作"（sophistications）未见详论，但此时济慈正在拟作《恩弟米安》（Allott，1970）[116]，其中不无诗学影射。特别是"矫揉造作"，概括了亨特和济慈之诗风。此外，约翰·吉布森·洛克哈特（John Gibson Lockhart）对此也有所触及。他在《布莱克伍德爱丁堡杂志》（*Blackwood's Edinburgh Magazine*）[③] 发表系列文章 8 篇，其中第 4 篇针对济慈（Matthews，1971）[97-110]。他讽刺亨特为"伦敦佬诗

---

① 该诗最早于 1816 年 12 月 1 发表在亨特主办的期刊《观察家》（*The Examiner*）上。本文的济慈诗歌名称以屠岸译文（济慈，1997）为准；若屠译没有，则以马文通译文（济慈，1995）为准。
② 济慈以"自我错觉"（self delusions）称亨特，与海登口径一致。参见 1817 年 5 月 10—11 日致海登书信（Rollins，1958a）[143]。
③ 本文所有期刊名称以程汇涓译文（贝特，2022）为准。

派"①之魁。至于《恩弟米安》，他说："对于读过亨特诗歌作品的人而言，此处的暗示其实毫无必要。济慈先生采纳了松散、无力的格律，采纳了《里米尼的故事》（*The Story of Rimini*）的作者［亨特］那伦敦佬式的押韵［。］"（Matthews，1971）[104] 此言可谓一针见血，《恩弟米安》颇具亨特诗风（贝特，2022）[239-240]，格律"松散""无力"（nerveless），言辞"矫揉造作"。

在19世纪，大卫·麦克白·莫伊尔（David Macbeth Moir）谈到了亨特的影响，但未做评价（Matthews，1971）[349]。理查德·蒙克顿·米尔恩斯（Richard Monckton Milnes）将"缺乏规矩"（irregularities）视作主要表现："诗对于他［济慈］而言还不是一门艺术。"（Milnes，1848）[21] 亨特虽未被提及，但作为济慈"最早的结交之一"（Milnes，1848）[21]，他难辞其咎。相比之下，威廉·迈克·罗塞蒂（William Michael Rossetti）②更为直接："他［亨特］理解优秀的文学，既出于本性，也有批评立场；但是在思想和风格方面，有太多令人疲惫的矫揉造作，有太多令人无法忍受的旁门左道，因此完全不适合成为一位年轻的文学追求者［济慈］可靠的朋友。既不能当作楷模，也不能作为导师。"（Rossetti，1887）此处的"矫揉造作"（mannerisms）明显指涉风格，与海登观点一致，是同一立场的延续。至于"矫揉造作"的内涵，希德尼·科尔文（Sidney Colvin）认为，这是"一种闲聊式的熟识感和自在感"（chatty familiarity and ease），只适合于"炉边"（fire-side）闲谈，不可为诗歌创作所用（Colvin，1887）[26]。与雪莱相比，济慈的问题在于"陷入其中［这种熟悉的、宽松的风格（a familiar lenity of style）之中］不止一次"（Colvin，1887）[32]。

20世纪以来，上述否定立场继续深化，但总体而言，未能历史地看待19世纪研究所触及的相关问题。亨特的影响毕竟是阶段性问题：若以济慈后期诗作视之，特别是《夜莺颂》（"Ode to a Nightingale"）等颂体诗和《圣亚尼节前夕》（"The Eve of St. Agnes"）等叙事诗视之，③它确有负面效果；若以早期诗作视

① "伦敦佬"（cockney）是一个地域词汇，指劳动阶层聚居的伦敦东区，含有强烈的贬义（傅修延，2008）。同时，它也指东区人讲话的特别口音（Kucich，2003）[122-123]，具有一定的政治指涉（Richardson，1993）。"伦敦佬诗派"（the cockney school of poetry）主要有三种译法："诗的伦敦方言流派"（朱炯强，1984）、"诗歌中的伦敦佬派"（傅修延，2008）[140] 和"伦敦佬诗派"（贝特，2022）[473]。本文采程汜涓译法（贝特，2022）。
② 此罗塞蒂是拉斐尔兄弟会（the Pre-Raphaelite Brotherhood）成员但丁·罗塞蒂（Gabriel Charles Dante Rossetti）之弟、克里斯蒂娜·罗塞蒂（Christina Georgina Rossetti）之兄。诗人罗塞蒂兄妹皆欣赏济慈，写有相关的十四行诗（Roe，2010；Crump，2005）。
③ 事实上，相关研究已经指出（Kucich，2003）[130-131]，以《嫉妒心》（*The Jealousies*）、《拉米亚》（*Lamia*）和《圣亚尼节前夕》等观之，影响研究有待深化。

之，则另当别论。故此，深化的脉络有二。其一是深探亨特诗风。在相关研究中（Miller，1910；Hough，1957；Thompson，1977），否定立场虽未发生根本转变，但因与文本分析有机结合，故更为持之有据。其二是还原济慈诗风发展的阶段性。济慈虽然在诗艺方面十分独立，并非亦步亦趋（Wu，1996；Wu，2001），但是在中顿（caesura）、跨行（enjambment）、格律（meter）和押韵（rhyme）等诗艺技巧上（Bate，1962），以及主题、结构、意象和用词等内容和形式问题上（Finney，1936）（贝特，2022）[99-105]（Miller，1910）[52-64]，确实与亨特存在诸多相似，是受之影响的结果。

在深化探讨中，亨特诗学的政治背景得到认识。"闲谈"式诗风的形成，是一定的政治立场使然。亨特反对 18 世纪以来的新古典主义诗学，尤其否定亚历山大·蒲柏（Alexander Pope），提倡复兴埃蒙德·斯宾塞（Edmund Spenser）、威廉·莎士比亚（William Shakespeare）的自由无拘、毫无限制的诗歌风格。《年轻诗人》（"Young Poets"）[①] 有言："近期，一个全新的诗派正在发展，而且承诺要消灭从查理二世（Charles II）时代以来居于主流地位的法国诗派。"（Matthew，1971）[41-42] 在有关济慈《诗集》（*Poems*）的书评文章中，亨特更进一步称之为"巧智（wit）和伦理（ethics）诗派"，并视《夺发记》（*Rape of the Lock*）为"毫无高等的想象和符合本性的深刻情感，毫无真正的音乐和多样性"（Matthews，1971）[55-56]。亨特的诗学表现在诗艺之上便是"松散的对偶句"（Keach，1986）[183]，表现在诗歌架构上便是"局部对整体、次要对主要的不服从"（Cronin，1996）。如此，亨特诗学极易与政治激进论相联系："其实，他［亨特］的'新诗派'不仅仅作为一个美学挑战而呈现出来。它是对当代政治权威的挑战，只是表现在美学词汇之上而已。"（Kandl，1995；Kandl，2001）

同样，济慈早期诗作与亨特一样，也有政治因素，甚至是受其影响和启发，济慈也反对新古典主义诗学。《睡与诗》（"Sleep and Poetry"）讽之为"一匹弹簧马"（第 186 行），不能像"珀伽索斯"（第 187 行）一样[②]，行千里之路。济慈诗艺也有激进特征，容易产生政治关联："济慈的伦敦佬式的对偶句是对封闭的奥古斯都时期的对偶句之正统的对抗，是对其所象征的社会和道德传统的对抗。"

---

① 除济慈之外，"年轻诗人"还包括雪莱和约翰·汉密尔顿·雷诺兹（John Hamilton Reynolds）。根据目前所掌握的文本情况，这是济慈的名字首次出现在评论文章之中。《年轻诗人》载《观察家》1816 年 12 月 1 日刊，第 466 号，第 761—762 页。

② 本文所有济慈诗作均引自哈佛大学版《济慈诗歌全集》（Stillinger，1978），引用时以标题、卷数和行数为准，不一一标注页码。若非他注，所有译文均引自屠岸译本（济慈，1997）。

（Keach，1986）[183-184] 据统计，"自由""僭君"和"和平"等具有强烈政治影射的词汇大量出现在济慈早期作品之中（Baldwin，1917）。由此观之，要理解济慈的早期诗作，政治维度是一条不可忽视的线索。

事实上，在其早期诗作之中，济慈成功地塑造了亨特的自由派之形象。其中有一定的事实依据，但经诗人政治观念过滤、筛选、铸造，最终转化成诗歌语言。其中也有济慈生活经验的参与，极具个体性和主观性。分析亨特自由派之形象，有利于理解济慈早期诗作中的政治性因素，现政见于诗学，表现"志"与"诗"之间的交融。

二、自由派形象

在济慈诗作之中，共有 10 首与亨特相关，其中 8 首直接相关，2 首间接相关，均写于早期。在济慈于 1817 年 4 月 14 日前往怀特岛（Isle of Wight）尝试史诗创作（贝特，2022）[201-203] 之后，亨特诗学的影响开始淡化。在进入主题之前，有必要简单说明两首间接相关诗作。根据理查德·伍德豪斯（Richard Woodhouse）的说法，《蝈蝈和蟋蟀》（"On the Grasshopper and Cricket"）是赛诗活动的即兴之作："作者［济慈］和李·亨特彼此挑战，在一刻钟的时间里写出一首十四行诗①。——'蝈蝈和蟋蟀'便是主题。——两个人都在指定时间内完成了任务。"（Sperry，1967）[151]《致姑娘们——她们见我戴上了桂冠》（"To Some Ladies who Saw Me Crowned"）也是因境而作，是济慈为头戴桂冠而向友人作的辩解（Allott，1970）[110]，若不顾历史细节，颇有苏格拉底（Socrates）申辩之味。从两诗的即兴性（extemporaneity）可见，诗歌的自发性（spontaneity）是主要的追求对象，这也是解读济慈早期诗作的主要线索。

在 8 首直接相关的诗作中，自由派之形象的塑造贯穿始终。总体而言，形象塑造并非孤立而为，而是与诗人身份相互配合，以之为背景。《一首诗的序言片段》中云："你［斯宾塞］喜爱的自由走在 / 由光组成的明亮大道之上［。］"（第 61—62 行，本文译）。济慈将亨特看作斯宾塞的后继者。在此诗歌传统背景之下，他直接用拉丁文的"自由"（*libertas*，*-tatis*）一词，可见其对政治身份的强调。《给我的弟弟乔治》（"To my Brother George Keats"）中亦言："因为侠义的斯宾塞

---

① 克拉克当时在场，见证了整个过程（Clarke，1878）[135]（Rollins，1948b）[154]。另见克拉克夫人的回忆（Clarke，1887）[14]。亨特的同题十四行诗见《李·亨特诗集》（*The Poetical Works of Leigh Hunt*）（Milford，1923）[240]。

告诉给自由［：］/一道光芒照在他们身上，除了诗歌之外，/他们在水里、地上还有空中什么都看不见"（第 24，21—22 行，笔者译）。与前诗一样，济慈既说明亨特与诗歌传统之间的关联，也强调其政治身份。同一策略在《致查尔斯·考登·克拉克》（"To Charles Cowden Clarke"）中有所深化："被冤枉的自由给你［克拉克］讲故事，/关于月桂做成的花冠和阿波罗的荣耀，/齐步穿越城市的雄壮军队，/还有令人既爱又怜的贵夫人［。］"（第 44—47 行，笔者译）这是对《里米尼的故事》中的游行场景（1.147-238）的简单概述。济慈十分喜爱这部作品，甚至写有《题李·亨特的诗〈里米尼的故事〉》（"On *The Story of Rimini*"）。以传奇史诗传统观之，他视之为《仙后》（*The Faerie Queene*）的后继之作。十分明显，济慈不但强调亨特的政治身份，甚至辅以作品中极具政治含义的内容，亨特自由派之形象由此获得文学依据，得到强化。

此外，自由派之形象还有事件指涉。在《致海登（二）》（"Addressed to the Same"）中①，济慈称亨特为"一个属于玫瑰，紫罗兰，春光，/友好地微笑，为自由而身系铁链［。］"（第 5—6 行）同样，在《写于李·亨特先生出狱之日》（"Written on the Day that Mr. Leigh Hunt left Prison"）中，他称"贤者亨特/……被投入牢房［。］"（第 1—2 行）两处所言实为同一事件：亨特是《观察家》杂志的主编，因发表《君主的品质》（"Princely Qualities"）、《摄政王在圣帕特里克节》（"The Prince on St. Patrick's Day"）和《摄政的流程》（"Proceedings of the Regency"）等系列文章（Blunden，1967）[21-24] 攻击摄政王（the Prince Regent），即乔治四世（George IV），于 1813 年被判诽谤罪，罚款 500 英镑，监禁 2 年（Blunden，1970）[72-73]（Holden，2005）[62-69]。不难看出，济慈同情亨特的政治立场，将入狱看作自由主义受到压迫的表现，是"因言获罪"的结果。为进一步理解，有必要深入济慈自由主义的理论内涵。

济慈所理解的自由主义理论内涵，主要有二：反抗王权和主张言论自由。两方面互为表里，相辅相成，集中表现在《写于李·亨特先生出狱之日》之中：

> 当权者喜欢奉承，而贤者亨特
> 　　敢于进忠言，于是被投入牢房，
> 　　他依然自由，如云雀冲向上苍，
> 他精神不朽，不羁，心胸宽阔。

---

① 亨特与海登亦是好友，写有献诗（Milford，1923）[245]。

权贵的宠仆啊！你以为他在等着？

　　你以为他只是整天瞧着狱墙，

　　等待你勉强用钥匙开锁，释放？

不呵！他高尚得多，也坦荡得多！

他在斯宾塞的厅堂和庭院里徜徉，

　　采撷那令人迷恋的鲜花；他随同

勇者弥尔顿向广袤的天宇翱翔：

　　他的天才正飞向自己的顶峰。

你们这一帮有一天名裂身亡，

　　他的美名将长存，谁敢撼动？

其中，"奉承"（第 1 行）与"忠言"（第 1 行）构成对比。亨特"被投入牢房"（第 2 行）的根源在于没有"奉承当权者"，而是选择"进忠言"，这是反抗王权和坚持言论自由的表现。在济慈看来，王权和自由之间存在着矛盾，是压迫与被压迫的关系。在《致希望》（"To Hope"）中，他写道："伟大的自由！即便服何等瑰丽，/ 身穿被征服宫廷那低鄙的华衮，/ 俯下她的头颅，准备就此咽气。"（第 38—40 行）（济慈，1995）[149] 自由与代表王权的"低鄙的华衮"难以相容，只能"低头"并"咽气"，可见矛盾之深。

　　言论自由是自由主义的另一内涵。因焦点所限，济慈未有详细说明。在《写于李·亨特先生出狱之日》中，济慈显然持同情态度。同情亨特，便是同情他所代表的言论自由立场。在《摄政王在圣帕特里克节》一文中（见《观察家》1812 年 2 月 28 日刊），亨特将嘲讽挖苦发挥到极致（Morpurgo，1949）[231]。

　　　　总而言之，这位愉快的、幸福的、明智的、快活的、可敬的、贞洁的、真实的并且不朽的君主（prince），① 是他自己承诺的背弃者（violator），完完全全是一位不知廉耻的浪荡子（libertine），是一位家庭纽带的仇视者（despiser），是赌徒（gambler）和娼妓（demirep）的同伴，这个人度过了半个世纪，无论是对于国人的感恩之情，还是对于未来的敬仰之心，都没有任何获得的资格！

在此，反抗王权和主张言论自由紧密交织，互为表里。即使是王权，只要失效或

---

① 着重号表示原文斜体，可见正话反说之意。

被滥用，便可自由言说。关于此文，亨特后来回忆道："毫无疑问，文章的确辛辣并极尽蔑视之意；因此，在法律意义上是有诽谤性的；只要文章［所言］是真实的，就更是这样。"（Morpurgo，1949）[232] 此观点与济慈一致，"文章［所言］是真实的"与"敢于进忠言"如出一辙。可见，言论自由主要针对王权的失效和滥用，是反抗王权的深化。

济慈所理解的自由主义还有实践关照。在献诗中，"自由"（第 3 行）和"牢房"（第 2 行）犹如天壤，却共现一身。济慈有意将亨特塑造为"被缚的自由派"，与乔治·戈登·拜伦（George Gordon Byron）在 1813 年 5 月 19 日致托马斯·摩尔（Thomas Moore）的书信中的"牢房中的智者"之评价（Lansdown，2015），可谓异曲同工。亨特虽然身陷囹圄，却在精神上无比自由。这样，自由主义不但是思想体系，更是实践方式，既有知的维度，也有行的表现，知行合一。为说明这一点，有必要超越文本，再现亨特狱中生活的一些细节。服刑期间，亨特亲手改造囹圄，实现一派世外桃源之气象："我将它变成了高贵的寓所［：］我为四壁准备了玫瑰花架子；我将棚顶涂上了白云和天空的颜色；窗户虽然已经栓死，但是我用威尼斯式的窗帘挡住；当我的书架中摆上了半身像，鲜花和钢琴也出现之后，也许没有更加漂亮的房间了。"（Morpurgo，1949）[243]《里米尼的故事》（3.149-158）如此描写弗朗西斯卡（Francesca）的闺房（Milford，1923）[16]：

> 也是在那一天，她起初的意外
> 已经过去，泪水却又含在眼里，
> 因为她发现房间出于他的善意
> 与她家中房间的装潢一样，好像魔法；
> 所有的书籍都运送到了这里，
> 带树叶纹饰的壁毯，还有红色的椅子，
> 诗琴，还有在悲伤时刻用过的杯子，
> 为培养花朵准备的银质小瓮，
> 刺绣用的模具，还有一件半成品，
> 那白色的猎鹰，在阳光中沐浴……

传奇诗中，保罗（Paulo）将闺房从拉文纳（Ravenna）搬运到里米尼（Rimini），让弗朗西斯卡宾至如归，居之如家。同样，马贩巷监狱（Horsemonger Lane Gaol）的狱室经过装饰，几与亨特在梅达谷（Maida Vale）的寓所无异，被囚恍若居家。

亨特甚至拥有一处小院，可以种花栽树。一棵苹果树在第二年开花结果，竟然提供了制作布丁的原料（Morpurgo，1949）[244]。经过装潢的狱室，甚至成为自由派友人朝圣的圣地。兰姆、拜伦、摩尔、海登、克拉克、哈慈利特、杰罗米·边沁（Jeremy Bentham）、玛利亚·埃奇沃思（Maria Edgeworth）、詹姆斯·穆勒（James Mill）等竞相造访，或以诗文，或以私人书信和报刊文章，极尽描绘之能事（Blunden，1970）[75-78]（Holden，2005）[77-85]。有鉴于此，济慈献诗中的反问（第6—7行）更具反讽意味。即使"他只是整天瞧着狱墙"，上面也布满鲜花，甚至挂有约翰·弥尔顿（John Milton）的画像可供瞻仰（Holden，2005）[76]，可以"随同 / 勇者弥尔顿向广袤的天宇翱翔"（第10—11行）。同样，"他在斯宾塞的厅堂和庭院里徜徉，/ 采撷那令人迷恋的鲜花"（第9—10行），并非空穴来风。即使狱室不比《仙后》中的田园美景，也同样有花可赏，有果可尝。由此可见，济慈笔下的亨特不但是思想上的自由派，更是实践上的自由派，思想和实践高度统一。

三、历史观念

亨特自由派之形象中，还有一条隐藏的历史脉络。在诗人身份里，亨特不仅是一位当代诗人，更是诗歌传统的继承人，从前辈获得诗性启发和灵感。他在狱中并不孤单，而是可同弥尔顿翱翔天宇。同样，《里米尼的故事》更是《仙后》以来传奇史诗的后续之作。《题李·亨特的诗〈里米尼的故事〉》中云（第9—10行）："若有人懂得这样的赏心乐事，/ 想以一颦一笑来解释世道，/ 他会从这诗里找到自己的天地［。］"从"自己的天地"极容易联想到《仙后》中的"幸福之所"（第2卷第10章），而后者最为济慈推崇，甚至留有大量的标记[①]（Kucich，1988）[6, 13]。在题赞诗中，他在两部作品之间建立关联，明显有其历史视角。

也就是说，济慈将历史性（historicity）赋予自由主义，使之成为具有复杂发展阶段的历史过程。在一些时期，自由主义有着良性的发展。他在《致乔治·菲尔顿·马修》（"To George Felton Mathew"）中写道："接下来，我们可以讲述 / 那些为自由奋战而倒下的人士：/ 讲述我们的阿尔弗雷德，讲述海尔维希族的退尔，/ 讲述心灵高尚、不可折服的威廉·华莱士，/ 他的姓名对于所有人的心灵都是慰藉。"（第65—69行，本文译）在历史中，阿尔弗雷德大帝（Alfred the Great）于

---

① 济慈藏有 2 套斯宾塞作品（Lau，2016）[142]（Owings，1978）[59, 61]。其一未有字迹（Owings，1978）[61]，另一仅存卷一，为《仙后》第 1 卷（Owings，1978）[59]，标记情况参见《约翰·济慈》（*John Keats*）（Lowell，1925）。"幸福之所"位于《仙后》第 2 卷第 10 章，济慈的标记版本并非自己所藏，而是布朗借阅（Kucich，1988）[4-7]。

878 年的爱丁顿战役（Battle of Edington）大败丹麦国王古特伦（Guthrum），签订《威德摩尔和约》（*Treaty of Wedmore*），奠定统一英格兰之基础，成为首位"盎格鲁－撒克逊国王"。1297 年，威廉·华莱士（William Wallace）在斯特林桥战役（Battle of Stirling Bridge）中击败英格兰军，维护苏格兰之独立[①]。即使是瑞士民间传说英雄威廉·退尔（William Tell），如弗里德里希·席勒（Friedrich Schiller）《威廉·退尔》（*Wihelm Tell*）所示，[②] 也有一番抗击王权、维护自由的英勇行为。

同样，《致查尔斯·考登·克拉克》中写道："你［克拉克］挑起面纱，展露历史女神之美，/指出爱国者艰巨的责任；/阿尔弗雷德之力，和退尔之箭；/布鲁图斯之手如此有力地落在/一个僭主头颅之上。"（第 68—72 行，笔者译）与前诗相比，自由主义的历史范围更为宏大，可追溯到布鲁图斯（Marcus Junius Brutus Caepio）行刺恺撒（Julius Caesar）。虽然藏书中不乏相关史论（Lau，2016）[146]，但是济慈最有可能通过莎士比亚《尤里斯·恺撒》（*Julius Caesar*）获得了这一理解。[③] 剧中，布鲁图斯在行刺之后，向众人喊道："把我们鲜红的武器在我们头顶挥舞，大家高呼着：'和平，自由，解放！'"（莎士比亚，2016）这是济慈立场的鲜明写照。济慈十分熟悉这部剧作，虽未留有阅读标记（White，1987），但是极易与剧中的共和精神产生共鸣。

在另一些时期，自由主义的发展受阻。《写于 5 月 29 日查理二世复辟纪念日》（"Written on 29 May: The Anniversary of the Restoration of Charles the 2nd"）虽诗行寥寥，却明确表达了查理二世的复辟（1660 年）。

> 忘恩的不列颠人啊，你们竟然纪念
>
> 他的业绩，怎可如此厚颜，
>
> 　　置爱国人士于不顾？
>
> 当我听到背叛的、说谎的钟响，
>
> 这是为锡德尼、为罗素、为范恩哀伤，
>
> 　　让我双耳如此痛苦。

---

① 据称，济慈在求学期间便阅读过威廉·罗伯逊（William Robertson）《苏格兰史》（*The History of Scotland*）（Clarke，1878）[124]。作品虽对华莱士着墨不多，但颇显其反抗外来压迫、为民族自由而战之形象（罗伯逊，2021）。

② 浪漫派对退尔产生兴趣，有赖于席勒的剧作（Allott，1970）[27]。

③ 济慈藏有 3 套莎士比亚作品（Lau，2016）[142]（Owings，1978）[53, 55, 57]，标记及批注情况详见《济慈的莎士比亚：描述性研究》）（*Keats's Shakespeare: A Descriptive Study*）（Spurgeon，1928）。

其中，三位"被遗忘的爱国人士"是：（1）锡德尼（Algernon Sidney），政治理论家、国会议员和辉格党政治家，因参与黑麦屋阴谋（Rye House Plot），企图暗杀复辟国王，获叛国罪遭处决；（2）威廉·罗素（William Russell），政治家，因在下院公开反对詹姆斯二世（James II）继位，终获死罪；（3）亨利·范恩（Henry Vane），政治家和殖民地总督，因宣扬政府改革和宗教自由，终于泰晤士河北岸的塔山（Tower Hill）断头。三人罹难，可谓自由主义之中道断流。

同样，《啊！我真爱——在一个美丽的夏夜》（"Oh, how I love, on a fair summer's eve"）中写道："［我］在那里［芬芳的花野］叫忠肝义胆暖我的心胸，/思念弥尔顿的命运，锡德尼[①]的灵柩，/让他们刚正的形象立在我心中［。]"（第9—11行）。在此的弥尔顿并非《黎西达斯》（"Lycidas"）等抒情诗和《失乐园》（Paradise Lost）等史诗的诗人，而是《论出版自由》（Areopagitica）、《偶像破坏者》（Eikonoklastes）、《为英国人民声辩》（Pro Populo Anglicano Defensio）、《再为英国人民声辩》（Pro Populo Anglicano Defensio Secundo）、《建立自由共和国的简易办法》（The Readie and Easie Way to Establish a Free Commonwealth）等反对王权、支持自由主义立场政论文的作者（Rollins，1958a）[396]。政治立场影响了济慈对《失乐园》的解读[②]。在史诗第1卷第591—615行中，济慈解读出"反抗国王的义愤"，并认为"他［弥尔顿］的愿望就应该有这样的力量，可以将查尔斯［二世］那脆弱的动物从那沾满鲜血的王位上拉下来"（Lau，1998）[85]。与亨特相似，弥尔顿在复辟之后因"出版违法书籍"遭起诉，后被短暂监禁（1660年11月至12月中旬），缴纳罚金（坎贝尔，2023）。同样，锡德尼也因文获罪，政论文《关于政府的论述》（Discourses Concerning Government）反对君主制，使作者罪至叛国。可见，无论是"弥尔顿的命运"，还是"锡德尼的灵柩"，均表现王权对自由的压制。

至此，自由主义的历史性清晰可见。在历史发展中，自由主义表现为一段时间发展，一段时间受阻的总体趋势。大体而言，民族统一战争、反抗异族压迫和刺杀僭主等，是发展的表现；王朝复辟，特别是复辟时期的复仇和杀戮等，是受

---

① 屠岸译本（济慈，1997）[68]将此锡德尼错认为是文艺复兴（Renaissance）诗人菲利普·锡德尼（Philip Sidney），特此更正。参见《写于5月29日查理二世复辟纪念日》，诗中锡德尼与罗素、范恩同列，皆为17世纪人。

② 济慈藏有2套《失乐园》（Lau，2016）[142]（Owings，1978）[43, 45]，标记及批注情况参见《弥尔顿浪漫主义研究文集》（The Romantics on Milton: Formal Essays and Critical Asides）（Wittreich，1970）和《济慈的〈失乐园〉》（Keats's Paradise Lost）（Lau，1998）[71-176]。

阻的表现。非常明显，这类似于否定之否定，可概括为发展（Ⅰ）—受阻—发展（Ⅱ）。济慈虽然没有在升华线索上深思，但是对于总体脉络，有明确的描述。在1819年9月17—27日致乔治·济慈和乔治安娜·济慈书信中，他说："所有文明的国家都在逐渐走出蒙昧，而且应当不断进步。……这种变革表现为一波三折的过程——先是朝好的方向变，后来又变糟，最后又朝好的方向变回来。"（Rollins，1958b）[193]（济慈，2002）[410-411] 可见，这是一个从"蒙昧"向"文明"的"进步"过程，表现为"好—糟—好"三个阶段，对应于发展（Ⅰ）—受阻—发展（Ⅱ）的总体脉络。

自由主义历史化的目的，并非历史研究。事实上，济慈对历史的理解有浪漫化和诗化倾向，是一定政治和美学立场之结果。相反，历史背景是认识现时代状况的基础和依据，在历史发展的映衬下，现时代之特征一目了然。济慈有言：

> 英国人是当时欧洲人当中唯一作出了重大反抗的，他们在亨利八世时是奴仆，但在威廉三世是自由人。而此时法兰西人还是路易十四（Louis XIV）的可怜奴隶，英国人树立的榜样，加上英国与法国作家的鼓动，播下了反抗这位暴君的种子——它们的结局颇为不幸，它结束了英国的自由情感进程，给朝廷一种退回专制的16世纪的期盼。他们利用这个事件从各方面破坏了我们的自由……你们会看到我的意思是法国革命暂时结束了第三阶段的变革：朝好的方向变——现在这种变革又开始了，我觉得正在发生作用。（Rollins，1958b）[193-194]（济慈，2002）[411]

非常明显，此处在以古喻今。纵观历史发展，在从亨利八世（Henry VIII）到威廉三世（William III）的阶段里，自由主义发展即使不是一帆风顺，也可谓颇有成就，构成发展（Ⅰ）。法国大革命（1789—1794年）前后，阻碍产生："朝廷［怀有］一种退回专制的16世纪的期盼。"据此，现时代处于第三阶段，即发展（Ⅱ）。然而，第三阶段并非发展完备，而是处于发展之中："现在这种变革又开始了，我觉得正在发生作用。"基于此，自由主义的发展颇有受阻之虞，且有退回到前一阶段的可能。在此判断下，自由主义作为一种历史传统有必要得到捍卫，而济慈将亨特塑造为一位自由派，并极尽褒奖之辞、支持之意，便是表现。

济慈颇为担忧现时代自由主义的发展状况。《写于李·亨特先生出狱之日》虽未明言，但亨特因抗言王权而身陷囹圄，足以引人担忧。同样，在《咏和平》（"On Peace"）中，他说：

> 凭英国的欢悦，宣布欧洲的自由！
>
> 欧洲啊！不能让暴君重来，不能再
>
> 　　让他见到你屈服于从前的状态；
>
> 打断锁链！高喊你不是狱囚！
>
> 　　叫君主守法，给枭雄套上笼头！
>
> 　　恐怖过去后，你的命运会好起来！（第9—14行）

诗歌约创作于1814年4月，目的在于"庆祝与法国战争的结束"（Allott，1970）[5]。然而，济慈"庆祝"的方式主要表现为"担忧"。因为有"暴君重来"的危险，欧洲极易"屈服于从前的状态"，成为"狱囚"。只有限制王权，"叫君主守法，给枭雄套上笼头"，自由主义发展"的命运会好起来"。可见，一方面是发展有受阻的威胁，另一方面是诗人勉力而为，捍卫传统。如相关评论所说，本诗可谓济慈"对共和主义爱国传统同情的表现"（Roe，1997）。

至此，亨特自由派之形象的历史含义表现出来。一方面，亨特绝非特例，孤立无援。相反，历史中存在着一条自由主义之传统，勉之以力。《致查尔斯·考登·克拉克》总结当今和历史上自由主义的发展之路，这明显是今夕自由派的跨时空相聚，遥相呼应。同样，《写于李·亨特先生出狱之日》特意安排亨特和弥尔顿共同"翱翔天宇"。诗中所理解的弥尔顿更着重于其政治身份。这样，从弥尔顿到亨特的过渡，是自由主义由古及今的发展。此外，《里米尼的故事》是亨特狱中生活的结晶："这首诗的大部分，是在监狱中写的。"（Morpurgo，1949）[257] 三大史诗虽非铁窗中所作，但若将弥尔顿的失明看作某种形式的囚禁或限制（Lau，1998）[74]，那么《失乐园》就等同于波伊修斯（Anicius Manlius Severinus Boethius）的《哲学的安慰》（*The Consolation of Philosophy*），均是被囚之作。这样，古今自由派均在囹圄之中创作伟大的诗作，均在实践上诠释着自由主义理论，知行合一的传统源远流长。

另一方面，自由主义立场终将胜利。《写于李·亨特先生出狱之日》中写道："你们这一帮总有一天名裂身亡，/ 他的美名将长存，谁敢撼动？"（第13—14行）纵观济慈诗文，预言性的言辞并不多见。如果不考虑历史维度，此处的话语至多不过是诗人的豪迈之言。不过，在济慈的历史观念之中，自由主义的发展是历史的必然。在历史上，自由主义虽时有受阻，但在大体上表现出极强的连续性。基于这一认识，济慈才可以将现时代视作自由主义受阻之后的再发展阶段。这样，捍卫自由主义并不是简单的立场选择，而是历史发展潮流的顺逆问题。显然，捍卫自由主义是顺应历史发展的要求，而阻碍便是违背。以此视之，亨特的自由主义行动是历史发展的要求，是顺潮流之举，因此终将美名长存，流芳万古。

四、内外因素

济慈诗作中亨特自由派之形象的塑造，有外在影响。事实上，在献诗创作之时（1815 年 2 月 2 日），济慈与亨特尚未谋面。亨特主要通过查尔斯·考登·克拉克（Charles Cowden Clarke）才了解"年轻诗人"的作品[①]。《多少诗人把光阴镀成了黄金》（"How many bards gild the lapses of Time"）便是克拉克带给亨特的"两三首从济慈收到的诗作"之一，并得到了亨特"毫不迟疑的当即赞赏"（Clarke，1878）[132, 132-133]。通过克拉克，济慈才将献诗转交到亨特本人[②]。克拉克甚至记录了当时的情境，并留意到济慈脸上"急切的表情和犹豫不决"（Clarke，1878）[127]，将他既希求认可又怀疑自我的矛盾心情呈现出来。也是通过克拉克，济慈才与亨特最终相见。1816 年 10 月 19 日（Roe，2012），他与他久仰的自由主义卫士会面，克拉克（Clarke，1878）[133]、克拉克夫人（Clarke，1887）[14] 和亨特（Hunt，1828）[409-410] 都记录了相关情况。济慈非常看重这次会面，称之为"生命中的一个纪元"[③]（Rollins，1958a）[113]。虽然如此，但是在献诗创作之前，无论是亨特，还是《观察家》，济慈均通过克拉克了解。

其一，克拉克是济慈认识亨特的中介。克拉克主要从自由派角度塑造亨特形象。事实上，他在亨特入狱之前不久才与之相识，并称之为"被囚的自由派"（the captive Liberal）（Clarke，1878）[17]，克拉克夫人称他为"铁窗下的作家"（the caged writer）（Clarke，1887）[9]，这些与济慈献诗中"被缚的自由派"之形象极为一致。同样，在《致查尔斯·考登·克拉克》中（第 44 行），济慈称之为"被冤枉的自由"（the wronged libertas），几乎是克拉克说法的转述。此外，克拉克还前往亨特的狱室朝圣："我决定给这位被囚的自由派送去旷野的气息，好让他想起

---

① 另见亨特的说法（Hunt，1828）[409]。

② 非常遗憾，在克拉克带给亨特的"两三首从济慈那里收到的诗作"（Clarke，1878）[132] 之中，只有《多少诗人把光阴镀成了黄金》被单独提及。虽然目前尚无直接证据表明亨特当时也同样读到《写于李·亨特先生出狱之日》，但是考虑到 1816 年 10 月前济慈所创作的诗歌，这首献诗几乎毫无疑问在"两三首诗作"之列。亨特在《观察家》1817 年 6 月 1 日刊中也提到相关情形（Matthews，1971）[55]。《初读恰普曼译荷马史诗》是亨特提到济慈最早所创作的诗作（Hunt，1828）[410-412]。

③ 译文有改动（济慈，2002）[1]。

乡间的快乐，……每周都从我们恩菲尔德（Enfield）的花园里送去一篮鲜花、水果和蔬菜。"（Clarke，1878）[17] 亨特同样有所记录："考登·克拉克现在已经是我的老朋友了，心灵既年轻又明智，他心地善良，亲自登门造访，一路走来就像一位监狱的常客一样，还带来几篮水果。"（Morpurgo，1949）[246] 对于囹圄中的桃花源，克拉克颇下一番笔墨描写："通过将墙壁覆盖上绘有玫瑰花图案的纸张，通过书架、石膏模型还有一架小钢琴，他将监狱改造成了一间诗人的幽室。"（Clarke，1878）[17] 鲜花、水果和蔬菜，还有书架、石膏模型和钢琴，所有这些细节恐怕便是济慈构建献诗中"斯宾塞的厅堂和庭院"（第9行）的现实依据，也是他构建自由派的言行合一生活方式的基础。

其二，克拉克也是济慈认识《观察家》的中介。济慈阅读兴趣的产生，最早可追溯到恩菲尔德学校求学期间（1803—1811年）。在母亲弗朗西斯·济慈（Francis Keats）去世（1810年3月）之后，他表现出强烈的求知欲，嗜书如命，可谓"穷尽了学校图书馆的馆藏"（Clarke，1878）[123]，包括维吉尔（Vigil）的《埃涅阿斯纪》（Aeneid）和罗伯逊系列历史著作在内的众多古今作品，为他所用（Clarke，1878）[123-124]（Rollins，1948b）[147-148]。其中，《观察家》的阅读极其有益于他的自由主义意识的萌芽和发展。对于这份期刊，克拉克特别推崇，"在发刊之时便已订阅"（Clarke，1878）[16]。更为重要的是，克拉克主要关注与自由主义相关的内容："我们从这位年轻编辑［亨特］热爱自由、支持自由、辩护自由的文章之中得到快乐。"（Clarke，1878）[16] 济慈便是从克拉克处借阅期刊："李·亨特的《观察家》……我当时经常借给济慈。"（Clarke，1878）[124] 可以想见，克拉克不但借去了期刊，也塑造了阅读品位："毫无疑问，［《观察家》］奠定了他热爱公民自由和宗教自由的基础"（Clarke，1878）[124]。从济慈产生阅读热情到创作献诗（1810—1815年）之间，《观察家》刊登了一系列反抗压迫、针砭时弊的论文（Blunden，1967）[13-56]。所有这些内容交汇在一起，浓缩于济慈献诗中亨特的自由派之形象。

济慈诗作中亨特自由派之形象的塑造，也有内在根源。济慈恐怕不会承认自己有任何立场，如克拉克所言："济慈从未表达过一点点政治观点［。］"（Clarke，1878）[140] 然而，若深入性格、生平中的某些细节，他反抗强权的政治立场清晰可见。首先，以性格观之，济慈比较刚直坚毅，极容易追求自我实现，反抗外来压力。这一性格特征从小便有表现："在孩提时代，济慈就是一个十分暴躁且不好管理的孩子。"（Huxley，1927）[252] 在家庭成员中，诗人的舅父米奇利·约翰·詹宁斯（Midgley John Jennings）在1797年10月11日的坎珀当海战（Battle of Camperdown）中表现异常英勇，成为一时美谈（Rollins，1948b）[146-147]（Clarke，1878）[121]。坎珀当海战是第一次反法同盟战争的主要海上战役，舅父的英勇表现很容易与反抗拿破仑（Napoléon Bonaparte）的暴政相联系，即使对外甥没有造成深远的影响，至少可以留下印象（Motion，1997），在潜移默化中塑造反抗强权的意识："他们詹宁斯家那个当水手的亲戚一直都在几兄弟的心里，他们下定决心要维护'勇敢无畏'的家族荣誉。"（Rollins，1948b）[198]（贝特，2022）[22] 克拉克对此也有留意："在他所有的行为之中，都有一个坚决和稳定的精神。"（Clarke，1878）[122] 这种刚直的性格甚至可以比为"像一只小猎犬（terrier-like）"（Rollins，1948b）[147]，并在为弟弟打抱不平的事件 [①] 中得到淋漓尽致的表现。在 1847 年 2 月 3 日致米尔恩斯信中，他学医时期的同窗马修（G. F. Mathew）如此回忆道："他［济慈］属于怀疑主义和共和派，坚定地倡导那个时代正在发展的新观念、新方法。他对所有既成事物吹毛求疵。"（Rollins，1948b）[185-186]（贝特，2022）[73] 这恐怕是对济慈政治立场最具洞见力的总结。

另外，济慈的政治立场表现在生平之中。纵观一生，追求自我实现，反抗外来压迫之事时有发生。从违抗监护人之意，弃医从文 [②]，到坚持自己的诗学主张，独立完成《恩弟米安》[③]，再到拒绝意见不合之人的邀请，完全依靠自己的资源远赴意大利养病 [④]，他的一生可谓独立自主，坚强不屈。鲜明的政治立场，深刻地影响了济慈的人际关系。对威廉·华兹华斯（William Wordsworth）的诗歌创作，济慈持肯定态度。《致海登（二）》将华兹华斯称为"几个寄寓在大地上的灵魂"（第 1 行）之一（Sperry，1967）[151]。《睡与诗》塑造了华兹华斯田园般的生活环境："有的人 [⑤] 已［被优美的音乐］惊起，/ 走出湖上水晶般清澈的住宅，/ 被天鹅用黑喙唤醒［。］"另外，对于华兹华斯的诗作，济慈多有直接引用和间接回应（Lau，1987；Stillinger，1987）。《黄昏漫步》（*An Evening Walk*）、《抒情歌谣集》（*Lyrical Ballads*）、《两卷本诗集》（*Poems in Two Volumes*）、《漫游》（*The Excursion*）、《诗集》（*Poem*）[⑥] 中的众多诗句都为他所用，化作灵感和素材。然而，对华兹华斯的

---

① 参见克拉克的相关回忆（Rollins，1948b）[147]（Clarke，1878）[123]。

② 监护人理查德·艾比（Richard Abbey）极其反对济慈放弃从医（Rollins，1948a）。据称，济慈于 1817 年 5 月前后正式放弃从医计划（Rollins，1948b）[56]。

③ 参见济慈 1817 年 10 月 8 日致本杰明·帕莱（Benjamin Bailey）的书信（Rollins，1958a）[170]。

④ 济慈与雪莱不合，参见亨特的说法（Morpurgo，1949）[273-274]。雪莱于 1820 年 7 月 27 日致信济慈，邀请他到比萨（Pisa）养病（Rollins，1958b）[310]，济慈于 1820 年 8 月 16 日回信拒绝（Rollins，1958b）[322-323]。

⑤ 据伍德豪斯，此指"居住于坎伯兰（Cumberland）一处湖水附近的"华兹华斯（Sperry，1967）[155]。

⑥ 华兹华斯诗集的汉译名称以《华兹华斯传》（吉尔，2020）为准。

政治立场，济慈多有微词。概而论之，华兹华斯在政治上由激进转向保守。任税务专员之后，他甚至有卑躬屈膝之表现①（吉尔，2020）[487-489]。特别是为托利党候选人威廉·劳瑟尔（William Lowther）拉选票，济慈唏嘘不已（Rollins，1958a）[197]，完全是以诗人身份谋求政治利益之表现。在 1818 年 2 月 3 日致雷诺兹信中，济慈称华兹华斯为"自我中心者"（Egotist），称他的诗学体系为"哲学臆想"②（Rollins，1958a）[223]。在对其诗学进行否定的背后，有着深刻的政治立场分歧。

对于亨特的入狱经历，不同的视角导致不同的认识。然而，不得不承认，与亨特相识，是济慈诗人生涯之中至关重要的事件。毕竟，亨特是他人生当中所遭遇的第一位真正意义上的职业诗人，也是第一位在政治立场上与他高度契合的同时代人。相识之前，济慈的第一首诗作《哦，孤独！如果我和你必须》（"O solitude，if I must with thee dwell"）发表于《观察家》（1816 年 5 月 5 日刊）（Clarke，1878）[127]（Matthews，1971）[55]。相识之后，他们共同阅读文学经典，拟定主题创作诗歌（Hunt，1828）[410]。《刺骨的寒风阵阵，在林中回旋》（"Keen，fitful gusts are whispering here and there"）和《一清早送别友人们》（"On Leaving Some Friends at an Early Hour"）便是记录（Sperry，1967）[149, 150]（Allott，1970）[63, 64]。在首部《诗集》付梓之际，济慈即兴创作（Clarke，1878）[137-138]《献诗——呈李·亨特先生》（"To Leigh Hunt，Esq."）。此后，在筹备创作《恩弟米安》的过程中，他从亨特获得一项桂冠，戴于头上，并作《接受李·亨特递过来的桂冠》（"On Receiving a Laurel Crown from Leigh Hunt"）以为纪念③。从献诗到桂冠，可谓投桃报李。济慈显然更加珍视这份情谊，这是前辈诗人对自己诗人身份的高度认可，以至于佩戴头上而久久不愿摘下，所以才会另作《致姑娘们——她们见我戴上了桂冠》，以为辩解。其实，他本不必如此，亨特在《致约翰·济慈》（"To John Keats"）中写道："与所有这些［美好的事物］一样确定，就是现在，/ 年轻的济慈，我看到你额前美丽的桂冠。"（第 13—14 行）（Milford，1923）[243] 这已经是对他诗人身份的衷心认可。

---

① 华兹华斯因为印花税务局上司金斯顿（John Kingston）在场而"非常尴尬"（吉尔，2020）[544]。参见济慈（Rollins，1958a）[197-198] 和海登（Huxley，1926）[269-271] 的记录。另见济慈的另一次记录（Rollins，1958a）[197]。

② 译文有改动（济慈，2002）[84]。

③ 亨特亦作 3 首十四行诗纪念此事（Milford，1923）[243-244]。

五、结论

济慈诗歌作品中亨特的自由派之形象所反映的是他自己的自由主义思想，是多方面因素综合作用之后的结果。亨特"因言获罪"的经历是济慈构建形象的事件基础，而济慈本人反抗王权、言论自由的政治理想也参与其中。此外，在亨特自由派之形象的背后，是济慈的历史观念。一方面，自由主义历史是济慈审视现代自由主义基本状况的视角和背景。另一方面，自由主义作为历史发展的主流和要求是济慈肯定亨特自由主义立场、预言自由主义必胜的基础和依据。最后，亨特的自由派之形象的发展受到了济慈的外在影响和内在的性格特征的影响。不仅《致睡眠》（"To Sleep"）和《伊萨贝拉》（*Isabella; or, The Pot of Basil*）等诗作是不同主体机运巧合参与创作的结果（Stillinger，1991），甚至诗歌作品中的一个形象也因合著（co-authorship）而最终产生。若以作品、艺术家、世界和欣赏者所组成的艺术批评体系（艾布拉姆斯，2004）观之，作品对应济慈诗作，艺术家对应济慈，世界对应亨特的自由派之形象，欣赏者对应亨特及其他友人，这是一个一而四、四而一的复杂体系。

在济慈的诗学发展过程之中，自由派思想的塑造发生于早期阶段。这一时期，济慈既未感受到"影响的焦虑"，也未产生"玷污的苦恼"（布鲁姆，2006），而是全面吸纳有益因素，转化成诗歌创作的要素，包括时事、政治、历史等，兼收并蓄，为己所用。同样。这一时期，济慈的诗歌作品尚未表现出"晚期风格"（萨义德，2009），尚无高度形式化和唯美化之特征，而是言为心声，以诗言志。作为诗学发展的起点，早期阶段对于理解济慈诗人生涯的整体具有至关重要的参考价值和启发作用。

参考文献【Works Cited】

ALLOTT M (ed.), 1970. The poems of John Keats[M]. London: Longman.

BATE W J, 1962. The stylistic development of Keats[M]. New York: Humanities: 9-27, 192-196, 199-201, 208-209.

BALDWIN D L, et al (eds.), 1917. A concordance to the poems of John Keats[M]. Washington: The Carnegie Institution of Washington: 133, 198, 274, 393

BLUNDEN E, 1970. Leigh Hunt: a biography[M]. Hamden & London: Archon.

BLUNDEN E (ed.), 1967. Leigh Hunt's "Examiner" examined[M]. Hamden & London: Archon.

CLARKE C C, et al, 1878. Recollections of writers[M]. London: Sampson Low, Marston,

Searle, & Rivington.

CLARKE M C, 1887. Centennial biographical sketch of Charles Cowden Clarke[M]. London: Novello.

COLVIN S, 1887. Keats[M]. New York: Happer & Brothers.

CRONIN R, 1996. Keats and the politics of cockney style[J]. Studies in English literature, (36.4): 788.

CRUMP R W (ed.), 2005. Christina Rossetti: The complete poems[M]. London: Penguin: 700.

FINNEY C L, 1936. The evolution of Keats's poetry[M]. Cambridge, MA: Harvard UP: 85-88.

HOLDEN A, 2005. The wit in the dungeon: the remarkable life of Leigh Hunt, poet, revolutionary, and the last of the romantics[M]. New York & Boston: Little, Brown.

HOUGH G, 1957. The romantic poets[M]. London: Hutchinson: 160-161.

HUNT L, 1828. Lord Byron and some of his contemporaries[M]. Vol. 1. London: Henry Colburn.

HUXLEY A (ed.), 1927. The autobiography and memoirs of Benjamin Robert Haydon (1786-1846)[M]. Vol. 1. New York: Harcourt Brace.

KANDL J, 1995. Private lyrics in the public sphere: Leigh Hunt's *Examiner* and the construction of a public "John Keats"[J]. Keats-Shelley journal, (44): 87.

KANDL J, 2001. The politics of Keats's early poetry[M]// The Cambridge companion to John Keats. Ed., Susan J. Wolfson. Cambridge: Cambridge UP: 3.

KEACH W, 1986. Cockney couplets: Keats and the politics of style[J]. Studies in romanticism, (25.2).

KUCICH G, 1988. A lamentable lay: Keats and the making of Charles Brown's Spenser volume[J]. Keats-Shelley review, (3).

KUCICH G, 2003. Cockney chivalry: Hunt, Keats and the aesthetics of excess[M]// Leigh Hunt: life, poetics, politics. Ed. Nicholas Roe. London & New York: Routledge.

LANSDOWN R (ed.), 2015. Byron's letters and journals: a new selection[M]. Oxford: Oxford UP: 120.

LAU B, 1987. Keats's reading of Wordsworth: an essay and checklist[J]. Studies in romanticism, (26.1): 124-147.

LAU B, 1998. Keats's *Paradise Lost*[M]. Gainesville, PL: Florida UP.

LAU B, 2016. Analyzing Keats's library by genre[J]. Keats-Shelley journal, (65).

LOWELL A, 1925. John Keats[M]. Vol. 2. Boston & New York: Houghton Mifflin: 543-574.

MATTHEWS G M (ed.), 1971. Keats: The critical heritage[M]. New York: Barnes & Noble.

MILFORD H S (ed.), 1923. The poetical works of Leigh Hunt[M]. London: Oxford UP.

MILLER B, 1910. Leigh Hunt's relations with Byron, Shelley and Keats[M]. New York: Columbia UP.

MILNES R M, 1848. Life, letters, and literary remains of John Keats[M]. Vol. 1. London: Edward Moxon.

MORPURGO J E (ed.), 1949. The autobiography of Leigh Hunt[M]. London: Cresset.

MOTION A, 1997. Keats [M]. Chicago: The U of Chicago P: 8.

OWINGS F (ed.), 1978. The Keats library: a descriptive catalogue[M]. London: The Keats-Shelley Memorial Association

RICHARDSON A, 1993. Cockney school[M]// The new Princeton encyclopedia of poetry and poetics. Eds. Alex Preminger, T. V. F. Brogan. Princeton, NJ: Princeton UP: 222.

ROE D (ed.), 2010. The pre-Raphaelites: from Rossetti to Ruskin[M]. London: Penguin: 114.

ROE N, 1997. John Keats and the culture of dissent[M]. Oxford: Clarendon: 48.

ROE N, 2012. John Keats: a new life[M]. New Haven & London: Yale UP: 102.

ROLLINS H E (ed.), 1948a. The Keats circle: letters and papers, 1816-1878[M]. Vol. 1. Cambridge, MA: Harvard UP: 235.

ROLLINS H E (ed.), 1948b. The Keats circle: letters and papers, 1816-1878[M]. Vol. 2. Cambridge, MA: Harvard UP.

ROLLINS H E (ed.), 1958a. The letters of John Keats, 1814-1821[M]. Vol. 1. Cambridge, MA: Harvard UP.

ROLLINS H E (ed.), 1958b. The letters of John Keats, 1814-1821[M]. Vol. 2. Cambridge, MA: Harvard UP.

ROSSETTI W M, 1887. Life of John Keats[M]. London: Walter Scott: 21.

SPERRY S M, 1967. Richard Woodhouse's interleaved and annotated copy of Keats's *Poems* (1817) [M]. Literary Monographs, (1).

SPURGEON C F E, 1928. Keats's Shakespeare: a descriptive study[M]. Oxford: Clarendon: 66-178.

STILLINGER J (ed.), 1978. The poems of John Keats[M]. Cambridge, MA: The Belknap P of Harvard UP.

STILLINGER J, 1987. Wordsworth and Keats[M]// The age of William Wordsworth: critical essays on the romantic tradition. Eds. Kenneth R. Johnston, Gene W. Ruoff. New Brunswick & London: Rutgers UP: 177-185, 192-195.

STILLINGER J, 1991. Multiple authorship and the myth of solitary genius[M]. New York & Oxford: Oxford UP: 9-22, 25-49.

THOMPSON J, 1977. Leigh Hunt[M]. Boston: Twayne: 31-34.

WHITE R S, 1987. Keats as a reader of Shakespeare[M]. Norman & London: U of Oklahoma P: 72.

WITTREICH J A (ed.), 1970. The romantics on Milton: formal essays and critical asides[M]. Cleveland & London: The P of Case Western Reserve U: 545-546, 553-560.

WU D, 1996. Leigh Hunt's "cockney" aesthetics[J]. Keats-Shelley review, (10): 86-92.

WU D, 2001. Keats and the "cockney school"[M]// The Cambridge companion to John Keats. Ed. Susan J. Wolfson. Cambridge: Cambridge UP: 45-50.

艾布拉姆斯，2004. 镜与灯：浪漫主义文论及批评传统 [M]. 郦稚牛，等译 . 北京：北京大学出版社：4-6.

贝特，2022. 约翰·济慈传 [M]. 程汇涓，译 . 桂林：广西师范大学出版社 .

布鲁姆，2006. 影响的焦虑：一种诗歌理论 [M]. 徐文博，译 . 南京：江苏教育出版社：1-42.

傅修延，2008. 济慈评传 [M]. 北京：人民文学出版社：140.

吉尔，2020. 威廉·华兹华斯传 [M]. 朱玉，译 . 桂林：广西师范大学出版社 .

济慈，1995. 济慈诗选 [M]. 马文通，译 . 台北：桂冠图书股份有限公司 .

济慈，1997. 济慈诗选 [M]. 屠岸，译 . 北京：人民文学出版社 .

济慈，2002. 济慈书信集 [M]. 傅修延，译 . 北京：东方出版社 .

坎贝尔等，2023. 弥尔顿传 [M]. 翟康，等译 . 杭州：浙江大学出版社：341，343.

罗伯逊，2021. 苏格兰史 [M]. 孙一笑，译 . 杭州：浙江大学出版社：10.

萨义德，2009. 论晚期风格——反本质的音乐与文学 [M]. 阎嘉，译 . 北京：生活·读书·新知三联书店 .

朱炯强等，1984. 济慈 [M]. 沈阳：辽宁人民出版社：31.

莎士比亚，2016. 莎士比亚全集（增订本）第 5 卷 [M]. 朱生豪，等译 . 南京：译林出版社：231.

超越个性发展的悖论：奥登《无名公民》对消费社会的三重思辨

王嘉琪　南健翀

内容提要： 对现代社会畸形发展的诊断、反思和救治是贯穿奥登文学生涯的重要主题。以《无名公民》为代表的作品标志着诗人的思考从个人经验拓展到公共领域。通过对现代"空心人"这一典型形象的刻画，奥登集中审视了现代人的生存困境和现代社会的单向度性，并暗示了社会变革的迫切和行动的必要。具体而言，消费社会中肯定向度与否定向度之于人的个性发展悖论为奥登诗歌创作提供了张力场，消费文化之于客观需求与主观需求的伦理困境则是其内驱力。更重要的是，个体自由有其存在的合理性和公共价值，人的解放就是要超越个性发展悖论，最终实现人的自由全面发展。

关 键 词： 奥登；消费社会；焦虑；单向度；解放

作者简介： 王嘉琪，西安外国语大学研究生院博士研究生，主要从事现当代英语诗歌研究；南健翀，西安外国语大学英文学院教授，博士生导师，主要从事英国文学、中西比较诗学研究。

基金项目： 本文系陕西省哲学社会科学重大理论与现实问题研究项目"R. S. 托马斯诗歌的民族性书写"（2022ND0460）、西安外国语大学研究生科研基金项目"R. S. 托马斯诗歌的民族性书写"（2021BS015）的阶段性研究成果。

Title: Beyond the Paradox of Individuality Development: W. H. Auden's Three Enquiries into the Consumer Society in "The Unknown Citizen"

Abstract: The diagnosis, reflection, and treatment of the degeneration of modern society is an important theme in Auden's literary writings. Poems, represented by "The Unknown Citizen", not only demonstrate the existential anxiety of people and the one-dimensional feature of society, but also call for immediate social changes and necessary actions, which marks his thoughtful expansion from private realm to public concern. To be specific, firstly, the paradox in developing human individuality in a consumer society provides Auden with a solid poetic foundation to criticize social ills. Secondly, the ethical dilemma to balance objective and subjective needs serves as the driving force. More importantly, individual freedom bears its rationale and public value in itself. And, the emancipation of man means getting rid of any kind of contradiction so as to achieve the free and all-round development of man.

Keywords: Auden; consumer society; existential anxiety; one-dimensional; emancipation

20 世纪以来，消费主义在全球范围内蓬勃发展，逐渐超越其作为生产之镜的历史阶段。商品符号价值的大肆占有，愈加成为现代社会满足需求和欲望的基本方式，旧有价值体系和传统信仰遭遇沉重打击。一大批文学家、思想家纷纷对此做出回应，其中，"奥登一代"的领袖可谓一马当先，颇具代表性。威斯坦·休·奥登（Wystan Hugh Auden）精于描绘 20 世纪社会百态和生存困境，在经历了 30 年代欧洲社会的动荡后，从一开始对时代流弊的诊断和对民生疾苦的关切，转而探索社会变革的可能性和必要性，并试图给出自己的救治方案。正如其文学遗产受托人爱德华·门德尔松（Edward Mendelson）为中译本《奥登诗选》而作的前言所述，奥登的诗歌"为智慧与爱之间的紧密联系提供了完美见证"（奥登，2014）[4]。

《无名公民》（"The Unknown Citizen"，以下简称《公民》）是奥登于 1939 年移居美国不久后创作的短诗。与同年完成的其他作品形成鲜明对比的是，在对象的选取上，奥登一反包括《悼念叶芝》（"In Memory of W. B. Yeats"）、《伏尔泰在费尔内》（"Voltaire at Ferney"）、《赫尔曼·梅尔维尔》（"Herman Melville"）等在内的挽歌，在纪念历史或当代思想巨擘的同时展开了对时代的精神危机、诗人的使命和责任、诗歌的社会价值等公共议题的探讨。《公民》则以副标题的形式旗帜鲜明地表示，此诗"献给番号为 JS/07/M/378 的人"。在主题的阐释上，该诗也有异于《预言者》（"The Prophets"）、《重要约会》（"Heavy Date"）和《法律就像爱》（"Law Like Love"）等同期作品，后者主要体现出奥登对爱的理解和追寻、对理性直觉的思考和对个人之爱与自然法则之间关系的探究。《公民》将视角转向平凡世界中默默无闻的小人物，通过对模范的现代"空心人"这一典型形象的刻画，奥登在诗中集中审视和反思了现代人的生存困境和现代社会的单向度性，并以此为原点从肯定向度与否定向度、客观需求与主观需求以及积极自由与消极自由三重维度的复杂关系阐释诗人对消费社会中人的个性发展悖论这一问题的三重思辨。

本文认为，奥登以《公民》为媒介，旨在阐明现代社会以消费为媒介，不仅操控了人的需求和欲望，也削弱了人的主体性，剥夺了人的批判性思维能力。然而，个体自由有其存在的合理性和公共价值，人的解放就是要超越个性发展悖论，最终实现人的自由全面发展。

一、单向度的人：肯定向度与否定向度的个性发展悖论

对现代文明畸形发展的诊断和反思是贯穿奥登诗歌创作生涯的重要主题。尤其是移居美国后，奥登坚信人类的生存困境与社会现状密切相关。甚至，有学者断言，"美国景观一直是他的启示之源和焦虑之泉"（Wasley，2013）[51]。王佐良亦指出，奥登早期作品实则是借戏剧性、反讽、对照和现实感抒发"现代敏感"（王佐良，2016）。受此启发，本文旨在将奥登诗歌重新置于其文本生成的历史、社会、经济和文化语境中，探讨诗人对混乱无序的现实世界的认知和把握，对构建理想社会孜孜不倦的追寻和对实现个体自由、重建公共领域的美好愿景。

事实上，除了诗歌，奥登也曾在散文、随笔中表达过自己对消费社会的思考。以《染匠之手》（The Dyer's Hand and Other Essays）为例，他指出，消费文化对艺术产生了强大的冲击。一方面，艺术在当今社会已然失去曾一度辉煌的社会效力，这源于印刷术的发明消解了文学作为"记忆术"的社会价值，摄像机的出现替代了制图员和画家提供视觉权威的地位（Auden，1962）[74]。相似的观点在瓦尔特·本雅明（Walter Benjamin）的思想中尤为清晰可辨，即现代技术改变了人们感知的方式，机械复制时代的艺术作品也失去了原有的"灵韵"。另一方面，在一个由劳动价值统治的社会里，艺术创作被认为是毫无必要的活动。因为对于作为"劳动者"的人而言，"闲暇并不神圣，它只是劳动中的短暂休息，被用来放松或享受消费带来的愉悦"（Auden，1962）[74]。因此，不难理解为何有学者认为，对奥登而言，资本主义的消亡是实现自由的前提，而要实现这一目标则意味着，"个人自由意志的实现"必须伴随"外部环境的改变"，这也就进一步显示出行动的必要性和变革的紧迫性（吴泽庆，2014）。

消费社会内在的错综复杂的矛盾因子构成了奥登诗歌创作的张力场，《公民》无疑是其中的重要代表。该诗仅有29行，不足300字。形式上，奥登借鉴奥格登·纳什（Ogden Nash）的轻体诗，将长短句和不和谐韵进行融合，标志着诗人对"'旧世界'的清晰与克制和'新世界'的内省与自由"的双重背离（Jenkins，2005）[44]。语言上，他刻意采纳"布莱希特式极简的客观词汇和直白的句法"，通

过"物质财富和统计事实"的累积对人物进行"抛物线式描述"（Emig，2013）。值得一提的是，贝托尔特·布莱希特（Bertolt Brecht）倡导"间离效果"的创作理念，强调艺术作品应该严肃地呈现客观的真实世界，打破观众与舞台间并不真实存在的"第四堵墙"，制造陌生化的美学体验，从而恢复观众的思考能力。这与奥登的诗学观念有着一定契合。对后者来说，诗歌也是一种严肃的知识游戏，其功能在于祛魅，其终极秩序就是"回忆起来的情感遭遇和词语体系的辩证统一"（Auden，1962）[68]。换言之，艺术作品是理性与感性的有机综合，艺术家必须以超然的态度调和种种错综复杂的经验，从而增加对欣赏对象理解的难度。如约瑟夫·克兰西（Joseph Clancy）所言，奥登早期的城市书写着重揭示的正是"人类价值的复杂性"（Clancy，1959）。这就启示我们，尽管《公民》本身并不复杂，但意蕴丰富，理解起来并不容易。

在内容上，统计部门的调查结果显示，番号为 JS/07/M/378 的无名公民"没惹上任何官方的控告投诉"；工作记录表明，他"一直在工厂工作，不但从没被解雇，/还让福奇汽车公司的老板们很满意"；工会认为，他"不是工贼，他的看法也不古怪偏颇，/他所在的工会报告说他缴了工会会费"；社会心理学工作者指出，"他在同事中口碑不错，喜欢小酌一杯"；新闻界确信，他"每天会买一份报纸，/而他对广告的反应也完全正常合理"；保险业证明，他"名下的保单投了全额保险"；健康卡证实，他"住过一次医院，出院时已康复"；厂商调研和"高水准生活"都指出，他"充分懂得分期付款的好处和便利，/拥有现代人必不可少的每一样东西，/留声机、收音机、汽车和电冰箱"；公共舆论的研究者也颇为满意，相信他"跟得上当年形势，抱持着正确的观点"；优生学家说，他"结了婚，生有五个孩子增加了总人口数，/……这数目对他那代的父母适宜足够"；教师评价，他"从未对教学工作干预插手"（奥登，2014）[407]。以上引文几乎是诗歌全文，奥登以手术刀般冷静的现实主义笔触诊断社会的病症，几乎穷尽了一位平凡的现代公民日常生活的方方面面，旨在证明"用一个过时词语的现代意义来说，他是个圣徒，/因他所做的一切履行了应尽的社会义务"（奥登，2014）[407]。这与赫尔伯特·马尔库塞（Herbert Marcuse）所说的"单向度的人"如出一辙，即仅具备肯定性思维能力的单向人，他们沉迷于物质享受而丧失了精神追求，他们只盲目地接受现实，却无法批判现实。那么，是什么使得现代公民成为单向度的人？

赫伯特·马尔库塞（Herbert Marcuse）在其经典著作《单向度的人》（One-Dimensional Man）中宣称，一方面，正常的社会应该具有两个向度：一是肯定的向度，认同当下生活，有助于社会稳定；二是否定的向度，对现状有所批判，有利于社会进步。他进一步说明，发达工业社会的显著特征在于"它有效地抑制了那些要求自由的需要"（Marcuse，2002）[9]，原因是其技术成就既对物质生产也对精神生产实现了高度"有效的控制"（Marcuse，2002）[194]。换言之，单向度的公民是发达工业社会的必然产物。因为随着现代社会的迅猛发展，科技革命日新月异，各种现代设施的广泛享用缩小了资产阶级和无产阶级的表面差距，让人们收获了虚假的平等感。最终，文化工业不断在加强现存体系的"肯定性"的同时，遮蔽甚至消除了个人和社会特有的"否定性"，人们的生活方式趋向同质化，审美旨趣逐渐平庸化，语言活动日趋封闭化。

另一方面，发达工业社会使批判面临一种被剥削的境况。马尔库塞认为，"权利和自由"曾是工业社会起源和初级阶段十分重要的因素，但现在却"正在丧失其传统的理论基础和内容"而服从于更高的社会阶段（Marcuse，2002）[3]。在他看来，生产力的不断提升使人们过上了物质充沛的生活，从而打破现有生活的节奏和方式，潜在地调和着反对这一制度的各种不和谐因子和反叛元素，"独立思考、自主性和政治反对权的基本批判功能逐渐被剥夺"（Marcuse，2002）[4]，这些恰是促成社会改革和完善，实现人的自由和解放的重要品质。

如是，消费社会的本质就是创造过剩的物并通过物的堆积不断增值其符号价值，从而实现对人的全面包围。与这一过程相伴相生的是，消费文化持续加强个体和社会的肯定性思维能力，削弱其否定性批判力，最终达成对人的全方位操控。在此意义上，"无名公民"成为消费社会中现代公民的文学表征。如赫希特（A. Hecht）所言，奥登常常将城市"想象成是罪恶的、腐败的、对单纯质朴的乡村人充满邪恶诱惑的"地方（Hecht，1993）。后期，奥登愈加反感被混乱的现代技术包围的繁华大都市。直到 20 世纪 60 年代，"（美国）这个曾令他兴奋的地方最终让他感到异常失望"（Wasley，2013）[54]，他再次移居奥地利的边陲小镇。奥登警告世人不能把希望寄托在机器上，诗歌也持续流露出对贫富差距、工业破坏和生态危机等现代化进程副产品所带来愈演愈烈的破坏力的忧思。

二、主体性丧失：客观需求与主观需求的伦理困境

如果说发达工业文明中肯定向度与否定向度之于人的个性发展悖论为奥登诗性空间提供了张力场，那么，消费文化之于客观需求与主观需求的伦理困境就是诗歌创作的内驱力。如上，"物"是消费社会中可被纳入该文化系统，同时又体现着该逻辑演变路径的存在，所以"无名公民"也可同样地被看成是现代文明发展

到一定阶段的必然结果。这也是埃里克·弗洛姆（Erich Fromm）为构建健全社会而担忧的重大社会现实问题。"我们不屈服于任何人，不同权威发生冲突，但我们也没有自己的信念，几乎丧失了个性和自我意识。"（Fromm，2002）消费社会用资本主义私有制的体制特征将其成员植入了"同一化"的逻辑，并通过消费文化对意识的侵蚀，在满足客观需求的基础上不断增殖主观欲望，导致人的异化和主体性的丧失。

奥登在文本中设置多处暗示。比如第四行，用一个过时的词来形容这位公民就是个"圣徒（saint），/ 因他所做的一切履行了应尽的社会义务"（奥登，2014）[407]。根据《柯林斯词典》的解释，"圣徒"本意是指那些善良、无私、有仁爱之心的、可被赞誉为完美典范的人。诚然，不管是工作、工会、生育、教育还是消费习惯，他都是一位无可挑剔的榜样。但细心敏锐的读者会立刻注意到以下表述："他一直在工厂工作，不但没有被解雇，/ 还让福奇汽车公司的老板们很满意""新闻界确信他每天会买一份报纸 / 而他对广告的反应也完全正常""拥有现代人必不可少的每一样东西，/ 留声机、收音机、汽车和电冰箱"（奥登，2014）[407, 408]。应当补充的是，"福奇（Fudge）汽车公司"是全诗唯一被命名的客体，是"Ford"（福特汽车公司）和"Dodge"（道奇汽车公司）的混合词（奥登，2014）[407]。福特公司对整个汽车行业，甚至是整个工业社会的影响不言而喻。不过，追溯历史便不难发现，每一次革命性的技术革新在大幅提升生产力的同时，也催生出更多不稳定因素。比如在 16 世纪，随着航海时代的来临，世界各地的资源纷纷被发现、被交易，甚至被掠夺；在 18 世纪，蒸汽时代导致了生态环境的恶化；进入 20 世纪，伴随汽车时代到来的是不断攀升的失业率和不断加剧的贫富差距。在此，奥登选择展望未来，美国生活的新体验让他一度坚信，未来不取决于"集体忠诚"，而是由"技术的超国家影响力"决定的，技术创造了一个全新的"机器时代"（Jenkins，2005）[45]。甚至，奥登明言，在机器时代，人类不再是"因地理位置而联系起来的邻居，而是由机器保持关联的远距离朋友"（Jenkins，2005）[45]。如杜松石所言，"物化程度的加深进一步推动了物化人格的发展，形成了对物体系的完全依赖，造成人的全面性的消失，导致了人的社会关系发展的贫乏性"（杜松石，2019）。

其次，值得注意的是，这位公民不仅对报纸上的广告完全反应正常，还拥有"必备"的各种现代设施。马克斯·霍克海默（Max Horkheimer）和西奥多·阿多诺（Theodor Adorno）曾据此现象剖析过以美国为代表的"文化与娱乐工业"是如何为了掩盖阶级对抗，缓和社会矛盾，逐渐使工人阶级变得麻木，从而丧失革命意志的。他们指出，在文化工业时代，技术理性占据着统治地位，它通过过滤"劳动系统和社会系统的逻辑区别，实现了标准化和大众生产"（Horkheimer et al，2002）[95]，但这一切并非技术发展的必然结果，而是受困于经济。因为个体需求不再是个人意志的体现，而是受到了文化工业体系的制约和支配。换言之，文化工业以一种习焉不察的方式不断重复、不断渗透到大众工作、生活和闲暇的各个方面。人们逐渐被剥夺了否定的能力、选择的自由和超越的意志，只能机械地接受催眠、灌输和塑造，最终表现出主动顺从。至此，技术将合理性让渡给支配这种合理性本身，显示出启蒙向意识形态的倒退，文化工业也就取得了双重的胜利："它同时从外部毁灭真理，又从内部用谎言重建真理。"（Horkheimer et al，2002）[107] 因此，在所谓自由、平等的消费机制掩护下，消费文化实际制造的是一种关于客观需求和主观需求之间的幻象，用"需求—愉悦"的享乐主义掩盖了"需求—生产力"的客观事实。

最后，《公民》还涉及一个更值得反思的问题，即消费文化侵蚀下的现代公民战争伦理的沦丧。他写道："在和平时期，他支持和平；当战争到来，他从军服役"（奥登，2014）[408]。其实，奥登对战争的关注是持续的，反法西斯的立场也是坚定的。他曾于1937年赴马德里支援西班牙人民反法西斯斗争，并发表长诗《西班牙》（"Spain"）。次年，他与克利斯朵夫·依修伍德（Christopher Isherwood）访问中国，合著《战地行》（*Journey to a War*）组诗记录日本侵华战争。他是在二战爆发前夕移居美国的，在《公民》写就的次月又创作了《他们》（"They"，原题《危机》）一诗，并随后致信好友解释后者的写作意图：危机指"我们时代的精神危机"，即"理性与心灵、个人和集体、低效的自由主义知识分子之与野蛮而实际的煽动者［如阿道夫·希特勒（Adolf Hitler）和休伊·朗（Huey Long）］之间的分裂"（奥登，2014）[408]。这番辩词也在一定程度上反映出《公民》的创作旨归。门德尔松断言，当奥登在20世纪30年代开始背离艾略特式的写作范式时，其诗歌即表现出积极的"介入的艺术"之面向，即将个人感知与公共领域有机结合。他的目标是写出"既能反映现代主义的形式和语言模式，又能服务公众利益"的诗歌。他希望创造的艺术更多的是"启蒙和行动，而不是自主和停滞……它更加关注伦理世界的矛盾和秩序"（Mendelson，2017）。理性思辨本是启蒙运动留给西方世界一笔宝贵的精神财富，从历时的角度来看，"启蒙精神的沦落、价值理性的缺失、民主的虚伪和无效，使得人类社会退向蒙昧，滑向战争，重演战争的悲剧"（唐毅，2015）。然而，奥登相信，诗歌创作具备天然的文学向善的属性，可以体现作家的公共职责，反映出他们的价值观和道德感，从而引导人们行动向善，重建良好的社会秩序。他曾借《寓意之景》（"Paysage Moralisé"）一诗明确传达重建美好社会的愿景："我们将重建城市，而非梦想岛屿。"（奥登，2014）[151]

简言之，消费社会所呈现的满足人们当下需求又继续制造新欲望的更深层驯化模式为奥登诗歌提供了源源不断的创作原动力。发达工业文明的符号价值超越了其他价值，开始成为所有价值中的最重要的决定要素，这也有效绘制了现代社会的商业版图，即符号的全面统治。于是，"奥登一代"知识分子们试图通过文学创作来寻找一条探索社会变革，实现人的自由和解放的救赎之道。奥登总是试图"在知识分子和行动的人之间找到某种连接的桥梁或途径"，在诗歌中他"极力追寻理性、秩序和爱"，将其视为"解决社会问题的有效途径"与"必要的斗争所通向的最终目标"（张正春，2021）[183, 185]。

三、积极自由与消极自由：个体自由的公共价值

在《公民》的最后两行中，奥登转换了叙述的方式，直接向读者发问，"他自由么？他快乐么？这问题再荒谬不过：/ 任何事情若是出了错，我们肯定都会听说"（奥登，2014）[408]。至此，"无名公民"形象已然呼之欲出，这可能是你，是我，抑或是每一位读者。顺着前文逻辑，该设问是随着诗意的延展自然而然出现的。显然，他并没有停留在平铺直叙的层面，而是将读者引至沟通合作的向度，合力构建诗歌意义生成的语域。紧接着，他又说这问题本身是荒诞不经的。奥登此番，意欲何为？

就本诗而言，奥登是将人物形象合理性的探讨抛向读者，旨在通过一问一答透露出对所处社会现状的无奈，并暗示行动的紧迫性和一种仅仅可见的乌托邦冲动。有学者指出，奥登的诗"常常流露出无奈和无助，但他总是间接地暗示行动的必要性，强调行动是实现美好生活的前提"（吴泽庆，2020）。最后，奥登把行动内嵌在诗歌意义生成的深层脉络。尤其最后一行，以戏剧性反讽的方式再次设问："任何事情若是出了错，我们肯定都会听说"。如上，"无名公民"出错了，我们为什么没有听说？如果说以上诗节是把视角集中在形塑"无名公民"的外部社会、历史和文化语境，那么，这一句就是在强调作为独立个体的人的主观能动性、独立的思考、自由的选择和批判的能力。

实际上，奥登对自由和幸福的思考是一以贯之的，且同理性思辨、个人意志、多元价值密不可分。他曾强调，当下的价值观中存在着使艺术变得更困难的因素："作为具有对个人行为启示性意义的'公共领域'已消失殆尽。"（Auden，

1962）[80] 在他看来，如今"私人和公共等术语的意义已完全颠倒，公共生活是非个人的生活，是人履行社会职责的地方，而人在其私人生活中，可以自由地成为自我"（Auden，1962）[80]。在此意义上，消费社会的核心问题在于，以自我为中心的消费自由模糊了私人领域和公共领域之间的界限。因此，个体自由趋向于以集体失效或集体缺席的方式呈现。久而久之，现存的社会秩序逐渐丧失了选择的可能性。那么，问题就变成了如何超越这种无所不在的文化霸权，实现个体自由的公共价值。

从消费主义对个体自由意志的规训而言，奥登对自由的理解与以赛亚·伯林（Isaiah Berlin）对消极自由和积极自由的辨析有相通之处。在后者看来，消极自由是"免于……"的自由，即个体"在虽变动不居但永远清晰可辨的疆界内不受干涉"（伯林，2011）[175]，在具体的分析中，伯林坚信唯一可与消极自由相配的定义来自约翰·斯图尔特·米勒（John Stuart Mill）所言的"以自己的方式追求自己善的自由"（米勒，1959）[175]。对米勒来说，个体自由是幸福的最重要因素之一，在不伤害他人自由的条件下，个人的自由都应得到伸张。否则，一来，个人的才能没有发挥的余地，创造力和天才难以彰显；二来，社会难以进步，幸福无从谈起。因为，在一个没有观点的社会里，真理并不会显露，社会将被"集体平庸"的重量压垮，除非个人能运用自己的"观察力去看，用推论力与判断力去预测，用行动力去搜集做决定的材料，用思辨力作出决定"，然后还得用"毅力和自制力去坚持自己考虑周全的决定"（米勒，1959）[69]。换言之，在不自由的消费社会里，所有的丰富性、多元性都将被惯性的重荷、人的恒定化一性压垮，因为这种固化倾向只培育程式化、机械化的个体，而这些恰是消费主义为个体获得幸福设置的最具伪装性的障碍。

积极自由则意味着"去做……"的自由，即主体成为自己而不是他人"意志活动的工具"（伯林，2011）[180]。但在伯林看来，对积极自由的误读和滥用往往可能滋生更大的隐患，因此，只有当主体能以理性引导行动，才能实现从"本我"到"超我"的跨越，获得真正的自由。在《两种自由概念》（"Two Concepts of Liberty"）一文的最后，伯林将两种自由的阐述导向对一元论思维和单一标准之信仰的批判以及对多元价值的倡导。这就暗示我们，对个体而言，积极自由和消极自由都是不可或缺的，而且，个体自由的实现、公共领域的建构和人的自由全面发展不应只是依靠监视、规训和惩罚等强制性外部力量，因为这些力量本身可能充斥着矛盾冲突的因子。我们更应该超越这些，去追求理想信念、道德情操、仁爱之心和丰富的想象力等柔性力量。如奥登自述，"诗不是告诉人们该做什么，而是扩展我们对善与恶的认识"（Corcoran，2007），也许这会使行动的必要性变得更加紧迫，性质也更加明朗，但最终它会引导人们做出理性、道德的选择。援用苏珊·桑塔格（Susan Sontag）的观点表达就是，文学的任务"是对各种占支配地位的虔诚提出质疑、作出抗辩"，而严肃的作家"是实实在在地思考道德问题的。他们讲故事，他们刺激我们的想象力，他们培养我们的道德判断力"（桑塔格，2018）[208, 217]。

《公民》体现的正是这种诗学观念指导下的创作路径。始于对单向度的现代"空心人"这一典型人物的塑造，奥登先将外部环境对消费主体自由意志的破坏性内嵌到诗歌意义生成的深层意脉，通过对消费文化之于人的肯定向度与否定向度、客观需求与主观需求的发展悖论的思辨，最终将诗意延展的语域限定在对个体自由的公共价值的探讨，并或隐或显地引导人们做出善的行动。

综上所述，个体的发展不能独立于社会语境而存在，且必须兼顾肯定向度与否定向度两个方面。消费文化是以资本主义私有制为体制保障的，它符合市场的规律、同一的逻辑，客观需求的满足往往会滋生出更强大的主观欲望。然而，即使是消费社会也存在着重建美好生活的可能性和实现这些可能性的方法与途径，问题在于如何以理想的方式在最大限度上发挥和满足人的才能。最后，更为重要的是，个体自由有其存在的合理性与公共价值，人的解放就是要超越个性发展悖论，最终实现人的自由全面发展。

参考文献【Works Cited】

AUDEN W H, 1962. The dyer's hand and other essays[M]. New York: Random.

CLANCY J, 1959. Auden waiting for his city[J]. The Christian scholar, 42(3): 185.

CORCORAN N (ed.), 2007. The Cambridge companion to twentieth century English poetry[M]. Cambridge: Cambridge UP: 105.

EMIG R, 2013. Auden in German[M]// W. H. Auden in context. Ed. Tony Sharpe. Cambridge: Cambridge UP: 313.

FROMM E, 2002. The sane society[M]. New York: Routledge: 99.

HECHT A, 1993. The hidden law: the poetry of W. H. Auden[M]. Cambridge: Harvard UP: 97.

HORKHEIMER M, ADORNO T, 2002. Dialectic of Enlightenment[M]. Ed. Gunzelin Noerr. Trans. Edmund Jephcott. Stanford: Stanford UP.

JENKINS N, 2005. Auden in America[M]// The Cambridge companion to W. H. Auden. Ed. Stan Smith. Cambridge: Cambridge UP.

MARCUSE H, 2002. One-dimensional man: studies in the ideology of advanced industrial society[M]. New York: Routledge.

MENDELSON E, 2017. Early Auden, later Auden: a critical biography[M]. Princeton: Princeton UP: 253.

WASLEY A, 2013. Ideas of America[M]//W. H. Auden in context. Ed. Tony Sharpe. Cambridge: Cambridge UP.

奥登，2014. 奥登诗选：1927—1947 [M]. 马鸣谦，蔡海燕，译. 上海：上海译文出版社.

伯林，2011. 自由论 [M]. 胡传胜，译. 南京：译林出版社.

杜松石，2019. 超越悖论：论消费社会中人的解放 [J]. 东岳论丛，（3）：186.

米勒，1959. 论自由 [M]. 许宝骙，译. 北京：商务印书馆.

桑塔格，2018. 同时 [M]. 黄灿然，译. 上海：上海译文出版社.

唐毅，2015. 历史认知·伦理情感·诗学意志：为 W. H. 奥登《1939 年 9 月 1 日》一辩 [J]. 国外文学：（1）：93.

王佐良，2016. 英国诗史 [M]. 北京：外语教学与研究出版社：519.

吴泽庆，2014. 威斯坦·休·奥登诗歌研究 [M]. 北京：中国社会科学出版社：82.

吴泽庆，2020. 疏离与和谐：奥登诗歌的共同体建构 [M]// 文化观念拓展时期的英国文学典籍研究（卷五）. 殷企平，等编. 上海：上海外语教育出版社：315.

张正春，2021. 奥登早期诗歌中的战争书写及诗歌的社会性功用 [J]. 西北民族大学学报（哲学社会科学版），（3）：182-188.

"英国性"：英国民族身份的建构与重构

杜海霞

内容提要： 始于18世纪的"英国性"一词是当代批评话语体系中的热门词汇之一。它本质上是一种身份的指涉，其兴起与英国人在大英帝国衰落之后，在欧洲一体化和世界全球化大背景下，如何定位民族身份密切相关。但是"英国性"并不是一个固定不变的概念，它在本质上是一种话语建构，其内涵一直处于发展变化中。本文将追溯"英国性"概念的发展和变化，从18世纪初见雏形，到19世纪内涵转型，它都与"英格兰状况"息息相关，体现为工业文明导致的"有机共同体"的式微或消失。而20世纪末以来，"英国性"的内涵与后殖民视角紧密结合，体现出多元、混杂和矛盾的特征。在这期间，英国文学在"英国性"内涵的建构和再建构方面一直发挥着重要作用。

关 键 词： "英国性"；身份；共同体；后殖民；混杂性

作者简介： 杜海霞，新乡医学院外语学院副教授，文学博士，主要从事英国小说研究。

基金项目： 本文系河南省教育厅人文社科研究项目"英国维多利亚时期儿童文学中的'英国性'研究"（2024-ZDJH-571）阶段性研究成果。

Title: "Englishness": English National Identity's Construction and Reconstruction

Abstract: The term "Englishness", coined in the 18th century, has become a keyword in the contemporary critical discourse. As part of identity construction, it prevailed with the rising desire to redefine the identity of the English nation after the fall of British Empire and the rise of European Union and the globalization of the world. However, the meaning of this term is not static, it develops with the change of time. This essay traces the history of this dynamic concept, from its formation during the 18th century to its transformation in the 19th century, a history which is closely related with the Condition of England in a transitional age, including industrialization and the disintegration of organic communities. From the end of the 20th century, the connotation of "Englishness" under the influence of postcolonialism begins to display characteristics of multiplicity, hybridity and contradiction.

During all this time, English literature contributes much to the concept's construction and reconstruction.

Keywords: Englishness; identity; community; postcolonialism; hybridity

　　"英国性"可以理解成英国人的民族身份认同，即英国人作为一个民族在各个领域区别于其他民族的核心特征。"英国性"研究本质上是一种身份研究，其兴起与大英帝国衰落密切相关，是英国人思考后帝国状况、欧洲一体化以及在全球化大背景下，如何定位英国的民族身份的结果。

　　随着两次世界大战的结束，英国国力日渐式微，大英帝国的风采不再，英国人纷纷陷入身份认同的尴尬境地，而代表民族身份的"英国性"（Englishness）这一概念也变得"难以捉摸和含糊不清"（Gervais，1993），"再也不可能如此简单明确"（霍布斯鲍姆，2005）。20世纪80年代以来，在后殖民话语的影响下，批评界将视野转向对"英国性"的讨论，批评家分别从历史、政治、文化、经济甚至生理的角度进行深入分析，研究成果可谓林林总总。这些成果的共同之处在于通过寻求英国的独特文化和民族特性，重新塑造英国民众的身份认同。

　　本文将梳理这些关于"英国性"的讨论，以及在这个过程中"英国性"的内涵的发展和演变，从而说明一个民族的身份不是一个固定不变的概念，而是随时间和情况的变化而变化的，同时也展示身份的建构性和流动性。

一、"英国性"的缘起和内涵

　　根据牛津词典的定义，"英国性"指作为英国人的特质和状态，或者英国人特点的展示。"英国性"研究本质上是一种身份研究，与民族认同和国家文化密切相关。该词最早出现在1804年7月威廉·泰勒（William Taylor）写给罗伯特·骚塞（Robert Southey）的信件中，身为作家和翻译家的泰勒宣称一些据说是法国童话实际上为英国人所作，具有"英国性"。随后，该词又于1838年出现在《新月刊》（New Monthly Magazine）和《幽默家》（Humorist）两本杂志中，一位作者把"体面"（decency）称为"出生在这座小岛上的男女老少的'英国性'，是所有美德的代名词"（Sherwood，2013）。作者大力赞扬英国男性的勇敢和女性的贞洁，并将其看成是英国人的国民特性。该词在19世纪最后一次出现在一位评论员的文章中，他把"英国性"看成是显而易见的特质，并认为乔治·西摩爵士（Lord George Seymour）画像的精彩之处在于其"英国性"。在19世纪，英国的国力和疆域达到顶峰，英国民众也充满民族自豪感，并将尽可能多的美德归结为"英国性"。随着时间的推移，学者从不同学科对"英国性"进行阐释，从而赋予"英国性"更多内涵，"英国性"的内涵既可回溯至盎格鲁－撒克逊时期的民族意识，也可延伸到维多利亚时期的帝国思想（Langford，2000）。"英国性"一词经常和"不列颠性"（Britishness）互换，但"英国性"是一个民族、国家的概念，而"不列颠性"更多的是地理和政治概念。

保罗·朗福德（Paul Langford）在《确认"英国性"：1650—1850 年》（*Englishness Identified: Manners and Character 1650-1850*）一书中具体分析了英国民众所具有的精力充沛、真诚、体面、内敛等美德。他认为正是这些美德使英国民众摆脱 17 世纪的野蛮状态并进化到 19 世纪文明。而拉尔夫·沃尔多·爱默生（Ralph Waldo Emerson）则看到英国人的两面性，他认为英国人"一方面勤奋好学、善于思考并善于求证，另一方面，忘恩负义，过河拆桥并依财牟利"（爱默生，2008）。斯图尔特·霍尔（Stuart Hall）认为"英国性"具有排外、封闭、保守的特征。安东尼·伊索普（Antony Easthope）指出，经验主义（empiricism）认识论（即重经验和事实而非理论和虚构，重具体和常识性的事物而非抽象的哲学思辨）是英国民族文化的重要组成部分。随着后殖民批评的兴起，"英国性"还被赋予意识形态内涵。在《"英国性"地图：殖民主义文化中的身份书写》（*Maps of Englishness: Writing Identity in the Culture of Colonialism*）中，西蒙·吉甘迪（Simon Gikandi）采用后殖民理论阐释现代主义文学中"英国性"表征具有的殖民主义意识形态。他认为"英国性"是"殖民文化的结果"（Gikandi，1996）。托马斯·苏（Thomas Sue）在《〈简·爱〉中的帝国主义、改革、"英国性"的形成》（*Imperialism, Reform and the Making of Englishness in* Jane Eyre）一书中从女性主义和后殖民主义的视角揭示《简·爱》这部小说对维多利亚时代女性和帝国形象建构的批判。安吉拉·潘（Angelia Poon）在其专著《维多利亚时代"英国性"的操演》（*Enacting Englishness in the Victorian Period*）中借用"操演性范式"（performative paradigm）来分析作为霸权意识产物的"英国性"如何一方面强化其主体性一方面又被解构和引发争议的。布莱恩·多伊尔（Brian Doyle）在《英语和"英国性"》（*English and Englishness*）一书中通过追溯英文研究兴起和演变的历史，集中探讨英文研究在提高民族凝聚力，提高公民道德水平中的重要作用。他认为学校被赋予给孩子灌输爱国道德责任感的功能（Doyle，1998），英文研究其实是实现文化霸权的方式之一。克里希纳·库马（Krishna Kumar）在《英国民族身份的形成》（*The Making of English National Identity*）一书中对民族做了政治和文化的区分，他认为"英国性"可以看成一种"种族或文化民族主义形式"（Kumar，2003），并能够激发对英国历史、艺术和遗产的自豪感。他还特别强调小说在塑造民族的文化身份方面的重要作用。论文集《海洋与中世纪的"英国性"：海洋书写、身份与文化》（*The Sea and Englishness in the Middle Ages: Maritime Narratives, Identity and Culture*）探讨英国作为岛国的这一特殊地理环境与集体身份（包括英格兰人、威尔士人、苏格兰人等岛上的其他居民）形成之间的关系。尼拉·伊瓦－戴维斯（Nira Yuval-Davis）和弗洛娅·安西娅（Floya Anthias）从女性主义的角度颠覆了"英国性"的概念，她们指出建构民族身份离不开特定的两性观念，女性也扮演着重要角色，她们既是社会秩序的维持者也是改写者，而保罗·吉尔罗（Paul Gilroy）将视野转向黑人群体，他认为黑人也是理解和建构"英国性"中不可或缺的重要一环。不少评论家还转向探讨文学作品中"英国性"。利维斯夫人（Q. D. Leavis）在《英国文学的"英国性"》（"The Englishness of the English Literature"）一文中回顾了英国小说的伟大传统，并对当代小说的商业化气息进行抨击（Leavis，1983）。在同名的文章中，皮特·康拉德（Peter Conrad）则认为英国文学的"英国性"在于田园牧歌的形式，是体现"岛国心理"的文学（literature of psychological insularity），这与保守的国民性和岛国气质息息相关。还有一些学者分别从风景、服饰、音乐、流行文化等角度对"英国性"进行阐释。

　　以上研究表明，"英国性"研究本质上是一种身份研究。目前学界对"英国性"的理解主要划分为三类：第一种将"英国性"理解为国民性，探讨的是英国国民具有的稳定特质和习性，它由基因、地理等多方面因素决定；第二种将"英国性"理解为英国所具有的传统，它是在长期的历史发展中积淀形成的；第三种将"英国性"理解为英国作为一个民族或国家在特定历史时期所具有的阶段性特征，是文化和社会的产物。正如朱迪·吉尔斯（Judy Giles）所言："'英国性'不仅仅指国民性格，而是一系列英国民众和英国社会所特有的价值观、信念和态度。"（Giles，1995）约翰·斯图尔特·穆勒（John Stuart Mill）曾经指出："每种形式的政体，每一种条件下的社会，无论它还有其他什么作为，都曾经形成各自类型的民族性格。那么类型是什么，是怎样形成的，这是形而上学家可以忽视而历史哲学家无法忽视的问题。"（威廉斯，1991）需要注意的是，尽管学术界对"英国性"的理解和侧重点各有不同，但是基本上可以达成三点共识：第一，谈论"英国性"离不开一定的历史语境；第二，"英国性"是建构的产物，摆脱不了意识形态的影响；第三，从文化研究的角度切入是时下的学术热点。

　　我们可以看到，"英国性"不是一个固定不变的概念，它在本质上是一种话语建构，其内涵一直处于发展变化中。随着英国文化多元化程度的提高，"英国性"的内涵还会被不断地重新阐释。

二、"英国性"与共同体的式微

"英国性"的概念是在 18 世纪逐步建立起来的，18 世纪初，为增强"大不列颠王国"的凝聚力，英国试图在与法国的对比中建构自己的国家身份。琳达·科利（Linda Colley）在《英国人：国家的形成，1707—1837 年》（*Britons: Forging the Nation 1707-1837*）一书中从历史的维度描绘自苏格兰和英格兰的《联合法案》（*Act of Union*）诞生至维多利亚女王（Queen Victoria）登基期间英国国家的形成历程。作者通过描述一些重要的事件，比如新教信仰、帝国扩张、英法战争、女权发展等，展示出英国如何凝聚成一个更加统一的国家。她还指出，"英国性"滋生于国内千差万别的人群与异己接触时做出的反应，最主要是与异己冲突时做出的反应（Colley，1992），特别是与法国的对抗之中。这些都可以视为"英国性"概念的雏形。

"英国性"的形成离不开英国的启蒙运动。英国启蒙运动开始于 17 世纪中期的英格兰，止于 18 世纪中叶。在此阶段，艾萨克·牛顿（Isaac Newton）、托马斯·霍布斯（Thomas Hobbes）及约翰·洛克（John Locke）的著作问世，彰显了理性主义在英国的崛起。英国人所固有的民族特质以及建立在经验和事实之上的理性思维，使其在英国政治文化传统中占据主导地位。在英国，这些思想成为人们行动的基础，深刻地影响了科学，并贯穿于整个启蒙运动的时期。这种思维方式和思想传统已经成为英国人引以为傲的一部分。这一时期英国建立了现代国家体制，并走在资本主义国家的前列。埃德蒙·伯克（Edmund Burke）提出民族（a nation）的概念，他认为个人的进步依赖于人所诞生的特定共同体的性质，任何人不能脱离这个共同体。国家应该被给予尊重，因为这个共同体是一种合伙关系，而这种合伙关系无所不包。在这个社会共同体中，每个人的利益都应该受到尊重和保护。随着英国资本主义的发展，中产阶级逐渐成为社会的主导阶层。中产阶级注重实用主义，这在他们的人生观中表现为对艺术、科学以及当下幸福生活的负责任的追求。他们勤奋工作，全力追求个人利益和幸福。亚当·斯密（Adam Smith）的经济自由主义思想鼓励人们自由追求财富，英国中产阶级的信念也逐渐转向以自我为中心。总之，在 18 世纪，英国人为实现民族理想构建了一套关于自身独特性的话语体系，这使得英国成为开启通往现代世界之门的先驱者，引领现代世界的发展。

但是"'英国性'是 19 世纪的词汇，也是 19 世纪持续关注的热点"（Sherwood，2013）[4]。也就是说，英国人的民族自豪感和民族优越感逐渐得到强化，"英国性"的内涵也发生了变化，反映出当时民众特有的"情感结构"（structure of feeling），并与"英格兰状况"（Condition of England）有着密切的关联。19 世纪的英国处于鼎盛时期——维多利亚时代。维多利亚女王作为英国历史上统治时间最长的女王，引领着她的臣民共同铸就了一个丰饶无比的时代。她的统治被形容为"铸造了一个巨大的丰饶角"（cornucopia），象征着繁荣和富饶（罗伯茨，2013）。在工业革命、议会改革、对外扩张等一系列的社会风潮下，英国发展成为当时最富有的资本主义国家，并先于其他国家进入帝国主义时期，成为"日不落帝国"。同时这也是一个充满不安和怀疑的转型时代（Age of Transition）（Mill，2017）。工业文明的勃兴、男权社会的畸形发展、阶级文化的弊端、帝国的扩张使英国社会呈现出一些病态特征。正如彼得·盖伊（Peter Gay）所言："整个民族都陷入迷惘之中，失去了前进的方向。人民纷纷向政府要员求助，他们要求恢复国家秩序。"（盖伊，2015）在此背景下，"英国性"成为一个亟需定义和阐释的概念。如何认识和书写"英国性"是每一位英国文人必须面对和思考的问题。而"英国性"危机主要体现在工业文明和阶级文化导致的无政府状态，即共同体的缺失。

英国小说家爱德华·鲍沃尔－李顿（Edward Bulwer-Lytton）在《英格兰与英国人民》（*England and the English*）一书中曾明确表示"勤勉是我们民族的显著特征"（Bulwer-Lytton，1970）。根据雷蒙·威廉斯（Raymond Williams）的考证，industry 有两个含义，勤勉和一种机制。它始于 15 世纪，18 世纪后才开始使用，19 世纪中叶成为普遍，衍生词 industrialism（工业主义）的出现使它具有新的含义，即新兴的基于系统性机械式生产的社会秩序（威廉斯，2005）。英国是世界上第一个进行工业革命的国家，工业化也成为"英国性"的重要表征之一。工业化提高了生产力，使英国一跃成为世界工厂。1851 年的伦敦世界博览会标志着英国世界工业领导地位的确立。工业文明最大的特点就是机器生产。机器生产提高了征服自然的能力，给英国带来了翻天覆地的变化。托马斯·卡莱尔（Thomas Carlyle）曾在《时代征兆》（"Signs of the Times"）一文中将维多利亚时代称为"机械时代"（Mechanical Age）（Carlyle，1955）并首次提出了"工业主义"这个名称。他讲到，我们的身体不仅被机器控制，精神方面也被机器控制，使我们变得机械麻木。卡莱尔对工业文明的批判主要体现在工具理性（instrumental reason）和现金联结（cash-nexus）两个方面。他在《文明的忧思》（*Past and Present*）中感叹英国人沦为金钱的奴隶；工具理性和功利主义思想使人沦为机械动物。工具理性与当时流行的功利主义（Utilitarianism）达到高度契合。以杰里米·边沁（Jeremy Bentham）为代表的功利主义者认为快乐是最重要的，其中心议题是快乐的质量和数量。"它按照看来势必增大或减小利益有关者之幸福的倾向，亦即促进和妨碍此种幸福的倾向，来赞成或非难任何一项行动。"（边沁，2000）功利主义者认为人生的本质在于追求最大质量的享乐，并将个人的利益放在首位。

"英国性"的危机不仅体现在工业文明带来的工具理性和现金联结，还体现在阶级文化的弊端导致的无政府状态。对大多数英国人来说，社会身份和文化形式的基础是阶级。马丁·休伊特（Martin Hewitt）指出："阶级赋予 19 世纪的英国身份：多样化的阶级身份出现，以阶级视角看待当时社会占据优势地位，对阶级关系的持久焦虑以及将阶级作为社会政治行为的动机。"（Hewitt，2004）现代意义上的"阶级"概念属于工业革命和社会重组的重要时期。马修·阿诺德（Matthew Arnold）将英国社会划分为三个阶层：贵族、中产阶级、劳工阶层，分别被称为"野蛮人"（barbarians）、"非利士人"（philistines）、"群氓"（populace）（阿诺德，2002）。他认为贵族阶级只会用社会等级获得优越感；中产阶级是一群注重经济实力的人士，他们追求金钱的积累和物质生活的享受；而工人阶级是群氓，粗俗堕落。他们各自为政，无法承担国家的领导权，从而导致社会的无政府状态。只有通过寻找异己分子（aliens），才能给当时的英国带来甜美和光明（sweetness and light）。

工业文明的弊端和阶级文化的局限性使英国不再具有和谐的整体，即"有机共同体"（organic community）正在解体。正如本杰明·迪斯雷利（Benjamin Disraeli）在小说《西比尔》（*Sybil*）中借叙述者所言："英国并非共同体；英国只有聚合，然而环境使这种聚合变成一个离析的、而不是统一的原则……构成社会的具有共同目标的共同体（community of purpose）……没有共同目标的共同体，人与人可能互相接近，而实际上仍然是各自的孤立。"（Disraeli，1954）正因如此，维多利亚时代的文人为重塑"英国性"，形成了一个建构共同体的语境，以阿诺德为代表的英国文人都从心智培育（cultivation of the mind）的角度入手，倡导想象力和同情心，以此来应对"英国性"危机。

三、"英国性"与后殖民视角

随着爱德华·萨义德（Edward Said）的《东方学》（*Orientalism*）和《文化与帝国主义》（*Culture and Imperialism*）的出版，西方学界拉开反思和批判"英国性"

的大幕。萨义德认为东方学是一种话语方式，旨在控制东方和重塑东方形象。大英帝国试图通过帝国主义的扩张充当维持世界秩序的警察，殖民者抱着种族优越的态度，把被殖民者看成是卑微的、野蛮的、需要教化的异类，而把自己看成智慧与文明的象征。萨义德还特别提到英国小说在巩固帝国地位方面发挥着重要作用，"所有的维多利亚时代的重要作家，实际上是在全球范围内未受到遏制的英国力量的国际大展示"（萨义德，2016）。佳亚特里·斯皮瓦克（Gayatri Spivak）也提醒读者阅读19世纪的英国文学不能忘记帝国主义是文化表述的一个关键部分。

萨义德的观点代表着后殖民主义和后结构主义的批评范式。两者的最大功绩在于打破了二元对立的本质论，从而认为"英国性"并非颠破不变的真理，更不是殖民统治和帝国权力的正当理由，民族身份只是一种文化和意识形态的建构而已。"混杂性"（hybridity）这一概念的提出是对抗种族优越论的最佳武器。这一概念强调的是一种主体间性，一种跨文化的协商过程。这种对多元论和多样性的探讨打破了传统的二元对立和一元论。霍米·巴巴（Homi Bhabha）曾经指出：

> 在不断出现的缝隙中——在存在着差异的各个领域的层层相叠与相互错位之中——民族的主体内部的集体经验、共同兴趣或文化价值的间性空间协商着。当这些群体分享着被掠夺与被歧视的历史，他们互相之间的价值观、意义和优先权的交换并不常常具有合作性和对话性，反而具有深刻的对抗性、冲突性和不可比性。（Bhabha，1994）

由巴巴主编的论文集《民族与叙事》（*Nation and Narration*）的压轴之作是他本人的论文《播撒民族：时代、叙述和现代民族的边缘性》（"Dissemination: Time, Narrative and the Margins of the Modern Nation"），该文深刻探讨民族的虚构性和语言的暧昧性。就像雅克·德里达（Jacques Derrida）的"延异"概念所表达的那样，文化作为一个表达意义的过程，不断经历内部的分裂与冲突。在主导文化力量和对抗性文化之间存在着持续的斗争关系，这打破了传统的整齐线性的主流叙事，创造了多样性和非线性的另类叙事形式。他把民族表达方式分为两种：训导式（pedagogical）与演现式（performative）。巴巴用训导式时间性指代"想象的共同体"存在于具有整体性的时间中，具有维持现状、同质而空洞的特征。训导式时间的另一面是演现式时间，它强调缺席、补充和差异，是一种对抗性话语，具有颠覆性、灵活性。民族叙事不再是宏大叙事，而是一种多元的历史。民族成为一个拥有文化差异和异质历史的群体，而不再是一个想象中僵化的集体。巴巴对民族叙事性的阐释批判了本尼迪克特·安德森（Benedict Anderson）历史主义民族理论。他认为安德森的主要问题在于忽略了少数人话语，来自边缘的声音。詹妮弗·德韦尔·布罗迪（Jennifer DeVere Brody）同样对英国民族身份的纯洁性提出质疑，她认为纯洁性是不可能的，只是一种虚构的产物。可见，几位学者的观点都指向民族身份中充满抵制、冲突、颠覆的因素，所以"英国性"也不再是种族同一性的代名词。正因为如此，彼得·弗莱尔（Peter Fryer）、格雷琴·葛其那（Gretchen Gerzina）、保罗·吉尔罗伊（Paul Gilroy）甚至在移民大潮还没有来临之前就纷纷强调黑人社群和亚洲人群体的存在感。

伊恩·鲍科姆（Ian Baucom）和西蒙·吉甘迪（Simon Gikandi）也分别探讨过"英国性"和大英帝国的关系。两者都认为"英国性"是帝国殖民文化的产物。鲍科姆在《空间的错位：英国性、帝国、身份的定位》（*Out of Place: Englishness, Empire and the Locations of Identity*）一书中，对"大不列颠性"和"英国性"做了区分，前者指代帝国、"那里"，后者指代家园，国家，"这里"。他认为"英国性"具有对帝国既认同又排斥的双重作用，同时他还特别强调空间对建构民族性的积极意义，特别是对乡村庄园的描绘体现出对逝去帝国的怀旧和感伤的感情。吉甘迪的专著《"英国性"的地图：殖民主义文化下的身份书写》（*Maps of Englishness: Writing Identity in the Culture of Colonialism*）把"英国性"看成是文化和文学现象的尝试，他认为"英国性"产生于一种矛盾空间，即将都市和殖民地既分离又连接的空间。边缘地带对塑造大英帝国的中心地位起到了关键性作用。

可见，当代英国社会已经成为一个多元混杂的场域，多种民族和文化之间碰撞交流，文化身份不断被调整和重构。"英国性"的内涵体现出更加多元和包容的一面。

四、"英国性"与英国文学

文学创作与民族身份之间存在天然和必然的联系。托马斯·赫胥黎（Thomas Huxley）就曾经肯定过诗人和小说家们在民族身份建构方面的积极作用。18世纪末19世纪初的德国浪漫主义民族主义者也认为民族文学应该体现民族特性。安德森认为民族是一个想象的政治共同体（imagined political community），小说和报纸使想象式交流促进了民族这种想象的共同体的形成。他还表示：语言之于爱国者，就如同眼睛——那对他或她与生俱来的、特定的、普通的眼睛——之于恋人一般。（安德森，2003）可见小说和报纸在民族想象共同体的形成中起着至关重要的作用。萨缪尔·亨廷顿（Samuel Huntington）也认为，语言作为身份或认同的表达方式，成为区分不同民族和文化的手段之一（Huntington，1996）。

"英国性"虽然是 19 世纪才出现的名词，但是英国文学在建构民族身份和国民性方面一直发挥着重要作用，也是不同文学作品关注的焦点之一。"英国性"表征贯穿整个英国的发展历史，并形成了自身的发展规律和内在逻辑，成为一种普遍认同的文学传统。三个日耳曼部落盎格鲁、撒克逊、朱特在 5 世纪迁入不列颠，这个时代留下的重量级文学作品是《贝奥武夫》（Beowulf）。被称为民族史诗的《贝奥武夫》使盎格鲁 - 撒克逊人（Anglo-Saxon）摆脱了狭隘的以"野蛮人"的入侵为内核的日耳曼部落意识的束缚，逐渐实现了信奉基督教的日耳曼英国定居者和英国人的民族身份的构建。它凝聚了古代盎格鲁 - 撒克逊民族扬善疾恶以及同仇敌忾的民族精神。11 世纪的英国被诺曼底人占领，法国文化占据主导地位，法语成为贵族语言，流行的文学形式是浪漫传奇（Romance），歌颂了骑士的勇敢、忠贞、美德，这一文学形式为英国绅士文化提供了雏形和参考，也体现了当时民众对理想社会的向往。在浪漫传奇兴起和发展的过程中，民族意识开始得到确立。关于亚瑟王和圆桌骑士的罗曼司逐渐成为英格兰的象征（董雯婷，2017）。14 世纪，随着资本主义的发展和市民阶级的兴起，主导语言从法语和拉丁语转变为英语，从而奠定了诞生优秀英语文学作品的基础。作为英国文学传统的先驱的杰弗雷·乔叟（Geoffrey Chaucer）推动了英语作为民族语言的发展。乔叟的作品《坎特伯雷故事集》（The Canterbury Tales）描绘了 14 世纪末英国社会生活的方方面面，他被视为英国诗歌之父，成为英国民族文学的奠基人，并促进了英语作为英国统一的民族语言的进程。15 世纪末，英国进入文艺复兴时期，英国也基本完成国族建构。里亚·格林菲尔德（Liah Greenfield）指出："到 1600 年，在英格兰事实上出现了民族意识与民族认同，因此事实上也就出现了一个新地缘政治实体，即民族。它被视为由自由平等的个体组成的共同体。"（格林菲尔德，2010）这一时期，威廉·莎士比亚（William Shakespeare）为英国文学做出了重大的贡献，他的作品充分展示了英语丰富的表现力。莎士比亚在历史剧中能将历史与想象力融为一体，使故事更贴近英国现实。他采用多种想象策略构建民族国家叙事，因此，莎士比亚的历史剧作品成为现代民族国家建构的重要资本。他的作品催生了英国民族，并将民族共同体的认同感融入人们的内心。莎士比亚通过他的艺术作品，为英国塑造了一个独特而强大的民族形象，为国家认同和集体认同感的形成做出重大贡献。与莎士比亚同时代的弗朗西斯·培根（Francis Bacon）是近代科学的奠基人，被卡尔·马克思（Karl Marx）称为"英国唯物主义和近代实验科学之父"。他认为，世界是物质的。感觉是认识的开端，是完全可靠的，是一切知识的源泉。他强调实验在认识中的作用，认为必须借助实验才能弥补感官的不足，深刻揭示自然界的奥秘。这一思想开创了英国经验主义哲学的先河，使他成为经验主义哲学的创始人。经验主义也成为"英国性"的重要表征之一，"从培根、托马斯·霍布斯（Thomas Hobbes）、约翰·洛克（John Locke）、大卫·休谟（David Hume）、乔治·贝克莱（George Berkeley）等人建构的主体工程，到夏夫兹伯里（The Earl of Shaftesbury）、伯克、边沁、约翰·斯图尔特·穆勒（John Stuart Mill）甚至阿诺德等人所做的不断拓展，以至 20 世纪英国思想家们的传承光大，经验主义可以说成了英国人的文化胎记"（马海良，2016）。同时，培根的随笔也涉及人生的多个重要命题，为英国民众如何明辨是非，了解生活真谛提供了宝贵建议。伊丽莎白女王（Queen Elizabeth）去世后，英国进入了政局动荡时期，在资产阶级革命后，英国宣布为共和国。投身革命的约翰·弥尔顿（John Milton）一直试图在地球上建立一个自由共和国，但是这一理想以失败告终，弥尔顿创作《失乐园》（Paradise Lost）等史诗，反思共和国失败的原因，更坚定了弥尔顿的清教主义，并坚信英国如果能重拾信仰，必将重获健康。塞缪尔·约翰逊（Samuel Johnson）是一位具有深厚文学功底的学者，在编纂《英语大辞典》（A Dictionary of English Language）方面做出了重要贡献。这部辞典有利于建立规范的语言准则，使英语逐渐趋于稳定。它的例词和例句很多来源于英语文学作品，充满各种丰富而有趣的知识。

纵观 18 世纪，可以发现文学在教育中所扮演更加重要的角色，并逐渐与培养国民品位结合起来，"英国性"与文雅、道德、情感、才智等关键词积极互动，相互联系。从夏夫兹伯里和约瑟夫·艾迪生（Joseph Addison）开始，18 世纪英国思想家们将规范和塑造英国民众的公共品位作为重要任务之一。17 世纪后期，宗教热情逐渐减退，同时经验主义哲学如洛克等人的兴起以及 18 世纪初中产阶级读者群体的出现，为现实主义小说提供了哲学和社会土壤。现实主义小说家以丹尼尔·笛福（Daniel Defoe）为代表，通过现实主义的笔触生动地描绘了社会下层人物的生活。其中，笛福的《鲁滨孙漂流记》（The Adventures of Robinson Crusoe）尤为著名，塑造了鲁滨孙·克鲁索（Robinson Crusoe）这样一个乐观、勤勉、理性、实际并富有冒险精神的英国水手形象。这一形象成为当时英国资产阶级上升时期的杰出代表。现实主义小说在塑造人物形象和描绘社会生活方面具有重要的政治作用。它不仅仅是一种艺术表达形式，更是一种社会实践行为，能够帮助民众建立共同价值观念，推动社会的良性发展。18 世纪英国期刊小品也发挥了巨大的启蒙和教育作用。艾迪生等人以温和的教育方式唤醒民众的道德意识，希冀建立一个优雅的文明时代。18 世纪中叶的工业革命带来迅猛发展，也给大自然和农村的传统生活方式带来破坏。浪漫主义诗人试图将自然作为情感纽带，试图重新激活人们对共同生活的向往与追求。威廉·华兹华斯（William Wordsworth）的抒情诗用简朴的语言描写简朴的生活，他将大自然作为疗愈创伤和净化心灵的手段。同时萨缪尔·泰勒·柯勒律治（Samuel Taylor Coleridge）、威廉·柯珀（William Cowper）、华兹华斯等人还试图用"培育""文化"等词语来塑造国民性。

进入 19 世纪，工业革命全面推进，给传统的"英国性"带来巨大的冲击和危机。在这一时期，现实主义小说作为主导性的文学形式，扮演了记录和展现当时社会变化所引发的问题、危机以及对"英国性"的威胁与挑战的重要角色。19 世纪现实主义小说以其真实、客观的描写风格，以及对社会现象和人性的深刻剖析，成为对当时社会问题的独特呈现。它记录了工业化、城市化和社会阶层分化等现象所带来的社会问题，揭示了工人阶级的困境、贫困和剥削，以及中产阶级的道德困惑和社会道德沦丧等现实。这些小说通过描绘社会的黑暗面和人性的复杂性，呼吁社会改革和道德重建。它们揭示了社会问题的根源，并试图引发读者的共鸣和行动，以推动社会的变革和进步。这些小说不仅关注社会的物质方面，更关注人的内心世界和道德观念的动摇，对"英国性"所面临的威胁和挑战提出了深刻的思考。因此，19 世纪现实主义小说通过展现当时社会变化所引发的问题和危机，以及对"英国性"的威胁与挑战，为社会提供了反思和启示。它们在文学的领域中扮演着重要的角色，引导着社会意识的觉醒，并为社会的转型和发展做出了重要贡献。以查尔斯·狄更斯（Charles Dickens）为代表的批判现实主义作家创作出了一批工业小说（industry novels），以此来展示他们对工业文明的观察和思考。狄更斯是"维多利亚时代"的象征和灵魂，他的作品也体现出典型的英国特征，英国当代作家彼得·阿克罗伊德（Peter Ackroyd）指出，"没有几个作家能如此恰如其分地表现自己的民族"（Ackroyd，2002），他是那个时代的最好代表。20 世纪初的现代主义文学家詹姆斯·乔伊斯（James Joyce）、劳伦斯（D. H. Lawrence）等人在作品中表现家乡百姓的孤独与失望，英国人日趋严重的混乱意识和精神危机，反映了异化时代"英国性"的困境和危机。

英国文学是 19 世纪末 20 世纪初才兴起的一门新学科，以前英国教育制度奉行人文主义教育理念，向学生灌输的大多是古典文化，而英国文学最先扎根的土地却是大英帝国的殖民地，教授英国文学成为文化殖民的重要组成部分，英国文学从而成为帝国文化霸权意识形态的有力工具。直到 19 世纪末，以阿诺德为代表的人文主义知识分子才把英国文学上升至团结公民的新高度。阿诺德寄希望于英国民族文化，认为它是克服当前无政府主义的良药，具有整合社会的作用。他认为文学作为人类所思所言的最好的东西，是一个民族集体的文化想象，以一种特殊的方式表现人们的生活态度和解决人生问题之道。正如特里·伊格尔顿（Terry Eagleton）所认为的那样，"由于宗教渐渐地不再提供把动荡的阶级社会融合在一起的社会黏合剂，感情价值和基本神话，英国文学便构成了一种把这种意识形态重担从维多利亚时期继续下去的主体"（Eagleton，1983）。继承阿诺德衣钵的还有利维斯（F. R. Leavis）和艾略特（T. S. Eliot）等人，他们继续追随英国文学的伟大传统，其"细读"的方法也成为英文研究体制化的基础，并形成了以"细察派"为代表的剑桥批评传统。其夫人 Q. D. 利维斯认为"英国性"代表一种普遍价值，植根于一定的时代，但是又能超越它，以独有的英国方式再现永恒的意义。她指出，"英格兰早期拥有真正的民族文学"（Leavis，1983），而 20 世纪的作家失去道德责任感，成为非人类（subhuman）。而在同名的文章中，彼得·康拉德（Peter Conrad）认为英国文学的"英国性"在于田园牧歌的形式，是体现"岛国心理"的文学（literature of psychological insularity），这与保守的国民性和岛国的气质息息相关。

布莱恩·多伊尔（Brian Doyle）曾追溯英文研究兴起和演变的历史，集中探讨英文研究在提高民族凝聚力，提高公民道德水平中的重要作用，从而成为文化霸权的表现形式之一。第一次世界大战后，英国和德国之间的矛盾凸显，这对英国文学研究模式产生了重大影响。曾经以仿效德国语文学研究模式为主的英国学界受到严重的质疑和批评。在这一背景下，英国知识界希望通过加强对英国文学的研究和推崇，来增强民族认同感和凝聚力，建立属于自己的独特的"英国性"，从而减少对德国文化的依赖。多伊尔认为，二战后英文研究的危机源于两点：民族方面取决于大英帝国经济和文化中心地位的消解；再现方式上也出现了多元化、去经典化的趋势。如果说一战前后体现出文学构成民族特性的观点，二战后，随着大英帝国的衰落和广大殖民地的独立，英国文学更体现出民族本身的建构性和叙事性的特点。近年来，布克奖作品就呈现出多元化特征，不仅女性作家占据一定的比例，不少移民作家也逐渐兴起，通俗小说也与传统的高雅小说齐头并进，"体现了当代英国挣扎在传统英国性的抵抗移民、民族认同与实施新策略、继续文化殖民野心的矛盾之中"（罗晨，2013）。

可见，大量的文学作品在塑造民族想象和建设民族核心价值体系方面发挥着重要作用。这些作品通过丰富多彩的文学意象，不断地影响着人们对国家的想象和认知，有助于塑造英国的国家形象和国民性。

五、结语

综上所述，"英国性"虽然指代民族身份、国民性格，与集体认同有关，但是在全球化的语境下，它呈现出多元化、矛盾混杂的一面，"英国性"不再是利维斯所倡导的"有机共同体"，更不是大英帝国国强民富的代名词。它可能还继续带有民族优越感和文化霸权的余温，但更多的是充满迷茫、挣扎和尴尬，同时也反映出英国民众对自身生存处境的思考。从汗牛充栋的文献中，学界对"英国性"的探讨也映射出其他民族的生存困境，也许这一研究能为处在不同时空的人们反思自己的身份提供一些启示和参考。

参考文献【Works Cited】

ACKROYD P, 2002. Dickens[M]. London: Random: xiv.

BAUCOM I, 1999. Out of place: Englishness, empire and the locations of identity[M]. Princeton: Princeton UP: 38.

BHABHA H, 1994. The location of culture[M]. London:Routledge: 2.

BULWER-LYTTON E, 1970. England and the English[M]. Chicago: U of Chicago P: 57.

BRODY J D, 1998. Impossible purities: blackness, femininity, and Victorian culture[M]. London: Duke UP: 11-12.

CARLYLE T, 1955. Signs of the times[M]// Carlyle: selected works, reminiscences and letters[M]. Ed. Julian Symons. London: Rupert:169.

COLLEY L, 1992. Britons[M]. New Haven: Yale UP: 31.

DISRAELI B, 1954. Sybil, or the two nations[M]. London: Penguin: 71-72.

DOYLE B, 1989. English and Englishness[M]. London: Routledge: 18-19.

EAGLETON T, 1983. Literary theory:an introduction[M]. Minnepolis: U of Minesota P: 24-25.

GERVAIS D, 1993. Literary Englands: versions of Englishness in modern writing[M]. Cambridge: Cambridge UP: 1.

GIKANDI S, 1996. Maps of Englishness: writing identity in the culture of colonialism[M]. New York: Columbia UP: xii.

GILES J (ed.), 1995. Writing Englishness, 1900-1950[M]. London: Routledge: 5.

HEWITT M, 2004. Class and classes[M]// A companion to nineteenth-century Britain. Ed. Chris Williams. Oxford: Blackwell: 318-319.

HUNTINGTON S, 1996. The clash of civilizations and the remaking of world order[M]. New York: Simon & Schuster: 59.

KUMAR K, 2003. The making of English national identity[M]. Cambridge: Cambridge UP:

238.

LANGFORD P, 2000. Englishness identified: manners and character 1650-1850[M] Oxford: Oxford UP: 1-2.

LEAVIS Q D, 1983. The Englishness of the English literature[M]// Collected Essays. Ed. G. Singh. Cambridge: Cambridge UP: 320.

MILL J S, 2007. The spirit of the age[M]// The spirit of the age: Victorian essays. New Haven: Yale UP: 50-79.

SHERWOOD M, 2013. Tennyson and the fabrication of Englishness[M]. Basingstoke: Palgrave Macmillan: 3.

阿诺德，2002. 文化与无政府状态：政治与社会批评 [M]. 韩敏中，译. 北京：生活·读书·新知三联书店：81.

爱默生，2008. 英国人的特性 [M]. 张其贵，等译. 北京：中国社会科学出版社：244.

安德森，2005. 想象的共同体 [M]. 吴叡人，译. 上海：上海人民出版社：150.

边沁，2000. 道德与立法原理导论 [M]. 时殷宏，译. 北京：商务印书馆：58.

董雯婷，2017. 西方文论关键词：罗曼司 [J]. 外国文学，（5）：109-119.

盖伊，2015. 感官的教育 [M]. 赵勇，译. 上海：世纪出版集团：65.

格林菲尔德，2010. 民族主义：走向现代的五条路 [M]. 王春华，等译. 上海：三联书店：3.

霍布斯鲍姆，2005. 民族与民族主义 [M]. 李金梅，译. 上海：上海世纪出版集团：183.

洪堡特，1997. 论人类语言结构的差异及其对人类精神发展的影响 [M]. 姚小平，译. 北京：商务印书馆：52.

罗伯茨，2013. 英国史（下册)[M]. 潘兴明，等译. 北京：商务印书馆：228.

罗晨，王丽丽，2013. 帝国的重建：从曼布克奖看当代"英国性"问题 [J]. 外国文学，（1）：67.

马海良，2016. 伊格尔顿与经验主义问题 [J]. 外国文学评论：（4）：95.

萨义德，2016. 文化与帝国主义 [M]. 李琨，译. 北京：生活·读书·新知三联书店：147.

威廉斯，1991. 文化与社会 [M]. 吴松江，张文定，译. 北京：北京大学出版社：133.

威廉斯，2005. 关键词：文化与社会的词汇 [M]. 刘建基，译. 北京：生活·读书·新知三联书店：237-238.

奈保尔《灵异推拿师》中的殖民精神病学和补充医学

蒋天平　　胡朝霞

内容提要： 英国西印度裔作家 V. S. 奈保尔的小说《灵异推拿师》，讲述了主人公甘涅沙作为印度移民后裔的成长过程。他从小聪慧好学，长大后成为一名医生。小说讲述了他由推拿师、通灵师，到国会议员、大英帝国荣誉勋章获得者的身份转换。本文用殖民精神病学或补充医学的理论解读这个成长过程，在批判西方殖民医学以及弗洛伊德的精神病学理论的同时，也说明前殖民地人民不仅需要身体的治愈，而且更需要思想和政治的治愈。

关 键 词： 奈保尔；殖民精神病学；补充医学；顺势疗法

作者简介： 蒋天平，南华大学教授，华中师范大学博士后，主要从事比较文学与世界文学研究；胡朝霞，南华大学副教授，华中师范大学博士，主要从事比较文学与世界文学研究。

基金项目： 本文系湖南省哲学社会科学基金项目"英语文学中的殖民医学研究"（17YBA343）、湖南省哲学社会科学基金项目"当代印度英语文学中的替代医学书写研究"（22YBA125）阶段性研究成果。

Title: Colonial Psychiatry and Supplementary Medicine in V. S. Naipaul's *The Mystic Masseur*

Abstract: West-Indian-British novelist V. S. Naipaul's novel *The Mystic Masseur* tells the story about the personal development of Ganesha a descendant of immigrants from India. An intelligent boy who loves learning, he grows up to become a doctor. The novel traces his development from a massage master, to a member of Parliament, and a recipient of the British Imperial Medal of Honor. This essay uses colonial psychiatry and supplementary medicine to examine Western colonial medicine and Freudian psychiatry, and to drive forward the point that the poeple of former colonies has more need to be cured mentally than physically, to be cured not with medicine, but with progressive ideas.

Keywords: Naipaul; colonial psychiatry; supplementary medicine; homeopathy

一、奈保尔与殖民精神病学

西印度裔英国作家、诺贝尔文学奖得主 V. S. 奈保尔（V. S. Naipaul）的小说《灵异推拿师》（*The Mystic Masseur*）描绘了英国殖民统治下的加勒比海特立尼达岛（Trinidad），以及一位叫甘涅沙（Ganesha）的印度移民医生的成长过程。他出身贫寒，但经过自身努力，治愈了当地多人的精神疾病，同时也提高了当地小学教育水平、提高了女性社会地位并改善了当地贫穷落后的社会状况。其身份也实现了从生理医师、社会医师到民族医师的身份转变。从殖民精神病学的角度分析该作品，我们可能会发现该作品所描写的不仅是他的个人成长故事，也是主人公甘涅沙反殖民的故事。

临床精神病学是西方现代医学的一个重要组成部分，主要研究人类精神上所面临的各种问题。在理论上，精神病学涉及医学遗传学、心理发育学等社会科学，在临床实践中与心理咨询相结合。同时，学界普遍认为临床精神病学与帝国主义关联紧密，因为它们都产生于同一时期，同时又共享某些推理模式（Mahone et al，2007）[220]，因而以西格蒙德·弗洛伊德（Sigmund Freud）为主的西方学者提出的临床精神病学是帝国医学史的重要内容之一，是为西方殖民扩张和巩固殖民政权服务的医学史（MacLeod et al，1988）[2]，因为临床精神病学在很大程度上为英属非洲或印度的殖民主义提供了一个颇受争议的理由（Mahone et al，2007）[172]。到 20 世纪初，又出现了另一种用临床精神病学解读帝国政治进程的新方法。被称为"印度弗洛伊德"的博斯（Bose）等人所提出了"殖民精神病学"（Colonial Psychiatry）或跨文化精神病学（Keller，2007），用以批判弗洛伊德的临床（帝国）精神病学及西方的种族主义理论的不合时宜性（Chevannes，1995），同时也质疑了弗洛伊德的理论试图强化宗教、神经症和"原始人"之间的联系（Mahone et al，2007）[12]，从而揭示了弗洛伊德的压抑概念和俄狄浦斯情结的文化局限性（Mahone et al，2007）[12]。事实上，殖民精神病学揭示并批判了西方殖民东方的历史及西方如何精神病化土著居民的事实真相。殖民精神病学与临床（帝国）精神病学相对立，其理论又被称为补充医学（Alternative or Complementary Medicine，简称CAM）（Goldrosen et al，2004）。[322] 补充医学或替代医学通常指发生在殖民地的传统医学，因其破碎性、传统性和边缘性而被视为有别于西方现代医学的替代医学。从政治性与社会性讲，补充医学对立于现代西方医学并对后者产生了深远影响。

从历史上看，虽然部分学者倾向于效仿弗朗茨·法农（Frantz Fanon），视殖民精神病学为出于政治动机的伪科学（Mahone et al，2007）[35]，但殖民精神病学确实为分析社会进步提供了一套完整的科学话语，解释了土著群体中从过度温顺到彻底反叛的一系列行为。虽其影响还暂不明显，但一旦涉及大规模的社会秩序时，就很容易发现其中的殖民历史，并且也确实为还原当时的历史真相做出了重大贡献（Mahone et al，2007）[2]。同时，医学史家理查德·凯勒（Richard Keller）也肯定了殖民精神病学的价值与意义，他认为"殖民精神病学为研究精神病学史、殖民主义的科学史以及殖民社会结构对人类心理的影响开辟了新的方向"（Keller，2007）。本文尝试借助补充医学或殖民精神病学对奈保尔的作品进行文化解析，批判帝国精神病学的主观性、侵略性、荒谬性，同时也证实殖民精神学的客观性、真实性、有效性及革命性。

二、特立尼达民众的模式化疯癫

"原始主义一直都被认为是殖民者对被殖民者的一种单向意识形态的投射，是种族和帝国'话语'，是西方学者和西方思想家对所谓的'原始'东方民族形象的理想化描述。"（方克强，2009）[95]在土著形象塑造方面，原始主义起到了重要作用。"在19世纪最后的几十年里，种族成为社会和精神差异的一个越来越重要的标志。"（Deacon，2017）[113]帝国精神病学家利特伍德（Littlewood）认为，在20世纪80—90年代，特立尼达精神疾病被概念化为一种"后殖民的残余"（Mahone et al，2007）[10]。长期以来，西方"文学充斥着将殖民地视为精神病空间的想象"，特别是在欧洲殖民者面临道德危机时尤其如此。约瑟夫·康拉德（Joseph Conrad）的《黑暗之心》（*The Heart of Darkness*）中的主人公库尔兹（Kurtz）就是这样一个神秘而暴力的形象，充分体现土著们的野蛮性对西方社会的影响：殖民者所探索的空间（殖民地，如非洲）虽然充斥着异国情调，但也是展现人类禁忌激情的场所。那些缺乏男性气质、无法抵抗住吸毒、暴力、无聊和酷热气候的殖民者成为"殖民空间"和"殖民心理"的象征。

殖民精神病学家斯龙·马洪（Sloan Mahone）认为，"教育缺乏、高文盲率都会导致土著群体的幼稚"（Mahone et al，2007）[182]。同时特拉瓦格利诺（Travaglino）和凡·龙（Van Loon）、莫里斯·波罗特（Maurice Porot）等学者也认同这一观点（Mahone et al，2007）[182]。奈保尔的小说也多次描述"特立尼达岛上遍地是疯子"（奈保尔，2008）[276]。"从1918年开始，学者们常将'北非思想'描述为'天生幼稚'，无法应对现代文明"，"原始"的北非病人经过"彻底释放本能"，遵循"全有或全无的法则，患上无限的疯狂病症"（Mahone et al，2007）[18]。相反，欧洲精神病人则总能遵循他们所谓的"高级能力"。虽然这些观点在西方文学中很常见，但殖民精神病学家对其准确性提出了质疑，认为"将土著形象浪漫化为'原始'的做法非常危险"（Mahone et al，2007）[18]。

《灵异推拿师》中的故事发生在原英属殖民地特立尼达岛上。它位于加勒比海南部，毗邻委内瑞拉。历史上曾先后沦为西班牙、法国和英国等国的殖民地，直到 20 世纪中后期还一直被英国殖民统治。由于当地劳动力不足，为发展甘蔗种植业，英殖民者先后从非洲、印度等地引入大量移民做种植园的劳工。传统殖民文学一直认为，当地生活条件恶劣、疾病频发，"印籍民众被疟疾等疾病害得羸弱不堪"（Hardiman，106）[12]，尤其是精神疾病现象普遍，因此他们被殖民者类型化为特立尼达精神病人。小说中的甘涅沙是当地印度乡下移民的孩子，从小就被视为资质鲁钝、举止怪异，常被父亲逼着穿上一套卡其布西装并戴上印度小帽，活像个小先生（奈保尔，2008）[12]。由于其行为偏执，"成绩从来只是中游水平"（奈保尔，2008）[13]，被当地人嘲讽为拉穆苏米纳尔的书呆子。长大成人后，他的面貌也没有多少改变。

殖民精神病学家特拉瓦格利诺和凡·龙等都认为"当地土著智力低下，同时还患有精神疾病，这些现象都是西方殖民统治的后果"（Mahone et al，2007）[182]。奈保尔也采用了原始主义来塑造甘涅沙及周围愚笨、精神错乱及偏执的土著形象。这些形象的具体病症都常表现为在工作、学习、生活等方面的行为无价值之特征上。虽然甘涅沙一直都希望自己能够对人生进行深刻的思考，但事实上他所想到的也都是些简单的、稍纵即逝的、毫无价值的小事情上，甚至有时他也害怕自己会真的疯掉。其妻子莉拉（Erlila）也智力低下，虽其父亲莱姆罗甘（Lemrogan）多次夸耀其读书识字的能力，但她坐一整天也就只会填写一些标点符号及语无伦次、错误百出的告示，如"特此，告示。如下；提供：空缺！现在，提供。需要；女性：商店，助手！"（奈保尔，2008）[43]（NOTICE NOTICE，IS. HEREBY；PROVIDED：THAT，SEATS！ ARE，PROVIDED. FOR；FEMALE：SHOP，ASSISTANTS！）（Naipaul，2002）[41]。第一次见甘涅沙时，莉拉就是一幅精神错乱、脏兮兮的样子，躲在镶着蕾丝边的门后偷看甘涅沙，"屋里的玻璃柜台脏了倒显得与环境契合"（奈保尔，2008）[29]。有一次，莉拉计算图书数量时表现异常，"一边把扫帚插在腰上，一边扳起左手指计算"（奈保尔，2008）[6]，招致出租车司机的嘲讽。

马洪认为"上述形象都是疯子"（Mahone et al，2007）[232]，但法农并不认同这一观点，他认为"发疯的不是土著，而是当时殖民制度中的种族主义暴力剥夺了土著们主体性的结果"（Mahone et al，2007）[9]。同时，他"还愤怒地批判了西方学者对土著患者的描绘，并为土著们的反殖民行为去病态化"（Fanon，1996）。殖民精神病学的创立者博斯认为，原本作为人类苦难缓和剂的土著宗教也被西方视为一种强迫性的集体神经症，因而研究者应该精通当地的语言文化，甚至要知晓其当地文化间的细微差别，只有殖民精神学家才有资格对当地土著进行类似的研究。这相当于否定了弗洛伊德等帝国精神病学家们对这一研究领域的研究资格（Mahone et al，2007。）[12]

凡·龙声称，因为土著的短暂而强烈的情绪化状态占据精神的主导地位，因而他们很少患有抑郁症，但他们的行为通常非常幼稚（Mahone et al，2007）[177]。例如，甘涅沙在为父亲奔丧时的表现就被邻人指指点点，"这孩子怕是被这个坏消息给吓懵了，连哭都哭不出来了"（奈保尔，2008）[25]。此外，土著们还表现出想象力丰富、易情绪化等特点，因为"土著们易受主要过程（涉及本能和情感）的引导，而次要过程（涉及计划和理性）基本上仅是一种形式上的存在"（Mahone et al，2007）[175]。由于土著易受欲望驱使，因此他们以高度的自我为中心来行事，甚至亲人间也无所顾忌。如在"婚礼上，甘涅沙和岳父莱姆萝甘两人就大肆对骂、诅咒"（奈保尔，2008）[177]。"你拿了刀，然后双手举着直接插到了我心里……"（奈保尔，2008）[101]此外，土著的社会责任感脆弱，在日常行为中他们的性冲动常占据主导地位，因而其行为很容易被视为精神疾病。帝国精神病学认为当地土著的精神病患者与其他非欧洲人一样，都缺乏个人责任感。如甘涅沙的幼稚行为主要表现在他对书及学习的偏执上，"星期天简直成了他的一种仪式，完美而快乐……"（奈保尔，2008）[92]，以至于妻子莉拉常抱怨，"要不是我看着他，他就会把店给关了，带着他的书跳到床上……"（奈保尔，2008）[77]。因而殖民者所设计的那一套"帝国精神病学"理论，似乎很大程度上在英属非洲或英属印度得到了印证。

特拉瓦格利诺曾多次表示，东西方文化之间并不存在优劣上的差异，而更多地表现为不同性别间的差异。同时他还认为，如果土著在将来才最终会达到西方目前智力水平的话，那就证明西方人一直都怀有一种让人难以接受的傲慢。因而有学者认为，"土著注定也会发展到某种不同形式的文明水平，但无论如何殖民者都需要耐心地理解、研究土著们的心理特征，欣赏其不同文化的内涵及形式，并耐心引导他们缓慢地进化到最终目标"（Mahone et al，2007）[136]。"殖民政策的目标是帮助殖民地最终独立，同时土著也需借助上帝强大之手的指引，在必要时，殖民者应毫不犹豫地指导土著们的发展方向。"（Mahone et al，2007）[24]

马洪进一步认为，新的科学思想赋予了种族以生物学差异，而不是气候发挥了作用（Mahone et al，2007）[24]，也因此否定了莫罗（Moreau）等西方学者的观点，即"气候、文化和疯狂间的关系促成了土著们的疯狂，即炎热的气候导致土著们神经系统的自然退化。因为受气候影响，欧洲人也常会出现精神崩溃的现象"（Mahone et al，2007）[33]。

甘涅沙常外出拜访老朋友毕哈利（Beharry），每当遇到太阳暴晒时，他就常会产生这样一个念头。"太阳很毒辣……要是能用一个巨大的帆布天篷把特立尼达整个儿遮起来就好了。"（奈保尔，2008）[91]当地不仅土著们的发病率高，并且他们患病时的症状也与欧洲已知的精神疾病在性质、症状表现上存在较大的差异。他们的日常生活习性常会被视为病态，例如，甘涅沙一直都有一套独特的做笔记习惯，开始做笔记时都很认真，用漂亮的斜体字记录，但这些习惯往往都难以为继。当笔记到第三、五页时，他就会失去兴趣，字迹越发潦草，最后笔记本也慢慢弃之不用，因而没有任何一个笔记本能被他从头写到尾地记完，也因而这种习惯常常招致妻子莉拉的抱怨："你会把我们变成穷光蛋。"（奈保尔，2008）[93]本来做笔记是个体的常态行为，但到甘涅沙身上却被描述为病态行为。殖民精神病专家特拉瓦格利诺就认为，在热带地区，土著们的行为常态或病态间的区别并不明显。当地病态率很容易超出常态率（Sadowsky，1997）[94-111]，是因为他们的一些常态行为很容易被视为精神病病症，也因而不少西方学者都认为教育的缺乏会导致土著智障者（Mahone et al，2007）[180]。

总而言之，当地精神异常者的行为更多地表现在行为的无价值性上。做了医生的甘涅沙常怀疑自己的能力，"只能看看简单的胃胀、治治关节疼，无法应付有难度的大病"（奈保尔，2008）[80]。因而马洪就认为这样一些不合群、毫无价值、言语邪恶又无逻辑、无情感的形象就是疯子（Mahone et al，2007）[180]。

三、"顺势疗法"与海克特的精神疾病

特立尼达盛行盖伦（Galen）所提倡的教会医学，认为"所有疾病都是上帝惩罚、魔鬼附身或巫术的结果"（Mahone et al，2007）[232]。同时，土著一方面受此暗示的影响，越来越多的民众患上各种精神、心理疾病。另一方面，当地医学讲求内在的超越，主张以动态整体性思维方式把握世界，把个体看成非理性的、情感的、充满欲望的生命整体（连冬花，2007）[15]。因而"当地的阿育吠陀医学系统强调身心间的联系，以及这两种方法在治疗过程中的重要性"（Mahone et al，2007）[180]。另外，奈保尔的小说创作于"通灵师年代"的1946年，甘涅沙结束推拿师职业后，又肩负起通灵师的职责，治愈当地多例精神疾病，迎合了西方对当

地精神疾病的集体想象。

20 世纪 50 年代，生物医学在全世界兴起，与医学工程和生物技术方面的关系紧密。它发展迅猛，成为世界各国竞争的主要领域之一。西医中医患关系一直是医疗意识形态的中心议题。医生掌握这医疗知识、实践和技术，都是医学治疗成功的关键，而病人为获得健康也不得不顺从、迷信医生，在治疗过程中病人仅发挥着补充作用（Marcia et al，1998）[839-841]。而在特立尼达流行的治疗方法中，顺势疗法与西方生物医学中的医患关系截然不同。顺势疗法源自希腊语 homoeo（相似）和 patho（疾病），由 18 世纪的德国塞缪尔·汉曼（Samuel Hahnemann）发明。因其有效性无法用科学的方法来检验，甚至其方法、结果与科学实证、科学原则相冲突（Goldrosen et al，2004）[912-921]，因而一直都被认为是西医之外的一种替代或补充。由于该疗法产生于现代之前，因而就同时具有了前现代性和后现代性两大特征（Stolberg，1999）[103]，与现代西方医学中的压制疗法、对抗疗法（allopathy）等截然不同，它常通过调整人体机能的平衡性，来增强机体的整体痊愈能力，从而获得自身的稳定与平衡，用这种方法，甘涅沙治愈了当时许多生物医学无法治愈的疾病。

甘涅沙所掌握的知识文化，肯定了文化、生物学和心理学间的联系，产生了一种彻底改变精神病学对种族、心理造成影响的方法（Mahone et al，2007）[17]。顺势疗法常依循"同类治疗"的规则，即利用治愈类似病症的药方治愈疾病，以及单一疗法，即所有类似症状疾病的患者都只采用一种措施来治愈（Snyder，2007）[25]。如殖民精神病学所述，土著们的怪异举止实际上都是殖民统治、教育缺乏的结果。当地患者海克特因目睹其兄弟被车撞死后就患上了精神疾病（心理疾病），一直幻想着空中一朵恶魔幻化的黑云在追捕他、惩罚他。顺势疗法原则上遵循"想象的疾病需用想象的疗法"来治愈。在医学伦理关系上，顺势疗法在一定程度上解构了生物医学中的医患关系（Bury，1997）[52]，这是一种"以毒攻毒的疗法"，因为它在医患关系中更多地强调病患者在治疗过程中的积极性，强调通过调整人体机能的平衡来增强机体的整体痊愈能力，以获得自身的稳定和平衡，从而治愈过多种生物医学无法解决的疾病。这与西方现代医学的压制疗法、对抗疗法等截然不同。

特立尼达的风俗一直认为"顺势疗法的行医者无需行医执照，几乎任何个体都可以无限制地进入该领域行医"（Barkan，2017）[18]，小说中最成功的病例就是没有精神疾病医师身份的甘涅沙采用顺势疗法中"同类治疗同类"的方法营造出幻境，治愈了患者海克特关于乌云恶魔的心理幻觉病例。当地人还认为，医师的治疗能力常基于对疾病的诊断能力和预测能力（Dixon et al，1999），相当于"心理医生"及巫术，也类似于西医中的"处方"。同时当地人也认为，"精神和身体没有区别……因而身体治疗可用精神来治疗。医师通常是精通精神治疗者或牧师或魔术表演者"（York，2012）[218-221]。甘涅沙在小说中就曾用此法治愈过妻子利拉的脚伤，"我好像只是碰了碰她的脚，她好像就好了"（奈保尔，2008）[32]，此时甘涅沙也希望通过此法来治愈海克特的心理疾病。

有学者认为，"治疗是一门艺术而不是科学"（Rellecke，1985）[270]。同时，补充医学也认为"优秀的治疗师要接受训练，擅长个性化治疗。因而治疗的艺术和医患关系在改善病人健康状况中起到积极作用"（Dixon et al，1999）。特立尼达的"传统医学常强调协商式医疗（negotiated order），即由患者来讲述其病患的经历及体验，以便改善医患关系及提高疗效"（Rellecke，1985）[39-83]，因而"医师须与患者建立一个开放、谦逊和友好的环境"（Snyder，2007）[87-92]。为达此目的，甘涅沙就非常注意双方交流的技巧和氛围。如治疗海克特前，甘涅沙就请妻子莉拉帮助在病房中营造出阴森恐怖的氛围，"把书桌倒过来……女神像下是一个烛台"（奈保尔，2008）[148]，以促成患者海克特对甘涅沙治疗的信任。同时，甘涅沙也多次给予患者海克特众多非语言性的暗示，如"不停地在笔记本上涂画……黑云下的黑孩子；还画下了一大朵黑云"（奈保尔，2008）[148]。以鼓励他主动描述出幻觉中的恶魔形象。之后甘涅沙还自己扮演恶魔逃离现场，最终获得治疗的效果："妈，它真的走了。"（奈保尔，2008）[159] 斯奈达认为"这种固有的治疗观念是与自然秩序进行新的连接以重获平衡，以此预防、治愈疾病，因而病人可以治愈自己"（Snyder，1991）[16]。最终，甘涅沙借此法成功地治愈了海克特的心理疾病，也帮助其健康地成长。因为有学者认为，"当地医学体系将疾病视为个人成长和转变的机会，而不仅是疾病的治愈"（Snyder，1991）[78]。

在 19 世纪，殖民医学最初也最重要的任务是维护军队、官员、商人、传教士、拓殖者的健康，使其能有效执行殖民任务，殖民当局实施"影响深远的医疗干涉主义"（Arnold，1946）[18]。甘涅沙又不得不肩负起通灵师市场管理者的角色，整顿当地较为混乱的通灵师市场的秩序。因为当地市场中的通灵师通常既无知识也无同情心，几乎全都是骗子，严重败坏了该行业在当地的声誉。经过整顿，该行业的职业水准得到了很大提升，江湖骗子也因此失去了市场。由此甘涅沙在当地声名鹊起，一传十十传百地招来特立尼达几乎所有类似的患者，从岛上各个角落都赶到当地求医，"看病的人都排成了长队"（奈保尔，2008）[181]。

除患者海克特外，还有很多其他患者，如吃任何东西都变针的患者、与自行车做爱的情圣小子等患者，都非常崇拜并追随甘涅沙，甚至还以甘涅沙的名字命名赛马和赛鸽。同时在泉水村，甘涅沙被塑造为能从超自然界中获取权力的圣人，同时甘涅沙还为人谦虚低调，即使总督夫人私下里请教过他，他也从不借此炫耀。同时，关于治疗费用，他也从未对那些穷人提出过费用问题，也没有针对他们专门制定固定的收费标准，随便人们给他什么都接受。甚至穷人因贫穷而无法支付费用时也能获得他的治疗，因而他获得了大家的好评，"而其他通灵师只知道从病人那里赚钱，但甘涅沙是个好人"（奈保尔，2008）[165]。

采用顺势疗法治愈个体的生理疾病的情节，除该小说外，在其他众多殖民地文学中也有所描述，如南美作家加夫列尔·加西亚·马尔克斯（Gabriel Garcia Marquez）的作品《霍乱时期的爱情》（*Love in the Time of Cholera*）中的阿里萨就采用过顺势疗法治愈了当地的民族疾病"相思病"，最终颠覆了西方殖民医学中的公共卫生学（蒋天平，2020）[125-134]。在该小说中，甘涅沙除了利用顺势疗法治愈当了当地的精神疾病及海克特的心理疾病外，还治愈了当地经济落后、女性地位低下、小学生智力低下、当地贫穷等社会疾病或民族疾病，促进了当地社会经济的发展。

四、社会医师：象头神的社会改革

1977 年美国学者恩格尔提出"生物—心理—社会"的这种医学模式，重视个体的生物生存状态和社会生存状态，标志着现代医学模式的诞生。20 世纪初的社会医学认为，医学是一个系统性的社会生物计划，注重政治本身，强调社会公正性，维护社会正义。根据社会公正性原则，社会每个公民有义务提供公共卫生服务，其健康也受公共卫生保护、促进。波特认为，"医学是一门社会科学，政治只不过是较大规模的医学而已。影响个人健康的是来自更大的政治因素，而非医学卫生本身"（Porter et al，1993）[1130-1131]。

波特认为，"爱（affection）不仅指私人的感情或情绪，更是一种个体对不同社会环境的深度社会情绪的表现"（Macleod et al，1988）[57]。在特立尼达的传统文化中，人们认为"在医疗实践中，顺势疗法医师身份灵活"（Stolberg，1999），因而甘涅沙的身份不再局限于生理医师，而更多地被视为具有多重文化身份的社会医师，能同时治愈各种生理、社会的疾病，不仅能治疗精神疾病，而且还能治疗社会疾病，如教育缺乏、愚笨、女性地位低下、经济窘困等问题。相对于生理疾病的治愈，作品更关注甘涅沙对社会疾病的治愈。甘涅沙在治愈社会疾病的过程中，他本人所有的异常行为也都被视为疯癫，而事实上这些行为都只是他试图通过自己的方式来治愈当地民众的生理疾病或社会疾病，以实现其政治理想的尝试。因而在故事结尾，甘涅沙不再是读者所了解的那一名病理学上的精神病患者，而更容易称为一名社会医师或经济文化建设者。

有学者认为，"当地治疗者往往既承担着医学职责也承担着宗教职责"（Tuthill，2016）[8]。因为"宗教通过作用于教徒与普通群众的观念和行为，影响了所在国家生命科学伦理准则的制定"（周晖 等，2012）[17]。因而甘涅沙在治愈当地小学教育的社会疾病后，为促进当地经济水平的发展，为创造当地的幸福生活而采取了一系列行为，如修建象头神神庙来为大众祈福，因为象头神隐喻着"财富、智慧和吉祥"，意味着改善当地人的生活。在印度，每年月圆之际即象头神生日，信众们会准备好各种祭祀用品来祈福，因而主人公甘涅沙被作者取名为象头神，预示当地民众对"财富、智慧和吉祥"的祈愿，希望治愈当地穷困的疾病。事实上，甘涅沙也一直在努力改善当地经济、文化状况和女性社会地位等社会问题。如在房子的平顶上，莉拉又让甘涅沙"砌了一圈带花纹的矮护墙……代表印度象头神甘涅沙……并亲自设计了象头神的形象。"（奈保尔，2008）[185-186]

在当时的西方人看来，土著居民大多都是身体不健全或智障的外国移民，具有劣等基因、无节制的性欲以及极高的生育率等现象，都被视为当地文明未开化、落后的表现。有学者认为，"顺势疗法的诊断既带有详细的病症特性，也具有一个真实的自我，能精确化病症与心理问题之间的联系"（May et al，1998）[173]。甘涅沙在泉水村定居后，终于意识到"印度人的问题就在于，让男孩子受教育，而让女孩子自生自灭"（奈保尔，2008）[102]。如前文所述，波特曾指"爱"除了指向社会情绪外，还指向个体之爱。因而甘涅沙针对妻子莉拉、苏拉杰妈妈等女性治愈或解决各种关于"爱"的问题，如莉拉无生育而缺乏母爱、苏拉杰妈妈多子劳累等问题，都造成女性知识贫乏、地位低下。甘涅沙为治愈女性疾病，通过顺势疗法丰富其文化知识，提升了其身份文化意识。如改善莉拉无知、疯癫的形象，将其变身为身材苗条、穿着纱丽、气质高雅的妇人形象，不再是此前那个脏兮兮的、害羞地躲在窗户后傻笑和偷窥的莉拉了。人物的笑和哭等情绪原本是人际间最基本的情感交流方式，在与甘涅沙相处之后，莉拉面对父亲与丈夫间矛盾争吵时，学会了自觉安抚双方情感、关心家人安危。莉拉还会表现出对甘涅沙行为的鼓励、赞许以及关爱。有时面甘涅沙时，她的眼睛里会泛着泪光，赞许其行为，"当家的，这是我嫁给你以后第二次为你感到骄傲"，甚至还会轻轻地靠在甘涅沙身上（奈保尔，2008）[247]。有时她也会提醒、告诫甘涅沙，"看到我的丈夫和各种低等人因为各种低等的问题而吵来吵去的，我不会开心。我可不想看到你让自己名誉扫地"（奈保尔，2008）[242]。这一关心就意味着莉拉已养成清醒的自我身份意识。经过夫妻双方的努力，莉拉终于改变了此前疯癫、痴傻的形象，提升为当地一名能干、气质高雅的贵妇，同时也消除了夫妻双方间的隔膜与差距，促成双方的爱恋（奈保尔，2008）[81]。最终结果也证实了甘涅沙疗法的有效性。

同时，甘涅沙也接受了莉拉不孕及苏杰妈妈多孕的事实而采用顺势疗法中的多种治愈手段。如莉拉原本无知，她曾质疑过甘涅沙的学识能力，问道："你也会写字吗，先生？"（奈保尔，2008）[81]。针对此类问题，甘涅沙也加强了对莉拉文化知识的教育，同时又结合其擅长家务的特长，安排其"负责一切家务事"，如打理午后的花园、照料奶牛，同时还培训其语言能力、改变其话语中特立尼达土话等，并丰富莉拉的语言内容，帮助她学习标准的英语口语（奈保尔，2008）[82]。很快甘涅沙就将莉拉改造为一名能干、合格的家庭主妇。以至不久后莉拉具有了丰富的知识和思想观念，也能为身为丈夫的甘涅沙安排一些工作，替他出主意了，而甘涅沙也能毫无异议地听取莉拉的意见建议和工作安排。一段时间后，他们最终还是彼此相爱了，尽管他可能不会承认这一事实。因而莉拉的家庭主妇身份是甘涅沙采用顺势疗法治愈（教育）的成果，虽然此前两人的夫妻关系并不好，甚至莉拉有一次吵架后而出走，"我，不能够，生活，在这里，忍受；来自家庭的侮辱！"（奈保尔，2008）[100]（I, cannot; live: here. and, put; up: with. the, insult; of: my. Family！）（Naipaul，2002）[76, 84]而甘涅沙愤怒地咆哮："让她滚！滚吧滚吧！"（奈保尔，2008）[100-101]。

殖民精神病学家斯龙·马洪曾说过："学习不仅是对书本的高度专注，而是更多地关注那些无法解决的问题。"（Mahone et al，2007）[225]因而莉拉无法生育、当地人贫乏知识、精神分裂等，都是甘涅沙无法解决的问题，也是他开始偏执于学习的原因。

> 我们永远不能成为我们希望成为的……我们只会成为我们必须成为的……他成不了一名推拿师；莉拉不能生孩子……等等令人失望的事情，如若发生在别人身上，那人可能就永远消沉下去了，甘涅沙却全身心地投入到事业中去。（奈保尔，2008）[82]

当然，甘涅沙一直对读书和写书怀有极大的兴趣。如果他成了一名成功的推拿师，或是一个大家庭的一家之主的话，他就可能不会如此地偏执于著书立说或治愈当地各种生理或社会疾病了。"因为只有失败的人才能偏执，成就大事。"（奈保尔，2008）[82]虽然作品中甘涅沙被描述为性格偏执，但大多学者认为"任何以愚蠢、不恰当或古怪的方式行事的人都可能被称为疯子，但并不暗示他们是真的疯了"（Mahone et al，2007）[230]，而是只是由于甘涅沙对家乡的爱和建设家乡的梦想而生成的一个个不断学习的过程和形式。

同时，甘涅沙还通过对妻子莉拉、其姊妹苏敏特拉（Soomintra）、朋友毕哈利、岳父莱姆罗甘等的帮助，实现了其由生理医师向社会医师、民族医师的转变和飞跃。在西方，"19 世纪末，医学与生物学都认为，女性的任务就是生育和照顾丈夫，其生育如同动物本能，高生育率就意味着更强的动物性"（李贞德，2012）[236]。生物学家斯达德进一步认为，"土著超强的繁殖力是当时西方优生学焦虑的重点"（蒋天平 等，2015）[85]。"土著人受强大生命功能的驱动，并受感官享受的强烈渴望的驱使"（Mahone et al，2007）[175]，以高度自我为中心，缺乏相应的社会责任感。例如"莉拉的妹妹苏敏特拉（班苏杰妈妈）的孩子一个接一个出生后，她的体态越来越胖"（奈保尔，2008）[95]，这些角色的行为都受欲望驱动，缺乏责任感和理性思维。当初苏敏特拉为她的四胎生育而自豪，但与甘涅沙相处后就不再为此自豪而改变了对自身身份的认识，并计划"造一个崭新的、摩登的灵异推拿师商店"（奈保尔，2008）[32]。莉拉也模仿其计划"想要做一点社会公益工作"（奈保尔，2008）[196]。两位女性思想、形象的转变都是甘涅沙教育改造当地女性的成果。

此外，甘涅沙还努力推动当地经济的现代化。社会建构论认为，"某一思想成为信念而为人们所接受，并不是它具有一定的真理性，而主要依靠宣传和权力，所以两种不同的信念间不存在好与坏的区分，任何一方都不具有优越性"（蒋天平，2020）[131]。殖民地作品常"试图使欧洲的现代性乡土化、使欧洲话语他者化，以显示西方科技的局限性。描述那些与现代化遭遇的情节就能讽刺性地批判西方文明和进步优越性的主张，显示了土著对盲目痴迷西方文化者的否定和批判"（Mohanty，1911）[31]。因而作品中甘涅沙计划出版的报纸杂志都详尽地刊载很多现代化的信息，如古代印度的飞行器、现代性事务、社会公益工作等信息都讽刺批判了西方的现代性，开阔了土著们的眼界。他还举办系列演讲，同时为改善当地经济困境，帮助莱姆罗甘成立了出租车公司、帮助毕哈利开办商店、修建高楼大厦卖电冰箱等，促进当地现代化。此外，在击败政治对手纳拉亚后，甘涅沙还继续执着于写作，创作出《特立尼达指南》，详尽地介绍了当地情况，出版后免费赠送给当地美军基地及当地做生意的美国、加拿大等国的贸易公司及广告公司，给当地带来了旅游业收益，吸引了 5,000 名美军士兵来参观当地的神庙，刺激了当地经济的发展，孩子们也因此第一次吃到了口香糖。对于甘涅沙在泉水村所取得的成绩，好友毕哈利就赞誉其说："看看我们的泉水村，新修的路、我的新商店、自来水管，明年这里就要通电了，都是你的功劳啊。"（奈保尔，2008）[258]同时，毕哈利代表当地人发出了关于甘涅沙去留问题的声音："必须得走。他在这里已经完成了使命，现在上帝在别的地方招呼他了。"（奈保尔，2008）[258] 这一切都证实了甘涅沙在当地社会医师、民族医师的身份。同时，甘涅沙还多次在当地举办讲座来宣传现代知识，"谈宗教和人民"（奈保尔，2008）[195]。这样甘涅沙就把个体之爱最终上升为民族之爱，也因而他最终成为这一时期特里尼达最受欢迎的人物（奈保尔，2008）[262]。

五、结语

甘涅沙在完成由生理医师向社会医师转换后，又继续进行着向民族医师的转换。来到西班牙港后，他很快就调查出当地"儿童基金会"、农场主的土地买卖及罢工事件等活动中的丑闻。同时他还坚定地保持着原来底层社会成员的本色，一次也没参加总督府的鸡尾酒会和晚宴。相反，他还时常向总督府递交议案揭发当地的一桩桩丑闻。同时，他拒绝西方的风俗习惯而力图保持本民族文化，"我必须得去，但我不会理会那些刀啊、叉啊的规矩。我还是会和平时一样用手抓着吃，不管是总督还是其他人都管不着"（奈保尔，2008）[251]。来到西班牙港后，甘涅沙又创建了一种新的政治活动方法，即退场抗议，目的是为当地民族谋利。"他把退场抗议带到了特立尼达，让其变成了一种非常流行的抗议方式。"（奈保尔，2008）[260-262]

甘涅沙通过教师、推拿师、通灵师、国会议员、大英帝国荣誉勋章获得者等身份的转变，证明和宣扬了当地的补充医学文化，如殖民精神病学、推拿师、通灵师、顺势疗法等当地医学的印度性、民族性、有效性，来批判殖民医学中帝国精神病学及其对特立尼达精神疾病形象模式化书写的侵略性、主观性、伪科学性，肯定殖民地本土的殖民精神病学理论的科学性及现实性。

参考文献【Works Cited】

ARNOLD D, 1946. Imperial medicine and indigenous societies[M]. Manchester: Manchester UP.

BARKAN S E, 2020. Health, illness, and society:an introduction to medical sociology[M]. Lanham: Rowman & Littlefield.

BHUGRA D, LITTLEWOOD R (eds). 2001. Colonialism and psychiatry[M]. New Delhi: Oxford UP.

BURY M, 1997. Health and illness in a changing society[M]. London: Routledge.

BYNUM W F, POTER R, 1993. Companion encyclopedia of the history of medicine[M]. London: Routledge: 2:1132.

CHEVANNES B, 1995. The phallus and the outcast[M]. London: Macmillan.

DEACON H, 1996. A history of Robben Island[M]. Cape Town: Western Cape UP.

DIXON D M, SWEENEY K G, GRAY D J, 1999. The physician healer: ancient magic or modern science[J]. British journal of general practice, 49(441): 309-312.

EBRAHIMNEJAD H, 2009. The development of modern medicine in non-western countries[M]. London: Routledge.

FANON F, 1996. Black skins, white masks[M]. Trans. Charles Lam Markmann. London: Penguin.

GOLDROSEN M H, STRAUS E S, 2004. Complementary and alternative medicine: assessing the evidence for immunological benefits[J]. Nature reviews immunology, 4(11): 912-921

HARDIMAN D, 2012. Medicine marginality in South Asia[M]. London: Routledge.

HESSELINK L, 2011. Healers on the colonial market: native doctors and midwives in the Dutch East Indies[M]. Netherlands: KITLV.

KELLER R C, 2007. Colonial madness psychiatry in French North Africa[M]. Chicago: Chicago UP.

LAUBSCHER B J F, 1937. Sex, custom and psychopathology: a study of South Africa pagan natives[M]. London: Routledge.

LAURIOL L, 1938. Quelques remarques sur les maladies mentales aux colonie[M]. Paris: Faculté de Médicine.

LI Z D, 2012. Gender, body and medicine[M]. Beijing: Chinese Publishing House.

MACLEOD R, LEWIS M J, 1988. Disease, medicine and empire: perspectives on western medicine and the experience of European expansion[M]. London: Routledge.

MAHONE S, MEGAN V, 2007. Psychiatry and empire[M]. London: Palgrave Macmillan.

MAY C, SITUR D,1998. Art, science and placebo: incorporating homeopathy in general practice[J]. Sociology of health and illness, 20: 173.

MOHANTY S P, 2011. Colonialism, modernity, and literature: a view from India[M]. London: Palgrave Macmillan.

MARCIA A, KASSIRE J P, 1998. Alternative medicine: the risks of untested and unregulated remedies[J]. The New England journal of medicine, 339: 839-841.

MCCULLOCH J, 1995. Colonial psychiatry and the African mind[M]. Cambridge: Cambridge UP.

MCKINSTRY B, WANG J X, 1991. Putting on the style: what patients think of the way their doctor dresses[M]. British journal of general practice, 41(348):270-278.

NAIPAUL V S, 2002. The mystic masseur[M]. New York: Random House.

PARSONS T, 1991. The social system[M]. London: Psychology Press.

POROT A, 1918. Notes de psychiatrie musulmane[J]. Annales médico-psychologiques, 76:

377-384.

POROT A, SUTTER J, 1939. Le "primitivisme" des indigènes Nord Africains. Ses incidences en pathologie mentale[M]. Marseilles: Imprimérie marseillaise.

PORTER D, PORTER E, 1988. Companion encyclopedia of the history of machine[J]. 2(3):1130-1131.

RELLECKE E M, 1985. Selbstverantwortung und mitbestimmung des patienten bei seiner behandlung[J]. Kommunikationsanalysen ärztlicher Gespräche, 39-83+270.

SADOWSKY J, 1997. Psychiatry and colonial ideology in Nigeria[J]. The Johns Hopkins UP, 71(1): 94-111.

SNYDER L, 2007. Complementary and alternative medicine: ethics, the patient and the physician[M]. Totowa, NJ: Humana.

STOLBERG G, 1999. Patients and homoeopathy: an overview of sociological literature[J]. Med Ges Gesch, 18: 103-118.

TOOTH G, 1950. Studies in mental illness in the Gold Coast[M]. London: The Stationery Office.

TUTHILL M, 2016. Health and sickness in the early American novel: social affection and eighteenth-century medicine[M]. London: Palgrave Macmillan.

VAN LOON F H, 1924. Verweerschrift: de psychische eigenschappen der maleische rassen[M]. Amsterdam: Hesse.

YORK W II, 2012. Health and wellness in antiquity through the Middle Ages[M]. New York: Bloomsbury Publishing.

方克强, 2009. 原始主义与文学批评 [J]. 学术月刊,（2）: 95.

蒋天平, 王亭亭, 2015. 帝国优生学与《三个女人》中的殖民主义思想 [J]. 外国文学研究,（1）: 85.

蒋天平, 2020. 社会建构论下《霍乱时期的爱情》对殖民医学的逆写 [J]. 国外文学,（4）: 131.

李贞德, 2012. 性别、身体与医疗 [M]. 北京: 中华书局.

连冬花, 2007. 社会建构论视角下的中西医之争 [J]. 哈尔滨工业大学学报,（5）: 15.

奈保尔, 2008. 灵异推拿师 [M]. 吴正, 译. 上海: 上海译文出版社.

周晖, 陈小红, 章星琪, 2012. 也谈医学与宗教 [J]. 医学与哲学, 33（2）: 16-18.

杂糅与同化：奥斯卡·王尔德民族身份的阈限性

王 蕊

内容提要： 长久以来奥斯卡·王尔德都被看作一位英国作家，很少有人意识到他实际上是一位爱尔兰人。随着文化研究的深入推进，有关王尔德的身份问题成了近些年学界关注的焦点。本文认为作为英－爱特权阶层的一员，王尔德既不同于本土的爱尔兰人，又不同于本土的英国人。王尔德兼具"爱尔兰性"与"英国性"的双重身份使得他的身份具备一种"杂糅性"，而这种文化身份的混杂正是王尔德建构自己民族身份的策略。由于英－爱阶层的阶级局限性，王尔德的"爱尔兰性"最终未能战胜"英国性"，而是被整合到了"英国性"之中，实现了同化。

关 键 词： 王尔德；爱尔兰性；杂糅；阈限；同化

作者简介： 王蕊，北京外国语大学英语学院博士研究生，主要从事19世纪英国文学研究。

Title: Hybridization and Assimilation: The Liminality of Oscar Wilde's National Identity

Abstract: Oscar Wilde has long been regarded as an English writer, and few people have realized that he was actually an Irishman. With the advancement of cultural studies, the question of Wilde's identity has become the focus of scholarly attention in recent years. As a member of the Anglo-Irish privileged class, Wilde was different from both the native Irish and the native English. The dual identity of "Irishness" and "Englishness" makes Wilde's identity a kind of "hybrid", and this cultural hybridity is precisely Wilde's strategy for constructing his own national identity. Because of the class limitations of the Anglo-Irish, Wilde's "Irishness" failed to overcome "Englishness", and was ultimately integrated into "Englishness" and achieved a kind of assimilation.

Keywords: Wilde; Irishness; hybridization; liminality; assimilation

自20世纪90年代以来，奥斯卡·王尔德（Oscar Wilde）的爱尔兰民族身份对于他个人生活与文学创作的意义引起了研究者们注意，在此之前王尔德一直被大家视为英国作家。与詹姆斯·乔伊斯（James Joyce）、萨缪尔·贝克特（Samuel Beckett）并称为"爱尔兰现代文学三杰"的弗兰·奥布莱恩（Flann O'Brien）曾极力否认王尔德的"爱尔兰性"，宣称他无疑是一个英国作家，只是碰巧出生在爱尔兰而已（Noreen，2004）。评论家莫里斯·哈蒙（Maurice Harmon）和罗杰·麦克修（Roger McHugh）对王尔德的爱尔兰身份也持模棱两可的态度，他们在1982年合著的《英－爱文学简史》（*Short History of Anglo-Irish Literature: From Its Origins to the Present Day*）中尽管承认了王尔德的爱尔兰血统，但却仍旧把他归在英国戏剧史里（Maurice et al.，1982）。在《费尔顿爱尔兰文选》（*The Field Day Anthology of Irish Writing*）中，克里斯托弗·默里（Christopher Murray）承认王尔德利用自己颠覆性的机智来反对英国人的虚伪，但不承认他的作品具有政治和文化上的重大意义（Murray，1991）。然而，迪克兰·基伯德（Declan Kiberd）却将王尔德置于爱尔兰文学和民族历史的中心，他宣称王尔德是"激进的爱尔兰共和党人"，并将他与萧伯纳（George Bernard Shaw）一起视为"爱尔兰文艺复兴的教父"（Kiberd，1991）。关于王尔德身份问题的争议尚未有任何定论，研究者们各执己见、莫衷一是，因而理解王尔德的民族身份成了理解他的个性和文学作品不可或缺的一部分。王尔德在探寻自我发展的道路上，势必受到英国社会主流文化的影响，继承爱尔兰民族文化遗产的同时也在积极构建自己的身份形象。如何看待自己的民族与文化身份，在不断变化的社会中谋求更好的生存发展空间就成为其关注的核心所在。本文将结合王尔德的传记、书信以及文学创作并借鉴霍米·巴巴（Homi Bhabha）的后殖民"混杂"理论对王尔德的民族和文化身份展开探究。

一、凯尔特文化认同：王尔德的"爱尔兰性"

王尔德是英－爱特权阶级的后裔，也就是说，他的祖先是居住在爱尔兰，信奉新教的特权阶层是英国殖民者的后裔。英－爱人始终认为自己与本土爱尔兰人不同，即使是在19世纪他们的权力逐渐衰退时，也仍然自视高人一等，人们经常用"新教优势阶层"来称呼他们。虽然他们为提高爱尔兰人的政治意识做出了很大贡献，但却很难让本土爱尔兰人真正接受和认可（O'Brien，1972）[51]。

但是，这并没有妨碍王尔德对爱尔兰文化的喜爱。他成长在一个对古代爱尔兰文化、民间故事、传说、历史和考古学非常熟悉的家庭。父亲威廉·王尔德

（William Wilde）爵士是一位著名的外科医生，也是一位才华横溢的业余考古学家，爱尔兰皇家学院的成员，曾为爱尔兰国家博物馆的古文物编写过目录，这份目录至今还在使用。王尔德医生的民族主义情感还体现在他对爱尔兰乡村的热爱，他曾在 1864 年发表过题为《爱尔兰的往昔和今日》（"Ireland Past and Present"）的演讲。他在爱尔兰西部曾有一处房产，经常会带全家去那里度假。还在 1867 年出版过一部关于爱尔兰西部的克里布湖（Lough Corrib）和马斯克湖（Lough Mask）的书籍。王尔德幼时经常跟随父亲深入爱尔兰西部收集民间故事，这使他有机会直接感受到爱尔兰民间文化，据王尔德的儿子维维安·霍兰德（Vyvyan Holland）①回忆，他父亲曾用盖尔语为他哼唱过爱尔兰民谣。爱尔兰民间故事以及爱尔兰的口头文学传统为王尔德日后的文学创作积累了素材和灵感。

父亲对王尔德的影响更多的是在爱尔兰的自然和人文历史方面，而母亲王尔德夫人则十分激进，她对王尔德的影响则更多地表现在政治层面。王尔德夫人是爱尔兰民族主义诗人，曾支持"青年爱尔兰"（Young Ireland）运动。这个 19 世纪40 年代兴起的爱尔兰民族主义运动，由一群知识分子发起，主张研究爱尔兰历史和复兴爱尔兰（盖尔语）语言，以此作为发展爱尔兰民族主义和实现独立的一种手段。他们强调不同宗教教派可以共享爱尔兰的独特历史和文化，表达一种新的爱尔兰文化民族主义的诉求。其领袖托马斯·奥斯本·戴维斯（Thomas Osborne Davis）被称为爱尔兰的第一位民族主义思想家。其核心刊物是《民族报》（The Nation）。其他主要代表人物还有约翰·布莱克·狄龙（John Blake Dillon）和约翰·米切尔（John Mitchel）。

王尔德夫人曾以笔名"斯波兰扎"（Speranza）在《民族报》上发表了许多爱国主义诗篇。她曾在写给友人的信中提到过给小儿子取名为奥斯卡的原因就是希望他能够像爱尔兰的传奇英雄奥辛（Oisin）一样拯救爱尔兰。王尔德夫人也是一位社交名人，经常在家中举办文化沙龙。在他们家位于都柏林梅里恩广场（Merrion Square）1 号的大房子里，曾经云集了包括作家、大学教授、演员、政府官员和音乐家等众多社会名流。19 世纪爱尔兰著名灵异小说家谢里登·勒法努（Sheridan Le Fanu）、爱尔兰民族诗人威廉·叶芝（William Yeats）、被誉为"吸血鬼"小说之父的爱尔兰小说家布莱恩·斯托克（Bram Stoker）、因写作爱尔兰题材小说而闻名的小说家玛利亚·埃奇沃思（Maria Edgeworth）等都是王尔德家的座

---

① 王尔德与康斯坦斯·劳埃德（Constance Lloyd）于 1884 年成婚，婚后育有两个儿子分别是西里尔（Cyril）与维维安（Vyvyan）。后来王尔德因同性恋入狱后，妻子和两个儿子改姓霍兰德（Holland）。

上宾。王尔德夫人也经常鼓励儿子坐在客人中间聆听他们高谈阔论，王尔德侃侃而谈，妙语连珠的语言魅力，一方面是因为天赋，但更多的是得益于他自小所受到的这种文化熏陶。在以后的创作中，王尔德塑造过许多幽默善谈的角色，他们总是能够在饭桌上谈笑风生，毫不费力地成为社交场合的焦点人物。

父母的言传身教激发了王尔德的民族意识，年幼时王尔德便已经展露出了爱国主义热情。1868 年，在爱尔兰的普托拉学校（Portora School）就读时只有 13 岁的王尔德曾写信给母亲询问有关于她发表在《国家评论》上的新诗的情况。王尔德急于想读到母亲的新诗，是因为那首诗拥有一个具有爱国主义精神的题目——《给爱尔兰》（"To Ireland"），王尔德夫人在诗中呼吁人们吹响反叛的号角（艾尔曼，2015）[4-5]。她在自己诗集的题献词中写道，"献给我的儿子威利和奥斯卡·王尔德：'我要他们清清楚楚地说出国家这个词，我教育他们，毫无疑问，在国家需要时，人们应该为它而死'。"（艾尔曼，2015）[6] 王尔德夫人不仅把自己的爱国主义热情，还将她通过文学创作传达民族主义情感的决心传递给了王尔德。

王尔德的首部剧作《薇拉，或虚无主义者》（Vera, or the Nihilists）便流露出作为斯波兰扎的儿子应有的政治敏感性。弗朗西斯·米利安·里德（Frances Miriam Reed）认为自由这个主题对王尔德来说是最自然的选择，作为爱尔兰民族诗人的儿子，他是一位富有关怀和同情心的人（Reed，1985）。剧中女主人公薇拉对沙皇专制的痛恨与反抗也映照出王尔德对于英国殖民统治的不满，以及希望把爱尔兰从英国的专制统治中解放出来的强烈愿望。在寄给女演员玛丽·普蕾丝科特（Marie Prescott）的信中，王尔德写道："关于这个剧本（指《薇拉，或虚无主义者》），我想用艺术的形式表达人们渴望自由的强烈呼声，在如今的欧洲，这种自由的呼声正在对王权造成威胁，使从西班牙到俄罗斯，从北方海域到南方海域的各个政府产生动荡。"（Holland et al，2000）王尔德借剧中沙皇继承人的口说出对自由的渴望，"自由的星星已经升起来了，我听见远处民主的汹涌波涛正在冲击着这片该死的海岸"（王尔德，2009a）[505]。王尔德认为"爱尔兰民族曾是欧洲最贵族化的民族，但随着英国人的入侵，爱尔兰的艺术就走到了尽头，它已经灭亡了七百多年。我很高兴它已经不复存在，因为在一个暴君的统治下，艺术是不可能生存并蓬勃发展的"（艾尔曼，2015）[269]。作为共和主义的支持者，王尔德坚信只有摆脱英国的殖民统治，实现民族独立后，爱尔兰的民族文化才能够重获新生。正如王尔德在北美的路易斯维尔（Louisville）的演讲中所说："的确，我是一个彻底的共和主义者，其他的政府形式不会如此有利于艺术的发展。"（艾尔曼，2015）[269]

　　1882 年，王尔德在美国长达一年的巡回演讲中多次向美国听众讲述英国帝国主义对爱尔兰人民及其文化的暴力摧残。王尔德在圣保罗（St. Paul）向当地听众介绍了他母亲的著作，认为理解她母亲在 19 世纪 40 年代参与的反殖民运动，对任何想要理解爱尔兰历史的人都是必要的。他强调了他的祖国所长期遭受的帝国主义的暴力掠夺，以及残酷的殖民行径对爱尔兰所造成的沉重的文化损失，称"英国摧毁了爱尔兰七百多年的文化，预言爱尔兰将会再次崛起并重新获得它在欧洲列国中的骄傲地位"（Morris Jr.，2013）[127-128]。在旧金山等地，王尔德又以《1848 年的爱尔兰诗人们》（"The Irish Poets of 1848"）为题发表了多次演讲，抒发了自己的故国之思，追忆了当时有名的爱尔兰诗人，提到他们经常光顾他母亲在都柏林梅里恩广场的大房子里举办的沙龙，其中包括查尔斯·加文·达菲（Charles Gavan Duffy）、约翰·米切尔（John Mitchel）和史密斯·奥布莱恩（Smith O'Brien）等人。王尔德称赞他们是 19 世纪爱尔兰最伟大的诗人，并指出韵律作为现代诗歌的基础完全是爱尔兰的发明。王尔德的言论表明了他从内心对爱尔兰的文化十分认同，同时又对英帝国主义对爱尔兰文化的破坏感到无比痛惜。

　　1889 年 4 月，王尔德曾以 O. W. 为署名在《波尔美尔街公报》（*Pall Mall Gazette*）发表了一篇题为《弗劳德先生〈关于爱尔兰〉的蓝皮书》（"Mr Foude's Blue Book"）的评论文章，批评了詹姆斯·安东尼·弗劳德（James Anthony Froude）小说中关于爱尔兰历史的错误表述。弗劳德是英国历史学家、传记作家，在政治、社会、道德以及宗教问题上深受托马斯·卡莱尔（Thomas Carlyle）的影响。他提出殖民地是解决英国社会问题的唯一途径，认为帝国联合最终必须建立在殖民地同意的基础上。弗劳德所著的爱尔兰问题小说《邓博伊的两个首领》（*The Two Chiefs of Dunboy*）围绕生活在 18 世纪爱尔兰科克郡班特里湾（Bantry Bay）沿岸的两兄弟展开。在小说中，他将爱尔兰人塑造成柔弱不能自治的民族，并反对爱尔兰的民族独立，支持英国对爱尔兰的殖民统治。王尔德认为"他所描写的爱尔兰已不复存在"（王尔德，2009b）[178]，如今的爱尔兰已经完全不同，"如果弗劳德先生想用他这本书来帮助保守党政府解决爱尔兰问题，那他完全是缘木求鱼"（王尔德，2009b）[178]。弗劳德的小说只能是"作为一种记录，说明一个条顿民族要统治一个不愿被统治的凯尔特民族之不可能"（王尔德，2009b）[178]。

　　在王尔德看来，英国对爱尔兰的殖民统治是建立在种族歧视和宗教偏见基础之上的，这样的统治是不可能实现的，因为"爱尔兰所要求的，显然是一个全新的国家，具有她自己相同的种族和宗教的国家"（王尔德，2009b）[175]。英国当局蔑视爱尔兰民族主义者，认为他们的力量弱小，难成大事。但在王尔德看来，恰恰相反，爱尔兰民族主义者的力量十分强大，他们深知"本民族力量的秘密和英国的弱点"（王尔德，2009b）[173]，并且懂得积蓄力量，等待时机集中行动。王尔德的观点也呼应了恩格斯对爱尔兰问题的论述："只有爱尔兰人，英国人没有把他们制服。原因在于爱尔兰种族的异乎寻常的韧性……他们似乎总是从骑在他们头上压迫他们的异族驻军那里汲取了主要的力量。"（恩格斯，1987）王尔德以他一贯的反讽语气讽刺了英国对爱尔兰"愚蠢的"统治，并对爱尔兰民族主义者寄予了厚望。

王尔德在文章中提到在当时的爱尔兰社会发展中出现了一种新的因素，"这个因素就是爱尔兰－美国人及其影响"（王尔德，2009b）[173]。而这个"爱尔兰－美国人"群体便是美国的"芬尼亚兄弟会"（Fenian Brotherhood），这是 1859 年由约翰·奥马霍尼（John O'Maholny）在纽约成立的爱尔兰民族主义革命组织，以爱尔兰历史上一个英勇的部落"芬尼亚"（Fenian）命名，参加者多数为城市小资产阶级和平民知识分子，其目的就是要推翻英国对爱尔兰的统治。19 世纪 50 年代末参加这个秘密组织的多是在美国侨居的爱尔兰流亡者，后来又有爱尔兰共和派兄弟会（Irish Republic Brotherhood）的成员。该组织提出推翻英国在爱尔兰的统治，建立独立的爱尔兰共和国，废除大土地所有制，把租佃农民变成他们所耕种的土地的所有者，并借助武装起义来实现自己的政治纲领。

王尔德虽然没有参与过这场运动，但他曾在 1897 年致信给参与过芬尼亚运动的迈克尔·达维特（Michael Davitt）[①]，向他控诉英国监狱的非人待遇，"没有任何人比你更清楚英国监狱的生活有多么可怕，愚蠢的官僚主义和愚昧的中央集权所造成的后果有多么严酷"（王尔德，2009c）[300]，并谴责了历届英国政府对爱尔兰的高压统治。王尔德还在信中惭愧地说道："我的生活内容是麻木的享乐和强烈的实利主义，既有愧于艺术家的称号，更不配做我母亲的儿子……我的信不需要回信，我的信只不过是表达一个愿望而已。"（王尔德，2009c）[300] 信中内容可以看出王尔德十分钦佩达维特的爱国主义义举，更是将自己对爱尔兰未来的希望寄托在了芬尼亚党人的身上。在《社会主义下的人的灵魂》中，王尔德声称："不服从，这在任何读过历史的人眼中是人类的最早美德。正是由于不服从，由于反抗，才有了进步。"（王尔德，2009b）[291] 这也呼应了戴维特的主张，即爱尔兰民族主义者只能

---

① 迈克尔·达维特是爱尔兰政治家，屡次因参加芬尼亚运动、爱尔兰争取民族独立运动、土地联盟等活动而遭到监禁，1870 年因谋反罪被判处十四年徒刑。出狱后，达维特又与爱尔兰民族主义运动领袖查尔斯·斯图亚特·帕内尔（Charles Stewart Parnell）一起成立了爱尔兰土地同盟，开展对抗爱尔兰地主的运动。

通过长期的反殖民斗争才能从英国人手中获得让步，因为爱尔兰早期的民族运动是将英格兰作为军事占领力量和政治压迫者来反抗的。

二、宗主国文化认同：王尔德的"英国性"

如果说王尔德的凯尔特文化认同更多地是来自家庭文化的熏陶，那么对于宗主国的文化认同则是出于一种主动融合的模仿。霍米·巴巴在《文化的定位》（ *The Location of Culture* ）中指出："在从殖民想象的高级理想向其低级的模仿性文学效果转折的这种喜剧性中，模拟就以一种最使人难以捉摸和最为有效的殖民权力和知识策略的形式出现了。"（Bhabha，1994）"模拟"（mimicry）的其中一个层面便是被殖民者对殖民者文化的模拟。王尔德对英国文化的模拟经历了从语言到思想再到文化意识层面的过程。

对语言的刻意练习开启了王尔德向宗主国文化"模拟"的第一步。弗朗兹·法农（Frantz Fanon）认为语言具有可怕的威力，"说话就是能够拥有某种句法，掌握这种或那种语言的词法，但尤其是承担一种文化，担负起一种文明"（法农，2005）[8]。王尔德从都柏林圣三一学院（Trinity College Dublin）来到牛津大学莫德林学院（Magdalen College，Oxford）后很快适应了牛津的生活，这得益于他对语言的敏感性。约书亚·麦科马克（Jerusha McCormac）认为"考虑到王尔德的爱尔兰背景，尤其是他母亲还参与了民族主义的政治事业，他初来牛津之时便已经深谙帝国的官方习语"（McCormac，2015）[18]。来自殖民地的王尔德，在心理上天然地有着文化的自卑感。正如法农所说："一切被殖民的民族——即一切由于地方文化的独创性而进入坟墓而内部产生自卑感的民族——都需要面对开化民族的语言，即面对宗主国的文化。被殖民者尤其因为把宗主国的文化价值变为自己的之后更要逃离他的穷乡僻壤了。"（法农，2005）[9] 为了融入英国社会掩藏自己的爱尔兰民族身份，王尔德改掉了自己的爱尔兰口音，练就了一口清晰地道的英语。王尔德自己也曾说"我的爱尔兰口音是我在牛津忘掉的诸多东西之一"。据很多友人回忆，王尔德的口音已经听不出他是爱尔兰人了，叶芝评价"王尔德那完美的句子似乎是花了一夜时间费心撰写的，然而又像是全然自发的"（艾尔曼，2015）[56]。

除了对英语发音的模仿，王尔德还进一步深入模仿英国的思想精英。在《深渊书简》（ *De Profundis* ）中，王尔德提到他人生的两大重要转折点：一个是被判入狱，另一个则是父母送他去牛津大学读书。牛津大学聚集了当时英国社会的众多思想精英，王尔德形容牛津大学是"英格兰最美好的事物"。对王尔德影响最深的两位老师当属约翰·罗斯金（John Ruskin）[①]和瓦尔特·佩特（Walter Pater）[②]，罗斯金有关美学与道德的思考以及佩特对美的推崇在王尔德的思想中都留下了痕迹。"对于王尔德来说，这两人就像是两位使者，在不同的方向召唤他。"（艾尔曼，2015）[73]罗斯金激发了他的道德感，佩特则激发了他的美感。在跟他们的接触和学习中，王尔德逐渐形成了自己的唯美主义思想，成为英国唯美主义的代言人。王尔德于1882年在北美的巡回演讲也进一步说明了他作为英国唯美主义代表的重要地位。王尔德在美国演讲的许多主题都是关于"英国的文艺复兴"或者"美学与生活的关系"，这些思想更多的是承接自罗斯金、佩特、拉斐尔前派（Pre-Raphaelite Brotherhood）[③]以及詹姆斯·惠斯勒（James Whistler）[④]。虽然美国的听众不甚了解，但英国听众却批评他的思想毫无新意。惠斯勒甚至直接谴责王尔德抄袭，称"［王尔德］从我的拼盘中偷取李子，制成布丁，到各处叫卖"（转引自哈里斯，1996）[50]。王尔德的传记作者弗兰克·哈里斯（Frank Harris）也认为"这个指责是公正的"，像"艺术家的目的不是要复制美，而是要创造美……一幅画是完全装饰性的东西"之类的词句可以说明他的模仿痕迹（转引自哈里斯，1996）[50]。王尔德并不否认惠斯勒所指控的"抄袭"行为，因为这本身就是他所乐意为之的事情。对英国文化的认同，使王尔德尽一切努力去吸收来自英国社会的思想精华并为己所用。

[①] 约翰·罗斯金，英国作家、艺术家、艺术评论家。他因《现代画家》（*Modern Painters*）一书而成名，书中讨论了艺术和美的问题。他认为艺术不能脱离生活，同时也强调美的道德含义。

[②] 瓦尔特·佩特，英国作家、批评家。他于1873年出版了《文艺复兴研究》（*The Renaissance*），提出"为艺术而艺术"的美学主张。他认为艺术的目的在于培养人的美感，寻求美的享受，而不应受社会或道德观念的制约。

[③] 拉斐尔前派是1848年在英国兴起的美术改革运动，主要代表性人物有威廉·哈勒姆·亨特（William Halman Hunt）、约翰·埃弗雷特·米莱斯爵士（Sir John Everett Millais）和但丁·加布里埃尔·罗塞蒂（Dante Gabriel Rossetti）。拉斐尔前派画家拒绝遵循学院派的古典主义规则，也不接受19世纪中叶维多利亚式的共识，受到中世纪及文艺复兴早期的画家们的影响，他们渴望拉斐尔时代以前的那种色彩鲜艳而淳朴的绘画风格。拉斐尔前派启发了王尔德的唯美主义思想，王尔德继承了拉斐尔前派崇尚色彩，形式以及诗画结合的理念。

[④] 詹姆斯·惠斯勒是美国画家但长期定居英国，1875年他同著名评论家约翰·罗斯金的官司成为世界画史上的佳话，19世纪80年代作为唯美主义和印象主义画家受到广泛关注。主张绘画仅只需要取悦于眼球，而不应指望绘画来讲述故事或复制自然。对他而言，线条、形式和色彩的和谐布局远重于精确的细节。惠斯勒的美学理念后来影响了欧洲的艺术潮流，对世界艺术的发展方向产生了重要的推动作用。王尔德的一些印象诗，如《在金色的房间：一种和谐》（*In the Gold Room: A Harmony*）就是基于惠斯勒的画作而创作的，用语言本身的魅力描述对画面的印象。

王尔德在模仿英国文化的同时，不自觉地内化了宗主国的殖民主义思想意识，在他的作品中也流露出一种帝国中心主义的心态。王尔德的长篇小说《道连·格雷的画像》（*The Picture of Dorian Gray*）在开篇对画家贝泽尔的画室的环境描写中，便向读者揭示了主人公作为大英帝国子民的优越感。

> 亨利·沃登勋爵躺在用波斯毡子作面的无靠背长沙发上，照例接连不断地抽着无数支的烟卷。他从放沙发的那个角落只能望见一丛芳甜如蜜、色也如蜜的金链花的疏影，它那颤巍巍的枝条看起来载不动这般绚丽灿烂的花朵；间或，飞鸟的奇异的影子掠过垂在大窗前的祚丝绸①长帘，造成一刹那的日本情调，使他联想起一些面色苍白的东京画家，他们力求通过一种本身只能是静止的艺术手段，来表现迅捷和运动的感觉。（王尔德，2009d）⁵

贝泽尔·霍尔渥德的画室里汇集了来自波斯（今伊朗）的布料和中国的丝绸，还有后面联想到的日本画家。波斯、中国和日本三者之间看似毫无联系，但在19世纪他们都和英国有着密切的关联。英国爆发工业革命后，对原料和商品倾销市场都有了更大需求，随之开始掠夺世界上的落后国家。19世纪70年代开始了自由资本主义向垄断资本主义的过渡，由此也掀起了资本主义列强争夺世界殖民地的高潮。此时的亚洲"虽经英、法、俄等殖民者抢掠，但仍有48%以上的领土未被瓜分，其中主要集中在中近东的伊朗和阿富汗、远东的中国和朝鲜半岛……。到90年代末，这些地方基本成为列强的殖民地和半殖民地"（施兴和，1999）。

英国在向资本主义垄断阶段过渡的过程中与其他列强展开了激烈的对抗，特别是与俄国争夺波斯的市场，在英、俄的争夺和占领下波斯逐渐沦为了半殖民地国家。为了扭转由丝绸、茶叶等造成的巨大贸易逆差，英国又向中国先后发起了两次鸦片战争，使中国沦为了半殖民地半封建国家。日本的绘画艺术能引起英国人的注意，也是与19世纪末日本在国际竞争中的地位日渐突显有关。1868年明治维新以后日本的资本主义得以迅速发展，并疯狂对外进行侵略。为了与俄国争夺朝鲜半岛和中国的东北三省，日本开始向英国靠拢，加上英俄还在中国争夺铁路修建权。英国为了维护自己在远东的殖民利益，放弃了曾经的"光荣的孤立政策"，选择与日本联盟，最终在1902年与日本签署了同盟条约。小说中贝泽尔画室里出现

---

① 译文中"祚丝绸"应该是译者笔误应写作"柞丝绸"，是用柞蚕丝织造的丝织物。柞蚕丝是我国特有的天然纺织原料之一，光泽柔和，手感柔软，常用作各种衣着面料和装饰用织物。

的异域商品以及"异国情调"是英帝国殖民扩张所带来的"胜利果实",因此,贝泽尔的画室折射的不仅是英国人的帝国优越感,还有英帝国海外殖民扩张的历史,更暗含了小说作者王尔德对英帝国的身份认同感。

三、文化身份的混杂:王尔德的"阈限性"

"阈限的"(liminal)一词是指处在两个或多个空间或时间领域之间的一种不确定的存在状态。这个概念由法国人类学家阿诺德·范·哲纳普(Arnold Van Gennep)提出,后来经维克多·特纳(Victor Turner)深化和发展,用来描绘人们在人生礼仪(Rites of Passage)中模糊的位置、身份和精神状态。霍米·巴巴又进一步将这一概念引入到后殖民文化批评中,并提出了"之外的"(beyond)、"之间的"(in-between)、"含混的"(ambivalence)、"混杂的"(hybrid)等一系列具有后现代主义的不确定性特征的概念。霍米·巴巴认为被殖民者和殖民者之间的关系并不是简单的二元对立,而是与殖民者共同参与了形成自身文化特质的过程,这种文化特质既不是纯粹殖民者的,也不是纯粹被殖民者的。正是在这种"阈限的"空间内,文化的差异实现了某种融合,对文化和民族身份的想象性"建构"才因此具有了实现的可能性。巴巴尤其强调被殖民者的能动性(agency),致力于发掘一种对殖民话语具有颠覆性的"模棱两可的"或"含混的"话语。它既对宗主国的话语有着某种模仿性,但又有所不同,从而进一步解构和颠覆宗主国的殖民话语。由于出生在爱尔兰的英-爱特权阶层,这一情况也注定了王尔德既不可能成为一个纯粹的爱尔兰人,也不可能成为一个纯粹的英国人。王尔德的孙子梅林·霍兰德(Merlin Holland)评价他是一位"具有民族主义同情心的盎格鲁-爱尔兰人,具有终身天主教倾向的新教徒"(Holland, 2000),因此王尔德是一个徘徊在"阈限"空间里的人。正如西蒙·托米(Simon Tormey)所说,王尔德"是一个喜爱临时身份胜过固定身份的人"(转引自伊格尔顿,2014)[54],他的文化身份始终具有"含混性"。

王尔德的"阈限性"首先体现在他"含混的"语言风格上。虽然使用英语进行写作和交流,但王尔德的语言风格却是爱尔兰特色的。他的语言机智幽默,充满了反讽和悖论,使他的真实意图难以捉摸。王尔德曾经说,"撒克逊人从我们手中夺走了土地,使它荒芜,而我们夺走了他们的语言,并为其增添了新的美"(qtd. in Morris Jr., 2013)[141]。像生活在爱尔兰的其他同胞一样,王尔德被迫使用着非本族语言英语进行交流,因而"他们用生动和大胆这两种特性重新改造了这种语言，并在这个语言中打上了他们自己语言模式的烙印"（伊格尔顿，2014）[52]。王尔德那些夸张甚至故意反常的荒谬言辞，实际上是对英语中那些陈词滥调的故意违背，是"一个殖民地居民对帝国家长式腔调的报复"（伊格尔顿，2014）[54]。在伦敦，来自爱尔兰的作家与英国本土作家实际上是不平等的，虽然这种等级差异并没有公开表达，但是来自宗主国对殖民地的种族歧视仍然是潜移默化的。西莫斯·迪恩（Seamus Deane）指出从贝克特到王尔德几乎大部分英-爱作家都急于展示自己语言的灵活性，以此来证明他们对于宗主国语言的掌控能力。语言既是他们的创造也是他们创造的动力（Deane，1991）。在殖民语境中，被剥夺权力的一方通常会把语言作为武器。为了生存和自我保护，被殖民的爱尔兰人通常会采用含混的或者虚构的表达方式。

在《谎言的衰朽》（The Decay of Lying）中，王尔德借主人公维维安（Vivian）之口指出："艺术对事实绝无兴趣；它发明、想象、梦想；它在自己和现实之间保持了不可侵入的屏障，那就是优美的风格，装饰性的或理想的手法。"（王尔德，2009b）[336] 特里·伊格尔顿（Terry Eagleton）认为语言是赋权的来源，是压迫的替代品。王尔德对语言的使用有着爱尔兰渊源，在爱尔兰语境中，语言将事实转换为虚构，实现在现实中无法获得的自由。王尔德将想象凌驾于现实之上，反映了爱尔兰被殖民和受约束的地位（伊格尔顿，2014）[320-41]。萧伯纳认为英国人与爱尔兰人的最大区别就是英国人过于严肃和缺乏幽默，而王尔德正是抓住了这一点并对此大加调侃。他的机智幽默将英国人逗乐的同时，也使他们意识到自己的严肃和无趣。王尔德的悖论性言辞，以及他的机智幽默是他对英国话语的颠覆性"模拟"，旨在解构宗主国的文化权威。

其次，王尔德的"阈限性"还体现在他"含混的"身份立场上。王尔德很善于利用身份归属问题来为自己谋取利益。当他因自己的戏剧《莎乐美》（Salomé）在英国遭到禁演后，公开宣称是与英国人不同的爱尔兰人；在北美演讲时为了讨好在美国的爱尔兰同胞们，他特意强调自己在爱尔兰的成长背景。但是面对美国听众，王尔德又自称是英国的唯美主义专家，很多时候又为自己作为英国人而感到骄傲。1882 年 5 月凤凰公园谋杀案（Phoenix Park murders）① 发生后，美国记者曾就此事件采访当时正在美国演讲的王尔德，王尔德告诉记者："当自由的手降临

---

① 1882 年 5 月 6 日爱尔兰新上任的政务司长弗雷德里克·卡文迪什（Frederic Cavendish）和托马斯·伯克（Thomas Burke）次官在都柏林凤凰公园被民族主义恐怖集团"不可被战胜者"暗杀。该集团是由来自原爱尔兰共和兄弟会会员组成的秘密会社，同年还发生了其他多起暗杀事件。

时，很难和她握手。但我们忘记了英国该承担多少责任。她正在收获七个世纪以来的不公正的果实。"（qtd. in Morris Jr., 2013）[168] 显然王尔德对此事的态度也是暧昧的，他一面谴责暗杀但同时又为暗杀进行辩护。王尔德对自己身份的暧昧态度也是由他出身的阶级局限性造成的，身为英－爱特权阶层，他们一方面痛恨英国殖民统治的压迫，但另一方面他们又惧怕彻底的革命会剥夺他们在爱尔兰的特权，因而他们通常左右摇摆，立场飘忽不定。作为英－爱阶层的一员，王尔德生活在英国和爱尔兰两种文化之间，也徘徊在两种身份认同之间，因而处于一种不确定的身份状态之中。

最后，在"阈限的"空间里，王尔德试图将自己身为英－爱特权阶层的不确定地位转化成一种强势地位，尝试将其"爱尔兰性"整合进"英国性"之中。在童话故事《少年国王》（*The Young King*）里，王尔德借国王的梦境隐喻了英帝国的海外殖民。王尔德在创作中将爱尔兰"他者"替换成了欧洲之外的东方"他者"。故事中少年国王为准备自己的加冕服饰，派人去到埃及、波斯、印度等地寻找宝物。为了权杖上的珍珠装饰，他们强迫黑人奴隶一次次地下到波斯湾里寻找珍珠。其中黑奴的头领还杀死了当地的阿拉伯人。黑人对阿拉伯人的仇恨要早于欧洲人，因为历史上阿拉伯人是最早进行黑奴贸易的。当欧洲人卷入黑奴贸易后，他们又充当中间商，将黑奴转卖给欧洲人。据统计，在阿拉伯帝国时期（632—1258 年），阿拉伯人从非洲差不多抓走了 1,300 万黑奴，而后来阿拉伯人卖给欧洲人的黑奴约有 1,000 万。到了 16 世纪后半叶英国加入了黑奴贸易[①]，并在 18 世纪成为黑奴贸易的最主要国家。1700 年，英国从非洲贩卖的奴隶数量上升到每年 9,000 个，在 18 世纪的最后十年里，其增长速度大约是这个数字的 5 倍（Curtin, 1968）。在 19 世纪欧洲殖民者纷纷进驻苏丹建立商业公司并向苏丹北部的阿拉伯人提供武器，协助他们逮捕苏丹南部的黑人进行奴隶贸易。英国还利用苏丹南部黑人对北部阿拉伯人的仇恨挑起了苏丹南北之间的矛盾使得双方展开交战。王尔德虽然借少年国王之口谴责了殖民掠夺的残忍，但同时又借朝臣之口为殖民掠夺进行了辩护。"难道一个人没有见过播种人就不该吃面包，没有跟葡萄园丁谈过话就不应该喝酒吗？"（王尔德，2009d）[396-397] 这种对待殖民掠夺的暧昧态度，恰恰是王尔德将其"爱尔兰性"整合进"英国性"的表现。王尔德将爱尔兰"他者"替

---

① 1562 年，英国商人兼航海家约翰·霍金斯（John Hawkins）在西非的塞拉利昂捕捉了 300 名黑人，用"耶稣号"航船送到西印度群岛出卖，并在那里交换珍珠、兽皮和糖，从而开始了英国的奴隶贸易。他的航行利润如此丰厚，以至于伊丽莎白女王对他的开创活动大加赞赏并封他为爵士。

换成东方"他者"，这样以英国"之外的"（beyond）身份他既能去谴责英国的殖民行径，又能为英国进行辩护。

这种对殖民主义的"含混的"态度，正是王尔德为自我身份建构探索的一条中间路线。他将自己的"爱尔兰性"置于"英国性"的框架内，也就说他的"爱尔兰性"是依附于"英国性"而存在的。王尔德在美国演讲时将英－爱关系与美国内战中的南北关系类比，"在我看来南方在内战中的情况与今天的爱尔兰很相似，这是一场争取自治和自由的斗争"（qtd. in Morris Jr., 2013）[182]。他认为爱尔兰是应该归属于大英帝国的，称"我不希望看到帝国被肢解，而只希望看到爱尔兰人民获得自由，而爱尔兰仍然是大英帝国自愿的、不可分的一部分"（qtd. in Morris Jr., 2013）[182]。虽然王尔德支持爱尔兰争取自由和自治，但他同时也认为帝国的完整性至关重要，"在这个其他国家都拥有庞大的军队并且野心勃勃的时代，解散一个伟大的帝国，就是把这个破碎国家的人民交到帝国全景中软弱和不重要的地方"（qtd. in Morris Jr., 2013）[182]。王尔德无法摆脱英－爱特权阶层固有的阶级局限性，正如莫里斯所指出的，作为爱尔兰新教徒的"王尔德家族，与爱尔兰天主教徒还有很长的距离。王尔德的父母作为英国贵族的新成员，尊称威廉爵士和简夫人，都相当享受他们日益增强的社会地位，不太可能支持一场从底层开始的革命"（qtd. in Morris Jr., 2013）[20]。虽然王尔德反对英国对爱尔兰的专制和压迫，但他更多的时候是站在帝国中心主义的角度思考英－爱关系。他称英国为"伟大的帝国"，言语之间流露出的是对英国的钦佩和赞美。其"爱尔兰性"最终还是无法战胜"英国性"，而是被"英国性"所同化。

四、结语

身份问题是出身英－爱特权阶层的知识分子与生俱来的宿命，也是王尔德始终无法摆脱的命题。来到牛津读书以前，王尔德在家庭浓厚的爱尔兰民族文化氛围熏陶下对爱尔兰产生了文化认同。来到牛津以后，王尔德又在英国文化的氛围中产生了文化自卑感，并积极模拟英国文化。最后，王尔德为建构自己的民族身份探索出一条中间路线，他不再用英－爱文化二元对立的思维定位自己的文化身份，而是以包容的心态将两种文化身份杂糅到一起为己所用。这种文化身份的"混杂"虽然可以通过使宗主国的文化变得不纯，进而颠覆宗主国的文化霸权，但也难以避免被宗主国的文化所同化。王尔德虽然有着高度的文化自觉，但是他在建构自己文化身份的过程中也流露出了对宗主国文化身份隐蔽的钦羡。

参考文献【Works Cited】

BHABHA H K, 1994. The location of culture[M]. New York: Routledge: 85.

CURTIN P D, 1968. Atlantic slave trade[M]. Madison: U of Wisconsin P: 119.

DEANE S, The Field Day anthology of Irish writing[M]. Vol. 1. Derry: Field Day and Cork UP, 1991.

EAGLETON T, 1995. Oscar and George[M]//Heathcliff and the Great Hunger: studies in Irish culture. London: Verso: 320-342.

HOLLAND M, 2004. Biography and the art of lying[M]//The Cambridge companion to Oscar Wilde[M]. Ed. Peter Raby. Cambridge: Cambridge UP: 3-17.

HOLLAND M, RUPERT H D, 2000. The complete letters of Oscar Wilde[M]. London: Fourth Estate,.

KIBERD D, 1991. The London exiles: Wilde and Shaw[M]//The Field Day anthology of Irish writing. Vol. 11. Ed. Seamus Deane. Derry: Field Day and Cork UP: 372-376.

MAURICE H, ROGER M, 1982. Short history of Anglo-Irish literature: from its origins to the present day[M]. London: Wolfhound: 252-253.

MCCORMAC J, 2015. Wit in earnest: Wilde's Irish word-play in Oscar Wilde's society plays[M]. Ed. Michael Y. Bennett. New York: Palgrave and Macmillan: 15-35.

MORRIS J R, 2013. Declaring his genius: Oscar Wilde in North America[M]. Princeton: Belknap Press of Harvard UP.

MURRAY C, Drama 1690-1800[M]//The Field Day anthology of Irish writing[M]. Vol. 1. Ed. Seamus Deane. Derry: Field Day and Cork UP: 500-507.

NOREEN D, 2004. Oscar Wilde: nation and empire[M]//Palgrave advances in Oscar Wilde studies. Ed. Frederick S. Roden. London: Palgrave Macmillan: 246.

O'BRIEN C C, 1972. States of Ireland[M]. London: Hutchinson: 51.

REED F M, 1985. Oscar Wilde's *Vera: Or; The Nihilist*: the history of a failed play[J].Theatre survey, 26(2): 163-177.

艾尔曼, 2015. 奥斯卡·王尔德传 [M]. 萧易, 译. 桂林: 广西师范大学出版社.

恩格斯, 1987. 马克思恩格斯论民族问题 [M]. 中国社会科学院民族研究所, 编. 北京: 民族出版社: 471.

法农, 2005. 黑皮肤, 白面具 [M]. 万冰, 译. 南京: 译林出版社.

哈里斯, 1996. 奥斯卡·王尔德传 [M]. 蔡新乐, 等译. 郑州: 河南人民出版社.

施兴和, 1999. 近代国际关系史 [M]. 合肥: 安徽大学出版社: 303.

王尔德, 2009a. 王尔德全集·戏剧卷 [M]. 马爱农, 等译. 北京: 中国文学出版社.

王尔德, 2009b. 王尔德全集·评论随笔卷 [M]. 杨东霞, 等译. 北京: 中国文学出版社.

王尔德, 2009c. 王尔德全集·书信卷（下）[M]. 常绍民, 等译. 北京: 中国文学出版社.

王尔德, 2009d. 王尔德全集·小说童话卷 [M]. 荣如德, 等译. 北京: 中国文学出版社.

伊格尔顿, 2014. 异端人物 [M]. 刘超, 等译. 南京: 江苏人民出版社.

"永远不要面具"：霍桑《红字》中的蒙面伦理

胡　杰

内容提要： 法国哲学家列维纳斯提出的他者理论，承认了他人的绝对地位，强调自我与他者的绝对分离与陌生化。这碰巧在 19 世纪美国作家霍桑为其作品撰写的多篇序言中所表达的自我蒙面态度中找到了先例，但需要说明的是这种自我蒙面不是其短篇小说《教长的黑面纱》中教长的蒙面。从哲学角度来说，前者是富有弹性且具有伦理距离的面纱；后者是僵化、隔绝他者的面具。本文认为直到《红字》出版，霍桑才真正接近了列维纳斯的他者理论，以及后者提出的自我是面向他者的责任主体的伦理思考。

关 键 词： 霍桑；自我蒙面；列维纳斯；他者理论；责任主体

作者简介： 胡杰，博士，西南科技大学外国语学院副教授，主要从事 19 世纪英美文学及女性文学研究。

基金项目： 本文系西南科技大学校级科研项目"霍桑共同体思想在新英格兰三部曲中的再现及嬗变研究"（23SX6080）的阶段性研究成果。

Title: "Never Want a Mask": The Ethics of Veiling in Nathaniel Hawthorne's *The Scarlet Letter*

Abstract: The ethics of "the other", which was put forward by French philosopher Immanuel Levinas in the 1960s, both admitted the absolute status of "others" and emphasized the absolute distance and strangeness between self and the other. Levinas's ethics happens to find a precedent in the idea of self-veiling which the 19th-century American novelist Nathaniel Hawthorne wrote in many of the prefaces to his works. What is to be made clear is that this self-veiling idea was by no means exemplified by "The Minister's Black Veil", for the former represents a veil of resilient and ethical distance while the latter signifies the petrified and isolated mask. This paper maintains that not until the publication of *The Scarlet Letter*, had Hawthorne formed a similar version of Levinas's theory of the other and a similar view of the self as ethical subject shouldering obligations for others.

Keywords: Hawthorn; self-veiling; Levinas; "the other"; obligationary subject

　　长久以来，纳撒尼尔·霍桑（Nathaniel Hawthorne）一直以一个孤独忧郁、与社会保持一定距离的艺术家形象昭示世人。同时代的美国作家赫尔曼·梅尔维尔（Herman Melville）认为，霍桑与社会的远离是由加尔文原罪思想（Calvinism）的影响造成的，因此他身负一种"清教徒的忧郁"（puritanical gloomy）和"黑暗的力量"（power of blackness）（qtd. in Crowley，1970）[111-125]。① 到 20 世纪 50—60 年代，评论家莱昂内尔·特里林（Lionel Trilling）则认为，霍桑作为拥有现代主义意识的先驱，对"陌生世界的黑暗旅程"（"man's dark odyssey in an alien world"）投入了巨大关注，所以才对社会现实和真实的人类生活缺少兴趣（Trilling，1964）。② 而同时代的另一评论家理查德·蔡斯（Richard Chase）又从罗曼司传统产生的社会文化背景出发，认为以霍桑为代表的美国罗曼司传统由于产生于清教徒个人与茫茫荒野之间的斗争，所以其主题必然转向对人内心意识的抽象探索（Chase，1957）。

　　其实，除了著名评论家们一致规约化的评论，霍桑超然世外、离群索居的形象也离不开他自己在序言、书信等副文本中的有意建构。比如在《古屋青苔》（*Mosses From the Old Manse*）的序言里，霍桑坦诚承认自己并不想和读者手牵着手、肩并着肩漫游在"我生命的内部通道上"，因为"就我本人真实的个性而言，我宁愿在脸上蒙上一层面纱"（霍桑，1997）[1314]。在《红字》（*The Scarlet Letter*）的前言《海关》（"The Custom House"）中，霍桑指出即便和读者进行真诚的交流也应该把"内心深处的'我'置于面纱之后"（霍桑 a，2008）[16]。在《雪人及其选集》（*The Snow-Image and Uncollected Tales*）的序言中，他又说："不管我同读者是否已亲密无间，我一直特别小心不去暴露我自己。"（霍桑，1997）[1322]法国著名叙

---

① 麦尔维尔在《霍桑和他的青苔》（"Hawthorne and His Mosses"）一文中认为，霍桑身上潜伏的他自己都不知道的清教徒的阴郁和黑暗力量来自加尔文教"人性本恶"和"原罪"的观念。麦尔维尔的评论奠定了近百年来霍桑作品有关黑暗和人性本恶的评论基调（Crowley，1970）。

② 特里林在《我们的霍桑》（"Our Hawthorne"）一文中，将霍桑与弗兰兹·卡夫卡（Franz Kalfa）相提并论，认为他们都对"异化世界的黑暗旅程"投入了巨大关注，他们都不是宗教的信徒，但又都对家族的传统着迷，他们都更倾向于去展现真实世界所不存在的人类命运（Trilling，1964）。

事学家热拉尔·热奈特（Gérard Genette）认为，副文本是存在于文学作品的正文周围，调节作品与读者关系的（文本）材料。在霍桑这几篇著名的序言里，我们看到，霍桑一方面拼命降低作者的权威，努力构建一个不闻一名、孤独幽闭的作家形象，另一方面他更强调与读者适度的距离，为此甚至不惜两次使用面纱的意象表明人与人之间应有的疏离。

霍桑含蓄疏离的人生态度曾在现代主义盛行的 20 世纪上半期获得了评论家们的鼎力推崇，但是到了 20 世纪后半期，随着意识形态批评的兴起，霍桑要求适度回避和"蒙面"的作者策略，与提倡积极参与社会的文学意识相抵牾，被评论家认为是其超脱社会责任，逃避社会伦理的表现。最著名的例子是评论家乔纳森·阿拉克（Jonathan Arac）在《〈红字〉的政治性》（"The Politics of *The Scarlet Letter*"）一文中指出，霍桑所谓的"不确定性"其实是抵制废奴运动的借口和保护伞，是对原有社会制度的维护和效忠。所以霍桑的美学策略在意识形态上暴露了其不支持废奴运动，代表了不行动（inaction）的政治主张，削弱了作品的道德力量。

本文认为，虽然霍桑也许对同时代如火如荼的废奴运动有所保留，但是他所提出的"蒙面"、不确定的美学策略却不谋而合地体现了列维纳斯尊重他者、拒绝绝对知识或者绝对自我的伦理精神。

一、面孔与蒙面的作者

伊曼努尔·列维纳斯（Emmanue Levinas）在《总体与无限：论外在性》（*Totalité et infini: essai sur l'extériorité*）一书中指出，面孔是他者与自我发生关系，显现自身的方式——"他者越出'我之中的他人'的观念而呈现的样子，我们称为面孔"（列维纳斯，2016）[23]。根据学者戴维斯·柯林（Colin Davis）的研究，"在列维纳斯的所有词汇中，面孔也许是最著名和最神秘的一个"。他说，列维纳斯的面孔一词，"既指又不指真正的人类面孔"。一方面"面孔是他人身体的一部分，（而且）是人身体上最富有表情的一部分"，但另一方面，面孔并不是一个"可以感知或可见的经验对象，而是他性向我显现其自身的渠道"（戴维斯，2006）[50]。为此，列维纳斯还专门提到了"面对面"的概念，他说正是在他者与自我面对面（face-to-face）的遭遇中，"他者向我表明在我之外存在着整个世界，向我揭示出我的权利和自由是有限的，而且使我受到质疑"（戴维斯，2006）[53]。简而言之，面孔是他者展现绝对他性和外在性的渠道，是协调自我与他者伦理关系的独立条件。

面孔、他者、面对面这三个概念一经提出，彻底颠覆了西方哲学体系里的同者意识，他者以绝对性、差异性、外在性的特征昭示出不可理解的神秘意义，并且自我与他者的关系不再是对立、压迫、认同、互动、镜像、拟像等可被理解或达成共识的关系，而是相互分离开的非现象的超越关系。在列维纳斯看来，真正的伦理关系就是自我与他者之间的面孔关联关系。当与他者面对面的遭遇中，我们选择自我延伸还是主动抽离？是自我对他者进行认知化、概念化、主题化呢，还是承认他者"大写的神秘"地位，保持着对他者的尊重和欢迎？幸运的是，早在 19 世纪的霍桑早已用他自我蒙面的态度表明了他的伦理取向。

首先，霍桑的自我蒙面，降低了作者的权威，确保了读者对文本自由阐释的权利。霍桑在《海关》中说，"当把内心的我置于面纱后面"，"在这个程度，这个范围内"，作者谈论自己的经历才"既不会侵犯读者的权利，也无损害作者本人的权利"（霍桑 a，2008）[16]。所以，霍桑看来，所谓"读者的权利"就是不受作者影响和控制，拥有对文本绝对的阐释权和阐释角度，负有对文本独立的伦理责任。亚当·柴可利·纽顿（Adam Zachery Newton）把叙事伦理分为三种类型，即叙述伦理（narrational ethics）、表现伦理（representational ethics）和阐释伦理（hermeneutic ethics）。其中阐释伦理是"纽顿用力最勤的一种，它指的是阅读行动坚持让读者担负的伦理批评的说明责任"（伍茂国，2008）[176]。正因为面对文本时，读者负有独立阐释意义的伦理责任，所以作者只有尽量避免将自我的身份施加给他者（读者），尽量克制作者的权威，才能保证读者有足够的自由，对文本的意义进行建构。这也是为什么在各类序言里，霍桑一方面极力降低作者的身份，贬损作品的价值，一方面又用淡漠的语气刻意拉开与读者的距离。在《重讲的故事》（The Twice-Told Stories）选集序言里，他说自己是"多年以来，在美国文学界最无名气的"作家，而自己的作品是"过于偏僻的阴影里开出来的花朵"没有什么深刻的思想和永久的价值。霍桑这样放低作者的权威，放弃对作品意义的肯定就是要打破读者认定作者是意义阐释主体的思维惯性，尊重读者的绝对他性，还原读者独有绝对自由的阐释空间。就像霍桑所说，读者最后打开书，到底是看到"一本空白无字的书"，看到"一堆废话"还是"能在此书中看到点东西"，"从中得到一些休闲的乐趣"，这完全取决于读者自己适宜的角度和相应的氛围（霍桑，1997）[1319]。

其次，霍桑的自我蒙面是实现自我（作者）与他者（读者）无限分离，创造语言陌生化效果的一种手段。列维纳斯认为自我与他者应当存在着绝对的分离，只有保证了这种如深渊般的、无限的距离才能避免他者被归纳进、被同一化成整体，才能保持他者无限的外在性、陌生性和他异性。同时列维纳斯在《总体与无限》中还指出："语言的关联以超越为前提，以彻底分离为前提、以言说者的陌异性为前提，以他者向我的启示为前提。……因此语言是绝对陌异者（带来）的某事的经验，是纯粹的知识或全新的体验，是惊异所带来的创伤。"（列维纳斯，2016）[49] 换句话说，只有当他者与自我无限分离，才有语言的必要，才有语言存在的基础，语言是维系这种"非关系"的关系。因此，在序言中，霍桑虽然反复强调自己只有为数不多的听众和"有限的读者"，但他似乎很满意自己与读者之间那种远远疏离而不甚亲密的关系："不管我与读者之间是否已亲密无间，我一直特别小心不去暴露自己，因为冷眼旁观的人也许不熟悉我，而我也更不愿意让最讨厌我的人知道我的有关情况。"（霍桑 c，1997）[1322] "确实有些作者走得更远，敢于揭示自己内心深处的东西，……然而把一切都说出来，即使说得很客观，也难正派得体。"（霍桑 a，2008）[16] 当然最著名的例子是在《古屋青苔》中，霍桑明确地表示出与"可敬的读者"因为神圣的个体性而彼此独立，相互分离的状态。

> 然而，我的良心并未责备我有任何欺骗，说我欺骗了人类心灵展示出来的个性，这种个性对它的兄弟或姊妹的心灵来说是太神圣了。……读者有没有同我手牵着手漫游在我生命的内部通道上，和我共同在各自屋子中探索，检查其中究竟是宝贝还是废物？没有。我们一直是站在碧绿的草地上，刚刚进入洞口，普通的阳光可以照射到那里，每一种脚步都可以自由地踏到那里。我并没有唤起任何的感情或感受，除了早已存在于我们所有人身上的那些。至于我，我是属于真正有个性的，我脸上蒙的是这样的面纱；我不是也从来不是，那种极端好客的人，他们把自己的心脏精美地煎炙起来，浇上"大脑调味汁"作为珍品奉献给可爱的大众。（霍桑，1997）[1314]

把心灵比作曲径幽深的山洞，读者可以自由地来到洞口，享受阳光的普照，但至于"生命通道"内部的黑暗和神秘，具有不可穿透的性质。这是身为作者的霍桑对自我的保护，也是对读者个性的尊重，因为每个人的心灵都是神圣的，任何人都不需要把他的内在的秘密当作佳肴一般全盘托出，呈现在他者面前。在霍桑看来，当作者把自己的心脏烤熟再浇上"大脑的调味汁"的时候，也是在强迫读者交付自己最神圣的个性并接受作者思想入侵的时刻。所以，对霍桑而言，将自我隐藏在面纱后面，并不是出于本身的傲慢自大或者封闭孤独，而是他意识到只有当作者与读者分离成独立存在的个体，分离成相互陌生的他者，他的叙事才能带来惊异的创伤的体验，真正的语言才能产生。这和列维纳斯所提出的"语言只有当关系项之间尚缺乏共同体，缺少共同的平台才能被说出"（戴维斯，2006）[49] 的伦理观念不谋而合。

除了对读者的他异性的尊重，坚持与读者的无限分离，霍桑的自我蒙面还体现出其对真理的绝对他异性的态度。霍桑向来以其意义的不确定性和怀疑精神而闻名。在《古屋青苔》中，他上一秒还把埃勒里·钱宁（Ellery Channing）的思想比作"大块大块"的黄金，但他下一秒立马戏谑而反讽地用有关纸币的比喻解构了这些思想的稳定价值。在霍桑看来，真理并没有确定形式，是不受固有思想、习俗、观念束缚的流动的思想。

> 在那些野游的日子里，对他对我主要的收获不在于任何特定的概念，不在于我们从无形的问题堆里发掘出来的任何有棱角的或圆滚滚的真理，而在于从所有的习惯和陈规以及人与人之间起禁锢作用的各种影响中解放出来，获得自由。我们今天已经如此自由，以至于不可能再去当奴隶。（霍桑，1997）[1307]

一方面认为真理是流动的、陌生的、难以捉摸的，另一方面抵制任何习俗、概念对真理的规约化、概念化的限制。霍桑对待真理的态度，其实是承认了真理的他性特征。与之前的西方哲学观念不同，列维纳斯的他者理论从本体论的角度否定了他者的可知性。列维纳斯认为不管是埃德蒙德·胡塞尔（Edmund Husserl）现象学的意向性观点，还是马丁·海德格尔（Martin Heidegger）的存在概念都预设了主体能对外部世界赋予意义和把握经验，强调了主体知识中固定的、不变的本质内容。但对他者而言，我们确定无疑的知识和经验，其实对理解和知悉他者毫无用处，因为他者是一个神秘的黑暗大陆，是无法被主体或者主体意识所照亮，吸收、拥有和理解的外部世界。他者于我本质上是谜一样的不可知，是永远溢出自我的知识和经验之外的现象。

如果说他者具有绝对的外在性，那么作为溢出自我之外的真理何尝不是自我的他者，自然也就具有不可理解、未知的他性。这是霍桑的真理观，也是一种他对待真理的伦理态度。在他的观念下，真理从来不是一个确定的、可以把握和理解的客体，而是每个个体难以捉摸的经历，是无限而不确定的知识。这就是为什么在《带七角阁楼的老宅》（*The House of Seven Gables*）的序言里，霍桑为了符合当时的文学规范，给他的小说暂时赋予了一条貌似明确、读者可以接受的道德真理——"即上代人作恶会殃及后代、恶果会将所有暂时得到的利益化为乌有，发展成彻头彻尾、难以控制的祸害"，但马上又说故事里严厉的道德说教就像是"一根铁棍"，或像是把蝴蝶钉死的"大头针"，让蝴蝶（艺术作品）呈现出不雅观、不自然的姿态。在霍桑看来，他自己从来都不是一个真理的追求者，或者真理的讲述者；我们也许可以通过个体感悟慢慢靠近真理，但真理绝不可能是规约式的知识堆砌，就像他在序言里所说"清晰、精心而巧妙地展现出的高度真理，步步昭明，知道故事最后圆满呈现会给作品增添一种艺术的光辉。然而，真理在末页与在首页相比，绝不会更正确，甚至也未必更昭明"（霍桑 b，2008）[4]。

二、此蒙面非彼蒙面:《教长的黑面纱》

除了霍桑在序言中所表现出的自我蒙面（self-veiling），对面纱和蒙面讨论最多的就是他的著名短篇——《教长的黑面纱》（"The Minister's Black Veil"）。《教长的黑面纱》讲述了一位温文尔雅、受人尊重的胡珀（Hooper）神父突然有一天戴上了一块"黑面纱"，由此引起了人们的恐惧和迷惑，造成教友和爱人疏离的故事。于是我们不禁要问一生都蒙上黑面纱，临到生命最后时刻都不愿意摘下来的胡珀神父和霍桑的自我蒙面代表的是同一个意思吗？霍桑的叙事伦理选择和胡珀牧师有多大的相似性？

《教长的黑面纱》吸引了众多评论家的解读，其中最瞩目的当属著名评论家麦克尔·科拉库西奥（Michael J. Colacurcio）在《虔诚的疆域——霍桑早期小说中的道德历史》（*The Province of Piety: Moral History in Hawthorne's Early Tales*）一书中长达七十多页的评论。他指出胡珀神父之所以要戴上黑面纱主要是因为他深信罪恶的绝对普遍性，他需要遮挡起罪恶的自我，拉开自我与他人的距离，以求得灵魂的纯粹（purity）。由此可见，胡珀牧师的黑纱代表了一种确定的加尔文教宗教原则，即绝对的命定论（predestination）和末世观（apocalypse）。在胡珀看来，人皆罪恶，所以黑纱首先是他利用加尔文教认知去探知他者秘密、同一化和整合他者的手段。叙述者告诉我们，当胡珀牧师带上面纱，"从少不更事的女孩，到已变得麻木不仁的男人都感到牧师似乎已经透过那块可怕的面纱窥视到了埋藏在他们心底的罪恶行为和念头"（霍桑，1997）[425]。可见，借助黑面纱胡珀牧师把有罪的自我意识投射到与自我有差别的他者的身上，强行对他者进行"去他者化"和"去神秘化"，把每一个有差异和拥有绝对他异性的他者变成了一个个有罪的同者。在胡珀牧师罪恶意识的投射下，每个人都面色苍白，心情沉重。他的黑面纱所到之处，气氛马上变得阴郁凄惨，"（新人的）婚礼蒙上一层凶兆的阴影"，"大地蒙上了一层黑面纱"（霍桑，1997）[428]。最后只有死亡和他肩并肩，因为"面纱的黑暗可以使他和一切阴郁的情感发生共鸣"（霍桑，1997）[434]。

黑面纱也是胡珀牧师展现其优势地位，凌驾于他人之上的符号。故事的最后，当克拉克牧师准备掀起胡珀牧师脸上的黑面纱时，弥留之际的胡珀拼尽最后一丝力气护住面纱，并激动地向周围的人质问："你们为什么独独见到我而发抖？你们彼此见了面也应该发抖！……区区一块面纱竟让人如此害怕，要不是面纱隐隐约约象征着某种神秘的东西又会是什么呢？……我看了看周围，你们瞧，人人脸上都有一块面纱。"（霍桑，1997）[437]。正因为胡珀牧师预先判定人人有罪，人人脸上都有黑面纱，所以胡珀牧师通过佩戴黑面纱来表明自己优于他人的勇气和绝对知识。故事中，和胡珀牧师的黑面纱同样神秘的还有他的笑容，他在每一次人们不理解的，包括未婚妻离去的关头都露出那一抹忧郁而又意味深长的微笑。这个微笑可以看作他对自己孤独处境的自我解嘲，但更重要的这个微笑代表了一个自认为洞察了人世真谛，掌握了绝对知识，"众人皆醉我独醒"的智者的自我肯定和自我迷恋。因此这个微笑是一个处于优势地位的窥探者，探得了他者的内心隐秘，洋洋自得的微笑，对胡珀来说既意味着痛苦也带来满足。

正因为胡珀牧师通过他的黑面纱和神秘微笑展现出他掌握了绝对知识的优势地位，所以在人们眼中，胡珀成了秘密的终结者、真理的把控者，胡珀牧师也开始了对他者不知不觉地进行征服与影响。正如叙述者所说，参加完婚礼之后，胡珀牧师惊讶地发现"黑面纱将他自己的心灵卷入了征服他人的那种恐怖之中"（霍桑，1997）[428]。而对于芸芸教众而言，黑面纱是他们敬畏的标记，拥有"强大而可怕"的力量。

> 尽管黑面纱有着种种弊端，但也有一个好处，它使胡珀变成了一个颇能鼓动人心的牧师。通过他那块神秘的标记——因为不可能再有其他原因——他对那些在困难中挣扎的灵魂具有强大可怕的力量。那些经他指点迷津，皈依上帝的人总是对他抱有一种特殊的畏惧心情。（霍桑，1997）[434]

总之，胡珀牧师之所以会戴上黑面纱是基于一种对自我的先验认知，他通过黑面纱将其先验的自我投射到他者身上，并同时展现出自身优势，对他人造成影响。评论家科拉库西奥认为，清教意识正是由于过于专注有罪的自我而体现出强烈的唯我主义的倾向，最终失去了人与人之间的正常交流，造成了人与人之间的隔膜，因此根本就没有什么有用的价值和意义。

一个人越坚持自我罪恶的普遍性，一个人就可能越孤独。……拥有如此绝对正确的真实（有罪的）自我，他其实在某种程度上失去了他者的善意，反之亦然。或者如果说偏激地自我异化是人类所能获得的终极知识，那么这个知识就太真实而不可能是有用的。（Colacurcio，1984）[332]

与胡珀牧师代表确定意义的宗教蒙面不同，霍桑的自我蒙面源于他对知识认知的局限性，尤其是对他者知识认知的局限性。作为深受怀疑论影响的浪漫主义者，霍桑反对主体和世界的界定与限制，抵制知识的可靠性和确定性，所以他的自我蒙面不是他故弄玄虚，或者喜欢神秘，而是对先验自我的隐藏，从而保证与他者的平等地位。这也是胡珀牧师的未婚妻伊丽莎白（Elizabeth）对胡珀要求。胡珀牧师与未婚妻伊丽莎白的见面是《教长的黑面纱》中重要的一幕，重要是因为伊丽莎白提出了与胡珀牧师的末世思维不同的选择。在胡珀的世界里，只有有罪的现世和等待审判的末世，所以他恳求伊丽莎白在此世对他蒙面的行为表现出一些耐心，等到来世他们就可以坦诚相见了。

"耐心点，伊丽莎白！"牧师忘情地大叫。"即使这块面纱注定今生今世要挡在我俩中间也别抛弃我，做我的妻子吧。到了来世就不会再有脸上的这块面纱了，我们的灵魂中间也不会再有挡着黑暗！这不过是现实的面纱罢了——绝不会是永恒的！哦，你不知道我有多孤独，你不知道在这块面纱后面我有多么害怕。不要离开我，不要让我单独呆着这个悲惨的黑暗中！"

"那就把面纱掀起来，看着我的脸，哪怕就这么一次，"姑娘说。

"绝不！这绝不可能！"牧师答道。

"那就再见吧！"伊丽莎白说。（霍桑，1997）[432]

胡珀牧师相信自己对此世罪恶自我的虔诚内省（终身戴上黑面纱）必定能获得救赎，换来来世的清白无辜（ignorance）（不再戴面纱），所以他要求伊丽莎白耐心，忘掉此世的物质世界，期待精神真理的到来。但对伊丽莎白来说，她不在乎什么精神的真理或者末世救赎，她要的是胡珀这张脸在此世的物质显现——"先掀起你的面纱，然后告诉我你为什么要戴这个玩艺儿。"（霍桑，1997）[430] 先和我站在平等的地位上，共同意识到了解自我和他者有多困难，然后再和我进行真实的经验交流。从这个方面说。伊丽莎白要求牧师不蒙面与霍桑的自我蒙面其实是一个意思。前者要求看到物质的活生生的脸庞，说明她能接受他者的不可理解性和不确定性，而不是像牧师那样虚伪地躲在精神真理的面具后面，装腔作势地表达着对秘密知识的掌控和洞察。而后者的蒙面要遮挡其作为作家的唯我意识，平等地去遭遇他者（读者）、承认他者。

因此，从哲学意义上说，胡珀牧师所佩戴的面纱和霍桑的自我蒙面，虽然都用了 veil 一词，但有根本的不同。胡珀牧师的面纱从认识论来看，不是面纱而是面具，代表胡珀牧师确定的加尔文意识，具有不可穿透性。胡珀牧师通过这个面具定义他人，抵消他人的存在，最后将他人都降格成为末世思维里面的冷冰冷的观念。而霍桑的自我蒙面处于面具与完全显露之间，更接近于列维纳斯的"面孔"的特点。戴维斯指出："对于列维纳斯来而言，面孔首先是他性向我显现其自身的渠道，因此它处在可以被看见和经验到的东西之外。"（戴维斯，2006）[45] 简而言之，列维纳斯认为，当自我与他人在"面对面"的伦理性遭遇中，他人面孔的临显使得主体意识到自己对他人的无法满足的形而上学的欲望，从而产生对他者的尊重。因此，霍桑的自我蒙面虽然是一个主动的行为，但却透露出自我对他人的有限知识以及放弃用固有框架概念去同一化他者的努力，就像具有他异性、外延性和无限性的面孔的真正临显。

关于面纱和面具，霍桑在曾他的日记中指出了两者的区别，他说："面纱是需要的，但是永远不要带一个面具。社会各个阶层都有戴面具的人，甚至在他们一生最闲散的时光中也不愿意摘下来，虽然有时他们可能会偶尔透过面具向外张望。"（Hawthorne，1972）霍桑之所以支持面纱，反对面具，是因为面具不仅代表着僵化、凝滞、符号化，而且意味着隐藏、躲避、与外部世界切断联系。而面纱虽然代表了有强烈的距离意识，但却暗示着自我与他人的关联与责任，一种面对面的可能。

三、面向他者的责任：红字的面纱职责

1991 年，萨克凡·伯柯维奇（Sacvan Bercovitch）利用意识形态批评的视角对《红字》进行了分析，他认为作者关注的焦点其实不是那个"红字"，而是"红字的职责"（The office of the scarlet letter）。他指出，当叙述者说出那句"红字还没有完成它的职责"时，霍桑才真正开启了其饱含深意的暗示和全书的中心议题。根据他的研究，所谓"红字的职责"就是将不同（dissent）重新纳入相同（consent），将反抗、颠覆的边缘意识形态再次收编和含纳成主流意识。本文认为"红字"在这篇寓意深刻的同名小说中确有其职责，但是它的职责并不是政治或意识形态的，而是与霍桑提出的面纱观念一样，是伦理和道德的（Arac，1986）。

反观小说内容，当叙述者说："红字还没有完成的它的职责"之前，主人公海丝特（Hester）确实从情感转向了冰冷的思考，而且她的思考完全以孤独的自我为出发点，陷入了泛化的抽象："那个涉及全体女性的同样令人愁眉不展的问题时常萦绕在她的心际：女人甚至包括她们中最幸福的人，其生存果真有价值吗？至于她个人的生存，她早已断然否定，已经把它作为定论而置于一边。"（霍桑 a，2008）[110-111] 在这里，海丝特用她个人的经历比照"全体女性"，由此得出结论她们的生存并无价值，她们的幸福值得怀疑。可是她忘了，每个女性都是不同的他者，具有鲜明的他异性，她怎么能以自我的权能去把握和理解每个不同的他者，并用自身的境况去替代和化约（reduction）所有女性的问题呢？毫无疑问，这种简单化约的危害是巨大的，其最终结果要么是海丝特徘徊在思想的迷宫里，找不到出路，"时而因为无法攀越峭壁而转弯，时而因面临深渊而折返"；要么是她企图用暴力的革命推翻现有的制度，"她也许会与安妮·哈钦逊携手共创一个教派，名垂青史，她也许会在自己的某一时期成为一名女先知，企图推翻清教徒制度"（霍桑 a，2008）[110]。至于前者，叙述者告诉我们，海丝特在思想的荒野中左冲右突，以至于她最后都怀疑"是否应该把珠儿马上送上天堂，（然后）自己走向'永恒的裁判'"（霍桑 a，2008）[111]。而对于后者，海丝特自己也知道，必定会"被当时严厉的审判官判处死刑"（霍桑 a，2008）[110]。由此可见，不管是抽象的思考还是暴力的革命，都让海丝特提前预见了死亡，她过度内倾的自我意识已经使她处于崩溃的边缘，除非她能走出自我的迷恋，去面对他者，承担起面对他者的责任。

列维纳斯在《别样于存在或超越本质》（*Otherwise Than Being: Or Beyond Essence*）中指出，所谓自我的主体其实是被他者唤醒的主体，是一个在对他者的需求做出回应（response）中生成的责任主体，因此责任构成了主体性的本质，主体的行为目的不是"为自己"，而是"为他人"（Levinas，1998）。由此可见，列维纳斯所谓的"主体"是一种伦理主体，体现了与他者根本分离但又相互关联的形而上学的关系。很显然，此时的海丝特还不是一个伦理主体，因为叙述者告诉我们，由于红字的缘故，"她超脱了一般的人际关系，把自己封闭在自身的天地里"（霍桑 a，2008）[7]。换言之此时的红字还是一张面具，而不是面纱，她阻断海斯特与清教社会的所有交流与联系。

但自从海丝特与丁梅斯代尔（Dimmesdale）牧师的碰面后，后者糟糕的身体状况使得海斯特突然意识到自己对他者的责任：

> 海丝特·白兰在最近同丁梅斯代尔先生的那次别开生面的会见中，

发现了牧师所处的恶劣状况，大为震惊。……海丝特看到——或者好像看到——她自己对于牧师有一种责任，……。他和她有着共同的犯罪的铁的锁链，不管是他还是她都不能打破这一种连结。这连接，如同其他的纽带一样，具有随之而来的义务。（霍桑a，2008）[106]

正因为海丝特看到了自己对丁梅斯代尔牧师的伦理义务，她于是从自我迷恋转向了面对他者，从抽象的思维转向了实际的拯救行动："自从丁梅斯代尔先生夜游时两人见了一面以来，她有了一个新的思考题目，向她提出了一个目标，一个看起来值得为之倾注全力，乃至做出一切牺牲的目标。"（霍桑a，2008）[111]列维纳斯在《意识形态与唯心主义》（"Ideology and Idealism"）一文中曾指出："对他者难以克服的关心，关心他是否贫困，是否无家可归，是否衣不蔽体，是否处于无产的状态将使得自我最终逃离某一确定思想意识形态的困扰。"（Levinas，1989）由此可见，当自我承担对他者的责任时，自我不仅获得了通达与他者的途径，而且开启了自我的主体性，真正拥有了存在的价值。

正所谓列维纳斯的"伦理是第一哲学"的观点，即只有当自我回应他者的责任时，我才奠定了自我的存在根基。文本中，当海丝特一旦确立了拯救丁梅斯代尔的目标后，她不仅不再纠结自杀或者被杀的思考谜团，而且也放弃了推翻清教制度后者建立新教派的激进思想。为了拯救丁梅斯代尔的健康，她从危险的自我封闭、孤独的喃喃自语，走向面对他人对话和交流。她首先找到齐林沃斯（Chillingworth），承担起自己对后者造成伤害的责任，请求后者的原谅和宽恕。但与此同时，因为她更加负有隐瞒齐林沃斯真实身份、让丁梅斯代尔饱受后者折磨和伤害的责任。于是在森林里海丝特又向丁梅斯代尔牧师披露了这份秘密，终结了双方不公正的寄生关系。当然对海丝特来说，最重要的还是如何使得一直被严苛的加尔教原则所禁锢丁梅斯代尔牧师走出虚幻的生活，看到生活的意义。丁梅斯代尔认为自己由于内在的罪恶，所以外在的一切行为都失去了意义，没有了价值："一切都是幻影，……我把表面的我和实际的我相互对照一下，我不禁饱含内心的辛酸和痛苦放声嘲笑！甚至连恶魔也对之放声嘲笑！"（霍桑a，2008）[136]但是对海丝特来说，是罪恶还是圣洁，是真实与虚幻，表面还是实际，这些二元对立的价值标准并不重要，重要的是实际的生活，是对他人的责任。为此，她劝说道：

在这一点上[①]你冤枉了你自己，……你已经深刻而痛切的悔悟了，

---

① 指没有公开承认通奸罪（笔者注）。

你的罪恶已经随着消失的岁月留在身后了。你现在的生活确确实实是神圣的，并不比人们眼睛里所见到的要逊色。你做了大量的好事来弥补和证实你的悔过，难道就不是真实的吗？为什么还不能给你带来平静呢？（霍桑 a，2008）[136]

海丝特对自己的劝说说明她的生活是以实用主义为标准的，她的人际关系是以自我与他人的伦理关系为主要考量的。就像实用主义代表人物威廉·詹姆斯（William James）所说："实用主义要追问一个老问题，假定一个观念或信仰是真的，那么它的真会给任何一个人的实际生活带来什么具体的差异呢？真理如何被实现？"（James，1995）海丝特和詹姆斯的观念十分契合：既然丁梅斯代尔确确实实干了大量的好事，改变了人们的生活，那么他真实的神圣和人们眼中看到的神圣又有什么区别？只要对他人服务，为他者带来了好处，那么表面的真实和实际的真实又有多大的差异？

海丝特之所以持有实用主义的真理（真实）观，是因为不同于霍桑作品里其他的男性主角，海丝特从红字中看到了自己的罪恶而产生了羞耻感，于是她承认自我的弱点和局限，拒绝将真理客体化和对象化，放弃了对真理的本质追寻。正如列维纳斯所说："那可为自己感到羞愧的自由才能奠定真理，因此真理并非从真理中推导出来。"（列维纳斯，2016）[56]霍桑作品里面的男性则不同，他们不管是好小伙布朗、胡珀牧师，还是丁梅斯代尔、齐林沃斯；他们要么自以为是地认为自己看到了人生的真相，找到了人类的真理，要么认为依靠着自己的学识、智力或者自虐、牺牲能够并可以达到真理，直抵事物的本质。

正因为海丝特放弃了对真理确定价值的追求，她对丁梅斯代尔的拯救表现出明显的世俗的力量。在森林中，她一遍遍鼓励后者行动起来，投入现实的生活并有所作为："布道吧！写作吧！行动吧！做任何事情，就是不要躺下死去！……痛苦已经使你软弱无力，丧失了意志和行动的力量！痛苦还将使你失去悔改的力量。起来，走吧！"（霍桑 a，2008）[143]海丝特之所以如此急促地催促后者行动起来，因为在她看来，只有真正的行动才能让丁梅斯代尔逃离清教苛责的惩戒体系，只有实际的行动才能让他摒弃把一切表面行为都看作虚幻错误的清教思维，看到世俗的生活价值，返回人类的交流中心。从这个意义上说，海丝特的呼唤其实回应了之前伊丽莎白对胡珀牧师恳请："先掀起这块面纱，然后告诉我为什么要戴这个玩意儿！"面纱代表了胡珀牧师自以为是的深刻真理。但只有他摒弃精神的抽象，开始真实的生活与交流，他才能重拾爱情，获得生命的力量。

像《教长的黑面纱》一样，霍桑在《红字》中仍然选择了一位女性来表达其怀疑主义的实用主义态度，也和《教长的黑面纱》中的伊丽莎白一样，海丝特也没能拯救出自己的爱人。从这个角度说，霍桑也许是一位悲观的实用主义者，他不相信我们的社会有能力维系一种必要的伦理距离去保护他者"人性的神圣性"。但与此同时，《红字》中的海丝特又是他创作出的一位最有弹性，最具力量的人物，是一位能把疏离和亲近的伦理关系把握到最好分寸的理想原型。这主要是得益于红字的面纱功能。小说一开始，因为红字带来的惩罚和限制，海丝特被整个清教社会放逐和孤立，不得不保持着与他者的分离与距离："她是被社会排斥在外的，孤苦伶仃，仿佛居住在另一个世界里。"（霍桑 a，2008）[34] 正因为这份分离和隔绝，海丝特像胡珀牧师一样自以为洞察到了他者内心的秘密："海丝特觉得或是在幻觉中觉得她身上那个红字赋予了她一个新的知觉。她战战兢兢不敢相信，却又忍不住相信它给她看穿被别人心里隐秘罪恶的能力。"（霍桑 a，2008）[36] 所以，此时的红字还只是一个面具，不是面纱，它不仅阻断了海丝特与世界的交流，而且让海丝特像胡珀牧师一样走向了对他者的绝对知识，开启了孤独的自我升华。但同样也是因为红字的原因，因为海丝特与丁梅斯代尔"共同的犯罪的锁链"，海丝特看到了她对丁梅斯代尔的责任和义务。面向丁梅斯代尔的责任让海丝特抽离了抽象思考的泥沼，变成了真正的伦理主体，回归了与他者相联系的伦理关系。

小说的最后，虽然海丝特的拯救行动失败了，但与那些因为追求终极意义而在精神和道德上破了产的男性主角不同，海丝特从来不认为自己是洞悉了真理和真相的先知或者圣人，相反她在红字中认识到自己的耻辱和罪孽，承认自己弱点和局限："但长久以来她已经意识到，任何神圣的和神秘的传播真理的使命都绝不可能托付给一个为罪孽所玷污，为耻辱所压倒，或者甚至为一生忧郁而郁郁寡欢的女人。"（霍桑 a，2008）[204] 至此，红字终于实现了它的面纱功能，一方面海丝特因为自己的经历缘故，永远处于社会边缘，仍然和他者，和整个清教社会保持着一定的距离，但另一方面她担负起抚慰和支持他者的责任，她的小茅屋成为抚慰受伤害者心灵的场所。因此，霍桑通过海丝特的最后结局为整个人类展现出一种新型的伦理关系：疏离与亲密，距离与同情。

参考文献【Works Cited】

ARAC J, 1986. The politics of the *Scarlet Letter*[M]//Ideology and classic American literature. Eds. Sacvan Bercovitch, Myra Jehlen. New York: Cambridge UP: 247-267.

CHASE R, 1957. The American novel and its tradition[M]. Garden City NY: Doubleday

Anchor Books: 11.

COLACURCIO M J, 1984. The province of piety: moral history in Hawthorne's early tales[M]. Cambridge: Harvard UP.

CROWLEY J D (ed.), 1970. Nathaniel Hawthorne: the critical heritage[M]. London: Routledge and Kegan Paul: 111-125

HAWTHORNE N, 1972. The American notebook [M]//The centenary edition of the works of Nathaniel Hawthorne. Vol. VIII. Ed. Claude M. Simpson. Columbus: Ohio State UP: 23

JAMES W, 1995. Pragmatism[M]. New York: Dover: 85

LEVINAS I, 1989. Ideology and idealism[M]//The Levinas reader. Ed. Sean H. Wiley. New Jersey: Blackwell Publishers: 9

LEVINAS I, 1998. Otherwise than being or beyond essence[M]. Trans. Alphonso Lingis. Ann Arbor: Duquesne UP: i, xli, xlii.

TRILLING L, 1964. Hawthorne centenary essays[M]. Ed. Roy Harvey Pearce. Columbus: Ohio State UP: 447

戴维斯，2006. 列维纳斯 [M]. 李瑞华，译. 南京：江苏人民出版社.

霍桑，1997. 霍桑集（上）（下）[M]. 皮尔斯，编. 姚乃强，等译. 北京：生活·读书·新知三联书店.

霍桑 a，2008. 红字 [M]. 姚乃强，译. 武汉：长江文艺出版社.

霍桑 b，2008. 七个尖角的老宅 [M]. 李映埕，译. 武汉：长江文艺出版社.

列维纳斯，2016. 总体与无限 [M]. 朱刚，译. 北京：北京大学出版社，2016.

伍茂国，2008. 论鲁迅小说的叙事伦理——以《呐喊》《彷徨》为考察对象（上）[J]. 西南民族大学人文社科版，(6)：176-184.

"开垦自己的智性和道德花园":霍桑、詹姆斯与19世纪美国的社会改革

原玉薇

内容提要: 在美国历史上,19世纪是一个热衷社会改革的时代。两代经典作家的经典小说——纳撒尼尔·霍桑的《福谷传奇》和亨利·詹姆斯的《波士顿人》就是美国改革主题小说的杰出代表作。在这两部小说中,作家深入审视了改革者的社会行为背后的智识水平和道德状况,认为如果改革者充满了无知偏见和自私欲望,那么他们的改革构想便会脱离现实或变得简单粗暴,进而陷入盲目狂热的泥潭,其博爱初衷也会被利己主义吞噬。虽然改革观的出发点各异,但是霍桑和詹姆斯都秉承了爱德蒙·伯克的理性保守主义思想传统,坚信社会改革应当首先从改革者自身的思想认知和道德品质的提升开始,然后才能谈得上改革运动获得成效。

关 键 词: 霍桑;詹姆斯;社会改革;利己主义;理性保守主义

作者简介: 原玉薇,陕西师范大学外国语学院讲师,主要从事英美文学研究。

项目基金: 本文系陕西省社科基金项目"玛丽·雪莱的疾病书写与启蒙主体性反思"(2022H023)阶段性研究成果。

Title: "Cultivate One's Own Garden Morally and Intellectually": Hawthorne, James and the 19th-century American Social Reform

Abstract: The 19th-century witnessed a wide-spread passion for social reform in America, and this phenomenon is dealt with extensively by novelists Nathaniel Hawthorne and Henry James in their representative reform novels *The Blithedale Romance* and *The Bostonians*. In these works, they made careful examinations of the reformers' intellectual and moral defects, and showed that if the reformers in their social activity cannot free themselves from ignorance and selfishness, the reform is sure to turn into unrealistic or simplified plans and get bogged down in fanaticism and in egotism however benevolent their intentions are. Hawthorne and James, despite their reform views' different starting points, both inherited Edmund Burke's rational conservatism and held that reformers ought to improve their mind and morality first before carrying out a reform.

Keywords: Hawthorne; James; social reform; egotism; rational conservativism

在美国历史上，19 世纪是社会改革运动风起云涌的时代：废奴运动、公有制社会运动、女权运动、劳工运动等都不同程度地冲击了传统的价值观，改进了原有的社会问题。拉尔夫·沃尔多·爱默生（Ralph Waldo Emerson）在《人即改革者》（"Man the Reformer"）这篇演讲中慷慨激昂地说："我们将要去改造整个社会的结构，以及国家、学校、宗教、婚姻、商业和科学……一个人到底是为何而生？正是为了要做一个改革者，一个改造前人产品的创新者，一个揭露和纠正错误的批判者，一个真理和美的恢复者。"（爱默生，1993）[159-160] 社会改革的热潮背后是人们对社会进步和人性完善的普遍乐观心态，这种不断蔓延的盲目信心和改革热狂引发了一些作家的担忧。纳撒尼尔·霍桑（Nathaniel Hawthorne）和亨利·詹姆斯（Henry James）是美国两位经典作家，社会改革是他们重要的文学创作主题。霍桑的《福谷传奇》（*The Blithedale Romance*）和詹姆斯的《波士顿人》（*The Bostonians*）是美国改革主题小说中的杰作。在这两部相隔三十多年的小说中，两位作家实现了超越时空的对话——他们用对现实的敏锐把握和对人性的深刻洞察让我们看到，在改进和革新的表象下，改革者们的无知狭隘和自私自利带来了严重的问题。

一、狂热背后的认知谬误

苏格拉底曾提出一个重要的哲学命题："德行即知识"。他认为知识会导向善行，是一切德行的基础；而无知则是恶的源头。只有用知识和基于知识的理性判断为人的行为指引方向，人才能分辨真假善恶，择善而行。否则人就容易受到无知偏见、权威习俗或狂热激情的干扰，跌入恶的深渊（Pangle，2014）。在苏格拉底之后，亚里士多德和黑格尔等哲学家都对这个观点做了各自的补充修正，但他们都赞同美德和善行必须以个人的识见为前提。20 世纪的批评家莱昂内尔·特里林（Lionel Trilling）更是热烈宣扬 "知性乃道德职责"（特里林，2011），只有用智慧、真知和理性思辨打破偏见谬误的遮蔽，才能实现个人的善，进而增进社会的福祉。

霍桑和詹姆斯小说里的改革者们从事改革的出发点似乎都是善的，《福谷传奇》的霍林华斯（Hollingsworth）志在改造囚犯；《波士顿人》中的奥利夫·钱塞勒（Olive Chancellor）则发誓要挑战男权、改变女性的命运，然而他们的改革理想都超出了良善无私的公益之心，上升为一种病态的狂热。这种改革热狂异化了改革者的心灵，使改革道路背离其良好初衷，它的背后正是哲学家们所警惕的思想认知谬误。

霍林华斯为了实现他的改革目标，不惜将爱人和朋友的幸福献祭，肆无忌惮地利用和驱使他人，甚至导致深爱他的奇诺比亚（Zenobia）为之自杀，这种狂热显然已成为酿就悲剧的祸端。在霍桑看来，狂热是无知狭隘的产物。小说写道："如果霍林华斯受到过更多的教育，他可能不会这样不可避免地摔进这个陷阱里去……除了那一方面的事之外，他什么都不懂；他花了那么大的精力朝那个方向思索……因此宇宙间所有的理由和正义当然好像集中在那个方向了。"（霍桑，1996）[216] 正如英国作家约翰·伯格（John Berger）指出，"狂热来源于任何一种主动选择的无知和对单一教条的追求"（Berger，2008）。霍林华斯把自己的井蛙之见和狭隘认知奉若真理，因而滋生了偏执狂般的改革狂热。

与霍林华斯的志向不同，福谷的其他改革者们希望在远离城市的乡间通过共同劳动建设一个互帮互助、财产公有的社会，为人类生活做出理想示范。但无独有偶，改革者们造福人类的衷心愿望却是源于其对人性的认识偏差和盲目乐观。这部小说是基于霍桑 1841 年参与著名的布鲁克农场（Brook Farm）集体公社生活实验的亲身经历。[①] 与布鲁克农场一样，福谷改革者们受到同时代超验主义思想的启发，信奉性善论和人性完美论（"Perfectibility of Humankind"），对人类之间的亲密团结抱有乐观期望。[②] 超验主义代表人物爱默生的政治理想是建立一个"友爱之国"和"兄弟政体"，人与人"彼此相爱"，痛苦灾难得到止息，全人类一起沐浴爱的"普遍阳光"（McWilliams，1973）[284]，这正是福谷改革的美好初衷和终极目标。

也就是说，福谷人美好的愿望加上过于天真的信念造就了这一场改革狂欢。

---

① 霍桑在 1841 年给妻子的信中记录了自己从一开始的满怀期待，变成后来的忧心忡忡，"我承认，最近我并不乐观……（农场）筹集不到足够的资金，没有提出任何可行的计划……。这些思考或多或少冷却了我原先来到农场的一腔热血"（Hawthorne，2002）[89-90]。在另一封信中，他又抱怨过度劳动让他变得麻木愚钝，"在粪堆里，或在田地的犁沟里，人的灵魂也会被埋葬凋萎，就和把它埋在钱堆里一样"（Hawthorne，2002）[87]。霍桑意识到过于炙热的理想无法在现实农场的土地上生根发芽，并决定退出这场实验。

② 布鲁克农场也被称为"超验主义乌托邦"（Transcendentalist Utopia），其创始人乔治·瑞普利（George Ripley）从超验主义那里得到了对人类的无穷潜力的信念（Walters et al，1997）[51]。

小说呈现了狂欢后的彻底失败,最开始相信人性善良团结的几个改革者到后来却各怀异心、相互猜忌,争执摩擦频发,最后彼此为敌,分道扬镳,改革也随之黯然收场。福谷人对人性的乐观想象暴露出它的不堪一击。正如小说叙述者卡佛台尔(Coverdale)所说,福谷理想"不切合实际","是一种错误"(霍桑,1996)[191]。在《霍桑评传》(Hawthorne)中,詹姆斯谈到了《福谷传奇》中改革的空想性,他说,改革者们"不了解人性在一些高级文明阶段盛行的各种形式的堕落……不考虑装腔作势、嫉贤妒能、愤世嫉俗以及诳上欺下等等人性之恶"(James,1984)。詹姆斯的评论一针见血。与布鲁克农场同一时期建立的另一个乌托邦社区霍普代尔(Hopedale)的发起者爱丁·巴卢(Adin Ballou)在回顾其失败时,承认他自己对人类"过于乐观"的信念是"一种缺点"(Walters et al,1997)[54]。霍桑的小说正是对这种盲目乐观的人性观的嘲讽。他的人性观见于《年轻小伙子布朗》(Young Good Man Brown)、《教长的黑面纱》(The Minister's Black Veil)、《红字》(The Scarlet Letter)等多部作品,他深知人的脆弱性在于容易受制于自私欲望和狂热激情——"许多人的胸前都有红字闪烁"(霍桑,1996)[62],因此在他看来,任何改革,若非对人不可避免的罪性和弱点多一层体认和警惕,都会流于纸上谈兵。在超验主义式乐观主义盛行的 19 世纪的美国,霍桑的提醒可谓恰逢其时。

《波士顿人》中的奥利夫(Olive)对拯救女性的狂热不亚于霍林华斯改造罪犯的执着。奥利夫把男性当作女性不幸的根源,在她眼中,女权事业不仅是一次社会改革,更是一场绝对光荣而正确的"圣战",男性都是十恶不赦的异教徒,他们"残酷无情、双手沾满鲜血、掠夺成性",她的改革就是要他们"彻底赎罪"(詹姆斯,2016a)[26]。她自认为肩负惩恶扬善、重整乾坤的使命,其改革热情也因此变得炙热疯狂、丧失理智。她追求自由,拒绝女性的传统角色,誓不结婚,仇视一切男性。不仅如此,她还要求她的合作者维里纳(Verena Tarrant)与她建立统一战线,放弃爱情和婚姻,和男性势不两立。奥利夫的女权改革方针简单直接,快意恩仇,但也极端偏激,罔顾现实需要。她用拒绝婚姻家庭来抵制男权,完全无视具体情况,也置两性之间的自然情感、家庭责任和人类整体的幸福于不顾。这样的改革计划显然是荒谬而疯狂的,其症结就在于她将男女两性设定为施害者-受害者的极端偏见和一种周密审慎的理性的缺位。

首先,奥利夫的狂热源于根深蒂固的偏见。奥利夫自诩比另一位女权主义者法林达夫人(Mrs Farrinder)的历史视野更为广阔,她经常阅读历史,但此举纯粹是为了验证"男性的暴虐"和支撑其男性是万恶之源的偏见。她对历史上男性的恶行义愤填膺，而看到女性"偶尔的不端行为"，她则将之归结于"男性的影响"（詹姆斯，2016a）[123]。当富家子弟伯雷奇（Burrage）对女权运动表示支持时，奥利夫却很生气，因为在压迫女性这个"巨大的男性阴谋中，她不愿意考虑那些偶然的意外"（詹姆斯，2016a）[119]。显然，奥利夫的改革方针正是发端于一种充斥着极端性别偏见的先入之见。她对女性的有意偏袒和对男性的偏执敌意使其视男性为十恶不赦的仇敌，虽自觉代表正义一方，却陷入改革狂热无法脱身。偏见导致盲信，盲信滋生狂热。

奥利夫把女权问题的解决等同于用毁灭婚姻家庭，并以此来向男性复仇，暴露出她智慧的欠缺。1848 年，美国第一届女权大会拉开了女权运动的序幕，会议宣读的《情感宣言》（*Declaration of Sentiments*）将女性问题的矛头直指婚姻和家庭。[①] 詹姆斯笔下的奥利夫就正是抓住了这一点，宣扬终结婚姻便可一劳永逸地为女性找到幸福之路。英国人埃德蒙·伯克（Edmund Burke）在《法国革命论》（*Reflections on the Revolution in France*）中，讨论过法国革命者以某一种简化的理论作为行动方针的灾难性。他指出，任何"一种单纯的意图或取向"都注定要失败，因为它没有考虑到人性和社会目标的复杂性（伯克，2005）[81]。改革的"设计的简洁性"（伯克，2005）[81] 通常是智识贫乏的表现，因为"最浅薄的理智、最粗苯的双手"也会采用"全部消灭的办法"，而成功的改革则需要深思熟虑和远见卓识（伯克，2005）[218]。奥利夫把女性问题简单归结为男性的残忍，把解决方针简化为拒绝婚姻、排斥男性，她的改革充斥着非此即彼，全部消灭式的简单化色彩，自然无法应对复杂的人性和现实需要。奥利夫的女权事业的先锋和主力维里纳，最后爱上了一个憎恶女权的极端保守派巴兹尔·兰塞姆（Basil Ransom），变成了奥利夫最为痛恨的贤妻良母，这不得不说是一个巨大的反讽。奥利夫的女权思想和 20 世纪提倡男女彻底分离的性别分离主义颇有异曲同工之处。与性别分离主义一样，奥利夫如兰塞姆所言，"要的只是另一种不平等——只是要把男人全都赶出去"（詹姆斯，2016a）[160]。其思想的本质只是"一种仇男倾向"，"只会严重脱离现实，脱离广大女性人群的需求"（李银河，2005），因而是没有出路的。

詹姆斯对奥利夫的描写折射出他对 19 世纪美国的女权运动以及随之而来的

---

① 由伊丽莎白·卡迪·斯丹顿（Elizabeth Cady Stanton）起草的《情感宣言》用大幅篇幅批判了婚姻对女性的压迫，如男性使女性"婚后在法律上不享有任何公民权利"；"在婚约中被迫允诺服从丈夫，他成了可以任意处置她的主人，法律使他有权剥夺她的自由并决定对她的惩处"；男性"制定的离婚法规定了什么事离婚的正当理由，规定了婚约解除后谁将获得孩子的监护权"等（钱满素，2016）。

追求自由独立、挣脱婚姻家庭奴役的"新女性"①的担忧。这种担忧在当时很多男性作家如威廉·迪恩·豪威尔斯（William Dean Howells）、杰克·伦敦（Jack London）等人那里也能找到印记。詹姆斯一生的好友、美国著名历史学家亨利·亚当斯（Henry Adams）曾不无忧虑地指出，在从家庭婚姻的禁锢中挣脱出来后，新女性的"力量必须找到新的领域"，而"家庭则必须为此付出代价"（亚当斯，2003）。同样，詹姆斯也在警示女性解放运动会步入简单而极端地反对婚姻家庭的歧途。他的小说中的新女性，包括《黛西·米勒》（*Daisy Miller*）中随心所欲、蔑视习俗的黛西（Daisy Miller），《一位女士的画像》（*The Portrait of a Lady*）中特立独行、逃离家庭的杜歇夫人（Mrs. Touchett），《梅西知道什么》（*What Maisie Knew*）中自由放任、无视责任的爱达（Ida Farange），她们都呈现了新女性身上的极端个人主义对家庭伦理和婚姻幸福的冲击。《波士顿人》则将这个问题推向极端——用消灭婚姻、肢解家庭来实现女性解放，其中的批判意味不言而喻。但和其他几部小说不同，在《波士顿人》简单粗暴的女权计划背后，詹姆斯除了抨击唯我独尊的个人主义之外，也凸显了改革者的认知粗浅和智识漏洞。

詹姆斯在《波士顿人》同一时期发表的另一部小说——《卡萨马西玛公主》（*The Princess Casamassima*）中也提出了类似的问题：全盘消灭对立阶级是否是解决压迫问题的最好方案？主人公海亚辛斯（Hyacinth）深陷对上层阶级所代表的辉煌的人文理想的向往和作为下层贫民对权势阶层的憎恨的两难困境之中，最终只能以自杀解脱。虽然《卡萨马西玛公主》讨论的是更加极端的社会革命，但也可从中窥见詹姆斯对改革的深刻洞见——改革事业中绝不存在非此即彼，你死我活的二元选择。只有诉诸改革者的健全理性，以及审慎全面、深思熟虑的权衡设计，才是可行性的唯一尺度。

综上所述，霍桑和詹姆斯的小说都意在表明，成功的社会改革运动必须以改革者的认知能力和智识水平的提升为前提。改革者如若不去充实自己的知识眼界，不对人性的复杂有充分认识，不对人类幸福进行通盘考虑，放弃简单粗暴的改革构想，远离头脑发热的改革疯狂，理智审慎地筹谋改革计划，成功的希望便微乎

---

① 根据《哥伦比亚美国文学史》（*Columbia Literary History of the United States*），新女性是 19 世纪美国女权运动的产物。"新女性相信在婚姻和家庭之外能实现自我，并视婚姻和家庭为一种奴役"，它"并非一个有组织的政治运动……其激进主义是个人主义的，其涉及的范围（从性态度到服饰选择）取决于个人的好恶"（埃利奥特，1994）。当然，詹姆斯对新女性的负面看法与他自己相对保守的女性观密不可分，他的理想女性应首先担当起妻子和母亲的神圣责任，"女性应该对责任、行动、影响有明确的概念；她应该尽可能地优雅、可爱，具有抚慰和取悦的力量，最重要的是，她应该具有榜样的力量"（Walker, 1999）。

其微。相比于执迷于一孔之见的狂热分子，霍桑和詹姆斯的理想改革者首先是打破了偏见谬误的误导，眼界开阔、理性智慧的行动者。

二、博爱表象下的利己主义

19 世纪美国的改革话语中充满对"仁慈""博爱""兄弟情谊"的呼唤。友爱（Fraternity）和兄弟情谊（Brotherhood）等观念源于早期清教徒面对生存问题而团结互助的需要和建立"上帝之城"的宗教使命感（McWilliams，1973）[104]，到了 19 世纪，美国人的博爱理想依然方兴未艾。爱默生将博爱比喻为"补救弊病的唯一良药、大自然的万用仙丹"，认为基于博爱的革命才是"最伟大的革命"（爱默生，1993）[162-163]。沃尔特·惠特曼（Walt Whitman）更是热情讴歌人类大爱的理想，认为人们"只需要追随自发的（博爱）冲动，世界就会变成欢乐之邦"（McWilliams，1973）[408]。然而，随着美国资本主义的发展，资本的牟利本能所导致的个人利益至上的利己主义甚嚣尘上，而爱默生超验主义所颂扬的个人主义理想也沦为逐利行为的理论依据。[①]美国批评家玛格丽特·富勒（Margaret Fuller）在 1848 年痛斥美国"因利欲熏心变得愚蠢……纯粹信念和爱的声音在这个时代沉睡了"（Fuller，1963），作为美国建国理想之一的博爱精神面临着被利己主义吞噬的威胁。

霍桑和詹姆斯都不是独善其身的避世者，对社会进步和同胞命运的热切关心驱动着他们的写作和思考。[②]但在这两部小说中，两位作家清醒地呈现了缺乏内在管控的博爱精神被人性中的自私所裹挟，走向了它的反面。他们笔下的改革者，如霍林华斯和奥利夫，都只是借着博爱的旗号进行自我扩张，真正的同情心和同理心却付之阙如。换句话说，他们高呼博爱口号的改革为其放纵自私欲望、扩张个人权力打开了方便之门，沦为利己主义的保护伞。

首先，博爱掩盖了改革者自我扩张的强烈意志，成为他 / 她驱使利用他人，实施个人专制的方便工具。霍林华斯（Hollingsworth）宣称"要为这个悲惨的世界贡献出一切的力量……替人类谋到最大的幸福"（霍桑，1996）[272]。在他的身上，人们"只看到仁慈与爱"，他"最初心中的目标愈高尚、愈纯洁"，要发现他

---

① 正如中国学者常耀信所言："爱默生主张个人发展，是对非人格化过程的针砭；但也成为后来资产阶级个人主义不择手段发展自我的理论依据。"（常耀信，2005）。

② 霍桑曾经说："每个人天生都怀有兄弟情谊"，因此"每个人都对世上的痛苦和罪行负有责任……没有权利视黑暗灾难为与己无关之事"（qtd. in McWilliams，1973）[314, 322]。詹姆斯曾在给父亲的信中说，他决定把"关注整个人类的命运"作为人生使命（詹姆斯，2016b）[65]。

身上"贪婪无厌的利己主义"的可能性就越小（霍桑，1996）[227]然而，霍林华斯正是一个极端利己主义者。他游移于爱慕他的两位女性——奇诺比亚和普丽丝拉（Priscilla）之间，借口博爱事业的需要，霍林华斯尽情利用前者的金钱和后者的情绪。后来因奇诺比亚丧失财产，他便毫不犹豫抛弃了她，致使她跳水自杀；而对普丽丝拉，霍林华斯单方面向她索取女性的温柔和包容，却无法给予她同等的爱情。霍林华斯对其他人的态度也是自我中心式的，叙述者卡弗台尔因拒绝成为他疯狂改革计划的助手而被他断绝友情。总之，借用博爱的旗号，霍林华斯向身边的人肆意施加其权力意志。

詹姆斯笔下的奥利夫也是如此。她的改革宣称是为了解放女性，声称"女人的救赎……是她唯一为之奉献生命的东西"（詹姆斯，2016a）[59]，但在整个改革过程中她最关心的却是把合作伙伴维里纳牢牢把握在自己手中，使之成为自己的忠实喉舌和传声筒，以利用其演讲才能满足她出名的欲望。奥利夫密切监控维里纳和男性的交往，强迫她发誓放弃婚姻，费尽心机与她身边的各种男性追求者和投机分子展开争夺，并利用金钱对她的父母进行收买，利用她的单纯善良迫使其忠于自己。在她周围，奥利夫精心"编织了一张精密的权威之网，依赖之网"（詹姆斯，2016a）[117]。维里纳就是挣扎在专制之网中的困兽，被剥夺了独立自由，这与奥利夫解放女性的初衷恰好背道而驰。更进一步讲，奥利夫把"男人赶出去"，让女人做主的改革计划难道不是妄图将她的专横意志强加给整个男性群体吗？奥利夫的姐姐卢纳夫人（Mrs. Luna）一针见血地指出："如果钱塞勒和她的朋友们控制了政府，她们会比历史上最出名的暴君更糟糕。"（詹姆斯，2016a）[112]从表面上的女性解放者和拯救者到实际上的女性统治者和压迫者，可以看出博爱表象下有巨大的权力欲和名利欲在作祟。当然，除奥利夫外，维里纳的演讲才能和商业价值也吸引了一群所谓的女权主义者对她趋之若鹜。他们钩心斗角，明争暗斗，整个女权运动早已背离改善女性命运的初衷，成为投机者和商人汲汲营营的名利场。

在霍桑和詹姆斯的笔下，最热情的博爱主义者最后都露出权力狂热分子和野心家的面目。事实上，这种改革的两面性在当时已得到思想界的关注和讨论。《文学与神学评论》（*Literary and Theological Review*）杂志在1839年刊登的一篇文章中指出，改革者的博爱行为背后不免有"满足自己的狂热倾向……以使他们的自私和野心得到支撑，同时通过控制追随者……最大限度张扬个人权力"的因素（Longton et al, 1999）。有关博爱与利己的悖论，批评家白璧德（Irving Babbitt）在《民主与领袖》（*Democracy and Leadership*）一书中对此做过解释。他指出，人身上共存着两种自我，分别是"性情自我"和"道德自我"，而属于"道德自我"

的"建立兄弟情谊的意志"常常会败给归属"性情自我"的"权力意志"（白璧德，2011）[99]。其结果就是，高呼博爱的人道主义者们声称渴望为他人服务，其实是打着利他的旗号，放纵性情自我，攫取支配他人的权力（白璧德，2011）[15]。与惠特曼等人道主义者无条件信赖并肆意释放个人的博爱情感相反，白璧德所说的人文主义者提倡反躬自省，修炼提升道德自我，使之能够约束规训他的性情自我。在半个世纪前，人文主义作家霍桑和詹姆斯就在小说中用反面例子发出同样的提醒，改革者应当始终保持对自我的审视省察和道德克制，避免利己主义的泛滥冲垮博爱的堤坝。

两位作家笔下的改革者的自私还体现在，他们痴迷于抽象的改革理念，却彻底丢弃了对具体的他人本然的同情心。可以说，改革者对博爱理念的狂热与其潜藏的利己主义是一体两面的关系——他们越自私专断，就越会坚定不移地追逐宏大抽象的善，因为这个理念正是他们个人意志的外化，其结果就是其自然情感遭到挤压最终消殒。这样的论断既适用于霍林华斯，也适用于奥利夫。霍林华斯除了博爱原则之外，"几乎什么也不顾了……没有心肠，没有同情，没有理智，也没有良心"（霍桑，1996）[227]。奥利夫又何尝不是如此？她为女性的未来幸福鞠躬尽瘁，却对身边的女性毫不在意，甚至充满敌意——她对维里纳百般操控，令认识的女店员望而生畏；对姐姐卢纳夫人冷漠鄙夷，与伯雷齐夫人（Mrs. Burrage）和法林达夫人明争暗斗……奥利夫只为想象中抽象的女性奔走呼号，在这些具体的女性面前，她的同情便烟消云散。

一个最热忱的博爱主义者失去了对个人的同情和慈悲，何其讽刺？宏大情感与具体情感不仅没有相得益彰，反而此消彼长，互为龃龉，这种有害倾向正是 19 世纪的美国需要抵御的。爱默生想象让个体与人类结合在博爱的光辉之下，却将个人友谊和私人责任看作"暂时的"，因而是可疑的情感，声称"所有的个人同情都只是一种偏袒"（qtd. in McWilliams，1973）[286]。从霍林华斯和奥利夫的问题来看，霍桑和詹姆斯显然都认为这种失去具体关爱支撑的博爱情怀是虚有其表。伯克曾谴责过法国革命者对空洞理想的痴迷导致自然心灵的异化，指出大革命时期兴起的"博爱"的"新哲学"是"对整个人类充满博爱，却对每一个打交道的人缺乏情感"（Burke，1887）。相反，他认为公共情感应当起源于"爱我们在社会中所属的那个小小的团队"（转引自柯克，2019）。这个观点恰与两位作家不谋而合，他们都质疑好高骛远、凌空蹈虚的博爱，警惕这种由利己主义滋生的抽象理念，暗示从生活中真实可感的关系和触手可及的情感出发的博爱才是改革的保障。

综上所述，霍桑和詹姆斯在各自的小说中向我们展示了一些改革者早已异化变质的博爱情怀，其个人欲望将博爱初衷全盘吞噬，其抽象理念与具体情感之间严重脱节，它们都可归结为改革者未能克制的自私之恶。

三、"开垦自己的智性和道德花园"

新人文主义的领军人物白璧德曾在其多部著作中都曾区分过"人道主义者"和"人文主义者"。他指出，前者"关心的是大众的命运、人类整体的福祉与进步"，后者则"关心的是个人的内在生活"（白璧德，2011）[15]；前者借助利他旗号，放纵情感，扩张权力意志，后者则诉诸理智和道德的内在制约；前者"试图改革几乎所有的事情——但唯独他们自己除外"（白璧德，2004），后者则看重自我完善，将内在的改革自省作为持续一生的重要功课。《福谷传奇》和《波士顿人》中的改革者正是白璧德所谓的"人道主义者"，他们胸怀抽象的兄弟情谊，意图改造一切，却从未反求诸己，省察自身的无知浅薄和自私自利，导致改革失败，祸己殃民。通过呈现改革者的弊病，霍桑和詹姆斯想传达的是，成功的社会改革要从改革者自身的认知和道德更新开始，甚至从每一个社会成员的自我改革开始——显然，他们的改革观是"人文主义"的。正如詹姆斯借《波士顿人》中的兰塞姆之口所说："改革的首要原则就是要首先对那些改革者们来一番改造。"（詹姆斯，2016a）[13] 在这部小说中，与狂热喧闹的女权运动形成鲜明对照的，是一个超然独立、自知自省的人物——普兰斯医生（Dr. Prance）。当兰塞姆问她对女权的看法时，她回答："两个性别都有待提高。任何一方都没有达到标准。"（詹姆斯，2016a）[29] 相比奥利夫矛头对准男性的改革，普兰斯医生用自我革命取代社会革命，在她看来，无论女权运动多么声势浩大，影响广泛，如果没有具体的男性和女性的反躬自省和日日自新，改革就如无源之水，无本之木，难以为继。詹姆斯又一次借兰塞姆之口评论道："不管这个运动的结果如何，普兰斯医生的这一场小小的革命就是一次胜利。"（詹姆斯，2016a）[33] 虽然只是一个边缘人物，但普兰斯用自己的冷静超脱和理智清醒为这场疯狂偏激、漏洞百出的运动开出了一付清火方剂。詹姆斯小说中的正面人物，无论是《一位女士的画像》中的伊莎贝尔·阿切尔（Isabel Archer）、《悲剧缪斯》中的加布里埃尔·纳什（Gabriel Nash），还是《使节》中的兰伯特·斯特瑞瑟（Lambert Strether），都是理性独立、自治自律的个人。他们在人生挑战中不断自我反省和成长，追求自我意识的更新和个体的完善，并以理想的生命状态向他人传播爱与智慧，用润物无声的方式实现个人对社会的影响和改变。正如詹姆斯在书信中说，当一个人"开垦自己智性和道德花园"时，他就是在给民族花园的开垦作贡献（qtd. in Greg，1993）。个人当如此，改革者更应关注内在生活，努力提升智识水平和道德境界，以身作则，才堪担当改革重任。

霍桑也赞同个体的进步是社会改革的前提，但与詹姆斯自我完善的人文主义思想不同的是，他的清教背景决定了他的人文主义立足于对人的罪性和弱点的清醒认识。在《福谷传奇》的结尾，卡弗台尔带着好奇心去看望霍林华斯。后者承认自己改造的犯人"一个也没有"，因为他"一直在忙着改造一个杀人的凶手"（霍桑，1996）[346]，这个凶手就是他自己。深受奇诺比亚自杀的负罪感的纠缠，霍林华斯已经彻底放弃对社会的改革计划，转而从事自我的道德救赎。而这也正符合霍桑心目中个人心灵成长的路径——被弱点裹挟的个人，如《红字》中的白兰（Hester Prynne）、《农牧神雕像》（The Marble Faun）中的多纳泰罗（Donatello）等都是在经历过罪恶带来的痛苦的淬炼后，才成长为心智健全、道德完善，并有益社会的人。虽然出发点各异，两代美国作家却殊途同归：只有从自我革新开始的改革才是真正有效的改革，而在这一点上，他们也与提倡自立正己的爱默生达成了共识。

在这两部小说中，霍桑和詹姆斯掀开了改革的华丽外衣，揭露了由于改革者的认知偏差和道德缺陷造成的种种问题。但我们不应由此判定两位作家对任何社会改革都持反对态度。青年霍桑曾投身著名的布鲁克农场实验，期望为同胞探索更好的生活的可能性；青年詹姆斯则在给父亲的一封信中哀叹当前社会问题重重，需要变革——"现实社会的组织结构荒唐可笑，杂乱无章，不具有可持续性"（詹姆斯，2016b）[65]。显然，年轻时的他们都心系社会的进步和改良，并将之作为努力的方向。随着社会阅历和思考的深入，他们意识到很多改革陷入了疯狂偏激和利己主义的泥潭，因此他们质疑的是步入歧途的改革运动。两位作家提醒我们，美好的社会公益心和改革愿望必须要以理智的行为和无私的动机护航，社会改革应该首先是改革者自身素养的提高，然后才能谈得上改革运动的成效。这样的改革必然是逐步而缓慢的。霍桑和詹姆斯都抵制极端激进的狂热改革，倾向于循序渐进的切实改变。在《福谷传奇》结尾，霍桑借卡弗台尔之口评论道，改革"应该不知不觉感化别人的心和别人的生活，使大家得到同样幸福的结果"（霍桑，1996）[346]。詹姆斯则化身保守主义者兰塞姆表达自己对极端变革的疑虑，他"讨厌一切有关自由的现代话语，对那些想要更多自由的人毫不同情……为了这个世界好，人们需要更好利用他们所拥有的自由"（詹姆斯，2016a）[231]。霍桑和詹姆斯活跃于文坛的时间虽然前后相距三十多年，但他们都秉承伯克的理性保守主义的传统，对 19 世纪的改革运动冷眼旁观，质疑受改革者的思想漏洞和道德缺陷驱动的狂热变革，拥护那些智慧和理性推动的深刻、缓慢、自然的变化。

从法国大革命的腥风血雨到二战的纳粹集中营，从近一个世纪惨绝人寰的种族屠杀和恐怖主义到当下硝烟弥漫的中东冲突，这些令自视为理性动物的人类感到无比震惊和惭愧的人为灾难，都让人们沉痛地意识到人性中极端危险的非理性成分——无论是偏执狂热还是极端利己主义，一旦爆发可能会引起的毁灭性后果。霍桑和詹姆斯这两代美国小说家对 19 世纪的社会改革运动中暴露出来的人性弱点的冷静甄别和艺术书写，让我们看到经典文学作品中闪烁的理性与智慧之光，也是人性之光。它提醒我们在社会活动中谨慎处理人性的弱点和欲望，及时端正自己的公益心和社会责任感；也照亮我们无明的认知之路，教导我们在进步的呐喊中保持最大限度的警觉、审慎和理性。

参考文献【Works Cited】

BERGER J, 2008. Hold everything dear: dispatches on survival and resistance[M]. New York: Vintage:104.

BURKE E, 1887. The works of the right honourable Edmund Burke[M]. Vol. 4. London: John C. Nimmo: 27.

FULLER M, 1963. American romantic[M]. New York: Anchor Books: 279.

HAWTHORNE N, 2002. Selected letters of Nathaniel Hawthorne[M]. Ed. Joel Myerson. Columbus: Ohio State UP.

GREG W Z, 1993. Henry James and the morality of fiction[M]. New York: Peter Lang Publishing: 97.

JAMES H, 1984. Literary criticism[M]. Vol. 1. New York: The Library of America: 419.

LONGTON W, RONALD L, WILLIAM L, 1999. The conservative press in eighteenth and nineteenth-century America[M]. Santa Barbara: Greenwood Publishing Group: 301.

MCWILLIAMS W, 1973. The idea of fraternity in America[M]. Berkley: U of California P.

PANGLE L, 2014. Virtue is knowledge: the moral foundations of Socratic political philosophy[M]. Chicago: U of Chicago P: 85.

WALKER A P, 1999. Henry James on culture: collected essays on politics and the American social scene[M]. Lincoln: U of Nebraska P: 62.

WALTERS R G, ERIC F, 1997. American reformers, 1815-1860[M]. London: Macmillan.

埃利奥特, 1994. 哥伦比亚美国文学史 [M]. 朱通伯, 等译. 成都：四川辞书出版社：483.

爱默生, 1993. 爱默生集：论文与讲演录 [M]. 赵一凡, 等译. 波尔泰, 编. 北京：生活·读书·新知三联书店.

白璧德，2011. 民主与领袖 [M]. 张源，张沛，译. 北京：北京大学出版社.

白璧德，2004. 文学与我们的大学 [M]. 张沛，张源，译. 北京：北京大学出版社：8.

常耀信，2005. 精编美国文学教程 [M]. 天津：南开大学出版社：61.

伯克，2005. 法国革命论 [M]. 何兆武，许振洲，彭刚，译. 北京：商务印书馆.

霍桑，1996. 红字·福谷传奇 [M]. 侍桁，杨万，侯巩，译. 上海：上海译文出版社.

詹姆斯，2016a. 波士顿人 [M]. 代显梅，译. 哈尔滨：黑龙江人民出版社.

詹姆斯，2016b. 亨利·詹姆斯书信集 [M]. 师彦灵，译. 兰州：甘肃人民出版社.

柯克，2019. 保守主义：从伯克到艾略特 [M]. 张大军，译. 南京：凤凰文艺出版社：450.

李银河，2005. 女性主义 [M]. 济南：山东人民出版社：122.

钱满素，2016. 自由的刻度 [M]. 北京：东方出版社：220.

特里林，2011. 知性乃道德职责 [M]. 严志军，张沫，译. 南京：译林出版社：1.

亚当斯，2003. 亨利·亚当斯的教育 [M]. 周荣胜，严平，译. 北京：中国社会科学出版社：471.

修复型与反思型怀旧：托妮·莫里森《天堂》中身份意识的嬗变

周奇林

内容提要： 托妮·莫里森的《天堂》讲述了非洲裔美国黑人家族"八层石头"的三代人从奴隶到深肤色黑人，再到非洲裔美国人的身份嬗变。第三代"八层石头"最初怀念黑文镇所象征的祖辈的纯黑人身份，在修复型怀旧的驱使下，按照已经被毁灭的黑文镇的经验重建鲁比镇：他们修复大炉灶，为维护纯黑人身份而血洗女修道院。然而，女修道院事件和随后的葬礼促使"八层石头"第三代人开始反思身份问题，由此开启了从深肤色黑人向非裔美国人身份观的转变。鲁比镇的经历表明，非裔美国人的身份认同之路仍未走完，黑人种族主义和白人种族主义同样不可取，同时它也表明，他们的未来在于多元文化，而非本质主义的黑人性。本文基于博伊姆对怀旧的定义，以及修复型怀旧和反思型怀旧理念区分具体展开讨论，强调立足当下解决种族困境的重要意义。

关 键 词： 托妮·莫里森；怀旧；身份认同；本质主义；多元文化

作者简介： 周奇林，南京大学外国语学院博士研究生，主要从事美国文学研究。

基金项目： 本文系 2019 年辽宁省教育厅人文社科基础研究项目"莫里森'历史三部曲'的景观与记忆研究"（2019JYT12）和 2019 年度大连外国语大学科研基金项目"莫里森'历史三部曲'的景观与记忆研究"（2019XJYB07）阶段性研究成果。

Title: Restorative and Reflective Nostalgia: The Change in Consciousness of Identity in Toni Morrison's *Paradise*

Abstract: Toni Morrison's *Paradise* tells the story of three generations of African-American family "8-Rocks," and their developing self-identification which evolves from former slaves to dark-colour blacks and finally to Afro-Americans. The third-generation 8-Rocks admire the pure blackness constructed by their forefathers and symbolized by the all-black town Haven. Driven by the restorative nostalgia, they reconstruct the town of

Ruby in the image of Haven, restore the Oven, and massacre the Convent women in order to maintain their all-black identity. The cruelty of Convent event and subsequent funeral urge the 8-Rocks to reflect on their action, leading to a transformation in their identification from the dark-color blacks to African-Americans. The Ruby experience shows that African-Americans' identification process still has a long way to go, and black racism is as wrong as white racism. It also shows that the future of Afro-Americans lies in multiculturalism, rather than essentialist negretude. This paper uses Boym's concepts of nostalgia, both restorative and reflective nostalgia, to discuss the identity issue in the novel and hightlights the significance of solving racial predicament on the ground of the present circumstances.

Keywords: Toni Morrison; nostalgia; identity; essentialism; multiculturalism

《天堂》（*Paradise*）、《宠儿》（*Beloved*）与《爵士乐》（*Jazz*）为托妮·莫里森（Toni Morrison）的"历史三部曲"。故事发生地在鲁比（Ruby）镇，这座虚构的纯黑人小镇以 1890 年的"俄克拉荷马州抢地风潮"（the Oklahoma Land Rush）和号称"黑人华尔街"的格林伍德（Greenwood）社区为历史素材而建构。遗世独立而又繁荣兴盛的纯黑人小镇无疑宣示了小说中一群被称为"八层石头"的深肤色黑人在种族歧视根深蒂固的年代获得的成功。然而，也正是因为如此，第三代"八层石头"一直生活在过往的影子中，性格逐渐变得偏执，继而制造了血洗女修道院事件。考虑到《天堂》这部小说出版时的历史语境，我们可以发现彼时的美国社会正值多元文化主义（multiculturalism）兴起之际，"八层石头"执着于纯黑人天堂和纯黑人身份的行为与之相悖，引人深思。本文立足第三代"八层石头"频繁怀想过往荣光这一文本现象，借力斯维特拉娜·博伊姆（Svetlana Boym）对怀旧的定义，以及她提出的"修复型怀旧"（restorative nostalgia）和"反思型怀旧"（reflective nostalgia）的理念区分，对小说展开深入分析。本文将思考并解决以下几个问题：第三代"八层石头"为何会频繁陷入对黑文（Haven）镇的怀旧中？他们致力于修复的大炉灶承载着何种文化意蕴？面对女修道院，他们为何会触发修复型怀旧，开启防卫机制？萨维－玛丽的葬礼为何会导向反思型怀旧？鲁比镇的经历对非裔美国人的身份认同又有何启示？

一、黑文镇的家园理想

"怀旧"从词源上可以分为两部分，nostos（返乡）和 algia（怀想）（博伊姆，

2010）[2]。根据博伊姆的定义，"怀旧是对于某个不再存在或者从来就没有过的家园的向往。怀旧是一种丧失和位移，但也是个人与自己的想象的浪漫纠葛"（博伊姆，2010）[2]。换言之，怀旧者因时移世易而产生感伤，但是过往又因此蒙上了浪漫的面纱，让怀旧者为之产生浪漫的情愫。在第三代"八层石头"眼里，曾经的黑文镇寄托着这群深肤色黑人的家园理想，"他们热爱原先的黑文——那里的观念和那里的地域——他们怀着并且时时抚育着这样的情愫"（莫里森，2013）[6]。他们开展家园怀旧的深意即是怀想先辈们逆写肤色政治的行为。

俄克拉荷马州的一些黑人自治小镇发出了"有备而来还是毫无准备"（Come Prepared or Not at All）（莫里森，2013）[15] 的广告，吸引了"八层石头"踏上了西迁之旅。莫里森曾在接受伊丽莎白·法恩斯沃斯（Elizabeth Farnsworth）的采访时回应为何会让"八层石头"前往俄克拉荷马州，她说道：

> 我的部分想法主要源自研究和思考整个时期，即前奴隶、自由人离开种植园，有时候是被逼无奈——因为南方人常希望他们能够留下来，但是他们尝试着利用诸如俄克拉荷马州等地方提供的土地，建造城镇、教堂、商店、银行和房子。（Morrison et al，2008）[155]

俄克拉荷马州在 20 世纪前还属于远西地区，领地上有大片"无主土地"（free land）（Turner，2011），自耕农纷至沓来，最后掀起了 1890 年的"俄克拉荷马州抢地风潮"（Flamming，2009）[79]。大批黑人也应势而动，大量黑人自治小镇如雨后春笋般出现在俄克拉荷马州的领土上。

"八层石头"选择了菲尔立（Fairly）作为他们此行的目的地，然而，"他们从密西西比和路易斯安那走到俄克拉荷马，来到了他们仔细地叠在鞋里或塞进帽檐里的广告上描述的地方，结果却是被轰走"（莫里森，2013）[226]。他们确实"来了"，但他们并没有"做好准备"。造成这一局面的原因主要有两个方面：一是因为他们属于赤贫阶层；第二点，也是最重要的一点，就是他们的深黑肤色。其实早在南方的时候，他们就猜测到了深黑肤色致使其遭受最严苛的种族歧视。西迁过程中，"一百五十八名自由人在亚祖河至史密斯堡之间的每一粒土壤上都没有受到欢迎"（莫里森，2013）[15]。一系列经历让他们不得不承认一个事实，"他们十代以来始终相信，他们力求弥合的分界线处于自由与奴隶之间，富裕与贫穷之间。通常，但并非总是：白人与黑人。如今他们总算看到了一个新的区分：浅肤色和黑肤色"（莫里森，2013）[226-227]。"八层石头"与白人和浅肤色黑人的对立让他们更加坚定建立一座丰裕的纯黑人小镇的信念。

在莫里森看来，丰裕"是一种正常的日常人类生活，而不仅仅只是天堂般的状态"（Morrison，2014）[xiv]。黑文镇的建设关乎人迹罕至、未经开垦的"处女地"被建设成农业乌托邦（Gauthier，2005）。小镇居民自给自足，拥有自己的教堂、银行、学校和商店；他们自由从事农业生产实践，而不至沦为佃农或农工。物质上的充裕让黑文镇在大萧条时期幸存下来，但其他一些黑人小镇却走向分崩离析。黑文镇繁荣的内在肌理即第一代"八层石头"认同纯黑人身份、追寻自由。在斯图亚特（Steward）的记忆里，父辈们寻找到的这片广袤土地"象征着奢侈——丰饶的灵魂和无边的自由"（莫里森，2013）[114]。这里"没有敌人可以藏身的险恶密林"（莫里森，2013）[114]，意指"八层石头"不再像南方种植园奴隶那样以密林为掩护追寻自由，也不用面临被捕后私刑处死的悲惨境地。"这里的自由不是你指望的一年一度的狂欢节或乡村舞会那种娱乐"（莫里森，2013）[114]，意味着这群深肤色黑人创建的是一座纯黑人乐园（paradise），自由的氛围在这里永不停息。这里的自由"也不是大人老爷的残羹剩饭"（莫里森，2013）[114]，即自由是靠他们自己创造的，而不是依赖旁人，由此影射他们在菲尔立的遭遇。"这里的自由是由大自然主持的一种考验，人类每日都得经历。如果在足够长的时间里通过了道道考验，就能成为人中主宰。"（莫里森，2013）[114] 换言之，第一代"八层石头"不断地在荒野中开拓纯黑人乐园，最终建构理想家园。

黑文镇是这群深肤色黑人家园理想的寄托之地，亦是促使他们认同纯黑人身份，形成统一体的场域。此时的"八层石头"由身份的被建构者成了建构者，实现了自身的主体性建设。正如莫里森在采访中所言："所有的天堂、所有的乌托邦是由那些不在那儿的人和不被允许进入的人设计的。"（Morrison et al，2008）[156] 白人和浅肤色黑人成了"八层石头"眼中的他者，深黑肤色不再是种族歧视的标志，相反，它成为"八层石头"引以为荣的象征。然而，这种过度注重纯黑性的做法也预示着危机悄然而至。

二、修复型怀旧：大炉灶与女修道院

在经历了大萧条、收税人、铁路等外部因素的轮番冲击后，遗世独立的黑文镇最终走向衰落，"从俄克拉荷马领地上的一座梦幻之城黑文变成了俄克拉荷马州的一座鬼蜮之城黑文"（莫里森，2013）[5]。于是迪肯（Deacon）和斯图亚特在1949年带领第三代"八层石头"重新选址，并且按照黑文镇的经验重建家园，呼应了博伊姆提出的修复型怀旧。"修复型的怀旧强调'怀旧'中的'旧'，提出重建失去的家园和弥补记忆中的空缺。"（博伊姆，2010）[46]家园怀旧仍停留在怀想层面，修复型怀旧更进一步，融合了怀想与返乡。"八层石头"通过修复物理空间层面的家园来维系记忆，最为典型的是他们在决定迁镇时把大炉灶完整地拆卸下来，重新安装在鲁比镇。尽管"除去洗礼，大炉灶并没有真正的价值。当年黑文初创时所需要的东西在鲁比再不是必需的了"（莫里森，2013）[119]。但是在迪肯和斯图亚特这些父辈看来，修复大炉灶含有修复"过去的习惯做法"（博伊姆，2010）[47]之意。在黑文镇，大炉灶的功用不仅局限于公共厨房，更重要的是它成为凝聚小镇居民的重要精神地标。人们或是在大炉灶旁讲述过往的故事，又或是共同商讨小镇事务。博伊姆解释道："这些做法一般受到被公开地或者隐蔽地接受的规则控制，具有某种象征性质的礼仪，意在反复教导某种价值观和行为规范，而重复本身也就自动地意味着和过去的连续性。"（博伊姆，2010）[47]大炉灶彷如一座纪念碑，承载了"八层石头"艰难寻找家园、建构纯黑人身份的官方历史。八层石头修复大炉灶受到纯黑人身份认同规则的支配，大炉灶上的铭文"当心他皱起的眉毛"也因此传递出一种警示之意：小镇居民势必要坚守纯黑人乐园和纯黑人身份，否则会触发上帝之怒。

大炉灶可以被修复，但是大炉灶蕴涵的价值观是否能够继续传递下去？两辈人围绕"大炉灶"上的铭文展开辩论，年轻一辈据理力争，坚持认为大炉灶上的铭文应该是"是他皱起的眉毛"，而不是"当心他皱起的眉毛"（莫里森，2013）[99]。"是"和"当心"之间的显在区别即谁拥有权力。"当心"表示权力在上帝手中，老一辈借此树立了绝对权威，明确表示纯黑人小镇的运行机制不容变更。"是"意味着信众拥有权力，表明年轻一辈渴望掌握主导权。小镇青年罗伊（Roy）说："大炉灶也是我们的历史，先生，不光是你们的。"（莫里森，2013）[99]年轻人承认大炉灶承载的光辉历史，同时也希望能够为纯黑人小镇注入新的活力。这场争论在斯图亚特的警告声中结束："如果你们，你们当中的任何人，忽视、改变、去掉或增加大炉灶灶口处的词句，我就把你们像半睁眼的蛇一样，把头打掉。"（莫里森，2013）[100]大炉灶的铭文之争表明，纯黑人小镇"恢复本源"（the restoration of origins）（博伊姆，2010）[48]的运行机制大有僵化之意，这也为鲁比镇的未来发展画上了问号。

虽然迪肯在这场争论后察觉到小镇出现了"这里一条口子那里一道裂缝"，但是他坚持认为"鲁比的一切都未受损伤"（莫里森，2013）[130]。所以，对于以迪肯为代表的父辈而言，小镇出现的这些问题只需修复即可，以至于当修道院的女人们打破小镇的平静时，他们仍然采取修复的方式继续维持纯黑人小镇的运行。这一"恢复本源"的族裔身份建构策略实则是一种"回到部落"（back to tribes）式的做法，把本部落奉行的价值观作为区分"我们"与"他们"（鲍曼，2018）[73]的标准。"一旦根据这种规则来分割'我们'与'他们'，那么对立者双方之间的任何接触，目的就不再是缓解对立，而是获取或创造更多的证据，以证明缓解对立于理解无据，不予考虑。"（鲍曼，2018）[73-74] 这意味着鲁比镇与女修道院之间将不可避免地产生暴力冲突。

女修道院与鲁比镇不仅呈现出物理空间层面的对立，还体现了两个群体迥异的文化身份诉求。莫里森在小说前言部分写道："鲁比镇这座纯黑人小镇里居住着的都是同一族裔群体，目的是为了保护小镇，延续原初的神话，以及保持血统的纯正性。在女修道院中，族裔身份变得无法确定，所有的族裔代码都被有意排除在外。"（Morrison，2014）[xvi] 鲁比镇是美国历史上"日落小镇"（Sundown Towns）（Loewen，2009）[①]的翻版，深黑肤色的"八层石头"汇集于此，"所有人对外界都保持着一种冷冰冰的怀疑态度"（莫里森，2013）[187]，加深了"八层石头"与白人和浅肤色黑人之间的对立性，以至于一户白人家庭向小镇居民求助时不愿做过长时间的停留。女修道院曾经是教化印第安女孩的寄宿学校，尔后又为康瑟蕾塔（Consolata）等五个无法辨别肤色的女性提供疗愈创伤的场所，体现了单一空间内文化身份的多元化特征。不过，女修道院多元文化身份的要旨并不在于呈现面孔和肤色的多样性，而是在多元文化身份的引导下形成包容互助的价值观。正是因为女修道院中的五个女人以自由、包容、开放的心态生活，她们才会不自觉地闯入鲁比镇。K. D. 和阿涅特（Arnette）举办婚礼那天，她们前来参加婚礼，还在神圣的大炉灶旁开启了狂欢模式。当修道院里的这些女人与鲁比镇的"家中天使"同处一地时，前者被贴上了"荡妇"的标签，在大炉灶旁的狂欢也被认定为搅扰了纯黑人小镇的宁静，这为她们招致杀身之祸埋下了伏笔。

血洗女修道院除了涉及鲁比镇物理空间层面的修复问题，还能借此洞悉暴力修复家园这一行径的内部逻辑。小镇里的一名老年女性娄恩（Lone）无意中听见几名父权家长式人物在大炉灶旁"策划"血洗女修道院的"邪恶行径"（莫里森，2013）[315]。此处的"策划邪恶行径"顺应了博伊姆提出的密谋理论。博伊姆指出，修复型怀旧的叙事情节包括"恢复本源"和"密谋理论"（the conspiracy theory）（博伊姆，2010）[48]。密谋理论不同于密谋。密谋是指"他人建立的颠覆性的亲密

---

① "日落小镇"是指美国历史上天黑后禁止黑人入内的小镇（"Nigger，don't let the sun set on your head."）。

关系，一种更多地建立在排他性而非情谊基础上的想象的群体，那些不和我们在一起、反对我们的人的同盟"（博伊姆，2010）[48]。密谋理论更进一步，密谋理论的拥趸认为"'他们'密谋反对'我们'还乡，所以'我们'不得不密谋反抗他们，想要恢复'我们'想象中的群体"（博伊姆，2010）[49]。可以说，密谋理论与被迫害妄想症无异。一旦外部空间发生了实质性改变，怀旧者会开启"防卫机制"（defense mechanism）（博伊姆，2010）[3]，不惜一切代价恢复原有的运行机制，任何危害稳定性的外部因素都应该被彻底清除。

在"八层石头"看来，"自春天那一可怕的发现以来他们搜集的证据是抵赖不掉的：与这一切大灾难相关联的东西就在女修道院中，而在这女修道院中的就是那些女人"（莫里森，2013）[12]。多年前怀有身孕的索恩（Soane）去了一趟女修道院后便流产了；生下四个有缺陷孩子的斯维蒂（Sweetie）某天哭着走向女修道院，回来后说修道院的女人们逼迫她；阿涅特曾未婚先孕并在女修道院产下了一名死婴，又在新婚夜来到女修道院寻找那个逝世的孩子，还说修道院的女人们杀死了她的孩子；K. D. 和女修道院中的吉姬（Gigi）厮混；比利·狄利亚（Billie Delia）跟修道院的女人们交情很好，她把她的母亲帕特莉莎（Patricia）从楼梯上推了下来后就去了女修道院；阿波罗（Apollo）和布鲁德（Brood）两兄弟同时喜欢上了比利·狄利亚，还因此互相开了枪，他们中的一个开车送比莉·狄利亚去女修道院后，兄弟俩之间的麻烦就变得更危险了；大炉灶后墙上突然出现了一只带红指甲的黑拳头等。一系列状况让小镇中的父权家长式人物将矛头直指女修道院，认定这群邪恶的女人在密谋破坏小镇的稳定。他们认为向修道院的女人们施展暴力完全是出于自我防卫，防止鲁比镇像先前的黑文镇那样在外界的冲击下最终走向衰败。"所以他们才来到这座女修道院，确保此事绝不再次发生，使其里里外外没有任何东西腐蚀一座黑人城镇，让它遭此苦难。"（莫里森，2013）[5]

血洗女修道院呼应了《宠儿》中的弑婴和《爵士乐》中的枪杀多卡斯（Dorcas）。莫里森作为一名作家的高明之处就在于她对"轻与重"的把握。暴力捍卫家园的行径背后涌动着一股强烈的情感力量，"八层石头"的纯黑人身份认同与其对家园的怀旧之情相辅相成，正如塞丝（Sethe）弑婴出于浓烈的母爱，乔（Joe）枪杀多卡斯出于刻骨的情爱。不过，"八层石头"的怀旧之情走向了偏执。这让鲁比镇"携带着自我解构的种子"（Morrison et al，2008）[156]，就像大炉灶上的铭文暗示的那样："起初像是祝福，后来像是诅咒，最终则是宣布他们已经沦落。"（莫里森，2013）[7]第三代"八层石头"坚信黑文镇的经验是真实有效的，他们长久以来依赖过往的经验建构和维护纯黑人乐园与纯黑人身份。然而，代代相承的纯黑人小镇运行机制不具有自反性，这让他们不可避免地落入了修复型怀旧的圈套之中，深陷其中的人们不能洞悉问题所在，亦不能立足当下，放眼未来。"随着时间的流逝，其他事物会渗透进来"（Morrison et al，2008）[156]。历史的潮流冲开了鲁比镇封闭的大门，迫使他们立足 20 世纪 70 年代的黑人历史语境重新考量文化身份认同问题。

三、反思型怀旧："救救玛丽"

女修道院事件后，鲁比镇举办了二十三年来的第一场葬礼——斯维蒂和杰夫最小的孩子萨维－玛丽（Save-Marie）夭折了。之前的那场葬礼需要追溯到 1953 年，当时迪肯和斯图亚特的妹妹鲁比（Ruby）因种族歧视而错过了最佳治疗时间，最终殒命。两场葬礼传递出截然不同的意旨：前者意味着鲁比镇将强化种族纯净的信念，后者意味着小镇执着于纯黑人身份的理念受到了质疑。萨维－玛丽的这场葬礼其实早已注定，它牵动着这座永生小镇的命运。如卡特琳·戴尔斯加德（Katrine Dalsgård）所言："萨维－玛丽象征着整个社区：鲁比人就像这个'残缺'和腐化的小孩，他们被驱逐出天堂，一开始就被信奉完美主义的例外论者诅咒。"（Dalsgård，2001）这场葬礼把鲁比镇僵化的运行机制置于显在的位置，明确了"八层石头"与非"八层石头"、男人与女人、老一辈与年轻一辈之间的矛盾。第一重矛盾涉及种族歧视，第二和第三重矛盾指涉"性别和代际"（Morrison，2014）[xvi] 问题。如果说种族歧视是鲁比镇追求永生的主要原因，那么基于性别和代际问题的父权制也不容忽视。在父权制的影响下，小镇女性被迫承担孕育"八层石头"的义务，而年轻一辈被委以延续"八层石头"血脉的重任。米斯纳牧师（Reverend Misner）在葬礼上说道："噢，萨维－玛丽，你的名字听起来永远都像'救救我'。"（莫里森，2013）[359] 究其原因，鲁比镇一直以来采取"接收"的方式，即族内通婚，来延续小镇的血脉。用帕特莉莎的话来说，"在鲁比没人死"，"纯粹又贞洁的'八层石头'只要在鲁比住下去就会把持着魔法。这就是他们的秘方。这就是他们的密约。为了不朽"（莫里森，2013）[255]。不过，鲁比镇也遭到了反噬。"八层石头"执着于血统纯正性导致后代患有先天不足，甚至面临子孙凋零的境地。因此，"救救玛丽"不仅是这个不幸的孩子发出的呼唤，也暗示了日薄西山的鲁比镇在寻找出路。

鲁比镇凭借自身的力量创造丰裕生活，这表明"八层石头"承认进步话语。1934 年的黑文镇"很明显通电还只停留在口头上"（莫里森，2013）[17]，在鲁比镇"每个家庭，各色家用电器抽啊、吸啊、流啊，种种声音响个不停"（莫里森，2013）[102]。汽车也是这座黑人家园中时常出现的一个意象，以迪肯为例，他"每天都要开着他那锃亮的黑色轿车跑上四分之三英里的路程"（莫里森，2013）[124]。斯图亚特的牧场上"天然气钻井深达一万英尺，他的腰包由此填满"（莫里森，2013）[94]。鲁比镇在经营方面无疑与历史上的格林伍德黑人社区一样获得了成功。然而，在黑人繁荣的表象下，种族主义的幽灵仍在作祟，即便是有着"黑人华尔街"之称的格林伍德也难逃种族大屠杀的命运。历史上，这场大屠杀被称作为"塔尔萨种族大屠杀"（Tulsa Race Massacre），它标志着"20世纪20年代的可怕开端"（Flamming，2009）[133]。所以正视种族问题是解决小镇危机的唯一出路。

在两辈人展开大炉灶的铭文之争时，索恩注意到罗伊提出了要给大炉灶取一个"非洲式"的名字，他谈起非洲人"就像是邻居，或者更莫名其妙地像是一家人"，而他谈到白人时，"就好像他刚刚发现他们，仿佛那是新闻"（莫里森，2013）[120]。罗伊的言辞勾连阿历克斯·哈利（Alex Haley）的非洲寻根小说《根》（Roots），旨在通过非洲这片遥远的土地建立起深厚的黑人文化根基。索恩对此表示："她对非洲人的兴趣和非洲人对她的兴趣处于同一水平：全无。"（莫里森，2013）[120]她的反应表明：美国黑人迥异于非洲人，他们位于黑人与白人、非洲人与美国人的罅隙中，是杜波依斯（W. E. B. Du Bois）所说的具有"双重意识"（double-consciousness）（Du Bois，2004）的非裔美国人，跨越了非此即彼的身份观。鲁比镇从1949年迁镇到20世纪70年代走向衰落，期间正值美国民权运动如火如荼开展之际，这场黑人进步运动引发了小说对非裔美国人这一双重身份的新思考。

就在"八层石头"密谋血洗女修道院的那个雨夜，"大炉灶稍稍向一侧歪斜，下面的地基松动了"（莫里森，2013）[335]。女修道院事件后，年轻人又趁机修改了大炉灶上的铭文，这次不再是"是他皱起的眉毛"，而成了"我们是他皱起的眉毛"（莫里森，2013）[348]。大炉灶的坍圮和铭文的变更象征着"八层石头"艰难寻找家园、维护纯黑人身份的官方历史被瓦解，一场基于非裔美国人身份的反思型怀旧取代了修复型怀旧。修复型怀旧"强调返乡"，"自视并非怀旧，而是真实与传统"；反思型怀旧对怀旧"维护绝对的真实"持有疑问，它"多限于怀想本身，推迟返乡"，"关注人类怀想和归属的模糊含义，不避讳现代性的种种矛盾"（博伊姆，2010）[7]。换言之，修复型怀旧重在对过往事物的重建，反思型怀旧以过往历史和已逝时间为基点展开思考。"怀旧不永远是关于过去的；怀旧可能是回顾性的，但是也可能是前瞻性的。"（博伊姆，2010）[5]以萨维-玛丽的葬礼为转捩点，迪肯和米斯纳开启反思型怀旧，他们立足于鲁比镇的经验，思考非裔美国人身份认同的前路与挑战。

在米斯纳牧师看来，

> 他们自以为比白人更狡猾，可事实上他们在模仿白人……他们诞生于一种古老的仇恨之中，那种仇恨最初产生时，一种黑人鄙视另一种黑人，而后者将仇恨提到新的水平；他们的自私因一时的傲慢、失误和僵化了的头脑的无情，毁弃了两百年的苦难和胜利。（莫里森，2013）[357]

"八层石头"引以为傲的深黑肤色，以及小镇贯穿始终的血统纯正性政策与"美国例外论"（American exceptionalism）（荆兴梅 等，2013）的宗旨并行不悖。他们把主流文化社会建设"山巅之城"（City upon the Hill）（Hodgson，2009）的信念内化为打造纯黑人乐园的精神力量，以此彰显"黑即是美"（Black is Beautiful）（Camp，2015），这让非裔美国人两百多年的身份变迁历程被一抹而尽。具体而言，"八层石头"一味地强调群体历史而刻意忽略非裔美国人的早期奴隶史，"毁弃了两百年的苦难"。历史的车轮在前进，即便时间的轴轮落在民权运动兴起的时代，他们仍以自我为中心，蜷缩在美国社会的一隅，"毁弃了两百年的胜利"。反观现实，这场声势浩大的权力运动把美国黑人推向时代的最前端，让他们不仅认识到了自己的非裔身份，更是通过呼吁黑人权力的方式巩固了其作为美国人的身份。米斯纳作为民权运动的积极倡导者，他看到了小镇的未来："鲁比镇很快就会像别的乡镇一样了；年轻人想去别处，而老年人则充满懊悔。"（莫里森，2013）[357]

迪肯追溯了祖辈提（Tea）与科菲（Coffee）（老爷爷撒迦利亚）遭受白人羞辱的经历。当年提为了迎合白人而甘愿承受奚落，科菲则全然不受白人控制，而且强烈反对提的做派，兄弟两人为此分道扬镳。迪肯与斯图亚特两兄弟就像当年的提与科菲，他们在血洗女修道院后也因理念不同而分道扬镳。斯图亚特无视事实，拒不认错，仍落在修复型怀旧的圈套内。女修道院事件后迪肯不再驾驶汽车，而是"在大庭广众之下光脚走路"（莫里森，2013）[350]，目的是为了怀想祖辈们当年光脚从南方走到俄克拉荷马州寻找家园的苦难历史。另外，他找到了米斯纳忏悔。在重述提和科菲这对双胞胎兄弟的经历后，他说了一番话值得玩味的话：

> 在他对他兄弟上的做法上错了。提毕竟是他的双胞胎兄弟嘛。如今我不敢那么肯定了。我在想，科菲是对的，因为他看到了提身上的一些东西，那不仅仅是和喝醉的白小子凑热闹的问题。他看到了一些让他感

到耻辱的东西，就是他兄弟看待事情的方式，以及遇事时他作出的选择。科菲接受不了。倒不光是因为他为他的双胞胎兄弟感到耻辱，而是因为那种耻辱就在他自己身上，把他吓住了。（莫里森，2013）[353]

科菲之所以被吓住，是因为白人施加的耻辱被镌刻在黑人的骨子里，让他们理所当然地认为身为黑人本就是耻辱。这份耻辱也在第二代和第三代"八层石头"身上继续延续下去。"在一八八九年挺身而立的自由人到一九三四年就跪到了地上，到一九四八年干脆在地上爬了。"（莫里森，2013）[5] 种种细节表明"八层石头"融入主流文化社会无望，从而把希望寄托在建设纯黑人小镇上，这导致他们一直以来把纯黑人小镇的建镇经验视为风向标，渐渐地被挤出时代发展的潮流之外。至此，"两百年的苦难和胜利"并置，言说了非裔美国人在苦难中缔造胜利的历史，同时也表明他们取得的进步不足以让种族主义的阴霾消散。这为米斯纳的进步史观增添了新的注脚。

综合米斯纳和迪肯的反思型怀旧，非裔美国人的身份认同并不仅仅是给黑人贴上族裔标签，更是书写一部尚未完成的抗争史。"历史的天使"（Angel of History）在面对进步的风暴制造的废墟时显得无能为力，而他自己也被这场风暴推向他背对的未来（Benjamin，1969）。对于非裔美国人而言，瓦尔特·本雅明（Walter Benjamin）的"历史的天使"具有两重意义：一是美国黑人的历史遭遇就像是"历史的天使"眼前的废墟，历历在目，不容忘却；二是"历史的天使"背对着未来意味着后续还未可知。[①] 过往与未来之间的张力让"历史的天使"停留在当下，一种"静止的辩证法"（a dialectic at a standstill）（博伊姆，2010）[25]。小说结尾处，海上的船只正在驶向港湾，而船上的人"要歇息一下再去肩负他们生来就要去做的无休止的工作"（莫里森，2013）[373]。在种族主义仍未根除的今天，以史为鉴并关注非裔美国人当下面临的困境是展望种族平等的关键所在。

四、结语

希里斯·米勒（J. Hillis Miller）在《共同体的焚毁》（*The Conflagration of*

---

① 本雅明的"历史的天使"源于画家保罗·科利（Paul Klee）创作的"新天使"（"Angelus Novus"）。"新天使"嘴微张，双翅展开，看上去像是从他正在凝神注视的事物离去，这引发了本雅明对现代性的思考。本雅明的时间观并非是现代意义上的线性的、进步性的时间观，而是停留在当下。他认为救赎的希望亦存在于当下，一种弥赛亚时间。本文借此进一步反思非裔美国人的历史遭遇，及其争取种族平等的前路与挑战。

Community）一书中立足当今世道问道："阅读《宠儿》，益处何在？"（米勒，2019）不妨把问题转换成"在当今世道阅读莫里森的作品益处何在？"莫里森是一名划时代的黑人女作家，她的伟大之处并不在于被划归到某个"主义"的代表人物之列，而在于她对美国黑人问题的洞察力，或者说她的现实关怀。她在盘根错节的小说情节中厘清了一条重要线索：种族主义仿佛宠儿般阴魂不散，非裔美国人反种族主义斗争任重道远。漫长的种族平等之路让她试图从作家的角度探索一条出路。美国黑人历史上不乏针对种族主义的真知灼见，正如女修道院事件后米斯纳和安娜（Anna）在修道院的菜园里分别看到了"窗"和"门"（莫里森，2013）[356]。马丁·路德·金（Martin Luther King III）的"非暴力不合作"与马尔科姆·X（Malcolm X）的"暴力革命"无疑是非裔美国人的重要政治遗产。在《天堂》中，鲁比镇的家园理想带有"非暴力不合作"的影子，修复型怀旧引导下的血洗女修道院行径则影射了"暴力革命"。鲁比镇的陨落让小说有质疑马丁·路德·金和马尔科姆·X之嫌，因为他们就像是黑人历史资料库里的陈列，只能在怀旧中接近。《天堂》这部小说则呼吁一种当下意识，明晰实实在在地解决黑人问题至关重要。尤其是在后种族主义时代，美国黑人面临的问题层出不穷，以乔治·弗洛伊德（George Floyd）事件为例，该起事件牵涉出黑人医疗、教育、住房、就业等一系列亟待解决的社会民生问题。如何解决这些问题则需要发挥非裔美国人的主观能动性，这也是当下性的意旨所在。不过，形形色色的解决方案最终交汇在一点——非裔美国人也需要摆脱种族主义的束缚。

参考文献【Works Cited】

BENJAMIN W, 1969. Theses on the philosophy of history[M]//Illuminations. Ed. Hannah Arendt. New York: Schocken Books: 257-258.

CAMP S M H, 2015. Black is beautiful: an American history[J]. The journal of southern history, 81(3): 686.

DALSGÅRD K, 2001. The one all-black town worth the pain: (African) American exceptionalism, historical narration, and the critique of nationhood in Toni Morrison's *Paradise*[J]. African American review, 35(2): 245.

DU BOIS W E B, 2004. The souls of black folk[M]. London and New York: Routledge: 2.

FLAMMING D, 2009. African Americans in the West[M]. Santa Barbara: ABC-CLIO, LLC.

GAUTHIER M, 2005. The other side of paradise: Toni Morrison's (un)making of mythic history[J]. African American review, 39(3): 396.

HODGSON G, 2009. The myth of American exceptionalism[M]. New Haven: Yale UP: 99

LOEWEN J W, 2009. Sundown towns and counties: racial exclusion in the south[J]. Southern cultures, 15(1): 23.

MORRISON T, FARNSWORTH E, 2008. Conversation: Toni Morrison[M]//Toni Morrison: conversations. Ed. Carolyn C. Denard. Jackson: Mississippi UP.

MORRISON T, 2014. Paradise[M]. New York: Vintage Books.

TURNER F J, 2011. The significance of the frontier in American history[M]. Beijing: Chinese Translation Publish House: 97.

鲍曼，2018. 怀旧的乌托邦 [M]. 姚伟，等译 . 北京：中国人民大学出版社 .

博伊姆，2010. 怀旧的未来 [M]. 杨德友，译 . 南京：译林出版社 .

荆兴梅，虞建华，2013. 天堂的历史编码和政治隐喻 [J]. 外国文学研究，（5）：96.

米勒，2019. 共同体的焚毁 [M]. 陈旭，译 . 南京：南京大学出版社：294.

莫里森，2013. 天堂 [M]. 胡允恒，译 . 海口：南海出版公司 .

德罗斯特效应美学原则：唐·德里罗《美国志》中的媒介宰制与离心超越

沈　非

内容提要： 当代美国小说家唐·德里罗的长篇处女作《美国志》体现了他在媒介生态中把艺术探索和社会批判结合起来的基本理念与方法论。小说运用了可揭示媒介本质的德罗斯特效应美学原则，将德罗斯特效应的两种基本范式"镜中镜"和"螺旋"打造为一个充满张力的动力复合体，旨在创新叙事手法、推进文本建构。《美国志》依赖德罗斯特效应镜中镜范式下的分形艺术，推动文本构形与主题发展，揭示了媒介对美国社会与人的主体性的控制、投射与复制；同时运用螺旋范式呈现艺术对媒介控制的离心超越与批判的能动性作用。德罗斯特效应美学原则的利用，使小说成为一个有机的动态体系，媒介批评、艺术创新和社会批判等元素在其中互映互动、彼此促进，实现三者的螺旋式递进发展。

关 键 词： 德里罗；德罗斯特效应；范式；动力体系；离心超越

作者简介： 沈非，文学博士，北京航空航天大学外国语学院副教授，主要从事美国文学研究。

Title: The Aesthetics of Droste Effect: Media Control and Centrifugal Transcendence in Don DeLillo's *Americana*

Abstract: Contemporary American novelist Don DeLillo's first novel *Americana* embodies the novelist's basic notion and methodology of integrating artistic innovation and social criticism in the media ecology. Tapping the aesthetics of Droste effect capable of mirroring the nature of the media, *Americana* synthesizes the two basic formative paradigms of the Droste effect, i.e. mirror-in-mirror paradigm and spiral paradigm into a tension-charged dynamics to innovate on narrative technique and drive textual development. The fractal art under the mirror-in-mirror paradigm brings about the structural and thematic formation, revealing the control, projection and reproduction of the American society and subjectivity. The spiral paradigm functions to bring out the dynamic role of artistic creation in centrifugal transcendence over and critique of the media control. The application of the Droste effect systematizes the novel into the organic dynamics where the representation of media, artistic innovation and social critique interact and reflect one another, resulting in the spiral advance among each other.

Keywords: DeLillo; Droste effect; paradigm; dynamics; centrifugal transcendence

当代美国小说家唐·德里罗（Don DeLillo）是美国小说批评界一个无法绕过的人物，一个重要原因就在于德里罗一贯敏锐把握时代文化潮流的重大趋势，发掘最具代表性与影响力的题材并进行艺术创新和社会批判（Duvall，2008）。媒介在当今世界政治、经济、文化各方面都起着核心作用，成为人类存在之"生态"与"日常生活"（周敏，2017），自然是德里罗从 20 世纪 60 年代中期开始从事短篇小说创作时就重点关注的议题（Keesey，1993），而其长篇处女作《美国志》（*Americana*）对媒介的呈现与批判就达到不凡的艺术高度，开启了德里罗走向"媒体时代桂冠诗人"（Weinstein，1993）宝座的历程。《诺顿美国文学选集》第 9 版第 5 卷的前言总结道：当代美国文学发展的一个重要趋势是电视电影等媒介与文学叙事交汇碰撞，作家们与媒介持续角力，揭示意识形态在媒介中的运作方式，探究文学和媒介的互动关系，想象文学在媒介环境中的发展前景与角色，德里罗在这些方面的探索尤为典型和成功（Hungerford，2017）。也就是说，《美国志》体现了德里罗在媒介生态中将艺术探索和社会批判结合起来的基本理念与方法论。小说运用德罗斯特效应美学原则，把"镜中镜"和"螺旋"两种基本构成范式改造为一个充满了张力的动力复合体，以便创新叙事手法，推进文本建构，揭露媒介对美国社会与人的主体性的投射、复制与宰制，彰显文学艺术对媒介宰制进行批判和螺旋式离心超越的潜能。

一、《美国志》与德罗斯特效应分形艺术

《美国志》构思奇巧，不落窠臼，被美国文豪乔伊斯·卡罗尔·欧茨（Joyce Carol Oates）誉为她读过的"最巧夺天工引人入胜的处女作之一"（Ruppersberg et al，2000）。小说采用第一人称视角，开篇即是 28 岁的主人公戴维（David）1969 年左右就职于纽约一家电视网络公司期间的自述。戴维是公司最年轻的高管，也是最有天分和潜力的制作人之一，但却深陷身份与精神危机。戴维以一个公司项

目为由，与几个朋友离弃纽约，计划到美国西部去拍摄未被电视广告等媒介玷污的净土，但途中却滞留于中西部一个小镇柯蒂斯堡（Fort Curtis），自创自导自拍一系列自传性电影，反思自己在媒介环境中的成长与艺术探索历程，探究媒介对美国社会与人的宰制。随着情节展开，读者逐渐意识到戴维的叙述和其西部之旅处于不同时空——戴维的实际叙事行为发生在约30年后的20世纪末，是已近花甲的他重复回看当年所拍电影时的反思与感悟，可以说整个小说文本即是戴维对自己电影的影评。《美国志》结构奇特之处方始显露：戴维眼睛审视银幕，上面播放的是他如何自导自拍自己在电影电视和广告媒介中成长经历的电影。这是一种"电影中的电影"独特文本构形，与此构形模式相映成趣、相互回映（回应）和强化的是，小说中多种类似极具视觉冲击力的艺术手法，如小说中一个代表性意象：戴维拍摄电影期间想象自己进入电影，在里面"看着一张海报，海报上贝尔蒙多凝视一幅印有鲍嘉[①]剧照的海报"（DeLillo, 1989）[287]。小说中很多与此类似的情景，以及它们直接或间接回映或对应的小说整体结构模式，都生动例示了德罗斯特效应的基本定义："图画在渐次缩小的规模上无限自我复制。"（Leys, 2007）[516] 此种自我复制也被描述为一种分形构成艺术——分形即"物体局部以某种形式与其自身相似的自相似形状"，德罗斯特效应就是"在递归的基础上运用构成艺术"对基本自相似分形进行"复制、变换和重组"的效果（吴卫 等, 2019）[93-94]。

　　德罗斯特效应概念源于荷兰可可产品公司"多利是"[②]1904年推出的罐装可可粉包装图案，图案中画有一个与实物原状同样的可可罐。这个"罐上有罐"的"画中画"（mise en abyme）独具的艺术匠心与意趣，迅速广受赞誉，被称为"德罗斯特效应"，至今仍在纯艺术和工艺等领域激发创作灵感。德罗斯特效应尽管因多利是包装设计才有了正式名号并风靡全球，但作为一种艺术创作原则，其运用范围远超人们想象。民间文学"故事中的故事"等形式[③]、手工艺术领域著名的俄罗斯套娃等，都是俯拾即是的实例。其历史渊源则更值一提，源自古埃及、后传入古希腊并成为诺斯替教（Gnosticism）和赫耳墨斯神智学派（Hermeticism）的咬

---

① 让·保罗·贝尔蒙多（Jean-Paul Belmondo），法国著名电影演员。亨弗莱·鲍嘉（Humphrey Bogart），美国著名演员。在法国导演戈达尔（Jean-Luc Godard）的电影《筋疲力尽》（Breathless）中，贝尔蒙多所饰角色凝视着由鲍嘉主演的电影的海报。

② "多利是"公司由杰勒德斯·约翰尼斯·德罗斯特（Geraldus Johannes Droste）1863 年创建于荷兰哈勒姆镇（Haarlem），逐渐发展成国际知名巧克力制品企业。公司名 Droste 作为品牌一般译为"多利是"，为了区分，在此音译为"德罗斯特"。

③ 在中国广为流传的"从前有座山，山上有座庙，庙里有个老和尚给小和尚讲故事，讲的是从前有座山，山上有座庙……"就是很好的例子。

尾蛇（或龙）标志图案，都是德罗斯特效应在古代文明中深远影响的明证。自中世纪至今，德罗斯特效应原则屡被应用于艺术创作，如意大利文艺复兴初期艺术巨擘乔托（Giotto di Bondone）的《斯特凡内斯基三联画》（Stefaneschi Triptych），现代西班牙艺术大师萨尔瓦多·达利（Salvador Dali）的《战争的面目》（The Face of War）等。1956 年荷兰画家 M. C. 埃舍尔（M. C. Escher）运用德罗斯特效应蕴含的数学原理创作其杰作《画廊》（Print Gallery），引发艺术界和科学界对德罗斯特效应进行专门或跨学科的研究（de Smit et al，2003）[446]。随着电子计算机以及相关高科技兴起，德罗斯特效应的运用扩展到多媒体艺术和动画等新兴领域，推动科学界从算法、分形、计算机绘制以及相关软硬件开发、编程等方面对其进行更深入研究（Leys，2007）[516]（Johnson，2011）（de Smit et al，2012）[30]，其成果和影响弥漫入文艺界，为后者呈现剖析当今的技术和媒介浸淫的世界提供了新异的审视范式和创作手法。如著名电影《盗梦空间》（Inception）就利用德罗斯特效应表现技术、媒介、艺术、人之主体性的复杂互动关系（黄贤春，2011）。南非作家克娄伊特（T. T. Cloete）的诗歌创作则是文学界对德罗斯特效应进行自觉运用的突出代表（Ester，2009）。

德罗斯特效应在艺术、文艺和科学界受到如此青睐，归根结底还是因为分形构型艺术中蕴含着数学、物理学、图形学和美学等重要原理，"体现了自然和数理、科学与艺术的统一"，能在特定规律与秩序基础上产生多姿多彩幻化，使得均衡和谐美与动态韵律美有机交融、科学理性与艺术感性相得益彰，服务于艺术形式与内容的统一（吴卫 等，2019）[93, 95]。这些重要美学特征都体现在《美国志》形式创新与主题发展有机艺术过程中，使它臻至欧茨所誉巧夺天工之妙。德罗斯特效应分形艺术构型基于两种基本范式，一是类似同心圆的"镜中镜"范式，二是在"镜中镜"范式基础上加入物理学三维螺旋线结构而形成的螺旋范式（吴卫 等，2019）[94]。《美国志》对此二范式同时并重，利用二者间相反相成的张力，淋漓尽致地发挥德罗斯特效应科学与艺术统一性以及重复中生变化的美学原则，令读者既惊奇于小说的波谲云诡和多姿多彩的文本构造，又对其他变异重组科学规律及其推进情节与主题发展的功能产生强烈智性探求欲望。《美国志》因此成为把文学形式创新与对日益当道的媒介进行批判有机结合的典范文本。本文下节分析《美国志》如何利用德罗斯特效应镜中镜范式揭示媒介形象对社会和美国人的复制；然后阐释螺旋范式在呈现艺术超越与媒介批判方面的功能。

二、德罗斯特效应的分形与递归复制

《美国志》情节建构与主题发展的一个重要范式与驱动力，来自德罗斯特效应镜中镜范式下的递归映射（recursive mapping）复制机能。小说中众多自相似分形或分形意象之间呈现形态百变、盘旋交错、或明或暗、直接间接的复杂映照递归复制，把《美国志》构织为一个形式与主题共同生发、延展、深化、增强的光影表演秀，栩栩如生地映射出小说描述的媒介生态世界的性质以及其中人物的生存悖论。此光影秀中典型一幕，是戴维开启柯蒂斯堡艺术电影创作的第一个场景。戴维请当地戏剧学员维克里（Wakely）饰演在媒介世界中成长生活的自传角色"戴维"。操作摄影机的戴维，让维克里（电影中的"戴维"）站在一面落地镜前，面对镜头，拍摄了一个时长 20 秒钟，也就是一则"流行电视广告的长度"的片段（DeLillo，1989）[241]。电影外的戴维，透过摄影机镜头拍摄和审视在流行电视广告世界中生长的自己。这一切映入镜子，再被镜子对面的镜头摄入……如此往复循环，形成德罗斯特效应镜中镜范式下的分形（fractal）。由于在理论上德罗斯特效应的递归复制过程是无限的，此分形必然进行新一轮复制，所以不难理解在戴维的拍摄计划中，这组镜头的功能相当于"某些电视节目的信号曲，既可以用于片头，也可以用在片尾"（DeLillo，1989）[241]。于是，当老年戴维在荒岛上回观其一生的电影作品，全部内容都即将映完时，他看到"片尾，最末处，我自己的镜像短暂出现银幕上……我持摄影机对镜拍摄。这 20 秒镜头也被用作片头"（DeLillo，1989）[347]。片头分形递归复制出片尾分形，既推进小说形式的增进，更利用递归复制过程重奏与强化了主题"信号"：作为媒介社会媒介产业从业者，戴维对于自己生存状况的探索，难免陷入一种德罗斯特效应式悖论：他不得不用媒介复制的重要工具（摄影机）和方法（电影拍摄）来呈现自己在媒介生态或者日常存在，这就是两个信号曲在拍摄场景中的重要道具镜子所折射出的关键寓意。

此寓意也是小说文本生发的一个关键的密码，戴维把其电影作品首尾的两个片段命名为"信号曲"的本意就在于此。它们可被称为"信号曲分形"，就如在戴维电影作品首尾对置的两面镜子，彼此映照产生德罗斯特效应信号流，贯穿戴维一生创作的电影。由于这两个信号曲分形也是他电影作品和他影评叙述的嵌入嫁接的再生点，所以信号流进而逸出电影，延入戴维影评叙述部分继续递归辐射，使德罗斯特效应信号流充盈于小说整个构架。追踪这个信号就可以纵览《美国志》按德罗斯特效应镜中镜范式递归复制的主要图式，以及作为这个图式的投影——美国人——的生存境况与本质。比如，信号会揭示文本中一个非常基本的分形，而从开始它就可以图绘基于它展开的一条明显的复制生发轨迹。它位于小说第一部分戴维描述的电视网络公司一个日常场景里：戴维和同事们午餐后不约而同到卫生间洗漱，他突然悟到身边发生的一切无非是卫浴产品广告打造的成功幸福形象在现实中的投射。

> 我们网络公司所有人都纯粹存在于录像带上。我们的一言一行，都令人惶然觉得是过去事情的重影——都是以前所说所做的，被卷入一些小型实验用胶片盘里，冷凝一段时间，待到适当的时间段被拿出来播放与重播。……我们似乎不过是一些电子信号在时空中穿梭，说着电视广告词那样的车轱辘话，生活在广告令人疯狂的魅影中。（DeLillo，1989）[23-24]

这是小说利用德罗斯特效应"规律中求多变"美学原则艺术加工出来的较为原始而隐晦的"录像带分形"，它与信号曲分形以及前面提到的"海报中的海报"等分形间都存在递归复制关系产生的自相似性。在海报分形中戴维想象自己进入象征媒介生态的电影，并在其中凝视代表媒介的形象；信号曲分形里，戴维在镜头与镜子形成的德罗斯特效应中探究浸淫于媒介的人的生存境况；录像带分形中戴维冥想内省自己和同事的"录像带存在"方式。小说主题信号在这些分形间的递归复制关系中被重复回映（或回应）和增强。海报分形揭示了戴维自小的理想、追求、思维和行为等，都是各种海报上的演员名人形象的投射产物；而信号曲分形用镜头与镜子形成的镜中镜范式来反映媒介与人（所谓主体）间的复杂投射复制关系；录像带分形则投射出媒介生态中人的存在本质。这些分形，以及《美国志》中其他自相似分形，都折射出一个问题：戴维作为媒介工业与生产机制中的"电视影像人"或"录像自我"（video self），当他审视自己与他人在媒介中的生存时，"就相当于看一面镜子"（Laist，2008）[54]。录像带分形把这个悖论递归推向了更深更复杂的层次，卫生间中的戴维及其同事是依赖录像带上的形象而存在的"电视影像人"，作为媒介电视广告的"电子信号"投射复制出的"魅影"，他们的职能又是按媒介市场需求和运营规则进行无数轮次的媒介形象生产复制与播放，如此循环往复，"电视影像人"与媒介有机融合入"盗梦空间"一般黑暗无底的镜洞迷宫机制。

《美国志》正是依靠这种给人带来极强视觉冲击感的德罗斯特效应，推动情节与主题呈几何级数向更复杂深厚维度发展。紧接录像带分形，小说随即递归推出另外一个"电视影像人"戴维"看一面镜子"的分形：戴维在公司走廊里游荡，观察各个办公室里的同事们，"就像一部电影摄影机，在监狱里拍摄纪录片，捕捉里面转瞬即逝的日常画面"（DeLillo，1989）[101]。此分形发射出的"信号"是，处于媒介镜洞或监狱中的戴维，开始想象他探索"录像带生存本质"的手法。戴维这些念头会在以后的分形递归复制中被具体实现。较有代表性的一例即戴维在柯蒂斯堡的一次实际拍摄：他在刚过正午的收视高峰期，把镜头对准正在热播竞猜真人秀和广告的电视进行拍摄。这里，德罗斯特效应镜中镜范式按规律中生变化的美学原则被艺术改造为一套复杂的俄罗斯套娃式结构：电视影像人戴维利用摄影机拍摄陷于电视媒介中的"真人"，将这一切卷入到录像带中，生动展露"电视机是一种电子包装"（DeLillo，1989）[270]。电子包装内又是一层套娃构造：它包裹着美国人真正需要的东西："在美国，要是没有了广告谁还会去看电视？"（DeLillo，1989）[270] 而广告则是电视包装之内的另一层包装，它包装并塑造美国消费者的意识和身份。

> 广告把消费者从第一人称意识移入第三人称。这个国家有一个普遍的第三人称，即我们所有人都想变成的"他"。电视广告发现了这个"他"并打着"他"的招牌向消费者宣扬：各种可能性都对他们敞开了大门。在美国，消费不是购买而是梦想。广告向人们示意，进入第三人称单数的梦想或许是可以实现的。（DeLillo，1989）[270]

这是当今西方社会一个重要变化，传统资本主义的商品化与物化嬗变为晚期资本主义媒介对一切，包括消费者在内的"意象化"（Osteen，1996）[461]。《美国志》则利用德罗斯特效应更为形象地揭示了媒介和广告在西方景观社会运作的玄机：各种媒介形象彼此拟像复制，最终把人引入并封闭在镜中镜影像的无底隧道中。而戴维也正是借助这个镜中镜形象隧道的生成机制，把镜头推进到其深处，探测到媒介对人进行复制的黑暗秘密："所有媒介的所有脉冲都充入［人］梦想的电路。人的所思所想都是回声。人的所思所想都是形象，它产生于形象以及形象的相似物（image made in the image and likeness of images）。"（DeLillo，1989）[130]

三、德罗斯特效应的螺旋离心超越与媒介批判

镜中镜范式恰如其分地反映了媒介形象复制（包括对人的复制）无限循环效应，但同时也呈现了戴维艺术探索的纵深递进态势。在此基础上，《美国志》增强螺旋范式与镜中镜范式相反相成的张力，使小说情节构型与主题发展进入在复制循环中进行离心位移和超越的德罗斯特效应螺旋运动。这是青年艺术家戴维成长

的重要助推力量，他的艺术探索的广度深度、艺术手法、批判力度都不断螺旋递进，最终使他位移到媒介镜宫结构的最边缘处，反观和批判其最核心的黑暗玄机。如上所示，"录像带元分形"是一个较为原始的自相似分形，它反映的是身处狭小拥挤的卫生间中，戴维内心深处对录像带生存方式的幽闭恐怖症般的感受，以及由此产生的生存与精神危机。录像带元分形在递归复制机制下衍生为"媒介监狱分形"时，螺旋扩展和离心趋势随之生发。戴维的探究范围扩大到整个公司，对录像带生存方式的本能憎恶上升为对媒介"监狱"的深层思考。戴维电影艺术创作的基本理念开始萌芽：用拍摄监狱日常生存的电影手法来记录和探究媒介，小说主要情节的铺建工程由此开启。文本结构发展在镜中镜递归复制量的递增中出现质变性的螺旋升越，推动戴维的艺术探索在媒介镜子迷宫中层层深入并不时突破。一个质变性超越就是戴维跳离公司（以及公司所在之麦迪逊大道所代表的纽约媒介景观渊薮），逃逸到广袤的美国中西部，小说进入到实质性主要情节，戴维的电影拍摄艺术也付诸实施，推动了戴维的艺术创作与媒介批判在多方面实现螺旋升越。

一个突破性表现在他对电影拍摄取景点柯蒂斯堡的选择上。戴维之所以决定驻足于这个毫无特色的美国小镇进行拍摄，是因为他看到柯蒂斯堡被媒介尤其是电视广告和摄影机的魔力牢牢笼罩，那里的居民们急需被摄录进摄影机内的"魔力胶片盘中"，存在于"塑料录像胶带上"，并被"投射在银幕上"，才能证明自己的存在，确信"人生光阴并非虚梦"（DeLillo，1989）[254]。柯蒂斯堡这个中西部"堡垒"代表着所有其他千篇一律的美国小镇。由此标本可以看出录像带生存方式已经层层投射在整个美国大地，美利坚合众国已全部被卷入一个莫大的胶片盘中（Boxall，2008）[44-45]。在美国这个无可逃脱的巨型媒介监狱里，柯蒂斯堡是一个样板囚室，戴维用镜头观察刺探和拍摄媒介套娃牢禁机制中美国大众社会的日常和典型的取景点。这个取景点的选取表明戴维作为青年艺术家眼界和立场的演变，由一个生存在录像带上的电视影像人，变为把摄像机用作武器"在形象大后方进行游击战"的射手（DeLillo，1989）[271]，柯蒂斯堡这个媒介堡垒成为他的游击突袭点。这个游击战术意味着戴维抛弃了制造复制形象和景观好莱坞的手法，力图独创他的另类电影艺术和风格（Osteen，1996）[457]。

另类电影艺术的最大突破，表现在戴维借助螺旋离心力的加速度，逃逸出美国这个巨大的媒介监狱，降落在非洲海岸一个孤岛。这里，媒介的控制力量处于临界最弱点，而戴维对媒介的审视和批判力度则达到最强值。作为媒介复制工具的摄影机被彻底放弃，戴维改用书写形式对他用摄像机记录下的媒介机制进行更深的形而上的哲思。电影作品被"包卷"入戴维所写的书稿里面，电影所探索的媒介套娃机制成为戴维影评中的套娃，影评叙述造就《美国志》文本最外圈和最顶层的最大分形。曾处于媒介套娃中心录像带上的戴维，现在升越到小说德罗斯特效应螺旋最外端、离心力最强的临界点上，成为小说中的"元角色"（Laist，2008）[62]，从最为边缘的反思视角透视到镜中镜范式的最深核心，纵观把人变为媒介形象的回声和倒影的递归复制机制。这是一种"回声定位"艺术探测模式，很像发言者对麦克风说话，其声音再通过外部扩音器传回的回声式德罗斯特效应（de Smit et al，2012）[30]。作为元角色的戴维，在影评叙述和电影之间形成的分形递归复制构造中进行探寻和质疑、叙述与诘问，测绘媒介脉冲和形象在人梦想、思维和行为方式之间的回声回映模式。这个德罗斯特效应回声定位机制的关键在于，它是镜中镜范式和螺旋范式的矛盾统一——镜中镜范式使戴维的镜头深探入媒介套娃内部，定位到孕育美国人即媒介梦象的"亲生子"（DeLillo，1989）[130]的普遍第三人称形象这个黑暗子宫；螺旋范式使得戴维的艺术探索由这个黑暗中心超越到媒介套娃构造边缘，并在此处探测到媒介套娃构造的一个缝隙，也就是美国人"意识之镜边缘的黑影"（DeLillo，1989）[130]所在之处。

这一发现的意义是多方面的。它回映（回应）并重申媒介递归复制对美国社会的吸卷锢禁和塑形，说明美国人的意识与心灵沦为媒介镜宫的有机构成部分。而要对此进行破解，只能借助促成戴维从公司卫生间逃逸到非洲孤岛的德罗斯特效应螺旋动势，从媒介镜宫内部位移离心和超越到意识之镜的边缘寻找其薄弱处或者裂隙——也就是戴维成功定位到的"黑影"所在点。这个黑影是媒介"复杂天机"和"最厚黑的幻象"（DeLillo，1989）[129]从裂隙处投射出的影子。透过这道缝隙，美国人的梦想和意识沦为媒介电子信号回声的玄机，被戴维的德罗斯特效应回声定位系统发现并反射出来。玄机背后的推手也随之显现：媒介的最厚黑幻象是"将军和工业巨子们轮番炮制的……导致幻觉和自欺的秘密武器"（DeLillo，1989）[129]。美国军工复合体中的军阀、财阀、将军、工业大亨、广告商和媒介商人"联手合力"（DeLillo，1989）[284]把美国消费者引入第三人称形象的层层迷宫，对他们进行翻来覆去周而复始的映射和复制。在柯蒂斯堡的游击战偷袭点上，戴维深入到媒介镜宫的最深处；而在非洲孤岛上，戴维靠着螺旋离心力游走到可纵览媒介镜宫全局的"元"观测点，思考把美国人从第三人称形象的镜宫中离心位移回到第一人称的可能性，这就是《美国志》把戴维摄影工程称为"反图像作品"（DeLillo，1989）[271]的原因。德罗斯特效应的镜中镜范式和螺旋范式相反形成，共同造就戴维在媒介生态中的反媒介或者反形象"异类作品"（DeLillo，1989）[205]。

四、结语

戴维与媒介及媒介中存在的自我的对话，实际上反映了德里罗与后现代文化的对质（Osteen，1996）[451]，即德里罗与日益当道的媒介之间的角力。《美国志》作为这场角力的结果，正说明当代世界历史进程中文学发展的一个基本特点：文学与一定时代生产方式相辅相成，后者为文学提供创作题材和新表现主题，文学反过来按照自身规律对历史进程进行"能动性反映"（王守仁，2019）。《美国志》在当今历史进程中具压倒性力量的媒介大潮之前，选用能入木三分揭示媒介性状的德罗斯特效应，发挥镜中镜范式与螺旋范式相反相成悖论张力美学原则，运用分形艺术推动形式与主题协同衍生发展，披露媒介形象的蛊惑诱捕与控制本质，揭示艺术创作对媒介控制的离心、超越与批判的能动性。如此手法把小说打造成一个文本、媒介、世界、人生、艺术等元素相互依存、互映互动、互应角力的动态有机体，小说的阅读亦成为一个贯通艺术审美、哲思探究和社会批判等文本内外各种美学与智力领域的综合体系——这本身就符合科学家马赛尔·迪克（Marcel Dicke）倡导的多种学科间螺旋式互联互动、彼此接力助推、共同递进发展的德罗斯特效应模式（Dicke，2015）。

参考文献【Works Cited】

BOXALL P, 2008. DeLillo and media culture[M]//The Cambridge companion to Don DeLillo. Ed. John Duvall. New York: Cambridge UP: 43-52.

DELILLO D, 1989. Americana[M]. New York: Penguin.

DICKE M, 2015. Interview with Marcel Dicke: the Droste effect in science[J]. Trends in plant science, 20 (5): 258.

DE SMIT B, LENSTRA W, 2003. The mathematical structure of Escher's *Print Gallery*[J]. Notices of the AMS, 50 (4): 446.

DE SMIT B, et al, 2012. Through the looking-glass, and what the quadratic camera found there[J]. Mathematical intelligencer, 34 (3): 30.

DUVALL J, 2008. Introduction: the power of history and the persistence of mystery[M]//The Cambridge companion to Don DeLillo. New York: Cambridge UP: 1.

ESTER T, 2009. Cloete and the Droste-effect[J]. Tydskrif vir geesteswetenskappe, 49 (4): 590.

HUNGERFORD A, 2017. Introduction[M]//The Norton anthology of American literature: American literature since 1945. Vol. E. New York: Norton: 15.

JOHNSON J, 2011. Conformal spirals[J]. Math horizons, 19 (2): 28.

KEESEY D, 1993. Don DeLillo[M]. New York: Twayne: vii.

LAIST R, 2008. Oedison rex: the art of media metaphor in Don DeLillo's *Americana*[J]. Modern language studies, 37 (2): 50-63.

LEYS J, 2007. Chaos and graphics: the Droste effect image transformation[J]. Computers & graphics, (31): 516–523.

OSTEEN M, 1996. Children of Godard and Coca-Cola: cinema and consumerism in Don DeLillo's early fiction[J]. Contemporary literature, 37 (3): 439-470.

RUPPERSBERG H, et al (eds.), 2000. Critical essays on Don DeLillo[M]. New York: G. K. Hall: 3.

WEINSTEIN A, 1993. Nobody's home: speech, self, and place in American fiction from Hawthorne to DeLillo[M]. New York: Oxford UP: 301.

黄贤春，2011. "通信与控制"：电影《盗梦空间》结构复杂性的逻辑引擎 [J]. 文艺争鸣，（2）：45.

王守仁，2019. 总序 [M]// 战后世界进程与外国文学进程研究. 南京：译林出版社：4.

吴卫，顾彦力，2019. 分形艺术视角下的德罗斯特效应研究 [J]. 包装工程，（12）：92-96.

周敏，2017. 媒介生态 [M]// 西方文论关键词. 2 卷. 北京：外语教学与研究出版社：315.

"自由民主的悖论"：阿特伍德《肉体伤害》对加勒比地区民主制实验的批判

王韵秋

内容提要：玛格丽特·阿特伍德的政治小说《肉体伤害》后半部分聚焦于一场民主选举事件，详实地再现了英属加勒比区域独立后的政治复杂性：在国内政治格局层面，推崇自由主义的保守派执政党与崇尚激进传统的在野党构成了本土政治的"左右"阵营，体现了新的代替旧殖民体系的民主制度的隐性本质，而重视历史文化边界和全球化的杂糅主义者则建立了基于混血身份认同的反对党，表现了解殖民理念和政治实践之间的悖谬本质。在国际政治层面，在英国"退出"后，美国和古巴两国构成了英属加勒比区域的地缘政治主体，显示了国际权力体系的重置。通过将国别性与区域性、具体性与普遍性置于一个连续的文学经验之中，阿特伍德重审了本土政治、文化边界与国际关系的层层逻辑，批判了西方自由民主体制的全球化背后隐藏的意识形态偏见。

关 键 词：阿特伍德；加勒比；自由主义；民主制试验；解殖民
作者简介：王韵秋，杭州电子科技大学外国语学院副教授，文学博士，主要从事外国文学、外国文学的跨学科研究。
基金项目：本文系国家社会科学基金后期资助项目"玛格丽特·阿特伍德的创伤叙事与现代性批判"（19FWWB027）阶段性研究成果，并受杭州电子科技大学外国语学院北美国别区域研究团队支持。

Title: "The Paradox of Liberal Democracy": Margaret Atwood's Critique of Democratic Experiments in the Caribbean Area in *Bodily Harm*

Abstract: Margaret Atwood's political novel *Bodily Harm*, with its second half focusing on a democratic election in a former British colony in the Caribbean area, accurately represents the country's post-independence political complexity. On the internal politics front, the conservative ruling party which advocates liberalism and the opposition party which advocates radical traditionalism constitute the "left and right" camps, signifying the hidden nature of the new hierarchical democracy which is now replacing the old colonial system. The hybridists who attach high importance to cultural boundaries and globalization have established another opposition party based on mixed-race identity, revealing the paradoxical nature of the concepts of decolonization and its political practice. On the international politics front, after the British "withdrawal", the US and Cuba became the new geopolitical players in the Caribbean area, indicating the reset of the hegemonic system. By putting nationality and regionality, concreteness and universality into a continuous literary experience, Atwood re-examines the multilayer logic of native politics, cultural boundaries, and international relations, and criticized the ideological bias behind the globalization of Western liberal and democratic systems.

Keywords: Atwood; Caribbean; liberalism; democratic experiment; decolonization

　　加拿大女作家玛格丽特·阿特伍德（Margret Atwood）一直关注世界政局，她在 20 世纪 80 年代出版的长篇小说《肉体伤害》（*Bodily Harm*）涉及"加勒比区域的国际关系和后殖民问题"（Cooke，2004），被视为是其最为典型的"政治小说"（Patton，1992）。无独有偶的是，20 世纪 70—80 年代被西方学者视为拉丁美洲、非洲、亚洲、东欧和中欧等许多前非民主国家的"民主十年"①，其中，位于美洲最东端边界的加勒比（Caribbean States）英属殖民地也被称为最反常的一个例子（Griffin，1993）[84]。这一政治能指与小说相关评论产生了微妙的契合，当某些学者认为这本小说描述的是一种国际关系与后殖民问题的"反常现象"时，阿特伍德就会回应："这本小说比文学评论者们预计的要更加复杂"（Brydon，1995）。

　　小说后半部分聚焦于一场民主选举事件，其发生地——圣万托安群岛（St. Antoine）是位于中美洲东加勒比海小安的列斯群岛（Lesser Antilles）南部的一个英属殖民地（Somacarrera，2021）。该区域由哥伦布发现，并在 17、18 世纪先后沦为法国、英国的殖民地。1969 年，在中美洲与加勒比海区域高涨的反殖民主义浪潮中，该地区避开了武装斗争，采用"改革"获得了独立（Griffin，1993）[72]。这种温和的解放形式虽然在英属殖民地较为普遍，但也构成了所谓"民主反常性"

---

① 塞缪尔·亨廷顿（Samuel Huntington）称这十年为第三波民主浪潮。他认为第一次民主化浪潮始于 19 世纪 20 年代，随着美国男性普遍获得选举权，世界上诞生了大约 29 个民主国家。第二次民主化浪潮发生在第二次世界大战后，在 1962 年达到顶峰，这次浪潮催生了 36 个民主国家。这三次浪潮每一次都遇到了它的反向浪潮。

的一个重要内容。值得注意的是，小说发表之时正值北美学术界热议后殖民主义、第三波民主化与世界秩序重构之时，也恰逢女性主义第二波浪潮的风起云涌之时。囿于作家身份与历史语境，评论界惯于将文本中的女性主题与政治主题归并为女性主义这一范式（Brownley，2000）。但是，其隐性叙事中的民族国家和政治问题却一度被忽视了。细读文本可见，阿特伍德曾在第五部分的开头影射过她的双重叙事意图：主人公雷妮（Rennie）记得她与一个多伦多艺术家会面时，这个艺术家创作了一个被套上狗鼻笼的女性雕塑，并命名为"危险的民族主义"（阿特伍德，2010）[198]。纵观雷妮在遭受了疾病、性别伤害之后被卷入加勒比民主选举的情节发展，人们便可知小说的政治所指并不仅仅是对女性个体的身体伤害，更是对"加勒比这个发展中国家的身体遭遇的申诉"（Wisker，2012）。这也正如少数评论家所言，通过将这二者共同置于一个受害人物连续的个体经验中，阿特伍德试图表现"身体上的癌症和国家里的社会疾病、妇女和被殖民主体之间的一致性"（Marantz，2016）。本文聚焦于小说中的民主选举政治事件，从民族性和地域性的国际关系理路来阐释阿特伍德对独立后英属加勒比地区的政治境况的呈现以及对20世纪后半叶西方在前殖民地推行的"自由民主制度"背后的等级性的批判。

一、地方政治与党派斗争

小说主人公雷妮在乳腺癌治愈后前往加勒比海域岛国采风，却被卷入圣万托安群岛独立后的第一次民主选举事件。这次事件发生在20世纪后半叶，英国"退出"后。圣万托安由于国内经济主导阶级和跨国权力结构的影响，以过渡与改革的形式完成了民主转型。这造成了圣万托安比其他加勒比兄弟国家更具有对"帝国"的依附性。因此，在政治体制上，圣万托安照搬了西方多党选举体制，并形成了崇尚右翼自由主义的执政党、崇尚左翼激进主义的在野党以及提倡杂糅主义的反对党三足鼎立的政党体系。

圣万托安的执政党首领是名为埃利斯（Ellis）的"无形人"。他将近二十年足不出户，全部事务由其代理人——司法部部长管理。纵观小说前后，可以发现，司法部部长通过设置一个虚幻的民族英雄"埃利斯"来实行自己的权威。历史地来看，在二战时期，民族领袖是加勒比区域政治的传统特质，他们尤其在英属加勒比地域发挥着重要作用（Rueschemeyer，1992）。以韦伯的视野来看，传统民族主义政体结构是一种英雄式的克里斯马（Charisma）政体。克里斯马效应在民主选举中的体现则是民族领袖自身在某一个地域拥有预选权。从这一层面来看，"埃利斯"在圣万托安的遗存说明了加勒比区域普遍存在的本土民族主义与西方自由民主原则之间的本质性悖谬。在此基础之上，阿特伍德进一步揭示了这种英雄民族主义在加勒比民主选举政治中的虚假性：司法部部长利用民族领袖的名号获得外国援助，买通国际与国内的重要人物，与美国中情局有密切联系，并将本该用于重建灾区的金钱与物资用以"拉票产业"，以暴力逼迫人民投他一票。可见，加勒比区域经历的现实在本质上是一种较低层次的"权威统治"，而不是韦伯定义的克里斯马（Meeks，2014）[52]。从历史上来看，加勒比区域政治在 20 世纪 70 年代普遍受到新自由主义的经济模式影响（Meeks，1989）[161]，赞同者相信扩大市场是所有独立后经济问题的一站式解决方案。在自由主义的全球化浪潮中，许多人放弃了创造性思维，转而寻求狭隘的咨询机构，而政府即便需要通过强行的法令途径也要试图遵守国际金融组织的信条。小说中的司法部部长为迎合西方自由主义市场经济，采取了威逼与利诱两种手段：一方面，其个人威权大于宪法权力，警察可以随意逮捕人，也可以随意殴打人，只要有人在政治上与其产生分歧，暗杀与清除就必不可免；另一方面，司法部部长又表示出一种支持多党选举的态度，他借口西方国家正在为独立的加勒比做出努力，欺骗民众，但却反过来用外国援助去做毒品生意（阿特伍德，2010）[269]。换言之，司法部部长只是把民主选举、自由主义经济视为其维持个人威权统治的借口。在自由主义的外衣之下，等级秩序仍然是其本质。

"保守派"的权威统治与等级秩序等问题同样也出现在以和平之王和马思东（Marsdon）为首的在野党之上，两人是圣万托安的"激进派"。和平之王本人是一个宗教狂热分子，他虽然皈依天主教，但却深受非洲"神话传统"的影响。事实上，正如布拉斯维特发现的那样，加勒比区域的一个显著政治问题是非洲宗教问题，鉴于非洲与加勒比的地域亲缘关系，非洲传统宗教与现代殖民者的基督教信仰之间的融合推动了加勒比精神世界和物质世界之间的"内在和超然"的联系（Brathwaite，1974）。需要更进一步注意的是，从 20 世纪 60 年代开始，宗教传统与激进主义的联合在加勒比区域受到广泛关注（Gutierrez，1999），这也让和平之王成为一批持有解放神学立场（liberation theology）的散兵游勇。他将所有政事都委托于自己的竞选经纪人马思东，并对此人深信不疑，自己则躲进宗教的外衣之下，扮演与"埃利斯"相抗衡的宗教领袖。

马思东是在野党真正的掌权人，表面上似乎是加勒比 20 世纪 70—80 年代激进主义传统的典型人物。从政治史上来看，整个过渡期加勒比区域的中心概念是解放（Meeks，1989）[167]。在这一整套解放理念中，黑人激进思想传统具有与解放实践同等的"武器库"效用（Reiland 24），其中，以弗朗兹·法农（Frantz Fanon）为主的具有知识分子特质的左派激进主义者在创造反殖民话语上影响巨大（Ashcroft, 2001）。他曾在《全世界受苦的人》中认为殖民地世界始终是个"一分为二的世界"（法农，2005）[5]：一方是宪法、士兵、枪托和凝固汽油，另一方是饥饿、困苦、死亡与屈从。依照法农的逻辑，当压迫者本身就是一种暴力的时候，被压迫者就只有通过暴力才能解放自己。小说中，马思东是深受激进理论影响的革命者。他将这一思想从革命时期一直带到和平时期，并试图将此应用在民主选举上。事实上，法农等左翼知识分子支持在独立问题上使用"永久革命"："在殖民时期，人们鼓动人民为反对压迫而斗争。民族解放后，人们鼓励人民为反贫困、文盲、不发达而斗争。人们断言斗争在继续。人民证实生活就是无休止的战斗。"（法农，2005）[46] 尽管法农窥见了殖民社会日积月累的社会偏见与阶级、性别结构，并以此为依据指出激进革命的必要性，但也正如阿特伍德在小说中暗示的那样，其负面影响无疑是导致一种解殖民（decolonization）进程中普遍暴露出的先在性观念，即认为选择暴力是必然的。因而，暴力革命也被赋予了合法性与价值。在圣万托安，暴力被"正义化""合法化"了，甚至是代表"正义"的警察与政府也可以随意殴打人。信奉永久革命的马思东将暴力的种子播种在这种价值观基础上。他认为和平选举并不能解决问题，任何一次民主选举都应该是最纯粹的暴力革命，并由此发动了暴民运动（阿特伍德，2010）[206]。他这样煽动民众情绪："你们就让那些混蛋赢吗？你们让他糊弄你们吗？这么多年来，他一直出卖人民，你们也要出卖人民吗？"（阿特伍德，2010）[237] 在明诺（Minnow）赢取选举并被杀害之后，他又将矛头指向"埃利斯"，煽动群众"用强攻"来推翻他的政权（阿特伍德，2010）[244]。受到马思东的激进主义煽动后，暴民也迅速开始行动，随后，民主选举演变成一场政治暴动，解放也成为服务于个别人与组织利益的伪装。从这一层面来看，马思东代表的并不是以平等为基础的左翼激进传统，而是一种以等级为基础的革命性专政。借助对马思东一人的刻画，阿特伍德表明了一种对20世纪前半叶暴力革命价值论与永久革命论[①]的深思熟虑，即激进传统必须承认，在特定国别、区域以及历史文化的背景下，永久革命这一政治实践有待商榷。

---

① 尼尔·罗伯茨（Neil Roberts）将暴力分为工具性暴力与内在价值的暴力，并认为工具性暴力服务于目的，具有内在价值的暴力显然是具有伦理价值维度的；佳亚特里·斯皮瓦克（Gayatri Spivak）也在承认帝国的积极作用时用过"有益的暴力"（enabling violence）一词；瓦尔特·本雅明（Walter Benjamin）则用过神圣的暴力一词；列夫·托罗斯基（Leon Trotsky）支持永久革命论。

埃利斯、司法部部长与和平之王、马思东分别代表了加勒比区域政治中"左右"两党的权威政治。在司法部部长的新自由主义式政策中，加勒比作为第三世界通往第一世界的规划路线实际上已经被堵死了。因为在当代全球秩序中，自由主义预设了一种将空间地理转换成发展的现代承诺，即承诺"作为一种全球地位和一种政治经济条件"（Ferguson，2005），政治体制是财产分配公正的体现。这也让第三世界人民产生了采用自由民主体制就会有一天达到发达国家的生活标准的错觉。但是，显然，这种时间上的转化更进一步固化了谁在前、谁在后的，谁是一流、谁是二流的世界等级。在霸权大国与资本主义面前，司法部部长诉诸的自由主义最终成为一种政治操弄。同样，马思东代表的激进派表面上为工人、黑人、穷人争取利益，试图脱离依赖资本主义发展的模式，但大规模的暴力革命却导致了政治稳定性的缺失，并进一步造成经济滑坡、物质福利下降，国内暴力水平上升，这对发展中国家来说又是致命的。从这些表现逻辑来看，正如某些评论家所说的那样："《身体伤害》是一个见证叙事，它表明民主和自由永远处于危险之中，绝对权威统治可能会造成暴力。阿特伍德在这幅前英国殖民地的肖像中暴露了政治权力最原始的维度，即主权归属的问题及其在权力转移中可能出现的政治操控。"（Somacarrera，2021）[36]

二、政治杂糅主义

虽然左翼激进政治在加勒比区域的独立进程中起到了推波助澜的作用，但历史地来看，来自左翼的激进政治在加勒比独立早期的政治体制改革上以失败告终。格林纳达（Grenada）的总理莫里斯·毕晓普（Maurice Bishop）在1983年被自己的人民革命军士兵杀害，加勒比左派遭受了致命的打击。加勒比各国政府在很大程度上避免了激进政治。从北部的巴哈马，经牙买加到南部的特立尼达和圭亚那，都开始普遍遵守华盛顿共识（Washington Consensus），并将政策调整至新自由主义，以期完成民主化。善于从历史中吸取教训的温和派政客在衡量自身种族特殊性与全球现代化之间的冲突后更容易采取文化杂糅政策。作为反对党"温和派"候选人的明诺博士就是这类人的代表。从某些政治评论家的眼光来看，明诺博士是圣万托安唯一一个相信民主的候选人（Somacarrera，2021）[37]。对雷妮来说，明诺博士一直是个"好人"。小说的另一人物保罗（Paul）也认为，只有"他相信民主和公平竞争"（阿特伍德，2010）[239]。如果说司法部部长与马思东两派代表了二战之后全球世界秩序中出现的"左与右"两极意识形态，那么可以说，明诺博士则代表了试图化解二者矛盾的文化杂糅主义。事实上，在加勒比区域，明诺代表的文化杂糅主义在很大程度上是其自身身份特殊性的一个政治表征。明诺博士是白人与黑人的混血儿，这也是当地最为普遍的人种[①]。正如克利福德·格里芬（Clifford E. Griffin）的研究所示："英语加勒比地区的特质是，政治文化在经济发展和民主之间起着中介作用。"（Griffin，1993）[87] 对于加勒比来说，政治文化与种族的社会地位有着极大的关系：社会顶部是少数白人，中间是一个较为庞大的混血儿（或"有色人种"），处于底部的则是绝大多数黑人（Griffin，1993）[91]。代表了中间阶层的混血儿是"与血统国（country of origin）的关系问题尚未解决的一群人。他们希望保持双重身份，并同时保持血统国的文化、政治与宗教兴趣"（Roth，2015）。从英属加勒比的殖民史来看，这些"圣万托安人"被夹杂在宗主国英国、非洲和本土三重身份之间，形成了欧洲文化、非洲文化和新世界文化的杂糅一体。在加勒比，"英国文化同化、新的移民或黑人族裔散居认同构成了文化同化与差异化交错的动态过程"（陶家俊，2008）。英属加勒比人的种族复杂性与异质性是殖民主义与全球化进程的一个时代产物，而这种生物性身份背后也承载着作为一个民族国家的加勒比的文化、社会、经济、宗教等历史遗留问题。在所谓"第三波民主浪潮"中，关于如何解决这些遗留问题的问题被具像化为一种政治理念，更被阶级与阶级斗争进一步塑形为一种合法的政党。

20世纪80年代，越南战争在导致美国年轻人激进化的同时加速了非洲解放斗争，欧美出现了两种充满影响力的知识分子之流。第一种主要集中在学术界，他们陆续发表一系列后殖民主义的作品。第二种则是学生群体与黑人民权运动者，他们善于将批判变为实践。前者从理论上为加勒比提供了话语支撑，后者从种族问题上为加勒比提供了政治榜样（Meeks，2014）。明诺博士在加拿大受过教育，熟知北美知识分子于20世纪70年代生产的一系列理论话语，并洞见到这两种话语在政治与文化上对自由民主体制下的加勒比均产生了重要的影响。如果说马思东依赖的话语模式是20世纪60年代黑人解放运动普遍依赖的法农主义（Rabaka，2010），那么明诺博士则同20世纪80年代的后殖民知识分子霍米·巴巴（Homi Bhabha）、斯图尔特·霍尔（Stuart Hall）等人一样，所关心的问题既不像爱德华·赛义德（Edward Said）那样强调殖民话语内部的同一性和整体性，也不像法

[①] 在哥伦布到达美洲之前，加勒比人的土著人以瓜纳哈塔贝人、泰诺人和加勒比人为主。前两者属于欧洲人称之为"印第安"的人种，加勒比人则是来自于南美洲的土著人种。16—17世纪欧洲人入侵期间，由于劳动力密集型产业的需要，大量黑奴被运抵加勒比，并在18世纪之后成为这一地区的主要人口。

农那样关注殖民者/受殖者的二元对立，而是在承认宗主国殖民历史文化的同时试图摆脱殖民，获得独立。但也正如小说人物保罗对明诺的评价：他是个"实用主义者……不过他不像大多数人那样实用"（阿特伍德，2010）[239]。明诺博士虽然奉行实用主义的价值中立与循序渐进原则，但亦不同于巴巴或霍尔，后两者通常执着于将文化杂糅的原因追溯到全球化与现代性，并试图以全球化、现代性以及世界主义来简化殖民/后殖民的尖锐矛盾。明诺博士敏锐地发现这种文化杂糅是帝国主义全球化进程的冗余物，并更希冀通过社会批判与政治实践来解决加勒比区域独立问题。

在明诺对加勒比区域政治的解读中，加勒比海域岛国众多，从哥伦布时期开始就是欧洲海外资本主义增长的关键区域。19世纪的英国殖民当局为了便于统治，把不同岛屿"都放在了一个国家里"，因此，明诺博士认为"也正是从那个时候开始，我们就有了麻烦"（阿特伍德，2010）[119]。在历史文化与政治经济之间的张力关系中，英国对加勒比的殖民有其自身不可忽视的历史文化基础，这种文化也的确如巴巴所示，是当地文化心理结构的一种。但当明诺博士想办个关于"英法战争的地图展览、一个礼品店，展示本地的工艺和文化时"，执政党的文化部部长却拒绝了，并回答："文化又不能当饭吃。"（阿特伍德，2010）[120] 作为执政党，文化部部长显示出与司法部部长一致的自由主义市场经济意图。事实上，20世纪60—70年代的英国由于经济危机转向了新自由主义，英政府在国际上推崇开放跨国市场，支持自由贸易和国际分工的全球化。但许多后殖民文化寻求各种方式来保存他们的传统习俗。最具争议的方法之一就是建立文化旅游，利用文化来吸引外国游客（Tarlow，2019）。雷妮就是将加勒比作为疗养身心的地方才来到圣万托安的。虽然这种以历史文化为经济来源的方式已成为许多后殖民国家经济中日益重要的组成部分。但对于英国等前殖民者来说，殖民地种植园经济却是解决国内经济危机、实现国际化的大国一体化、获得海外利润的主要来源。20世纪下半叶，尽管加勒比已经独立，英国将自由主义市场原则应用于对加勒比的贸易之中，鼓励种植园主将他们几乎所有的农业用地来生产商品，以便出口英国（Griffith，2010）[506]。因此，正如明诺博士表现出的焦虑那样："现在英国人甩掉了我们，他们不用管理我们就能得到便宜的香蕉，我们的麻烦更大了。"（阿特伍德，2010）[119]二战之后，英国由于经济债务将香蕉作为甘蔗与甜菜的替代经济作物。香蕉在蔗糖工业下滑的20世纪为英美等资本主义国家带来了希望（Gibson，2014），英美等国在消费主义猖獗的20世纪70年代，为了在加勒比区域获取香蕉产业利润，在输出民主化政治理念的同时，隐秘地将与民主化保持高度一致的资本主义经济模式输出给加勒比。

在很多政治经济学者眼里〔如福山（Fukuyama）、熊彼特（Schumpeter）〕，自由主义与民主化是一对既有区分又相互联系的组合体。经济的自由主义将刺激政治自由选举程序的产生，而民主化则会导致经济体制的自由化（Friedman，1982）。但反观小说中的加勒比民主化历程可见，在前殖民地推行民主制度与经济自由主义虽然具有一定的历史基础，但最终都成为西方对加勒比进行贸易剥削，满足其自身消费欲望的外衣。可以说，在全球自由主义市场经济的背景下，在原殖民国家推进自由民主体制本质上也是服务于殖民国自身的利益。这也正如伊曼纽尔·沃勒斯坦（Immanual Wallerstein）所说："归根到底，自由主义一直是披着个人主义羊皮的强政府意识形态，或更确切地说，强政府意识形态只是作为个人主义唯一可靠的最后保证。"（沃勒斯坦，2013）司法部部长与文化部部长是加勒比权威统治的典型，他们受到外部经济和政治力量的影响，"不想让农民自己进行交易"（阿特伍德，2010）[206]，支持种植园经济与"依附"政策，并将联合跨国资本主义攫取本土人民利益的野心包裹在民主选举与自由主义的西式政治经济制度下。因此，当雷妮质疑民主制度是否能够反向推动本土历史文化与资本主义经济制度的共同繁荣，从而达到西方国家承诺的体制优势标准时，明诺博士指出："英国的议会体制在这里行不通，它只在英国行得通，因为他们有这样的传统。"（阿特伍德，2010）[125]明诺博士在此暗示了对 20 世纪 70—80 年代乐观主义者的批驳。萨缪尔·亨廷顿（Samuel Huntington）就曾认为，20 世纪 60 年代的英国在第三波民主化浪潮贡献巨大。因为英国殖民地有持续性民主经验且根基牢靠，从统计学上来看，独立后民主制度的持续时间是独立前英国统治持续时间的函数（Huntington，2014）[206]。与此相反，明诺博士虽然承认民主在现代政治文明体系建构中的价值，但却深刻地认识到，在加勒比区域的民主体制改革的具体问题背后，隐藏着遥远的统治者和本土统治者的自由主义经济动机，因而民主本质上是监护性的民主（tutelary democracy）。

小说中的另一人物保罗在评价明诺博士时说，"这样的人过于天真"，世界上只有两种人——"有权的和没权的。有时他们交换位置，如此而已"（阿特伍德，2010）[231]。在《肉体伤害》出版 20 年之际，阿特伍德也在一次采访中表达了自己与笔下人物的政治共识，她说："政治并不是选举，更不是往自己身上贴标签，政治就是谁要对谁做什么。"（Ingersoll，2006）由此，阿特伍德将批判的矛头直指当代西方自由民主选举体制与政治的主体权力归属问题。这也是为什么在她笔下，明诺博士与霍米·巴巴等人的政见既有一致性，又有差异性。根据阿特伍德的政治观点，文化杂糅主义者试图通过"非直接性"（intransitive）、"中介性"（in between）与"仿真性"（mimicry）来解决长达多半个世纪的"左右"意识形态矛盾，这是出于一种被殖民者心理上的潜在矛盾，因此，在本质上未能厘清政治与民主的概念之区别以及二者在西方社会文化中的关系，是保守主义的一种变形。民主不能沦为选举的程序，它需要实质性民主作为终极目的与历史价值。政治不能沦为领导人的权力行使，"它与人们如何对政府行使权力（power）、权力归属于谁、谁被认为与权力相关……它还包括人与人之间的对话范围，你对他人能够行使自由的程度，以及你不能行使自由的程度"（Ingersoll，2006）。

阿特伍德的这一观点在圣安托万的大选结果中被表现得淋漓尽致。大选之后，明诺博士的票数胜过了和平之王与"埃利斯"，他所崇尚的自由、民主政治理念似乎得到了政治实践的验证，然而，就在得胜前夜，他被暗杀了。明诺死后，保罗告诉雷妮，在圣万托安，"民主、自由，一套鬼话"（阿特伍德，2010）[231]。可见，借助这场民主事件，阿特伍德试图甄别这样一个事实：当代加勒比区域政治在实现民主层面的关键问题是理论与现实的悖谬，其独立过程在事实上是帝国内部话语权力的再分配，而所谓"民主化进程"的实质不过是以新的民主等级（hierarchy）代替了旧的殖民等级。

三、国际势力的介入

纵观阿特伍德在 20 世纪 60—70 年代的所有政治小说，我们可以发现，其中都存在着这样一种隐性批判话语：在她的第一部小说《可以吃的女人》（*The Edible Woman*）中，阿特伍德暗示了美国目前在国际上的影响。其中的女主人公受美国女权主义的影响，在试图跟随美国意识形态时，发现加拿大女性有其自身的生存境况。1970 年的《浮现》（*Surface*）更是明示了加拿大北方人对美国意识形态侵略的反感。1976 年的《神谕女士》（*Oracle Lady*）将矛头指向了美国的消费主义扩张。1981 年的《肉体伤害》承袭了其先前作品中对日渐表现出扩张意识的美国的政治焦虑，并将关注点从美国与加拿大的关系转移至美国与加勒比区域的关系，呈现出极强的全球化纬度与地缘政治性（Rubenstein，1988）。阿特伍德通过呈现世界秩序重构潮流中西印度群岛与安的列斯群岛的多边地缘政治，批判了霸权体系权力再配置中的意识形态控制。

圣万托安承载着加勒比英属殖民区域与美国之间的国际关系变迁。明诺博士在带领雷妮参观圣万托安的时候，曾经向其简略地介绍了加勒比区域的地缘政治与外交关系史，并指出"美国是第三大进口国"，他们的兴趣在于加勒比的"天然资源"（阿特伍德，2010）[126]。事实上，18 世纪开始，加勒比海和美国一直通过奴隶制、战争和贸易联系在一起。19 世纪随着美国内战结束与工业社会秩序的确立，加勒比英属殖民地的沥青、石油、铝土矿和天然气等自然资源吸引了美国的跨国资本主义。这使得加勒比区域政治成为美国各项外交政策的关键一环。20 世纪初，加勒比地区由于与美国的地理位置亲缘性，被视为美国的"后花园"（backyard）。但是美国不像英国、西班牙那样将军队驶进加勒比的领土，他们巧妙地运用巴拿马运河的建设将美国带来的机遇与挑战悄无声息地输入了加勒比。随着美国与加勒比经济关系的深化，美国非裔人口大量移居加勒比，这种散居人口之间的"岛屿－大陆"（island-mainland）关系更使得加勒比在美国外交事务中的地位有所提高，而在第二次世界大战中，加勒比区域成为大西洋之战（Battle of the Atlantic）的南部前线。二战之后的几年，加勒比成为杜鲁门国防政策与全球扩张主义的"试验田"。到了 70 和 80 年代，美国继续从地缘政治的角度来看待该地区，对加勒比国家的政策更是由它与加勒比国家的关系决定（Chaitram，2020）。反观小说，美国在这个时期事实上与任何一个地方党派都有隐秘的关系。埃利斯、司法部部长的强权政治也是奠基在美国的经济利益基础之上的。小说中久居圣万托安的加拿大女性——洛拉（Lora）曾经告诉雷妮："中央情报局，埃利斯，哪有什么区别。"（阿特伍德，2010）[269]他们之所以能获得美国官方的支持是因为美国与其进行的权钱交易。他们甚至暗地里勾结马思东，因为在执政党官员看来："没有什么比革命更能让美国人舍得花钱。"（阿特伍德，2010）[269]马思东虽然在表面上以左翼激进主义自居，但他其实与美国右翼势力有着密切的联系。他曾在美国参过军，按照洛拉的说法："他从美国回来后就当自己是上帝送给我们的礼物。"（阿特伍德，2010）[221]马思东将自己视为解决加勒比区域政治问题的民主宪政代表，"他真的相信自己可以拯救世界"（阿特伍德，2010）[207]。而就其真实身份，保罗则曾经猜测他是"新来的特工"（阿特伍德，2010）[251]。马思东与司法部部长虽然在民主选举进程中是两个不同的政党代表，但是他们却以同一种本土权威统治剥削本土民众，抹黑国际共产主义，鼓励美国的政治干预和经济援助，从中谋取私利。

除了与本土统治者之间的隐性经济政治关系，美国也在其他国际事务上与加勒比关系密切。加勒比区域因其地理位置与气候的问题，一直以来受扰于飓风，因此，美国联合加拿大共同向加勒比提供资金与人道主义援助。在加勒比民主化历程中，美国积极通过媒体与教育向加勒比普及民主知识。雷妮起初就被当地人认为是美国新闻人，而明诺博士则是受益于民主教育。从这些埋藏在小说中的隐性线索来看，可以发现，正如某些政治学家所研判的那样：美国与加勒比之间已经形成了"隐形的西半球伙伴关系"（protean partnership）（Parker，2008）。加勒比区域正在用一个新的帝国主人替换前一个，英属殖民地尤其如此（Langley，1989）。从这层意义上来看，阿特伍德试图表达的政治见解与某些以新殖民主义眼光看待后殖民问题的批判者一样：1960 年，解殖民运动达到高潮。当全世界殖民地在独立的气氛中高唱凯歌时，他们没有想到的是在一种普遍的文化领域，他们的经济、政治、意识形态上仍然与西方联系在一起，一个真正的后殖民时代从未真正到来（Sengupta，2009）。进一步而论，通过小说中美国参与加勒比民主选举的隐性叙事，阿特伍德实际上暗示了这样一个与 20 世纪 80 年代反对美国干涉主义的人一致的观点："独立是一个骗局。它标志着殖民制度的完善，而不是废除。后殖民主义语境在本质上是一个新殖民主义语境，因为所谓独立的政府代表着美国、欧洲、日本等这些'国际警察'。"（Lazarus，1986）

值得注意的是，美国与加勒比之间的国际关系并非只是纯粹的单边关系，还包含了一种冷战时期国际格局重塑中的多边地缘政治关系。二战后，英国人全神贯注于在其加勒比领土内确保有序的解殖民化进程，而美国人则沉迷于在其"后院"展开与苏联的拉锯战。在 1950—1980 年，冷战决定了美国、英国在加勒比地区的政治关系。事实上，冷战后的英国决策者旨在美国与加勒比区域之间取得平衡，并保证英属殖民地能够顺利地从地方独裁统治过渡到独立，同时保持与美国的和解。而古巴发生的事件进一步决定了美国在更广泛的加勒比地区的外交政策，美国开始密切关注加勒比地区的独立运动。它一方面向英属加勒比提供军事支持和物质支持，试图借助英国殖民地的文化历史传统维持新式殖民统治，对抗民族独裁主义，另一方面推行其第三波民主浪潮，并将支持民主视为坚定捍卫美国国家利益的一部分（Wiarda，1988）。

在世界政治经济格局变迁、国际均势体系失衡、左右意识形态冲突加剧的背景下，加勒比的地缘政治情况在阿特伍德笔下一览无余。小说中的明诺博士向雷妮说明：

> 古巴人在格林纳达建了一座很大的飞机场，中央情报局也在这里，想把历史掐断在萌芽阶段，还有俄罗斯特工。他们都会感兴趣……圣安托万的南边是圣阿加莎，圣阿加莎的南边是格林纳达，格林纳达的南边是盛产石油的委内瑞拉，美国的第三大进口国。我们的北边有古巴，我们是链条中的一个缺口，谁控制了我们，就可以控制输往美国的石油。

> 从圭亚那到古巴的船装的是大米，从古巴到格林纳达的船装的是枪，没
> 人是闹着玩。（阿特伍德，2010）[126]

从国际关系史来看，在古巴导弹危机爆发之前，英属加勒比区域政治的张力还只是存在于美国与英国之间，但随着该区域风险的增加，美国与古巴之间的关系变得更加紧张。古巴转而成为继英美之后，另一支对加勒比区域政治具有影响力的地缘话语权力。历史地看，20世纪70—80年代的英属加勒比"对待古巴的防御姿态迅速在与古巴接壤的地区扩散（Maingot，2005）。《肉体伤害》如实反映了英属加勒比地缘政治背后的国际关系要素，另一方面也批判了美国等殖民大国以推进自由民主的全球化作为幌子，通过操纵他国的民主意愿与意识形态，维系其自身的霸权地位，持续隐秘地实行一种等级剥削制度。

四、结语

在其后的情节发展中，民主选举成了一场政治惨剧，明诺博士被暗杀后，马思东骗取了国王的信任，并宣称"格林纳达已经承认我们"（阿特伍德，2010）[250]。雷妮莫名其妙地卷入一场当地政府与外国军火集团的交易中，雷妮和洛拉银铛入狱。在狱中，雷妮发现了她初来乍到时遇到的一个黑人哑巴乞丐。他此时也被抓进了监狱，每日受到拷打，发出没有语言的声音（阿特伍德，2010）[283]。雷妮方才恍然大悟："这里与那边不再有什么不同。"（阿特伍德，2010）[283]这似乎标志着雷妮的意识的转变，也符合20世纪70年代将女性主义、少数族裔与后殖民国家政治置于同一非公义层面的观点，但耐人寻味的是，小说最后，当雷妮似梦非梦地坐上飞机，离开国境线时，她又找回了自己初来圣万托安的那种幸运感，"这里"与"那里"之间的距离再次回到了雷妮经验着的肉身上。正是借助这种地理位置与心理体验上的双重疏离，阿特伍德呈现了不同个体、群体、国别、区域在具体非公义经验上的不可通约性。《伤害》出版两年后，斯皮瓦克的《属下能说话吗？》（"Can the Subaltern Speak?"）在理论界亮相，文章反思了20世纪70—80年代北美知识分子惯用的"代言模式"，批判了西方理论主义者在知识上的新殖民主义意识。从某种程度上来看，阿特伍德早一步以形象与详实的叙事警示了西方知识分子因其所处国家、区域、历史、文化语境之别而导致的意识偏误。就文学价值而言，阿特伍德在《肉体伤害》中审思了文学需要在什么程度上承担起公共责任，又应该在何种程度上将话语权还给具体的国家、区域、民族与个体。

参考文献【Works Cited 】

ASHCROFT G, GRIFFITH G, TIFFIN H, 2001. Post-colonial studies: the key concepts[M]. New York: Routledge: 13.

BRYDON D, 1995. Various Atwoods: essays on the later poems, short fiction, and novels[M]. Ed. Lorraine Mary York. Toronto: Anansi: 96.

BROWNLEY M W, 2000. Deferrals of domain: contemporary women novelists and the state[M]. New York: St. Martin's: 72.

BRATHWAITE E K, 1974. The African presence in Caribbean literature[J]. Daedalus, 103(2): 103.

CHAITRAM S S S, 2020. American foreign policy in the English-speaking Caribbean: from the eighteenth to the twenty-first century[M]. Switzerland: Palgrave Macmillan: 64.

COOKE N, 2004. Margaret Atwood: a critical companion: critical companions to popular contemporary writers[M]. Westport: Greenwood: 113.

FERGUSON J, 2005. Postcolonial studies and beyond[M]. Eds. Cirillo Ania Loomba, et al. NC: Duke UP: 175.

FRIEDMAN M, 1982. Capitalism and freedom[M]. Chicago: U of Chicago P: 235.

GUTIERREZ G, CONDOR J. 1999. The Cambridge companion to liberation theology[M]. Ed. Christopher Rowland. Cambridge: Cambridge UP: 19.

GRIFFIN C E, 1993. Democracy in the commonwealth Caribbean[J]. Journal of democracy, 4(2): 84-94.

GRIFFITH W, 2010. Neoliberal economics and Caribbean economies[J]. Journal of economic issues, 44(2): 505-512.

GIBSON C, 2014. Empire's crossroads: a history of the Caribbean from Columbus to the present day[M].New York: Macmillan: 235.

HUNTINGTON S, 1984. Will more countries become democratic?[J]. Political science quarterly, 99(2): 237-266.

INGERSOLL E G, 2006. Waltzing again: new and selected conversation with margaret atwood[M]. Princeton: Ontario Review: 87.

LANGLEY L,1989. The United States and the Caribbean in the twentieth century[M]. Athens: U of Georgia P: 255.

LAZARUS N, 1986.Great expectations and after: the politics of postcolonialism in African fiction[J]. Social text, 13(14): 55.

MAINGOT A P, LOZANO W, 2005. The United States and the Caribbean: transforming hegemony and sovereignty[M]. Abingdon: Routledge: 32.

MEEKS B, 2014. Critical interventions in Caribbean politics and theory[M]. Mississippi UP: 69.

MEEKS B, 1989. Review of C. Y. Thomas and the authoritarian state[J]. *Social and economic studies*, 38(1): 161-185.

MARANTZ K, 2016. Making it (in)visible: the politics of absence in Margaret Atwood's *Bodily Harm*[J]. Studies in Canadian literature, 41(2): 139.

PATTON M, 1992. Tourists and terrorists: the creation of *Bodily Harm*[J]. Papers on language and literature, 28(2): 150-174.

PARKER J C, 2008. Brother's keeper: the United States, race, and empire in the British Caribbean, 1937-1962[M].Oxford University Press: 9.

RRBAKA R, 2010. Forms of Fanonism: Frantz Fanon's critical theory and the dialectics of decolonization[M]. Plymouth: Lexington Books: 101.

RUESCHEMEYE D, EVELYNE H S, JOHN D S, 1992. Capitalist development and democracy[M]. Chicago: U of Chicago P: 229.

ROTH A, 2015. The role of diasporas in conflict[J]. Journal of international affairs, 68(2): 290.

RUBENSTEIN R, 1988. Critical essays of Margaret Atwood[M]. Ed. Judith McCombs. Boston: G. K. Hall & co.: 259.

SENGUPTA S, KAUSTAV B, 2009. Anxieties, influences and after: critical responses to postcolonialism and neocolonialism[M]. Delhi: Worldview: 3.

SOMACARRERA P, 2021. The Cambridge companion to Margaret Atwood second edition[M]. Ed. Coral Ann Howells. Cambridge: Cambridge UP: 36-37.

TARLOW P, 2019.Security challenges in tourism oriented economies: lessons from the Caribbean[J]. Worldwide hospitality and tourism themes, 11(6): 733.

WISKER G, 2012. Margaret Atwood: an introduction to critical views of her fiction[M]. New York: Palgrave Macmillan: 78.

WIARDA H, 1988. The United States and Latin America in the 1980s: contending perspectives on a decade of crisis[M]. Eds. Kevin J. Middlebrook, Carlos Rico. Pittsburgh: U of Pittsburgh P: 326.

阿特伍德，2010. 肉体伤害 [M]. 刘玉红，等译 . 上海：上海译文出版社 .

法农，2005. 全世界受苦的人 [M]. 万冰，译 . 南京：译林出版社 .

陶家俊，2008. 思想认同的焦虑：旅行后殖民理论的对话与超越精神 [M]. 北京：中国社会科学出版社：391-393.

沃勒斯坦，2013. 现代世界体系（第四卷）[M]. 吴英，译 . 北京：社会科学文献出版社：19.

征稿启事

　　《英语文学研究》由北京外国语大学创办，专门刊载以英语创作的文学为研究对象的文章，每辑包括论文、书评、访谈以及文论、名著导读等栏目，涵盖英国、美国、爱尔兰、澳大利亚、加拿大、新西兰等主要英语国家和以英语为官方语言的国家的文学作品和文化理论，侧重于经典文学研究和现当代文学理论与文学批评研究。每辑刊发文章 12 或 13 篇，其中原创性论文 11 或 12 篇，书评和（或）访谈 1 篇。不收版面费用。欢迎海内外学界同仁踊跃赐稿！

　　稿件要求如下。（1）原创性论文要求具有较新的观点，或在研究过程中采用新的理论视角、研究方法；写作规范，方法科学，论证围绕核心观点展开，长度为 10,000—16,000 字。（2）书评主要针对近三年出版的英语文学理论和批评论著，以研究性评论为主，内容涉及该书的选题、价值、特点、研究方法以及不足之处，长度为 8,000—12,000 字。（3）访谈对象应为国内外知名学者和批评家，长度 10,000 字左右。投稿邮箱：lit_in_english@163.com；投稿网址：http://yywx.cbpt.cnki.net。

　　《英语文学研究》由张剑和赵国新分别担任正、副主编，由张中载担任编委会主任。

体例说明

一、文章标题

提供中、英文文章标题。文章标题和文内小标题尽量简明扼要。

二、内容提要

提供中英文内容提要。中文内容提要篇幅为200—300字。力求充分说明文章的核心、论证方法及研究价值，语言精练、文字通畅。

三、关键词

中英文，3—5个，用分号隔开。

四、正文

正文统一使用Word文档、通栏、宋体、五号字著录。正文内出现的阿拉伯数字、英（西）文与英文参考文献，全部使用Times New Roman字体；中文字与字之间、字与标点之间不空格。

五、引文、注释、专有名词

引文在150字以内，无须换行另起。

引文超过150字换行另起；上下各空一行；第一行缩进4格，以下各行缩进2格。

引诗超过8行换行另起。

凡外国人名、书名、地名、报纸名称和关键术语等（包括文学和非文学作品中出现的外国名字和术语），在文章中首次出现必须注明英文原名，并置于括号之中。

如有对文中不详细的地方进行解释说明，请以脚注方式列出，格式为每页重新编码，依次为：①、②、③……，依次类推，且脚注文本需要两端对齐。

六、参考文献

（一）总体要求

凡文内引用部分均应注明出处（详见"五"和"七"），并以文末参考文献的方式有所体现。

排序为先外文文献，后中文文献；外文文献按姓氏正常全称排序，均需大写。除姓氏之外，其余均用首字母表示，其中间省去任何标点符号，如（SIMPSON A B）、（NAJMI S）；中文文献则按姓氏拼音排序。

长达两行及以上的参考文献从第二行起需缩进两格。

（二）英文文献

1.总体要求

出版城市如有一个以上，只著录第一个。

出版社只著录出版商主词；冠词，Co.、Corp.、Inc.、Ltd. 等商业性缩写词，及 House、Press 等图书公司名称皆省略。

大学出版社简写为 UP 或 U of ... P。

著作名后面标注为 [M]，期刊名后面标注为 [J]，析出文献标注为 "[M]//"。

2. 单个作者

例如：

ARAC J, 1987. Critical genealogies [M]. New York: Columbia UP: 305-307.

（如文内多次出现，此处省去页码，页码标注文内，详见"七"）。

3. 同一作者有两种或两种以上文献

按出版年代升序排序，如同一年代有多种文献，按文献首字母排序并在出版年代后加 a、b、c……，予以区分，其他格式不变。

例如：

LESSING D, 2003a. Little Tembi[M]// This was the old chief's country: collected African short stories. Vol.1. London: Flamingo, Harper Collins.

LESSING D, 2003b. The old chief Mshlanga[M]// This was the old chief's country: collected African short stories. Vol.1. London: Flamingo, Harper Collins.

4. 合著

第一个作者、第二个作者姓名均常规书写，中间用逗号隔开。

如有两个及以上著者，均需全部录出。

例如：

JOHNSON E L, MORGAN P, 1997. Introduction: the haunting of Jean Rhys[M]// Twenty-first century approaches. Eds. Erica L Johnson and Patrica Moran. Edinburgh: Edinburgh UP: 10.

5. 析出文献

如果析出文献只在文中引用一次，此处则需注明页码。

例如：

CHAE M H, 2001/2002. Gender and ethnicity in identity formation[J]. The New Jersey journal of professional counseling, (56): 19.

如果析出文献在文中多次引用，此处则需注明文献的起止页码。

例如：

ALCORN M W Jr., BRACHER M. 1985. Literature, psychoanalysis, and the reformation of the self: a new direction for reader-response theory[J]. PMLA, 100 (3): 342-354.

文内夹注依次注明页码，参见"七"。

6. 编译

如有两个以上编者，只著录第一编者，其余用 et al 表示。eds. 放在 et al 之后。

例如：

MIEKE B et al (eds.), 1999. Acts of memory: cultural recall in the present[M]. Hanover and London: U of New England P.

如文献出自合集，作者名称放于首位，而编者放于书名之后，单个编辑用 Ed. 两个及之上用 Eds.。

例如：

JOHNSON S, 2009. The history of Rasselas, prince of Abissinia[M]. Ed. Thomas Keymer. Oxford: Oxford UP: 116-117.

MURNANE B, 2014. Gothic translation: Germany, 1760−1830[M]// The gothic world. Eds. Glennis Byron and Dale Townshend. London: Routledge: 233-237.

如有译者，则译者放于书名之后，其译者全名之前加 Trans.。

例如：

RICOEUR P, 1970. Freud and philosophy: an essay on interpretation[M]. Trans. Denis Savages. New Haven: Yale UP: 32.

7. 电子出版物

电子出版物的著录标准与印刷出版物的著录标准基本无异，只需在出版信息中标明 [OL]。已经出版的需著录相关出版信息，未出版的需著录电子版的出版时间及主办机构名称。

例如：

ROBERT F B, 1997. Noam Chomsky: a life of dissent[M/OL]. Cambridge: MIT P 8 May.

STUART M S, 2009. Keats and the chemistry of poetic creation[J/OL]. PMLA, (85): 268-277. 4 Jan.

8. 其他西文文献

其他西文文献著录标准与英文文献相同。

例如：

AMLTE W, 1999. Schwere Transporte. Überlegungen mit der achten Duineser Elegien[M]// Interpretationen. Gedichte von Rainer Maria Rilke. Stuttgart: Philipp Reclam jun: 157-180.

（三）中文文献

1. 单个作（编）者

例如：

陈璟霞，2007. 多丽斯·莱辛的殖民模糊性：对莱辛作品中殖民隐喻比喻的研究 [M]. 北京：中国人民大学出版社.（如文内多次出现，此处省去页码，文内夹注分别依次注明页码，详见"七"。）

钱青，2006. 英国 19 世纪文学史 [M]. 北京：外语与教学研究出版社：310.（如文内仅出现一次，在此注明页码；如文内多次出现，此处省去页码，文内夹注分别依次注明页码，详见"七"。）

2. 同一作者有两种或两种以上文献

按出版年代升序排序。

如同一年代有多种文献，按文献首字母排序并在出版年代后加 a、b、c……，予以区分，其他格式不变。

例如：

于雷，2014a. 爱伦·坡与"南方性" [J]. 当代外国文学，（3）：5-20.

于雷，2014b. 从"共济会"到"最后一块石头"：论《一桶艾蒙提拉多酒》中的"秘密写作" [J]. 国外文学，（3）：94-101+158-159.

于雷，2015. 当代国际坡研究的"视觉维度"：兼评《坡与视觉艺术》（2014）[J]. 当代外国文学，（4）：142-149.

3. 合著（编）

文献为两人或两人以上合著（编）时，需要全部录出。

例如：

钱乘旦，陈晓津，1991. 在传统与变革之间：英国文化模式溯源 [M]. 杭州：浙江人民出版社.

4. 析出文献

如析出文献只在文中引用一次，则需要注明页码。

例如：

童明，2011. 暗恐 / 非家幻觉 [J]. 外国文学，（4）：108.

如析出文献在文中多次引用，则此处需要注明文献的起止页码，同时文内夹注依次注明页码，参见"七"。

例如：

朱虹，1997. 从特罗洛普想到的 [M]// 英国小说的黄金时代：1813—1873. 北京：中国社会科学院出版社.

5. 其他西文文献

如以其他西文翻译文献，译文应始终采用同一种语言；译文格式与文献著录格式相同（参见"六"）。

七、夹注

两个及以上的作者在文内夹注中注明一位，其余用"等"或"et al"代替。

例如：

（钱乘旦 等，2002）。

（Alcorn et al, 1985）。

如文内同一作者同一作品只被引一次，中文注释为（姓名，出版年代），页码标注在参考文献中。

例如：

（罗良功，2008）。

（Gates, 1988）。

如文内同一作者同一作品被引两次及以上，中文注释为（姓名，出版年代）页码，如：（罗良功，2008）[页码]（Gates, 2008）[页码]，即同一段引文涉及多个页码，则为：（罗良功，2008）[6, 8, 21, 42]（Gates, 2008）[6, 8, 21, 42]，参考文献中不需再次出现页码。

八、项目基金

每篇论文不超过两项，论文经编辑部定稿后一般不接受追加项目。

九、作者简介

包含姓名、工作单位、职称、学位、研究领域、邮政编码、通信地址、电子信箱。

十、其他说明

本用稿体例中没有涉及的其他特殊情况，再按具体情况具体处理。

版权声明

对于本书所收录文章，作者承担其知识产权等保证责任。作者保证其享有该文章著作权及其他合法权益，保证无"抄袭""剽窃""一稿两投或多投"等学术不端行为，保证其文章中不含有任何违反我国法律法规的内容，不侵害其他任何方的任何合法权益。

作者同意将其作品整体以及附属于作品的图、表、摘要或其他可以从作品中提取部分的全部复制传播的权利，包括但不限于复制权、发行权、信息网络传播权、表演权、翻译权、汇编权等，许可外语教学与研究出版社有限责任公司使用。未经作者和本出版单位事先书面授权，任何机构和个人不得以任何形式予以转载、摘录、使用或实施其他任何侵害作者和本出版单位合法权益的行为，否则作者和本出版单位将依法予以追究。